D. C. ODESZA

KEIN LIEBESROMAN

SEHNSÜCHTIG *Gefunden*

- LE QUATRIEME VOLUME -

EROTISCHER ROMAN

E-MAIL
d.c.odesza@gmail.com

FACEBOOK
www.facebook.com/d.c.odesza

1. Auflage, Oktober 2014

SW Korrekturen e. U. – swkorrekturen.eu

ISBN-13: 978-1502850119
ISBN-10: 1502850117

Die Sehnsucht lässt Saiten in uns erklingen,
die uns zeigen, was wir begehren,
was uns verletzlich werden lässt:
Aufopferung
Demut
&
Vertrauen

- D.C. ODESZA -

Hinweis:

In meinen Romanen werde ich, bis auf wenige Passagen, auf Verhütungsmittel verzichten – was jedoch nicht heißen soll, dass sie im realen Leben nicht wichtig sind!
Nur leider kommt es häufiger als gedacht vor, dass Leser einen fiktiven Roman mit der Realität verwechseln.

1. KAPITEL

Blinzelnd öffne ich meine Augen, taste mit den Fingern über das weiche Laken, aber fasse ins Leere. Meine Erinnerung an letzte Nacht kehrt wieder zurück, und ich hatte gehofft, Gideon läge noch bei mir im Bett. Aber er ist nicht hier ...

Es ist bereits hell, und als ich auf den Wecker blicke, sehe ich, dass es kurz nach halb neun ist. Ich gähne und räkele mich kurz im Bett, als ich Dorian auf einem Stuhl sitzen sehe, der mich beobachtet.

»Guten Morgen, Liebes. Ich dachte, ich lasse dich ausschlafen. Wie hast du geschlafen?«, fragt er mich, während seine Augen jede Bewegung von mir wie die eines Raubtieres im Visier behalten.

»Gut, soweit ich das beurteilen kann«, antworte ich, obwohl ich zu gern neben Gideon aufgewacht wäre.

»Das freut mich.« Er erhebt sich von seinem Stuhl. In einer Jeans und einem Poloshirt bleibt er am Fußende des Bettes stehen. »Ich soll dich von Gideon entschuldigen. Er wollte dich nicht wecken, aber er musste mit Lawrence ins Büro, so lange soll ich auf dich aufpassen.«

»Aufpassen?« Ich stütze mich auf die Ellenbogen auf, weil mir seine Worte das Gefühl geben, als sei ich drei Jahre und könnte bei dem nächsten Schritt, den ich tun möchte, in eine Betongrube fallen.

»Nein, ›aufpassen‹ war nicht das richtige Wort«, korrigiert er sich und lacht leise. »Ich soll dir von Law ausrichten, dass du heute Morgen trainieren sollst. ›Sie wurde lange genug geschont‹ – das waren seine Worte am Frühstückstisch, und danach sollst du lernen, um deine Prüfungen zu bestehen. Also nein, aufpassen soll ich auf dich nicht, aber dich überwachen, damit du deine Aufgaben erfüllst.«

Mit wenigen Schritten steht er neben mir, während ich mein Gesicht genervt verziehe. Sie wissen sehr gut, wie sie mich fordern. Anscheinend haben sich die Brüder das zu ihrer Aufgabe gemacht.

Dorian beugt sich zu mir herab und küsst meine Wange. »Also lass dir nicht zu viel Zeit, Liebes, dir stehen heute viele Termine bevor.« Er schenkt mir ein Lächeln, dann dreht er sich um. »Ich erwarte dich unten im Garten, nachdem du gefrühstückt hast.«

Kurz verdrehe ich die Augen, aber sie haben recht. In den letzten Tagen habe ich nicht gelernt. Und mir bleiben exakt sechs Tage, denn schon nächsten Montag steht eine Prüfung an. Die erste und schwierigste.

Trotzdem wäre ich gerne an Gideons Seite aufgewacht. Vielleicht war alles nur ein Traum? Vielleicht war seine Bitte, ihn so zu lieben, als sei ich seine Freundin, nur ein Wunsch, um mich zu testen oder sein Bedürfnis nach einer Freundin, die ihn liebt, zu stillen. Mehr vermutlich nicht ...

Flüchtig sehe ich auf den leeren Platz neben mir, rieche immer noch seinen Duft, als ich das Laken an meine Nase ziehe, und erinnere mich sofort an alle Augenblicke der letzten Nacht. Den Duft werde ich nicht so schnell vergessen. Seufzend steige ich aus dem Bett, suche mein Bad auf und nehme eine Dusche.

Frisch geduscht, gekämmt und sportlich bekleidet, suche ich die Küche auf, in der Eram vor dem Herd steht und Omeletts zubereitet.

Mit einem Käseomelett und einem Milchkaffee im Magen

gehe ich in den Garten und treffe dort Dorian. Die gesamte Zeit muss er hier gesessen und auf der Terrasse Bilder oder Fotos sortiert haben, denn auf dem Holztisch vor ihm liegen Dokumente und Fotos ausgebreitet, die er sich ansieht. Dann nimmt er einen Schluck aus seiner Tasse und sieht zu mir auf. Oh, seine Augen blitzen gefährlich anziehend.

»Wie schön, du bist da«, höre ich ihn, als er die Tasse abstellt. »Wenn du mit deinem Training fertig bist, zeige ich dir etwas Interessantes.«

»Kann ich es nicht jetzt sehen?«

»Nein, erst musst du Laws Training absolvieren, während ich dich im Auge behalte.«

»Langweiler«, murre ich, aber beginne mich aufzuwärmen. Belustigt zieht er den linken Fußknöchel auf sein Knie und beachtet mich nicht mehr, sondern nur noch seine Dokumente.

»Eine Dreiviertelstunde sollte genügen, meinte er, aber ich finde, wir können es auch aufrunden. Eine Stunde kann nicht schaden.«

Nicht sein Ernst? Wegen meiner Bemerkung ... Danke auch!

Als sich unsere Blicke kreuzen, sehe ich diesen harten dominanten Zug, vermischt mit purer Freude. *Diesen Zug hat er wie sein großer Bruder* – denke ich, bevor ich anfange mich aufzuwärmen.

Als meine Muskeln gelockert sind und ich mich langsam auf die Liegestütze vorbereite, fallen mir seine kurzen Blicke auf. Ob er mitzählt? Ich fange an und bin bei dreißig Liegestütze, dann erhebe ich mich, um die Sit-ups zu absolvieren. Dorian scheint weder an dem Training, das ich mache, noch an etwas anderem interessiert zu sein außer seinen Dokumenten.

Nach sechzig Sit-ups atme ich tief durch, greife nach meiner

Wasserflasche, die neben mir im Gras liegt, und trinke mehrere große Schlucke, bevor ich mich dem Boxsack zuwende. Wäre Lawrence hier, würde er mir sicher einen beeindruckten Gesichtsausdruck schenken. Oder nein, er würde mich weiter mit unangebrachten Kommentaren in den Wahnsinn treiben. Aber ohne ihn trainiere ich konzentrierter und mir gefallen die Übungen – auch wenn ich keinen nackten Männeroberkörper vor mir als Ansporn stehen sehe – immer mehr.

Am Boxsack hängen bereits die Boxhandschuhe, die ich überstreife, obwohl ich mehrere Versuche brauche, um den Klettverschluss zu verschließen, dann fahre ich mit den Anweisungen, die mir Lawrence gegeben hat, fort. Zuerst den Zweifachschlag, immer und immer wieder, dann eine kurze Pause, in der ich meine Beine lockere und zum Dreifachschlag ansetze.

Es macht erstaunlich viel Spaß, auf den Sack einzuschlagen, weil ich mit jedem Schlag meine Wut über Dubois, meine Hilflosigkeit wegen meiner Eltern und die Ängste vor einer nichtbestandenen Prüfung loswerde. In dem Moment fühle ich mich frei, bevor sich zwei Hände um meine Hüfte legen und mich ausbremsen.

»In dir steckt eine wahre Kämpfernatur«, höre ich Dorians schmeichelnde Worte hinter mir, dessen Hände über meinen Bauch wandern, an dem das Top vom Schweiß anklebt.

»Möchtest du mich daran hindern, meine Kämpfernatur zu ergründen, oder willst du mir weiter zusehen?«, frage ich ihn und senke meine Fäuste.

»Der Anblick ist scharf, wirklich«, raunt er mir ins Ohr, während sich Hände in meine knappen Hotpants schieben und über meinen Po wandern.

»Also mich daran hindern?« Sein Bart kratzt über meine

Wange, als ich den Kopf zurücklehne und mich weiter seinen Berührungen hingebe.

»Aber ich denke, du solltest weitermachen. Ich möchte Laws Anweisung einhalten. Für die Pause darfst du zehn Minuten länger trainieren.«

»Wie bitte?« Schnell löse ich mich aus seinem Griff und verpasse ihm mit dem Ellenbogen einen Stoß in die Rippen. »Du manipulierst mich, um mich dann weiter zu drangsalieren!«

»Einen Versuch war es wert.« Er dreht sich mit einem zufriedenen Lächeln um und geht wieder zur Terrasse, während ich mürrisch blicke, aber mich kurz darauf weiter an dem Boxsack austobe. Danach weist er mich an, ihm zu folgen.

»Wohin gehen wir? Ich dachte, du wolltest mir etwas Schönes zeigen.« Eigentlich habe ich geglaubt, er würde mir die Bilder zeigen.

Vor mir öffnet Dorian eine Tür, hinter der ein Raum im Halbdunkel liegt, obwohl Tag ist. Doch die Jalousien sind zu zwei Drittel heruntergelassen, sodass ich nur unscharf Möbel und Gegenstände im Raum erblicken kann. Als Dorian das Licht anschaltet, erkenne ich: Der Raum ist von Spiegeln umgeben. Von überall wird das Licht wie in einem Spiegelkaleidoskop reflektiert.

Der Raum ist so groß, dass es mich an einen Tanzsaal erinnert, weil der Boden mit einem bunten Mosaik ausgelegt ist. An einer Wand stapeln sich Leinwände an den Spiegeln, dann erkenne ich eine Staffelei und rechts von mir neben einer Gruppe von bequem aussehenden Sesseln ist eine Metallstange, die in die Decke und im Boden eingelassen ist.

»Sag nicht, ihr habt die Stange extra für mich montieren lassen.« Mit wenigen Schritten gehe ich auf sie zu und lasse meine Fingerspitzen um das kühle Metall gleiten.

»Nein, nicht ganz. Aber wenn Mädels tanzen können, warum sie nicht in das Anwesen einladen und die Show nur für uns genießen?«, antwortet er fast selbstverständlich und geht auf ein weißes Sideboard zu, in dem einige Spachtel, Pinsel und in Körben Farben zu erkennen sind.

»Und da ich leider mit keiner so großartigen Show von dir im ›Ocean‹ gerechnet habe, um mir dort Entwürfe zu machen, wirst du heute für mich tanzen.« Während er weiter nach Dingen im Sideboard sucht, huscht ein Lächeln über meine Lippen. Das ist unglaublich, er will mich wirklich an der Stange zeichnen und auf Papier verewigen.

»Lass dich von mir nicht aufhalten«, höre ich ihn, als er in die Knie geht und mehrere Stifte oder Kohlestifte sortiert.

»Was ist mit dem Lernen?«, hake ich nach und gehe auf die Stange zu.

»Kannst du später.«

»Ah, also liegt dir nichts an der Anweisung?«

»Doch.« Er erhebt sich und schaut mir mit zusammengekniffenen Augen entgegen. »Aber ich denke, du wirst bis zum Nachmittag noch reichlich Zeit haben, um zu lernen, bis Al Chalid dich abholt.«

Warum muss er mich an die Einladung erinnern? »Fein. Also ist der Raum das, was du mir zeigen wolltest?«, stelle ich fest und gehe auf die Stange zu, obwohl mich der Käfig in der rechten Ecke viel mehr interessiert.

»Ich dachte, es würde dir gefallen und dich ablenken, Liebes«, höre ich ihn hinter mir, obwohl ich ihn kaum beachte.

Die Brüder scheinen ihre Begierden und Gelüste wirklich bis ins Tiefste zu ergründen, wenn sie sogar eigene Möbel und Käfige besitzen. Mich würde es nicht verwundern, wenn ich in einem der Räume auf einen Gynstuhl stoßen würde, auf dem sie die intimen Zonen einer Frau bis auf ihre Grundfesten erforschen. Mit einem leisen Lachen greife ich nach der Stange und beginne, mich um sie zu drehen und an ihr hochzuziehen, um zu testen, ob sie stabil genug ist.

»Warum lachst du?«, fragt er mich, als er auf einem der breiten Sessel Platz nimmt, mit einem großen Skizzenblock und einer Palette an Stiften auf dem Tisch vor sich ausgestattet.

»Nun, ich habe mich gefragt, was ihr mit dem Käfig vorhabt. Für Tiere scheint ihr ihn nicht zu benutzen.«

Geschmeidig ziehe ich mich höher, schlinge ein Bein um die Stange und lasse mich langsam herabfallen, sodass ich Dorian verkehrt herum sehe, während er von einem Lächeln begleitet von dem Käfig zu mir blickt.

»Es gibt Raubkatzen, die ...« Er wirft wieder einen belustigten Blick zum Käfig. »... besser auf Sicherheitsabstand gehalten werden sollten, damit sie keinen Schaden anrichten können.«

»Ist das so?«, hake ich nach, greife um und stütze mich an der Stange ab, um langsam wie bei einem Rad auf den Füßen zu landen.

»Allerdings, einige können mit Leder und Seilen gezähmt werden, andere müssen erst Metall spüren, um zutraulich zu werden. Bleib so!« Mein linker Fuß trifft auf den Boden, während der rechte in der Luft schwebt. Ich versuche die Position zu halten, obwohl sie meine Oberarme sehr belastet, sodass meine Muskeln zittern und ich nach wenigen Sekunden den rechten Fuß nachziehe.

Dorian knurrt leise und streicht sich schwarze Haarsträhnen aus seiner Stirn, bevor er weiterzeichnet – und das mit solch einer Hingabe und Konzentration, dass ich ihm länger zusehen würde, wenn er mich nicht angewiesen hätte, weiterzutanzen.

»Manche Figuren kann ich nicht lange halten.«

»Versuche es.«

»Ich würde dich mal gerne sehen, wenn du dich bei Klimmzügen für längere Zeit über der Stange halten sollst.« Er schüttelt mit einem Grinsen zum Papier gewandt den Kopf und hebt eine Augenbraue.

»Wirst du nicht sehen.« *Das dachte ich mir schon.*

»Ach nein? Als Dankeschön hätte ich es verdient, von dir eine angemessene Gegenleistung zu erhalten.«

Er hebt seinen Blick, während ich mich an der Stange hochziehe, kurz darum schwinge, als könnte ich fliegen, bevor ich umgreife.

»Reicht dir die Stange nicht? Ich sehe, mit wie viel Freude du tanzt. Aber wenn du eine angemessene Gegenleistung erwartest ...« Sein Blick wandert kurz zu dem Käfig in der Ecke. Was soll das werden? Will er mich neugierig machen, damit ich von ihm in einen Käfig gesperrt werde?

»Ein kleines Tête-à-tête im Käfig? Ist es das, was du möchtest?« Mit einem Schmunzeln strecke ich meine Beine aus, finde nur mit meinen Händen über meinem Kopf an der Stange Halt, bevor ich langsam auf den Boden gleite.

»Verändere nicht so oft deine Positionen.«

»Kommen deine Hände nicht so schnell hinterher wie deine Augen?« *Ich liebe es, ihn zu provozieren.* Aber anscheinend sollte ich einen Künstler in seinem Drang nicht verärgern, denn mich trifft im nächsten Augenblick ein schneidender Blick, der mich zugegebenermaßen nur noch mehr dazu verleitet, zu lächeln.

»Wenn du weitere Stunden hier zubringen möchtest, dann

reize meine Geduld weiter. Aber es wäre ungemein freundlich von dir, dich wie ein normales Modell zu benehmen, den Mund zu halten und meinen Anweisungen zu folgen.«

Mit einem Zug lasse ich mich auf die Füße gleiten und bin mit wenigen Schritten bei ihm, um ihm den Block aus der Hand zu nehmen, eine Hand auf seine Brust zu legen und ihn in den Sitz zu drücken. »Du vergisst, dass ich nicht eine deiner ›normalen‹ Modelle bin, Dorian.« Er sieht mit einem verdorbenen Blick an mir vorbei.

»Nein, da hast du wohl recht. Aber merke dir eines: Wenn du mich weiter daran hinderst, dich zu zeichnen ...«

»Dann?« Ich komme seinem Gesicht immer näher, sehe direkt in seine eisblauen Augen und spüre seinen Atem auf meinen Lippen.

»Bei allem, was mir heilig ist, du reizt meine Geduld!«, flucht er, bevor er nach meinen Oberarmen greift und mich mit einer geschickten Drehung auf dem Sessel fixiert, noch bevor ich ihn davon abbringen kann.

»›Bei allem, was dir heilig ist?‹ Seit wann benutzt du Floskeln?«, reize ich ihn, hebe meine Augenbraue und halte seinem scharfen Blick stand, der mich am liebsten verbrennen würde.

»Du gehst langsam zu weit, Maron!« *Mal sehen, wie weit ich gehen kann.* Trotz seines festen Griffs hebe ich meine linke Hand und umfasse sein Kinn.

»Wirklich? Es gefällt mir, dich zu reizen. Von allen Brüdern bist du derjenige, den ich am wenigsten einschätzen kann. Du bist einfühlsam, vertrauenswürdig, doch im gleichen Zuge unberechenbar, konzentriert und voller Einfallsreichtum. Wirklich interessante Mischung. Nur, warum du die dominante Seite auslebst, ist mir nicht ganz klar.«

Mühsam hebe ich meinen Kopf und beuge mich ihm entgegen, sodass unsere Nasenspitzen nur wenige Millimeter voneinander getrennt sind. »Liegt es vermutlich daran, dass dich deine älteren Brüder so oft haben spüren lassen, dass du der Jüngere bist, du oft benachteiligt wurdest oder –«.

»Kein Wort weiter, Maron! Sonst glaub mir ...« Perfekt! Ich habe ihn da, wo ich ihn hin haben möchte, um hinter seine Fassade zu blicken.

»Oh, habe ich etwas an deiner verletzlichen Seite gekratzt?« Seine Augen sind umgeben von Fältchen, als er mich mit einem Stoß freigibt, dann vor mir sein Shirt auszieht und ich etwas perplex sitzen bleibe. *Himmel!*

»Du darfst dich gerne davon überzeugen, wie sich meine verletzliche Seite anfühlt«, raunt er mir zu, beugt sich herab und zieht mich mit einem Ruck an sich.

»Wie viel Worte doch bewirken können«, seufze ich fast theatralisch, dann ziehen seine Hände mein Top aus, reißen es mir fast vom Körper, sodass mir der Mund offen stehen bleibt. Für wenige Sekunden blicke ich zu ihm auf, bevor wir uns aufeinander stürzen, ich meine Arme um seinen Nacken lege und ihn zurückstoße. Er kommt nicht einmal ins Taumeln, behält mich in seinem Griff, während sich Finger unter meine knappen Shorts vortasten, bevor eine andere Hand geschickt meinen BH öffnet.

Verflucht! Er kann wirklich temperamentvoll sein. Stürmisch küsse ich ihn und brauche genau das, um Abstand von der letzten Nacht zu nehmen. Meine Shorts sinken zu Boden, noch bevor ich Dorians Hose öffnen kann, aus der er sich kurz darauf befreit. Mit einer Bewegung hebt er mich hoch, zieht mich fester an sich, während sich meine Finger in seinem dunklen Haar vergraben, ich seinen frischen Duft nach einem leichten Hauch Zitrone einatme, Finger sich so dominant in meine Pobacken krallen, dass ich laut vor Schmerz keuche, und im nächsten Moment die Wand hart gegen meine Wirbelsäule drückt, sodass ich aufstöhne.

Wie wild küsst er mich, beißt in meine Unterlippe und verziert meinen Hals mit leichten Bissen und Knutschflecken, während sich sein Schwanz zwischen meine Beine drückt, mein Slip sich immer feuchter anfühlt und ich meine Nägel in seine Schultern kralle. Gott, es klingt unvernünftig, aber ich will ihn. Noch nie habe ich Dorian allein so fordernd erlebt.

Seine Härte reibt zwischen meinen Beinen, was sich so gut anfühlt, dass ich meine Augen schließe, bevor er mich mit den Füßen auf den Boden sinken lässt.

»War nett mit dir, Maron.« *Wie bitte?* Ich öffne augenblicklich meine Augen. »Du darfst wieder zur Stange gehen. Nur in einem Slip machst du dich gleich viel appetitlicher an dem kalten Metall.«

Er dreht sich wirklich halbnackt mit Kratzern von mir auf seinem Rücken um und lässt mich neben der Stange an der Wand zurück.

Sofort spüre ich den Drang, mir das sicher nicht von ihm bieten zu lassen.

2. KAPITEL

Unruhig fahre ich durch mein Haar und kann nicht glauben, von ihm gerade abgewiesen worden zu sein. Zähneknirschend hole ich tief Luft, bevor ich auf ihn zugehe und ihn leicht auf seiner nackten athletischen Brust zurückstoße.

»Ich finde es wirklich freundlich und sehr aufmerksam, dass du mich als dein Modell schonen möchtest, aber unterbrichst du mit Jane auch so zeitig das Vorspiel?«

Die Worte zeigen sofort ihre Wirkung, als er nach meinen Schultern greift, mir mörderisch entgegenblickt und ich das finstere Flackern in seinen Augen sehen kann. *Los, komm endlich spielen!*

»Nein, für sie nehme ich mir alle Zeit der Welt. Bei dir hingegen …« Ich setze einen Schritt zur Seite, um ihm auszuweichen, er folgt mir, ändert die Richtung, sodass wir uns kurz umkreisen, bevor er mich rückwärts auf die nächste Ecke zutreibt. »… sollte ich nicht so rücksichtsvoll sein, weil du wieder mal unter Beweis stellst, wie unüberlegt es ist, mich zu reizen.«

»Unüberlegt? Wohl eher interessant.« Ich lache, bevor ich mich fast daran verschlucke, weil er mich im Nacken zu fassen bekommt und mich mit solch einer Kraft zurücktreibt, dass ich kurz aufpassen muss, nicht über den weichen Teppich zu stolpern.

»Angst, Maron?« Er muss den kurzen erschrockenen Blick von mir gesehen haben, bevor ich mich wieder unter Kontrolle habe, beide Hände um sein Gesicht lege und ihn küsse. Er gibt mich nicht frei, auch nicht, als ich meine Finger fest in seine Schultern kralle. Er treibt mich weiter rückwärts und …

nein, der Käfig. Schnell weiche ich einen Schritt zur Seite, drehe ihn in der Bewegung um und stoße ihn in den Käfig, bevor er mich am Handgelenk mitzieht und ich auf ihm lande, weil er mit meinem Stoß nicht gerechnet hat.

»Alles in Ordnung?«, frage ich ihn, um auszuschließen, dass er sich bei dem Sturz verletzt hat.

Unter mir beginnt er zu lachen und seine blauen Augen strahlen mir belustigt entgegen, bevor ein Kuss auf meine Stirn folgt. »Du bist wirklich goldig. Aber das ist deine Schwäche.« Noch bevor ich fragen kann, erhebt er sich mit mir und drückt mich gegen die Eisenstangen, schiebt meinen Slip runter, den ich bereitwillig loswerde, weil ich nur auf den Moment gewartet habe, und streift seine Shorts aus. Noch bevor ich seinen erigierten Schwanz sehen kann, hebt er mich an, drückt mich gegen die Stäbe und schiebt sein Glied mit einem kräftigen Stoß zwischen meine Schamlippen, sodass ich wie unter Strom stehe.

»Halt dich an den Stangen fest.« Er deutet mit dem Kinn über meinen Kopf und ich greife nach zwei Stangen, um Halt zu finden. Zugleich hält er meine Oberschenkel, Zähne vergraben sich in meine Brustwarzen, während er mich intensiv vögelt, sodass ich ihn nicht wiedererkenne und mich seine kräftigen Stöße nicht mehr klar denken lassen. Ich schreie, weil er so fest in meine Schulter beißt, dass es in meinen Augen brennt.

»Verflucht!«

»Zum Glück kann ich die Male auf den Skizzen weglassen. Denn glaub mir, du wirst im Anschluss mehrere von mir tragen.« Wieder ein tiefer Stoß in meine Pussy, sodass ich fast wimmere, weil die Hitze kaum zu ertragen ist und meine Arme unter meinem Gewicht zittern. Doch er hält mich, küsst meinen Hals, bevor er mir einen Fleck verpasst, der ziept, und ich meine Arme von den Stangen löse. So leicht werde ich mich nicht von ihm zurechtweisen lassen. Ich versuche ihn mit meinen Händen von mir zu stoßen, nur leider ohne Erfolg. Ohne einen Mann gefesselt zu haben, habe ich nicht die geringste Chance ihm etwas entgegenzusetzen.

Meine Versuche imponieren ihm herzlich wenig, als er meine Hüfte umfasst, meine Beine festen Boden spüren und er mich umdreht, um mich dann von hinten zu nehmen. Seine Hände spreizen meine Beine weiter, ziehen mein Becken näher zu ihm, um kurz danach in mich einzudringen. Ich kann nichts ausrichten, außer mich an den Stäben festklammern. Das Metall drückt an meine Wange, als zwei Schläge so hart auf meine Pobacken folgen, dass ich schreie. Meine Finger verkrampfen sich um die Stangen, dass meine Knöchel weiß hervortreten.

»Das war für deine vorlaute Unterstellung mir gegenüber.« Sein Schwanz dringt immer schneller und impulsiver in mich ein, bevor Hände meinen Nacken umfassen, aber nicht um mich fest gegen die Stangen zu drücken, sondern meinen Kopf zurückzuziehen. Er will nicht, dass ich mich verletze, aber zugleich fasst er so kräftig zu, dass ich zusammenzucke. Sein Schwanz zieht sich aus mir zurück, als er mich auf die Knie drückt, dass ich nicht einmal Halt an den Stangen finde und abrutsche.

»Dreh dich und leg das Gesicht auf den Boden!«, befiehlt er mir, dass ich kurz abfällig lache. Aber nicht lange, dann drückt sich eine Hand zwischen meine Schulterblätter, sodass ich nachgebe. Er versteht sich wirklich darin, die richtigen Griffe auszuüben. »Reiz mich nicht weiter, Maron!«

»Wie mein Master befiehlt«, entgegne ich ihm. Kaum positioniere ich mich vor ihm in seiner gewünschten Haltung, treffen seine flachen Handflächen so fest auf meinen Arsch, dass ich schreie wie noch nie vor ihm.

»Von eins bis zehn!«

»Null«, bringe ich zähneknirschend hervor. Er schnaubt hinter mir, weil er denkt, ich hätte immer noch nichts begriffen. Dann spüre ich Finger, die nach meinem Kitzler tasten, ihn fest massieren, sodass ich keuche, bevor sie in mich eindringen und mich seine Finger ficken. Gott! Meine Muskeln lockern sich in dem Moment, als weitere vier Schläge folgen, die wie heiße Flammen über meinen Pobacken brennen.

»Wie lautet jetzt deine Antwort?«

»Ehrlich?«, frage ich zynisch und stöhne, als er wieder meine Perle feucht massiert und ich nichts weiter kann, als vor ihm – meine Wange auf dem kühlen Metallboden gebettet – abzuwarten, bis er einen Fehler begeht, um mich zu befreien. Aber Himmel, was er macht, ist unglaublich. Die heißen Schläge wechseln über in lustvolle Wellen, die meinen Körper durchrauschen, wenn er meine Klit fest massiert. Meine Oberschenkel zucken, während ich das Blut in den Ohren rauschen höre und mich dabei erwische, die Augen vor Begierde zu schließen.

»Hör nur nicht auf. Oder besser: Vögel mich endlich!« Ein dunkles Lachen ist zu hören.

»Verdiene es dir, Liebes«, höre ich seine tiefe und feste Stimme hinter mir. »Drück deinen Rücken mehr durch, damit ich deine Pussy besser sehen kann.« Seine Härte spüre ich kurz an meinem Oberschenkel. »Und während du kommst, wirst du mir sagen, was ihr gestern Nacht gemacht habt!«

»Wir?«, keuche ich, aber weiß, was er meint.

»Ja, ich habe Gideon schon lange nicht mehr so unkonzentriert gesehen wie heute Morgen.«

Ein Lachen arbeitet sich meine Kehle hoch, bevor er in mein Haar greift und meinen Kopf zurückzieht, wie es nur ein Dominanter kann und ich es liebe.

»Rede, Maron!«

»Nein! Ich könnte das hier mit meinem Codewort beenden«, antworte ich finster, aber in meiner Stimme ist ein Zittern zu hören, weil er meine heißen Pobacken nicht gerade sanft umfasst, sodass ich nach meinen Worten zische. Zugleich sammelt sich die Hitze in meinem Becken an, und ich drohe fast vor Verlangen auszulaufen, weil ich seinen harten Phallus in mir spüren möchte, egal wie er mich vögelt. Er soll es einfach tun!

»Du wirst reden, weil du von mir gefickt werden willst. Ich kenne dich mehr, als du denkst und ...« Er presst sich fester gegen meinen Arsch, sodass es brennt. »In deinem Blick von vorhin habe ich gesehen, dass du mich nur provozierst, weil du etwas verbergen willst. Also!«

Verflucht! Warum muss er mich so schnell durchschauen? Warum muss er nachfragen, statt einfach seinen Schwanz in mich zu rammen, damit ich von meinen Gedanken abgelenkt werde.

»Frag ihn! Es war sein Wunsch, nicht meiner, den er gestern Nacht von mir eingefordert hat.« Mehr sage ich nicht, und anscheinend begreift Dorian, dass er auch nicht mehr von mir hören wird, denn im nächsten Augenblick spüre ich, wie seine Eichel meine Schamlippen auseinanderdrängt und er mich endlich erlöst, indem er mit intensiven Stößen meine Pussy ausfüllt. Mit geschlossenen Augen lasse ich mich fallen.

Seine Hände liegen warm und besitzergreifend um meine Hüfte, wandern über meinen Rücken, während er mich nimmt und ich vor Lust zergehe. Wie er seinen Schwanz in mich treibt, ist so erlösend, dass ich laut stöhne, ohne es zu wollen.

Während sein Schwanz nach schnellen tiefen Stößen zuckt und er sich in mir ergießt, räkele ich mich fast vor ihm, aber bin noch lange nicht dabei, einen Orgasmus zu spüren.

Nachdem er fertig ist, hilft er mir auf die Beine. »Du darfst jetzt weiter posieren.«

»Das soll wohl ein Scherz sein!«, fahre ich ihn an, weil ihm anscheinend nicht aufgefallen ist, dass nur er auf seine Kosten gekommen ist. Aber eine Stimme verrät mir, dass er das wollte, dass das sein Plan war. Nur warum?

»Sehe ich aus, als würde ich scherzen? Ich möchte heute noch fertig werden, Liebes, also streng dich bitte an.« Plötzlich klingt seine Stimme weicher, ruhiger und schmeichelnder, so wie er mit Jane spricht.

Zischend hole ich Luft, verpasse ihm einen Stoß, der ihn gegen die Käfigstäbe taumeln lässt, und greife nach meinen auf dem Boden verstreuten Kleidungsstücken. »Wenn du nichts dagegen hast, würde ich gern die Toilette aufsuchen, weil mich gerade ein Mann gevögelt hat, ohne sich angemessen zu bedanken!«, fauche ich ihm entgegen, gehe auf die Tür zu und drücke die Klinke herunter. Ich hätte nie gedacht, dass Dorian so ein aufgeblasener Esel sein kann.

»Du bekommst deine Belohnung noch, Maron – früher, als du denkst«, höre ich ihn hinter mir. Ich ignoriere seine Worte, weil ich in Rage bin und mich abkühlen muss.

Nach wenigen Minuten im Bad suche ich frisch geduscht wieder das Zimmer auf, in dem Dorian angekleidet auf dem Sessel telefoniert. Leise bleibe ich im Türrahmen stehen und höre an seinen Worten, dass er mit einem seiner Brüder redet.

Er spricht von einem Test, der morgen stattfinden soll, dann dreht er sich zu mir um. Ich neige meinen Kopf zur Seite, während ich den Mund zu einem Lächeln verziehe. Er darf ruhig mitbekommen, dass ich ihn gehört habe.

»Alles in Ordnung?«, fragt er mich, obwohl eigentlich ich ihn das fragen sollte.

Ich werfe ihm einen vernichtenden Blick entgegen, bevor ich mich nur in Unterwäsche, weil ihn der Anblick vor wenigen Minuten sehr angesprochen hat, auf die Tanzstange zubewege. Ohne ihn eines weiteren Blickes zu würdigen, setze ich den Poledance fort. Dabei beginne ich mich nur auf die Übungen zu konzentrieren und blende seine Anwesenheit aus. Kein einziges Mal unterbricht er mich in meinem Training, bis er sich erhebt, als ich mich kopfüber, nur mit den Händen auf dem Boden abgestützt und die Beine in einer eleganten Haltung an der Stange, heruntergleiten lassen will. Er umgreift meine Taille, um mich daran zu hindern.

»Hör mir zu, Maron.«

»Muss das sein, wenn ich gleich einen hochroten Kopf habe?«

»Wenn es uns hilft.«

»Uns?«

»Ja, uns. Denn ich glaube, wir werden nach dem Urlaub ein Problem haben, Maron. Und das weißt du besser als ich.« Seine direkten Worte lassen mich an ihm vorbeisehen. »Um mich kurz zu fassen, Liebes: Sobald wir Frankreichs Boden betreten, werden wir bis auf Lawrence getrennte Wege gehen.« Die Worte stoßen sich wie scharfe Klingen zwischen meine Rippen, sodass ich die Lippen fest zusammenpresse und schwach lächele.

»Von etwas anderem bin ich nicht ausgegangen«, antworte

ich kopfüber, während er vor mir in die Hocke geht. Bei meinen Worten ändern sich seine Gesichtszüge, die ich nicht zuordnen kann. Ist es Erleichterung oder Enttäuschung?

»Ich weiß. Trotzdem möchte ich es von dir hören, denn ich weiß, dass du keine Gefühle zulässt, auch wenn ich öfter etwas anderes sehe.« Seine Augen ziehen sich zusammen, und in dem Moment weiß ich, dass er weiß, was ich für Gideon fühle. »Versprich mir, dass du dich weiterhin professionell verhältst, dass du weißt, was die klügste Entscheidung ist, und dass du damit klarkommst.«

Seine Augen behalten mich prüfend im Blick. So als erwarte er geradezu ein Eingeständnis, dass ich nach dem Urlaub nicht dazu in der Lage sein werde, Abstand zu ihnen zu halten. Als ob ich vor ihrer Tür Sturm klingeln oder ihnen Briefe und Nachrichten schreiben würde, weil ich sie vermisse. Nur weiß ich jetzt schon, dass ich sie vermissen werde.

»Werde ich, Dorian. Könntest du mich jetzt bitte loslassen? So langsam kommt es mir vor, als würde mein Kopf platzen.«

Er nickt knapp, dann gibt er mich frei und ich komme schwindelig auf die Beine. Mit der Hand streiche ich über meine Stirn, um das Ziepen unter meiner Schädeldecke zu vertreiben.

»Hast du jemals um etwas gekämpft?«, fragt er mich beiläufig, als ich blinzle. Ich kann seinen forschen Blick nicht ertragen und greife zu dem Handtuch über dem Sessel, um ihm zu entkommen.

»Wenn es sich lohnt. Eigentlich muss ich dir diese Frage nicht beantworten, weil du die Antwort bereits kennst. Vermutlich mehr als jeder andere von euch dreien.«

»Mag stimmen. Nur bin ich mir nicht sicher, ob du es tun wirst, weil dir womöglich dein Stolz im Weg stehen wird.«

Mit jedem Wort, das er spricht, weiß ich, dass er ahnt, was gestern Nacht zwischen Gideon und mir vorgefallen ist. Aber woher? Gideon hat mir versprochen, es nicht seinen Brüdern zu erzählen. Ich glaube ihm – auch jetzt noch. Und ich habe nicht vor, mit seinem jüngeren Bruder über Gefühle zu reden, weil ich mir ziemlich sicher bin, dass dieses verräterische Flattern zwischen meinen Rippen, wenn mich Gideon ansieht, er mich anfasst oder mit mir schläft, nur eine kurze Phase lang anhalten wird. Schließlich würde ich mit Kean nach Frankreich zurückfliegen und einige Zeit mit ihm verbringen. Somit würde ich die letzten Tage schneller vergessen, als mir lieb ist.

»Wobei soll mir mein Stolz im Weg stehen?«, frage ich ihn direkt und drehe mich zu ihm um. Ich möchte seine Vorahnung ausgesprochen hören, sehen, ob er so weit geht, es mir direkt ins Gesicht zu sagen. Seine Nasenflügel weiten sich, als er tief Luft holt.

»Ich habe meinen Bruder in letzter Zeit nicht glücklicher gesehen, mir fallen seine Blicke dir gegenüber auf, seine Vorlieben, die er nur an Frauen auslebt, die er schätzt. Du schläfst fast jede Nacht bei ihm, sodass sich Law nicht einmal mehr durchsetzen kann. Ich behaupte nicht, dass du es absichtlich provoziert hast, aber ich denke, mein Bruder erhofft sich mehr nach dem Urlaub.« Als ich seine Vermutung höre, beginnt mein Herz verräterisch schnell zu schlagen. »Von dir möchte ich hören, was du darüber denkst. Es kann ein flüchtiger Urlaubsflirt sein – doch was, wenn er mehr will?«

Gänsehaut wandert über meine Unterarme, weil er von mir eine Antwort hören möchte, die ich ihm nicht geben kann. Nicht jetzt, vielleicht nie, weil ich es nicht zulassen werde, dass er von mir eine Antwort hört. Denn so würde er die Lüge von der Wahrheit unterscheiden können.

»Das ist nicht meine Entscheidung«, antworte ich leise und verlasse den Raum. Obwohl ich ihm so viel mehr sagen möchte, denn ja, ich möchte Gideon wiedersehen und weiß doch, dass es nicht passieren wird. Schnell wird er sich eine neue hübsche Abwechslung suchen und mich als nichts weiter als eine amüsante Reisebegleitung, mit der er seinen Spaß hatte, in Erinnerung behalten.

3. KAPITEL

Unkonzentriert fixiere ich meine Blicke auf die Papiere, rechne die Maßeinheiten um und mache mir eine flüchtige Skizze am Blattrand. Winzige Augenblicke schaue ich zu Dorian, der neben mir auf einem breiten Korbstuhl sitzt und zeichnet.

Er hat darauf bestanden, mich im Blick zu behalten, sobald ich lerne. Aber das bringt mich nur noch mehr durcheinander und schränkt meine Konzentration ein, weil mir ständig seine Worte über Gideon durch den Kopf gehen. Ich weiß, dass ich mit Dorian darüber reden kann. Ich weiß, dass er mich von allen am meisten versteht. Aber ich kann nicht.

Das Einzige, was helfen wird, um mich abzulenken, ist ein Telefonat mit Leon – beschließe ich –, um die neuen Termine abzurufen. Keine fünf Minuten später erhebe ich mich und täusche vor, meinen Mac im Zimmer vergessen zu haben. Aber ich brauche ihn für die Berechnung nicht. Dorian schaut mir skeptisch hinterher, als ich die Tür zum Anwesen schließe.

Im Zimmer erreiche ich sofort Leon, der immer noch etwas aufgewühlt wegen der Sache mit Dubois reagiert.

»Mach dir um mich keine Sorgen, ich nehme gerne neue Termine an. Aber nur, wenn du mir jetzt verrätst, wie mein Wochenende geplant ist«, versuche ich ihn von seiner Wuttirade über Robert abzubringen. Er holt tief Luft.

»Oui, mais ...«

»Non! Sag sie mir endlich an.« Mit den Fingern tippe ich nervös auf meiner Tastatur herum, um die Daten endlich eingeben zu können.

»Den Freitag habe ich dir freigehalten. Samstag ist Monsieur Pierre Saint-Gelais vorgemerkt, ab neunzehn Uhr, die übliche Vorgehensweise und das gewohnte Aussehen.« Ich schmunzle. *Also gedeckte Farben, ein Kostüm und dezent geschminkt ...*

»Die gesamte Nacht?«, hake ich nach.

»Möglicherweise.«

»Was soll das heißen? Ja oder nein?«

»Du kannst es selber entscheiden, das weißt du. Und wenn du dich nicht in der Lage fühlst«, versucht er wieder auf das Thema anzusprechen, während ich die Augen verdrehe. Ich kann ihn mir lebhaft hinter seinem Schreibtisch vorstellen, wie er mit der Hand über seine Glatze fährt und immer noch ein schlechtes Gewissen hat.

»Gut, ich entscheide es«, beende ich seine Rede, bevor er sich weiter über Dubois auslässt. Im Anschluss notiere ich mir alle Kunden, die Uhrzeit, ihre Vorlieben und zu welchem Anlass oder Nicht-Anlass ich sie begleiten soll.

Leise stöhne ich, damit er es nicht hört, weil ich bis auf einen Abend, Mittwoch, keinen freien Abend habe. Also das übliche Spiel: vormittags Uni, dann ab nächster Woche Semesterferien und die Prüfungszeit ab Anfang Juni und abends den Herren in ihren Betten Freude bereiten. Das wird hart werden, aber ich bin es gewohnt.

Nachdem ich mich über die anderen Mädels erkundigt habe, um über belanglose Dinge zu sprechen, lege ich auf und lasse mich rücklings auf mein Bett fallen. Hinter mir höre ich ein Klacken. *Dorian!*

»Falls dein Bruder sich nicht beeilt, bin ich die nächsten Wochen wieder jeden Abend ausgebucht«, sage ich, ohne meinen Kopf in seine Richtung zu drehen.

»Klingt nach viel Arbeit.«

»Nicht mehr als sonst.«

Mit wenigen Schritten steht er vor mir und lässt sich auf das Bett direkt neben mir fallen. Wo ist Jane die gesamte Zeit? Aber kann mir das nicht egal sein? Vor der Balkontür sehe ich Eram eifrig ein Tablett vorbeitragen.

»Ich dachte, wir essen auf dem Balkon«, höre ich Dorian, bevor sich ein Arm unter meinen Rücken schiebt und er mich an sich zieht. *Will er mich trösten? Warum?*

»Du kannst nicht lernen, habe ich recht? Vielleicht solltest du eine Pause einlegen und nach dem Mittag weiterlernen.«

Lippen streifen über meine Stirn und ich schließe für einen winzigen Moment meine Augen. Ich sollte mir nicht länger etwas vormachen und hoffen, dass sich nach dem Urlaub etwas ändert. Ich werde meinen Plan einhalten, so wie ich ihn mir zurechtgelegt habe. Zuerst die Prüfungen bestehen, dann meine Arbeit schreiben und dann nach einem Job suchen. Vielleicht werfe ich auch den Job als Escort hin.

DORIAN

Die Kleine braucht mir nichts vorzumachen. Ich sehe viel zu oft, wie sehr sie sich an uns gewöhnt hat, wie sie Gideon ansieht und sich selbst Lawrence verändert hat. Aber es ist vernünftig, wenn sie jetzt Abstand hält, bevor alles in einem Disaster endet.

Obwohl mir die Vorstellung, mit ihr, meinen Brüdern und Jane zusammen in einem Anwesen in Frankreich zu leben, manchmal im Kopf herumspukt. Aber es ist nur ein Hirngespinst. Die Realität sieht leider anders aus. Früher oder später würde ich es mit Gideon und Lawrence nicht mehr aushalten. Selbst hier in Dubai wünsche ich mir ein Appartement, in dem ich mich zurückziehen kann. Denn Lawrence geht mir manchmal mit seinem protzigen Verhalten tierisch auf die Nerven. Von wem er das wohl hat?

Nachdem ich unten die Haustür zufallen höre und Jane mit ihren Einkäufen zurück sein muss, gebe ich Maron einen Kuss und löse meinen Arm von ihr.

»Wenn du mich kurz entschuldigst. Jane müsste wieder zurück sein.« *Und hoffentlich alles bekommen haben.*

»Klar, ich kann auch Zeit ohne euch verbringen. Besser, als du denkst.« Sie zwinkert mir niedlich entgegen, bevor ich den Kopf schüttele, durch mein Haar fahre und das Zimmer verlasse.

Das glaube ich ihr sogar, nur, denke ich, tut ihr die Ruhe nicht gut, weil sie mit Grübeln beginnt. Aber sie wird nicht lang allein sein.

Unten im Foyer blickt Jane zu mir auf und schwenkt eine Designertüte in ihrer Hand. »Ich habe alles …«, will sie rufen, als ich den Zeigefinger auf meinen Mund lege, damit sie es nicht laut ausspricht und Maron es womöglich in ihrem Zimmer hören kann.

Schnell überwinde ich die Stufen zu ihr, nehme ihr die Papiertüte ab und werfe einen Blick hinein.

»Sehr gut, auf dich ist immer Verlass«, flüstere ich ihr entgegen, stelle die Tüte ab und ziehe sie an der Taille zu mir.

»Du hast es dir gar nicht richtig angesehen.« Sie verzieht ihren Mund schief, als sei sie enttäuscht.

»Später, wenn wir ungestört sind. Zuerst müssen wir …« Ich nicke zur oberen Etage hoch. »… sie ablenken. Sie wirkt heute genauso unkonzentriert wie Gideon, obwohl sie lernen soll.«

»Oh, das klingt nicht gut. Aber wie ich dich kenne, wirst du sie morgen dafür nicht so hart bestrafen.« *Was soll das heißen?*

»Schonen werde ich sie nicht. Wer nicht lernt, fällt durch die Prüfung, so einfach ist das. Also sollte sie sich anstrengen.« Jane muss leise über meine Worte lachen. »Aber es wäre gut, wenn du ihr etwas Gesellschaft leisten würdest.«

»Werde ich, damit die Bestrafung nicht zu streng ausfällt«, antwortet sie, zieht sich an mir hoch und küsst mich. Die Frau ist einfach bezaubernd, so niedlich und ergeben. Trotzdem – so kommt es mir manchmal vor – weiß sie immer, was ich denke. Sie ist die Frau, mit der ich mich seit wenigen Jahren am besten verstehe, auch wenn Maron in ihrer Art sehr anziehend ist, mag ich Janes zarte Seite, weil sie Gefühle zulässt, im Gegensatz zu Maron.

Nach einem innigen Kuss, bei dem mein Schwanz gegen ihren Bauch drückt und ich gerade daran denke, sie in mein Schlafzimmer zu entführen, löse ich mich von ihrem Mund.

»Wir sollten uns beeilen«, raune ich ihr zu, streiche eine Haarsträhne aus ihrer Stirn und lächle ihr entgegen. »Unser

Zeitplan ist eng.« Etwas enttäuscht nickt sie, fährt mit ihren Fingern über meine Brust und schaut auf den Steinboden. »Aber nicht so eng, dass du dir später keine Belohnung verdient hast.«

Ihr Blick ist magisch, als sie zu mir mit einem Lächeln aufsieht. Ihr hübscher runder Arsch gehört so gut wie mir.

4. KAPITEL

»Ich bin wohl die unkonzentrierteste Studentin, die es gibt«, meckere ich über mich selber, als ich fertig umgezogen im Foyer stehe. »Wenn ich jetzt nicht zu dem Araber müsste, hätte ich ein weniger schlechtes Gewissen.« Aber so habe ich keine Zeit. In meinen Gedanken bin ich tausende Möglichkeiten durchgegangen, um Al Chalid abzusagen ... Aber kann ich das machen?

»Was hast du gesagt?«, fragt mich plötzlich Lawrence und im nächsten Moment folgt ein Klaps auf meinen Po, sodass ich zische, weil er brennt wie ein Vulkan. »Ah!« *Der hat mir noch gefehlt!*

»Oh!«, stößt er aus. »Anscheinend hattest du heute eine Konfrontation mit meinem kleinen Bruder.«

Ich streiche mir eine Haarsträhne hinter mein Ohr, damit meine Frisur wieder perfekt sitzt, und ignoriere ihn, während sich Lawrence weiter von hinten an mich presst, Hände über meinen Bauch wandern. »Wo bleibt mein freudiger Feierabendkuss, der mich dazu verleiten soll, über meine geliebte Freundin herzufallen, weil sie für die Stunden, in denen ich hart gearbeitet habe, um ihr ein neues Auto kaufen zu können, belohnen will?« Über seine Worte muss ich leise lachen und verschränke meine Arme über dem Blazer.

»Auto, Schatz? Sehe ich aus, als sei ich bestechlich? Ich habe einen heißen Schlitten, der auf dem Flughafen auf mich wartet.«

Genervt stöhnt Lawrence in meinen Nacken, trotzdem suchen seine Hände unter meinem Blazer nach nackter Haut, sodass ich schmunzeln muss. »Das müssen wir noch üben,

Kätzchen. Morgen springst du mich sofort an, wenn ich die Haustür öffne.«

»Sicher, am besten in Reizwäsche und mit Schlagsahne in der Hand.« Er brummt neben meinem Ohr, sodass ich meinen Kopf zurücklehne.

»Gegen Süßigkeiten habe ich nichts einzuwenden.«

»Auch nicht, wenn ein Schokoriegel in deinem Arsch steckt?« Plötzlich klingelt es.

»Wir werden sehen, in welchem Arsch morgen die Schokolade steckt. Ich glaub, du musst los. Benimm dich und verführe unseren Geschäftspartner nicht.« Mit einem Griff dreht er mich zu sich, sodass ich in seine grauen Augen blicke, die mich mustern.

»Eifersüchtig?«, hake ich nach und hebe eine Augenbraue.

»Etwas, weil ich mit dem da …« Er blickt plötzlich mit hochgezogenen Augenbrauen an mir vorbei durch die geöffnete Haustür. »… nicht mithalten kann.«

In dem Moment drehe ich mich um und – *Holla! Was für ein Gefährt.* Vor der Einfahrt parkt eine weiße Stretchlimousine, aus der zwei arabische Damen aussteigen, die moderne Kostüme wie ich tragen und vor dem Wagen stehenbleiben.

»Ich liebe dein Auto, Schatz«, necke ich ihn, bevor ich ihn küsse.

»Wir werden sehen, wen du liebst, nachdem du von Al Chalid zurück bist.« Mit dem Ellenbogen stoße ich ihn an. Sein Blick ruht weiterhin auf der Auffahrt.

»Ich bin nicht materialistisch veranlagt«, murmle ich leise.

»Nein? Aber Geschenke nimmst du gerne an.«

»Wenn sie persönlich sind, dann schon.« Mit einer Hand fahre ich über Lawrence' Wange, der seinen Kopf zu mir dreht. »Ich bin wirklich froh, wenn ich das Treffen hinter mir habe, Liebling. Ich werde mich nicht verführen lassen.«

Lawrence zieht die Augenbrauen zusammen, als würde er an meinen Worten zweifeln, dann beugt er sich zu mir herab und küsst mich besitzergreifend. Seine rechte Hand wandert über meinen Rücken, weiter entlang zu meinem Po, den er fest umfasst, sodass ich mich mit einem Zischen von seinen Lippen löse.

»Solltest du mich betrügen, dann wird es schmerzhafter werden. Und jetzt schwing deinen hübschen Hintern in die Limo. Wir sehen uns später.«

Es folgt noch ein Kuss auf meine Lippen, bevor er mich umdreht und zur Tür schiebt. Was für ein Freund, der mich geradewegs in die Höhle des Löwen schubst. Aus den Augenwinkeln sehe ich Gideon aus der Küchentür treten, der kurz zu mir sieht, dann zu Lawrence. Doch im nächsten Moment stehe ich draußen in der glühend heißen Nachmittagssonne und die Tür wird hinter mir geschlossen. *Klasse!*

Ohne mir etwas anmerken zu lassen, laufe ich, nachdem ich tief durchgeatmet habe, auf die Limousine zu und schenke den beiden arabischen Damen ein schwaches Lächeln. Sie neigen ihre Köpfe, als seien sie meine Bediensteten, bevor der Fahrer die Tür öffnet und die Damen sich mir vorstellen. Sie wirken sehr freundlich, aber verhalten.

Was von außen schon beeindruckend gewirkt hat, ist im Innenraum der Limousine einfach nur unglaublich. In dem Wagen steckt mehr Luxus als in einer Präsidentensuite. Bis auf ein integriertes Badezimmer verfügt die Limousine über die neueste Technik, modernste Einrichtung und eine herrliche Beleuchtung hinter den verdunkelten Scheiben. Langsam setzt sich das Fahrzeug in Bewegung, als die Damen neben mir Platz genommen haben und ich einen letzten Blick auf das

Anwesen der Chevalierbrüder werfen kann. Ich atme tief durch, um mir weder den Luxus, der mir schon imponiert, noch die leichte Nervosität auf das bevorstehende Treffen, anmerken lassen.

Wenige Minuten später vibriert mein Handy, das ich aus der Tasche hole, um es auszuschalten. Um der Höflichkeit willen sollte ich es besser auf stumm schalten, bis ich eine Nachricht von Gideon lese.

Ich wünsche dir einen angenehmen Nachmittag, Kleines. Behalte deine Hände bei dir und ... ich weiß, dass du dich angemessen verhalten wirst. Und noch was ... ich kann es kaum erwarten, dich heute Abend nackt auf mir, unter mir und neben mir zu sehen.

Grand bien fasse, ma petite!

Gideon

Seine Worte schalten in dem Moment mein Kopfkino ein, dass ich kurz in Versuchung bin, den Fahrer vom Umdrehen zu überzeugen. Was hat er geplant? Für einen winzigen Moment dachte ich im Foyer, er würde sich zurückziehen, weil er mir keinen Kuss gegeben hat. Aber es ist auch kein Wunder, weil Lawrence es kaum erwarten konnte, mich zu Al Chalids Wagen zu drängen.

»Falls Sie etwas benötigen, können Sie uns jederzeit fragen, Miss.« Die arabische Schönheit blickt mir entgegen, als sei sie meine beste Freundin, doch zugleich wirkt sie zurückhaltend.

»Sehr freundlich, aber ich bin mit allem zufrieden. Wie lange werden wir noch fahren?«, möchte ich wissen, schlage die Beine übereinander und verstaue mein Handy – nachdem ich Gideon geantwortet habe, dass ich es sein werde, die ihn auf, unter und in sich spüren wird – wieder in meiner schwarzen

Lederhandtasche. Denn ich habe heute Abend sicher die Möglichkeit, den gekauften Body zur Schau zu stellen, damit er weiß, was ich wirklich von seinem Geld gekauft habe.

Dich wird ein bittersüßer Schmerz treffen, Darling.

»Wir sind gleich da, Miss.« Die zweite Dame reicht mir ein Wasser, ohne sie danach gefragt zu haben, das ich dankbar annehme.

Wenige Minuten später bleibt die Limousine stehen und der Fahrer öffnet uns die Tür. Ich befinde mich auf einer großflächigen Auffahrt, die von Rasen und Palmen umsäumt ist. Die Bäume sind akkurat von Raseninseln umgeben, hinter dem ein weiß getünchtes Gebäude emporragt, das so groß ist, dass ich glaube, mich vor einem der älteren Landsitze in Schottland wiederzufinden, obwohl der Baustil ein völlig anderer ist. Das Gebäude besitzt mehrere asymmetrisch hohe Wände, in die gewölbte Fenster eingelassen sind, die nichts auf das Innere schließen lassen. Das Gelände ist so groß und weitläufig, dass ich zwei Gebäude weiter entfernt erkennen kann. Doch ich kann mir das Anwesen nicht lange ansehen, da Al Chalid mit zwei Männern in dem hohen Eingangsportal steht und auf mich wartet.

Auf eine neue Erfahrung.

Die Damen folgen einen Schritt versetzt hinter mir, als ich die Stufen zu dem Anwesen hochsteige und meinen Kopf etwas gesenkt halte, weil ich dem Araber nicht meine Hand anbiete wie Nadine.

»Sayyed.«

»Ahlan wa sahlan.«

Er erwidert mein Kopfnicken und bittet mich rein. Sofort springt mir die erste muslimische Regel durch den Kopf, meine Schuhe auszuziehen, weil die Teppiche nicht beschmutzt werden sollen. Gerade als ich dabei bin, meine Prada-Schuhe auszuziehen, greift eine Dame vorsichtig an meinen Arm und erklärt mir, dass ich es nicht tun muss. Oh, ich behalte meine Schuhe auch sehr gern an.

»Wie geht es Ihnen?«, fragt mich Al Chalid, als wir im Vorraum stehen, der mit teuren Teppichen, Möbeln und Bildern ausgestattet ist.

»Sehr gut, danke der Nachfrage. Und Ihnen?« Ich habe mich informiert, dass, bevor ein Gespräch begonnen wird, immer nachgehakt wird, wie es einem geht, was ich sehr angenehm finde. Als er mich durch sein Anwesen führt, beantwortet er mir gewöhnliche Fragen zu seinem persönlichen Palast, weil ich sehr interessiert bin. Wer kann schon behaupten, von einem einflussreichen Araber eingeladen worden zu sein. Die gesamte Zeit frage ich mich, als ich ihm in seinem hellen Gewand und dem Tuch um den Kopf gebunden folge, wie alt er wohl sein mag. Weil ich weiß, dass er mir das Alter nicht verraten wird, da es nicht ungewöhnlich ist, eine Antwort wie »Ich bin zwischen 29 und 46 Jahre« zu erhalten, vermute ich, er ist Ende dreißig.

Über offene Wandelgänge sehe ich entfernt ein Gestüt und kann es kaum glauben, die schwarzen schönen Tiere über den trockenen Boden galoppieren zu sehen. Viel zu lange habe ich nicht mehr auf einem Pferderücken gesessen. Weil ihm mein Interesse an den Tieren auffällt, lässt er den Tee im Garten zwischen Jasmin und Dattelpalmen servieren und ich nehme ihm gegenüber am runden Tisch Platz. Seine Blicke sind sofort auf mir, sobald ich zu den Pferden schaue oder mich umsehe, das spüre ich, ohne hinsehen zu müssen. Seine Bediensteten stehen an der Glastür und servieren uns den Tee, bei dem ich ihm den Vortritt lasse, sich zuerst ein Glas von dem

Tablett zu nehmen. Normalerweise verhalte ich mich gern angemessen, aber bei ihm ist es anders, weil sich eine gewisse Unsicherheit in mir einschleicht, einen Fehler zu begehen. *Tief durchatmen, du hast definitiv nervenaufreibendere Dinge gemeistert, als eine Tasse Tee mit einem einflussreichen Mann zu trinken. Oh ja, viel nervenaufreibendere ...*

»Ich habe von meinen Geschäftspartnern erfahren, dass Sie bereits in zwei Tagen abreisen werden.«

»Das ist richtig«, antworte ich und nehme einen Schluck von dem Tee. »Aber Ihr Land hat mich sehr beeindruckt. Es ist das erste Mal, dass ich nach Arabien geflogen bin.«

»Möglicherweise nicht das letzte Mal«, merkt er mit seiner samtigen tiefen Stimme an, sodass ich die Nase kräusele, aber weiter zu den schwarzen Pferden blicke.

»Auch wenn es etwas unhöflich erscheinen mag, aber mit welchem der Brüder sind Sie wirklich liiert?«, möchte er plötzlich wissen, sodass ich tief durchatme und schmunzele. Ich muss seine Frage nicht beantworten, das weiß ich.

»Mit Lawrence Chevalier.«

»Auf mich hat es den Eindruck gemacht, Sie würden ein vertrautes Verhältnis zu dem jüngeren Bruder pflegen, den ich ...« Er lehnt sich entspannt in dem weichen Polster zurück. »... etwas mehr schätze.« Vermutlich, weil Lawrence tätowiert ist, was in Saudi Arabien ungern gesehen wird, weil sie ihre Körper achten.

Was soll ich jetzt sagen? Mit einem Schmunzeln senke ich meinen Blick, weil ich hoffe, er lässt die Frage auf sich beruhen. Hinter der Wärme und Gelassenheit, die er ausstrahlt, verbirgt sich ein besonderes Interesse an mir, das kann ich spüren, ohne ihn näher mustern zu müssen.

»Seit wie vielen Jahren betreiben Sie das Gestüt?«, versuche ich ihn von mir abzulenken.

»Schon als Kind war ich mit den Tieren verbunden. Ich betreibe es, seitdem ich das Anwesen bezogen habe. Im Abstand finden Rennen und Nominierungen besonderer Zuchttiere statt, an denen ich regelmäßig teilnehme. Für mich sind diese Pferde viel mehr als Tiere, wenn Sie verstehen, was ich damit meine.«

Das kann ich sehr gut verstehen, obwohl ich kein großes Verhältnis zu Pferden aufbauen konnte. »Reiten Sie gelegentlich aus?«, fragt er mich und ich schüttle den Kopf.

Wenn, dann sind meine Ausritte ein Erlebnis besonderer Art, auch wenn ich gerne wieder auf einem Pferd, statt einem Kunden reiten würde. Dieser anzügliche Gedanke schwirrt in meinem Kopf herum, sodass ich verbissen damit ringe, mir mein Lächeln nicht anmerken zu lassen. Warum muss ich gerade an Gideons Nachricht denken?

Vorsichtig wage ich einen Blick in seine Richtung.

»Ich möchte ehrlich zu Ihnen sein, Miss, von Ihrem Peiniger habe ich erfahren, dass Sie die Begleitung von Mister Chevalier sind.« *Nein, Robert hat seinen Mund nicht gehalten, und Dubois weiß, wer ich wirklich bin.* »Nach einer Recherche, weil ich seinen Worten nicht glauben wollte, habe ich herausgefunden, dass es stimmt.«

Ich schlucke und verziehe meinen Mund zu einem angestrengten Lächeln. Wie kann ich mich verabschieden, ohne unhöflich zu wirken? Kann mir das nicht egal sein? Ich werde diesen Mann in meinem Leben nicht mehr antreffen, ob einflussreich oder nicht.

»Und jetzt möchten Sie von mir eine Bestätigung hören?«, hake ich nach, dabei nehme ich einen winzigen Schluck von dem Tee, um zu warten, bis er ausgetrunken hat und mir nichts mehr anbieten kann.

»Nun, die westlichen Gewohnheiten sind mir nicht fremd. Ich habe viel von Frankreich, Deutschland und der Schweiz gesehen.« Das glaube ich ihm sogar. »Ich möchte Sie nicht beleidigen, aber wenn ich Sie wiedersehen könnte, auch gegen ...«

Mein Blick schnellt hoch. Instinktiv schüttele ich den Kopf, weil ich ihm das »Nein!« nicht aufgebracht entgegenschleudern möchte. »Es würde kein Problem werden, Sie nach Dubai zu fliegen. Ich würde die Sache diskret behandeln«, will er mich weiter überzeugen, weil er vermutlich denkt, ich kann sein Angebot nicht ausschlagen.

»Das ist sehr freundlich, aber ich muss ablehnen.«

»Weshalb?« Nun erhebt er sich von dem Polster seines Stuhls, während ich flüchtig zu den Bediensteten blicke, die teilnahmslos an uns vorbeischauen. Vermutlich verstehen sie kein Wort Französisch. »Ich würde Ihnen den Aufenthalt so angenehm wie möglich gestalten. Sie bekämen Angestellte, würden Vorzüge genießen, wie Sie Ihnen kein europäischer Mann bieten kann, und ich würde Sie angemessen bezahlen.«

Warum habe ich geglaubt, Araber seien zurückhaltend? Auf seine Weise ist er eine angenehme Gesellschaft, aber etwas in mir möchte nicht auf das Angebot eingehen. Ich weiß, dass sie viele Versprechungen machen.

»Es tut mir wirklich leid, aber ich kann Ihr Angebot nicht annehmen.« Zwar bin ich käuflich, aber ich kann immer noch frei entscheiden, mit wem ich meine Zeit verbringen möchte.

Kurz sehe ich, wie er laut ausatmet und etwas in seinen Augen aufblitzt. Sein Interesse an mir ist kaum zu übersehen. Aber würde ich darauf eingehen, könnte er mich vielleicht für immer in diesem Land gefangen halten. *Verflucht, Gideon und*

Lawrence, warum tut ihr mir das an!

»Weshalb nicht? Fürchten Sie unsere Kultur, unser Land oder unsere Religion?« Sollte man nicht mit einem Araber das Thema Religion vermeiden? »Ich kenne die Verhaltensweisen und Gebräuche in Europa.«

»Das zweifle ich auch nicht an, und ich bin Ihnen sehr dankbar, dass Sie sich für Monsieur Dubois' Inhaftierung engagiert haben, aber ich muss Ihr Angebot weiterhin ausschlagen. Mich hat es sehr gefreut, Sie kennen lernen zu dürfen, in Ihr Anwesen eingeladen worden zu sein, und ich danke Ihnen für Ihre Gastfreundschaft, dennoch wäre es angebracht, wenn ich besser zurückfahre.«

Mit einem Nicken schiebt er sein Glas auf den Tisch und erhebt sich mit seiner mächtigen Präsenz.

»Ich würde mich trotzdem freuen, Sie wieder anzutreffen. Sie sind immer eingeladen, wenn Sie Dubai besuchen.« Ich erhebe mich ebenfalls, dann reicht er mir eine Karte. Eine Visitenkarte. »Falls Sie es sich anders überlegen.« Immer mehr fällt mir auf, wie gut sein Französisch und wie vornehm seine Aussprache ist.

»Danke, ich werde es in Erwägung ziehen.« *Was ich sicher nicht tun werde. Meine Meinung wird sich nicht ändern, auch nicht, weil er mir seine Visitenkarte gibt.*

Mit einem Nicken verabschiedet er sich und eine Bedienstete steht plötzlich neben mir. Er spricht sein Bedauern aus, dass der Besuch zu Ende ist, und etwas länger schaue ich in seine dunklen Augen, die in der Sonne leicht glänzen. Ich weiß einfach nicht, wie ich mit ihm umgehen soll.

»Inshala«, antworte ich und hoffe, ihn nicht gekränkt zu haben, dann werde ich zu seiner Limousine begleitet. Doch am Straßenrand neben dem Anwesen wartet ein dunkler Sportwagen auf mich, dessen Fahrerfenster heruntergelassen ist.

Gideon? Wirklich nett, dass er mir erst jetzt aus der Misere hilft. Seine Hilfe hätte ich früher nötig gehabt. Aber ich kann mir vorstellen, welchen Spaß ihm das machen muss, mich bei dem Araber auflaufen zu lassen.

Ich lehne dankend ab, von Mister Al Chalids Fahrer nach Hause gebracht zu werden. Die arabische Frau neben mir nickt knapp, dann betritt sie wieder das Anwesen und ich gehe auf Gideon zu, der aus seinem Wagen aussteigt. Sein schiefes Grinsen ist kaum zu übersehen, während sich meine Gesichtszüge verfinstern.

»Wirklich freundlich mich abzuholen, nachdem ich …« Ich gehe um den Wagen, als er mir die Beifahrertür aufhält. »… das Schlimmste alleine meistern musste«, flüstere ich leise, weil ich nicht möchte, dass uns jemand belauscht.

»Was? Hat dir das Treffen nicht gefallen?« Auf dem Sitz nehme ich Platz, während er schnell nach der Visitenkarte greift und leise lacht. »Wenn ich raten darf, will er dich gern wiedersehen.« Schon schließt er die Tür, bevor ich antworten kann, umläuft den Porsche und steigt neben mir im Anzug und mit Sonnenbrille ein.

»Ich finde es nicht komisch, denn wenn es nach ihm ginge, würde er mich sofort mit einem Privatjet nach Arabien fliegen lassen, falls ich ihm eine weitere Absage mitteile«, murre ich, verschränke meine Beine und lehne mich im Sitz zurück. Aber gerade bin ich erleichtert, die Einladung hinter mich gebracht zu haben.

»Ehrlich gesagt hat es mich verwundert, dass du nicht auf die Toiletten geflüchtet bist und mich angerufen hast, um dich zu erlösen.« Er lässt den Motor an, bevor er Gas gibt und ich belustigt lache.

»Du hättest mir nicht geholfen, dafür kenne ich dich zu gut. Du hättest mich weiter in dem Anwesen schmoren lassen.«

»Verdient hast du es.«

»Wieso? Weil ich ihm gedankt habe, weil er den Scheißkerl zur Polizei gebracht hat?«, versuche ich mich zu erklären, obwohl es zwecklos ist. Ich muss mich bei ihm nicht rechtfertigen.

»Du bist zu gut für diese Welt«, sagt er betont langsam mit einem schiefen Grinsen, während wir wieder am Meer Richtung Anwesen entlangfahren.

»Vermutlich«, murmele ich, auch wenn seine Worte ironisch gemeint waren. Während der Fahrt wirft er mir einen flüchtigen Blick zu, als würde er etwas sagen wollen, doch die restliche Fahrt genieße ich das Schweigen zwischen uns. Es ist besser so. Von letzter Nacht möchte ich nicht reden, er anscheinend auch nicht, also sollten wir es darauf beruhen lassen.

5. KAPITEL

Kaum dass ich das Anwesen betrete, überfällt mich Lawrence.

»Hast du die Zeit mit Al Chalid genossen?«, fragt er mich, als ich meine Lippen zu einem spöttischen Lächeln verziehe und an ihm vorbeigehe. Gerade brauche ich etwas Ruhe, aber ich weiß, dass er mir die nicht gönnen wird.

»Er will sie buchen«, antwortet Gideon für mich.

»Er wird seine wahre Freude haben«, höre ich Lawrence, als ich mich abrupt zu ihm umdrehe.

»Jetzt sei nicht so zynisch. Wenn es nach mir ginge, hätte ich die Einladung abgelehnt, weil ich den Tag lieber gelernt hätte, statt mir Angebote unterbreiten zu lassen.« Lawrence zieht die Augenbrauen zusammen und macht einen Schritt auf mich zu.

»Warum heute so launisch?«

»Was wir von Dorian gehört haben, hast du den gesamten Vormittag gelernt. Ich kann mir gerne deine Rechenwege ansehen«, bietet mir Gideon an und bleibt neben Lawrence stehen.

»Ach, hat er euch das gesagt? Für mich sah das Lernen heute Morgen etwas anders aus.« Hat ihr jüngerer Bruder nicht erzählt, dass er mich gezeichnet hat und ich mehr Zeit an der Stange als mit meinen Mitschriften verbracht habe? Außerdem schwirren immer noch Dorians Worte in meinem Kopf herum, die ich vor Gideon und Lawrence sicher nicht erwähnen werde. Vermutlich weiß Dorian davon, denn plötzlich steht er am Geländer, lehnt seine Unterarme ab und fragt: »Wie sah es denn für dich aus, Maron?« *Spinnt er?*

Wütend blicke ich zu ihm auf, aber werde nichts sagen.

»Dass ich für dich an der Stange getanzt habe, du meinen Arsch mit deiner Hand bearbeitet hast und mir ... mir ...« Lawrence' und Gideons Blicke spüre ich mit jedem Wort auf mir. Aber nicht lange, weil ich zur Treppe gehe und einfach mein Zimmer aufsuchen möchte. »Zumindest werde ich die vergeudete Zeit jetzt aufholen, wenn ihr nichts dagegen habt!« Die Tür der Küche geht auf, und Eram bleibt mit einem entsetzten Gesicht stehen. Sie ist noch da? Obwohl es schon sechs Uhr ist. Was interessiert es mich. Gerade bin ich innerlich so aufgewühlt, dass ich Ruhe brauche, um mich abzureagieren.

»Was ist vorgefallen?«, fragt Gideon seinen jüngeren Bruder, der bloß die Schultern zuckt, als ich die Stufen hochsteige. Natürlich wird er nichts sagen. Und mir ist es ganz recht. Aber er kann ruhig spüren, dass mir seine Worte nicht gefallen haben. Nur warum? Weil etwas dran sein könnte.

»Sie hat sich etwas ungeschickt während des Trainings angestellt, sodass ich vermutlich ihren Stolz verletzt habe.«

Warum sagt er das? Finster blicke ich in seine Richtung und forme mit meinem Mund die Worte: »Du Arsch!«, dann drehe ich mich um und suche mein Zimmer auf.

Wütend tigere ich in meinem Zimmer auf und ab, fahre aufgebracht durch mein Haar und hole tief Luft. In dem Zustand werde ich wohl kaum lernen können. Was hilft, um mich abzuregen, ist ein Gespräch. Sofort krame ich mein Smartphone aus der Handtasche, die ich nachlässig auf das Bett geworfen habe. Kaum dass ich die Nummer eingegeben habe, um Luis anzurufen, weil ich Kean mit meinem Verhalten nicht noch mehr bestätigen will, welche Fehler ich begangen habe, öffnet sich die Tür und Dorian steht in meinem

Zimmer. Leise schließt er sie wieder und fängt meinen Blick auf. Er ist die Ruhe selbst, bevor er mich eingehend mustert.

»Was sollte das gerade eben?«

»Wovon sprichst du?«

»Du weißt genau, wovon ich spreche. Es wäre das Vernünftigste, würdest du dich im Griff haben.«

»Tut mir leid!«, fahre ich ihn an und gehe langsam auf die Balkontür zu, um sie zu öffnen. »Dass ich mich ein Mal nicht unter Kontrolle habe. Aber das Treffen mit Al Chalid hat mir zu denken gegeben, dann deine Ermahnung heute Morgen, als sei ich ein naives Mädchen, das nicht wüsste, worauf es sich eingelassen hat. Nicht weiß, dass es Fehler begangen hat.« Warum bin ich gerade einsichtig, obwohl ich ihm nicht meine Gedanken mitteilen will?

Arme legen sich um meine Taille, während er sich plötzlich an mich anschmiegt. »Du bist einsichtig, das habe ich selten bei dir erlebt. Ich kann ebenso wenig für die Situation. Doch ich könnte dir helfen, dir das Angebot machen, die letzten zwei Nächte bei mir oder Lawrence zu verbringen. Gideon werden wir abweisen, oder du entscheidest dich gleich für uns.«

Ich lächle bitter. »Außerdem weiß ich, dass dir an Lawrence auch etwas liegt. Ihn wirst du öfter nach dem Urlaub antreffen. Vielleicht zu oft, bis er dich nervt.« Leise lacht er in meinen Nacken, sodass ich seinen warmen Atem spüre. »Jetzt behalt deine Fassung und kümmere dich um die Dinge, die wichtig sind, wie dein Studium. Alles Weitere wird sich von selbst regeln, Liebes.«

Er hat recht. Ich sollte mich wieder beruhigen und keinen Aufstand machen.

»Du hast recht.« Langsam drehe ich mich zu ihm um, lege

meine Hände um seinen Nacken und blicke zu ihm auf. »Die Ablenkung würde mir guttun.«

Ohne zu zögern, hebe ich mich auf die Zehenspitzen und küsse ihn, zuerst zögerlich, dann hungriger, weil ich hoffe, dass er auf mein Angebot eingehen wird. Er erwidert den Kuss und treibt mich rückwärts gegen die Wand neben der Balkontür, gegen die er mich presst, dann mein Bein um seine Hüfte hebt. Von ihm gevögelt zu werden, würde eine gute Ablenkung sein, weil er weiß, was er tut, ich so einen klaren Gedanken fassen kann. Seine Lippen wandern von meinen Lippen zu meinem Hals, den er küsst. Dann knabbert er an meinem Ohrläppchen, während sich seine Hände unter meinem Blazer vortasten und ihn öffnen.

»Ich habe eine bessere Idee«, raunt er mir plötzlich ins Ohr, dann sehe ich seine eisblauen Augen vor mir verbunden mit einem zufriedenen Grinsen.

»Welche?« Er versucht mir wirklich zu helfen, das erkenne ich an seinen Gesichtszügen. Ich hoffe, er kann es wirklich.

»Du darfst uns heute Abend nach deinen Anweisungen, deinen Regeln und deinen …« Er wirft einen knappen Blick über die Schulter zu meinem Schrank. »… Spielzeugen verwöhnen. Tob dich aus, und ich denke, du wirst wieder die, die du bist.«

Auf meinen Lippen bildet sich ein Schmunzeln, dann folge ich seinem Blick. Eine schöne Vorstellung. Ob sie mich den dominanten Part wirklich ausleben lassen?

»Das Angebot kann ich nicht ausschlagen.«

»Ich weiß«, flüstert er, küsst mich gierig. Dabei tasten seine Hände zu meinem Po, der brennt, als er ihn fest knetet und ich wie eine Katze fauche.

»Wir sehen uns in wenigen Minuten im Billardzimmer. Ich werde Jane mitbringen und …« Langsam senkt er mein Bein, als er mich freigibt. »Wähle richtig. Denn morgen, Liebes, werden wir dir keine Revanche einräumen. Morgen wirst du dich unseren Wünschen beugen.« Auf seinem Gesicht kann ich ablesen, wie sehr es ihm Freude bereitet, mich im Dunklen tappen und zugleich wissen zu lassen, dass sie etwas Übles planen.

»Werde ich. Oder habe ich jemals die falsche Wahl getroffen?«

»Nein«, antwortet er mir mit einem Lächeln und zieht die Tür hinter sich zu. Dorian ist wirklich gut darin, mich auf andere Gedanken zu bringen. Und ich weiß bereits jetzt, was ich für die Jungs planen werde.

Etwas wehmütig blicke ich meinem Laptop und den Dokumenten auf meinem Bett entgegen, als ich zum Schrank laufe und mir meine Unterwäsche aussuche, um mich kurz darauf umzuziehen. Erst ein flüchtiger Blick auf mein Handy zeigt mir, dass ich eine neue Nachricht von Kean habe. Eilig lese ich sie durch. Gott, er will mich morgen treffen. Aber das geht nicht.

Tut mir leid, aber ich kann mir keine weiteren Treffen mit dir in Dubai erlauben. Das musst du verstehen.

Maron

Warum müssen alle Dinge auf einmal auf mich einprasseln? Doch er wäre nach dem Urlaub eine Ablenkung. Nur, während ich in Dubai bin, möchte ich mich den Chevalierbrüdern widmen, denn dafür werde ich bezahlt. Außerdem will ich mir keinen weiteren Ärger zuziehen, sobald sie davon erfahren, dass ich mich heimlich mit meinem Lehrer treffe. Nein, ich möchte Gideon kein weiteres Mal enttäuschen.

Akzeptiert. Wir telefonieren später, ma Amante.
K.

Im Billardzimmer angekommen, finde ich Jane vor, die mir entgegenlächelt, als sie auf mich zukommt.

»Ich bin eingeweiht und werde mich um Gideon kümmern.« Kurz schlucke ich, aber nicke. Vor mir steht sie in hübschen schwarzen Dessous, bevor sie mich mustert, meinen Body sieht und ihre Blicke an den Lederriemen um meine Oberarme, Oberschenkel und auf meinem offenen welligen Haar hängenbleiben.

»Streng dich an, weil ich nur Dorian und Lawrence in Schach halten werde, am besten ...« Ich lege mein Tuch, in dem ich die Fesseln und Spanking-Utensilien, die ich verwenden werde, auf dem Billardtisch ab. »... werde ich mich zu Beginn um ihn kümmern, dann –«.

»Ja, was dann?«, höre ich eine Stimme hinter mir und Jane zieht scharf die Luft ein.

»Darling.« Mit einem breiten Lächeln drehe ich mich zu Gideon um, der seine Finger zum Kinn zieht und erst mich, dann Jane anschaut.

»Warte es ab«, antworte ich und mache wenige Schritte auf ihn zu. Hinter ihm sehe ich Dorian neben Lawrence, der mir entgegennickt.

»Jane.« Ich winke sie kurz zu mir heran, um ihr ins Ohr zu flüstern, was ich brauche, bevor ich mich Gideon zuwende, eine Hand auf sein dunkles Hemd lege und ihn küsse, dabei öffne ich seine Knöpfe und bemerke, wie lange ich mich dem Kuss hingebe, weil er mich nicht mehr freigibt. Plötzlich löst er seine Hände von mir und ich nutze die Gelegenheit, um sein Hemd auszuziehen.

»Was soll das werden?«, fragt er und ich sehe, wie Jane ihm mit einem Tuch die Augen verbindet. Im gleichen Moment fasse ich nach seinen Handgelenken, um ihn zu einem Stuhl zu führen, der sich am Billardtisch rechts von uns befindet.

»Bevor ich morgen wieder von euch beansprucht werde, werden wir uns heute bei euch revanchieren. Also genieß es, Darling.« Mit den dunklen Hanfseilen verbinde ich seine Gelenke, aber so, dass er sie noch frei bewegen kann, und schiebe ihn auf den Stuhl. Dorian hilft uns, seine Fußgelenke an den Stuhlbeinen festzubinden.

»Was soll der Mist!« Anscheinend gefällt es ihm nicht.

»Beruhig dich. Deinen Brüdern wird es nicht besser ergehen«, versuche ich ihn mit einem leisen Lachen zu beruhigen. Dorian grinst, aber nickt. Dann weise ich Jane zu Gideon, als ich seine Handgelenke hinter dem Stuhl befestigt habe. »Irgendwie kommt mir die Haltung sehr bekannt vor«, bemerke ich und streichele über Gideons Wange. »Findest du nicht auch, Lawrence?«

Lawrence lacht dunkel hinter mir, bevor er auf mich zukommt. »Wir sollten euch nebeneinander festbinden.«

»Halt die Klappe, Law, und hilf mir wenigstens, wenn Dorian diesen Mist mitmacht.«

»Non, warum? So habe ich mehr von dem Kätzchen. Hase, komm, du siehst heute wirklich heiß aus.« Mit einem finsteren Blick drehe ich mich zu Lawrence um.

»Hase?« Schnell bekomme ich ihn am Kragen zu fassen. »Ich glaube, ich habe mich gerade verhört«, knurre ich ihm entgegen. »Zieh dich aus. Dann zeige ich dir, wie scharf dein Hase auf deinen Schwanz ist.« Ich muss es nicht zweimal sagen, da sich Lawrence entkleidet, während ich zum Billardtisch gehe und etwas aussuche. So gern wollte ich es die gesamte Zeit bei ihm ausprobieren. Als Lawrence vor mir steht, greift er nach meiner Hüfte und presst mich eng an sich. Sein Schwanz, der halb erigiert ist, drückt sich an mein Becken, während ich mich zu ihm hochziehe und ihn küsse, und das nicht gerade sanft, sodass er keucht. Die Gelegenheit nutze ich, um mit der rechten Hand seine Härte zu umgreifen und fest zu massieren, während ich ihn mit der anderen Hand auf der Brust rückwärts auf den Billardtisch drücke. »Lass dich fallen, Schatz.«

»Ich warne dich, wenn du einen Schritt zu weit gehst, hole ich mir sofort, was ich will!«, droht er mir, aber lässt sich langsam unter meinen Berührungen auf den grünen Filz sinken. Mit einem Lächeln küsse ich seine muskulöse Brust abwärts und lecke längs über seinen Schaft, massiere seine Hoden, sodass er sich entspannt zurücklehnt.

»Herrlich, nicht wahr?«, frage ich ihn mit einer verführerischen Stimme. »Wie kann ich dir schaden wollen, wenn ich doch von dir gefickt werden will?«

Die Worte müssen ihm gefallen, denn er greift nach meinem Kopf und vergräbt seine Hände in meinem Haar. »Dann lutsch meinen Schwanz.«

Etwas anderes habe ich nicht vor. Ich lecke über seine Eichel, die herrlich glänzt, und lasse seine Härte Zentimeter für Zentimeter in meinen Mund eintauchen, bis ich nach dem silbernen Ring greife, meine Lippen von Lawrence, der seine Finger fester in meinem Haar vergräbt, löse, den Ring in den Mund nehme und ihn kurz darauf mit meinen Lippen über seinen Schwanz ziehe. *Wunderbar!*

»Scheiße! Das kannst du mit Gideon machen, aber nicht mit mir!«, protestiert er über mir, als ich den Ring bis zum Ansatz überstreife.

»Du willst mich vögeln, nicht wahr, Schatz? Dann mit Ring.« Ein Knurren ist zu hören, als er sich erhebt und ich plötzlich Jane auf Gideon sehe, die ihn küsst und sich langsam auf seinen Schoß zieht.

»Dorian, hilf mir mal!«

Dorian flüstert Jane etwas zu, die nickt und keucht, als er auf uns zukommt, sein Hemd öffnet und mir entgegengrinst. »Gerne.« Etwas blitzt in seinen Händen auf, und dann verstehe ich, was er vorhat. Ich greife nach Lawrence' Handgelenken, damit Dorian sie in die Handschellen legen kann. Als er die Schelle um Lawrence' rechtes Handgelenk schließt, der protestiert, lache ich zufrieden, bis Dorian schnell nach meinem linken Gelenk greift. »Dorian, nein!«

Gerade als ich ihm meine Hand entziehen will, greift er fester zu und verschließt die Riegel.

»Ich wünsche euch beiden einen amüsanten Abend. Als Paar dürfte er für euch nicht langweilig werden«, raunt mir Dorian mit einem diabolischen Gesichtsausdruck zu. *Das war sein Plan? Wie grandios!*

»Was soll der Scheiß?«, fragt Lawrence ihn aufgebracht.

»Jetzt nimm sie dir schon, Law, und beklag dich nicht.«

Böse funkele ich Dorian entgegen, weil es so nicht abgesprochen war, trotzdem weiß ich seine Geste zu schätzen. »Ich warne dich, eigentlich wollte ich dir mit dem hübschen Ring deinen Arsch spanken.«

»Wolltest du?«, hakt Lawrence nach und seine Augen verfinstern sich, bevor er mich umdreht, sodass ich mit dem Po gegen den Billardtisch stoße. »Ich finde, wir sollten dich aus dem heißen Teil befreien.«

»Ich sehe, ihr braucht mich vorerst nicht«, höre ich Dorian hinter mir, während ich von Janes Gestöhne abgelenkt werde.

Gott, reitet sie Gideon?

Sofort greife ich nach seinem Schwanz, um ihn auf Abstand zu halten. »Warum sollte ich nicht dort weitermachen, wo ich aufgehört habe?« Verflucht! Wegen Dorians verdammten Handschellen kann ich nicht das machen, was ich vorhatte. Oder vielleicht doch.

Langsam gehe ich auf die Knie, während ich nach seiner Hand greife, damit sich die Handschellen nicht in mein Handgelenk einschneiden. Dann lecke ich seinen Schwanz und spüre zugleich, dass er meinen Body am Hals öffnet.

»Ich will dich nackt sehen, wenn du mir einen bläst«, befiehlt er mir mit einer rauen Stimme und streift den Stoff von meinem Hals.

»Nein! Das bestimme ich!« Sofort erhebe ich mich.

»Was treibt ihr dort hinten für Spielchen?«, fragt Gideon hinter Lawrence, von dem Jane steigt, was ich kaum erkennen kann, weil Lawrence mir mit seinem Oberkörper die Sicht versperrt. Aber es ist besser so, der Anblick würde mir wohl nicht gefallen.

»Mich gegen deinen Macho-Bruder zur Wehr setzen.« Keine drei Sekunden später stößt mich Lawrence auf den Billardtisch zurück, sodass ich keuche.

»Was hast du gesagt! Am besten, ich zeige dir, was für ein Macho ich wirklich sein kann.«

»Los! Ich kann es kaum erwarten. Mit dem Ring wirst du nicht lange durchhalten, weil du darin nicht geübt bist.«

»Sie hat dir einen Ring verpasst? Kluges Mädchen«, höre ich Gideon. *Ja, aber dir würde auch einer stehen.* Lawrence zieht mir die Unterwäsche aus, streift sie über meinen Oberkörper meine Hüfte entlang, bis ich nackt vor ihm stehe.

»Du wirst sehen, wie lange ich durchhalte – und zwar, bis

du bettelst, dass ich aufhöre.« Ich lache belustigt, als er vor mir in die Knie geht und meine Pussy, die vor Verlangen pocht, weil ich Lawrence die gesamte Zeit mit dem Ring vor mir stehen sehe, mit seiner Zunge leckt, so schnell und fest, dass ich zur Decke blinzle und an meinem Handgelenk zerre.

Über mir ist plötzlich Dorians Gesicht zu sehen, der meinen Kopf umfasst, »Mir gefiel dieser Plan besser«, sagt und mich dann verlangend küsst. »Er lenkt dich ab. Du hast nun mich und Law.« Dorians Zunge umkreist meine, während seine Hände meine steifen Brustwarzen zwirbeln und ich unter den Berührungen ein Hohlkreuz mache. »Eine seltene Kombination«, haucht Dorian über meine Lippen. »Deswegen genieße es.«

Sein hübsches Lächeln ist über mir zu sehen, bevor er meine rechte Brustwarze fester dreht, sodass ich stöhne und Lawrence meine Perle fest leckt. Finger tauchen in meine Pussy ein, während Dorian wieder meinen Mund mit seiner Zunge penetriert.

Gott, ich werde es genießen, weil die beiden einfach wunderbar sind. So unterschiedlich wie Tag und Nacht und doch so perfekt zusammen.

Nicht lange und meine Beine werden auf den Tisch gehoben, bevor ich Lawrence' Schwanz in mir spüre, der mich mit einem tiefen Stoß nimmt, während Dorian meinen Mund mit seiner Zunge weiter um den Verstand bringt, weil er beinahe so gut wie Gideon küssen kann. Ich zerre an meinem Handgelenk, bevor ich die rechte freie Hand nutze, die plötzlich festgehalten wird.

»Schön ruhig, Schatz. Wie fühlt es sich mit dem Ring an?« Lawrence' Stöße werden tiefer, meine Klit pocht und dann fühle ich etwas Feuchtes meine Klit massieren, sodass die Hitze in mir droht überzukochen. Wegen Dorian, der mich weiter festhält, weiß ich nicht, welche Hände auf mir sind, bis ich laut komme, sich Dorian von meinem Mund löst und ich in den Raum stöhne. Lawrence vögelt mich weiter, nimmt mich härter und scheint lange noch nicht fertig zu sein. »Gott!«, bringe ich hervor.

»Heb sie hoch!«, höre ich Dorian, bevor Lawrence nach meinen Hüften greift und mich weiter auf den Billardtisch schiebt, während sein Schwanz sich aus mir zurückzieht. »Jane. Lös die Binde und komm zu mir.« *Wie bitte? Was hat Dorian geplant?* Ich war auch noch so dumm und bin auf ihn reingefallen. Der ganze Abend verläuft nach seinem Plan, nicht nach meinem.

Lawrence zieht sich auf mich und dreht mich wendig auf dem Billardtisch auf sich, sodass ich auf ihm sitze. Mit seinen Händen und einem spöttischen Grinsen fasst er nach meinem Becken, damit sein Schwanz im nächsten Moment meine Schamlippen auseinanderdrängt und er tief in mich eindringt. Für den Bruchteil einer Sekunde schließe ich die Augen, weil das Kribbeln meinen Rücken herunterjagt, als meine Pussy von seinem großen Phallus ausgefüllt wird.

Aus den Augenwinkeln sehe ich, dass Jane Gideons Augenbinde abnimmt und er bereits gekommen sein muss. Doch ich kann mich nicht lange darauf konzentrieren, als Lawrence nach meiner Hüfte greift und sie auf sich auf und ab bewegt, sodass ich keuche, weil sein Schwanz tief in mich eindringt. Auf meinem Arsch spüre ich Finger meine Spalte entlangtasten, die in meinen Anus eindringen und ihn dehnen, sodass ich mich fester an Lawrence' Hand festklammere.

»Gefällt dir, was du siehst?«, fragt Dorian Gideon, der auf dem Stuhl sitzen bleibt und uns im Auge behält.

»Ich würde zwar gerne mit dir tauschen, wenn ich könnte, aber ja, der Anblick ist ungemein scharf.« Ich würde ihm entgegenlächeln, wenn ich nicht in der nächsten Sekunde zwei Finger meinen Anus dehnen spüren würde, sodass ich stöhne.

»Vielleicht kannst du später«, antwortet Lawrence unter mir und ich funkele ihm finster entgegen. Von Dorian werde ich weiter nach unten gedrückt, bevor seine Eichel feucht von Massageöl oder Gleitgel meinen Muskel dehnt und sich langsam in meinen Anus schiebt. Sofort beginnt mein Puls zu rasen, als ich beide Brüder tief in mir spüre. »Gott, ist das eng.«

»Man muss es lieben«, höre ich Gideon, dessen Augen sich verengen. »Und sich Zeit nehmen.«

Gideons Blicke haften auf meinem Körper, als sich beide Schwänze in mir bewegen, und das allmählich schneller, sodass ich die Augen schließe, um das heiße Kribbeln in meinem Becken intensiver zu spüren. *So schnell werde ich keinen Dreier mehr haben* – denke ich in dem Moment. *Genieße es.* Und Gott, ich kann gerade an nichts anderes denken, nicht einmal an Gideons Blicke.

»Stöhn für uns, Maron!«, befiehlt Lawrence unter mir. Ich spüre, wie er seinen Ring mit der freien Hand weiter nach vorn schiebt, vermutlich hinter seine Eichel, und das Metal beim nächsten Stoß eine Stelle in mir trifft, die mich zum Wimmern bringt, während Dorian meinen Arsch penetriert.

Die Enge, der Druck und die Bewegung lassen mich zwischen ihnen zittern, sodass ich nicht mehr lange durchhalten kann. Lawrence' Hände liegen wie Dorians um meinen Bauch und meine Hüfte, und beide bewegen sich so schnell, dass mir heiß und kalt wird, aber das Gefühl ausbleibt, mich unter ihnen fallen zu lassen. Als ich blinzle, steht Gideon vor mir.

»Setz dich!«, befiehlt Dorian in einer strengen Stimme Gideon, der abfällig lacht.

»Wieso sollte ich auf dich hören? Falls es euch nicht entgangen ist, sie lässt nicht los«, stellt er mit einem intensiven Blick auf mein Gesicht fest.

Woher weiß er das, obwohl ich keuche und versuche, mich ihnen hinzugeben? Finger berühren meine Lippen, zeichnen sie nach, sodass ich meinen Mund öffne, sie in mir eintauchen und ich Gideon in die Augen blicke, während ich an ihnen sauge. Dorian höre ich hinter mir fluchen, bevor er mit wenigen tiefen Stößen in mir kommt. Alles kribbelt in meinem Becken, während ich nur auf Gideons Blicke und seine Finger in meinem Mund fixiert bin. Dorian ergießt sich hoffentlich mit einem Kondom in meinem Arsch, bis er seinen Schwanz langsam aus mir zurückzieht.

Ich löse meinen Mund von Gideons Fingern und lächle ihm mit einem knappen Blick auf seinen Bruder unter mir entgegen, dann richte ich mich auf, spanne mein Becken an, lege eine Hand auf Lawrence' Brust und reite ihn. Dabei schließe ich die Augen, um alle Reize wahrzunehmen. Finger zwirbeln meine Brustwarzen, sodass ein Kitzeln meinen Rücken herunterjagt und ich stöhne.

»Dreh dich zu mir.« Gideon dreht mit einer Hand meinen Kopf in seine Richtung und küsst mich, während ich keuche und Lawrence nicht mehr lange braucht und laut stöhnend unter mir kommt, seine Hände in mein Becken krallt und seinen Schwanz ein letztes Mal tief in meine Pussy stößt, um sich in mir zu ergießen.

»Hammer, Babe. Immer wieder«, keucht er nach Luft ringend. »Wenn Dorian nicht zuvor schlapp gemacht hätte. Die Enge war saugeil.«

»Wir können das nächste Mal gern tauschen«, höre ich Dorian hinter mir, dann Gürtelschnallen klappern, während mich Gideon weiter küsst und ich alles um uns ausblende. Meine Finger wandern in sein Haar und ziehen ihn näher an mich, als unsere Zungen wie in einem heißen Verlangen verschmelzen. Gott, wie er küsst, ist unglaublich, sodass mein Herz schneller schlägt.

Ein Räuspern ist zu hören, bevor mein Handgelenk mit einem Ruck zurückgezerrt wird, weil Lawrence daran zieht. »Nehmt euch ein Zimmer.«

»Ach, und du willst nicht mitkommen?«, frage ich zynisch und hebe eine Augenbraue, als ich zu Lawrence blicke, der meine Hüfte anhebt, um seinen Schwanz aus mir zu ziehen.

Er lacht abfällig. »Du musst mich nicht fragen, Schatz. Ich komme ohne Einladung.«

»Wie das letzte Mal, als du fast die Balkontür eingeschlagen hättest«, bemerkt Gideon mit gespielt verärgerten Gesichtszügen. Als meine Blicke über seinen Körper wandern, sehe ich, dass sein Schwanz halb steif ist – und Himmel, von ihm würde ich am liebsten gevögelt werden.

»Ich hole mir nur das, was mir zusteht. Komm, Kätzchen, wir sollten duschen gehen.« Gideon zieht die Augenbrauen zusammen.

»Wenn du nichts dagegen hast, würde ich sie mir für den Rest des Abends ausleihen.« Jane seufzt leise hinter Gideon, als sie auf Dorian zugeht, der mir seltsame Blicke zuwirft, die verraten, dass ich es ablehnen soll.

»Lös die Handschellen, Dorian.«

»Nein. Ich finde, die beiden haben sich eine Nacht zusammen verdient. Du hast sie die letzten Nächte für dich beansprucht«, beschließt Dorian und zieht Jane an seine Seite. *Klasse, jetzt streiten sie sich um mich.*

»Dem stimme ich zu. Maron sollte wieder in den Genuss kommen, bei mir zu schlafen. Das Spiel mit dem Schokoladeneis hat ihr sehr gefallen, warum versuchen wir es heute nicht mit Früchten?« Ehrlich gesagt fühle ich mich nach dem Tag ziemlich erschöpft, um weitere Spielchen mit Lawrence zu praktizieren, und würde gerne eingekuschelt im Bett neben Gideon liegen wollen.

»Warum lassen wir nicht Maron selbst entscheiden?«, schlägt Gideon mit einem triumphierenden Grinsen vor, greift nach meinem Kinn und schaut mir mit seinen grünen Augen lange entgegen. *Ich würde immer dich wählen* – denke ich, *aber ...*

»Eine Nacht bei Lawrence wird nicht schaden«, antworte ich, senke den Blick und schaue zu Lawrence, der breit grinst, als hätte er eine Wette gewonnen und mich als Gewinn errungen.

»Wie du möchtest.« Die Enttäuschung ist in Gideons Augen zu sehen, aber ich nehme sie gerne in Kauf, wenn ich endlich das Gefühl ihm gegenüber ablegen kann, weil es mich verletzlich macht.

Mit wenigen Schritten greift er nach seiner Kleidung, wirft uns einen kühlen Blick zu und verlässt mit einem letzten Blick von mir auf seinen schön geformten Männerarsch den Raum.

Zu gern wäre ich ihm gefolgt. Nicht nur wegen seines heißen Hinterns ...

Nackt und verlassen knie ich auf dem Billardtisch und schaue zu Dorian, der die Lippen fest aufeinanderpresst. Anscheinend gefällt ihm seine Strategie selber nicht.

6. KAPITEL

»Komm, Prinzessin.« Mit einem Satz steht Lawrence mit seiner gesamten Pracht vor mir und hebt mich auf seine Arme. »Wir sollten ein heißes Bad nehmen.«

Jane fährt sich über die Stirn, sagt leise etwas zu Dorian, der ihr einen skeptischen Blick zuwirft, dann antwortet er ihr und sie beginnen zu diskutieren. Doch ich kann kaum eines ihrer Worte verstehen, weil mich Lawrence bereits über die Gänge in sein Bad trägt.

»Willst du die Handschellen nicht abnehmen?«, frage ich ihn, weil ich nicht vorhabe, den gesamten Abend mit ihm gefesselt zu sein.

»Warum? Wo bleibt sonst der Spaß?«

»Dir geht es immer um den Spaß«, murmele ich leise, als er mich auf den warmen sandfarbenen Fliesen in seinem Badezimmer absetzt und das Wasser in der Eckbadewanne einlässt.

»Nein, nicht immer, Maron. Aber das Leben ist manchmal beschissen genug, sodass man es genießen sollte, solange man den Moment geboten bekommt.« Weise Worte, und das von Lawrence Chevalier. »Seit du hier bist, stelle ich fest, habe ich den größten Spaß seit langem.«

»Ach, konnten dir die Tussen, die du abgeschleppt hast, nichts bieten?«

»Wie du so schön sagst, es waren Tussen, rein – raus und dann werden sie vor der Türschwelle abgestellt. Für mehr brauche ich sie nicht. Sie haben etwas zu quatschen, mit dem Nachfolger unseres Bankunternehmens gebumst zu haben, und ich hatte meine Nacht mit ihnen.«

Mit der freien Hand prüft er das Wasser, während sich weiter Schaum bildet und ich bei dem Anblick lächle, obwohl mir langsam kalt wird.

»Frierst du?«

»Nein.«

»Du hast Gänsehaut. Warte ...«

Er greift plötzlich nach meiner Mitte und hebt mich in die Wanne, sodass ich quieke, weil das Wasser so heiß ist und ich mich ruckartig auf den Wannenrand hochziehe.

»Gott, willst du mich verbrühen? Mein Hintern brennt schon wie ein Vulkan.«

»Scheiße, gleich ...« Er verändert die Temperatur, und ich muss lachen, als ich seine Unbeholfenheit sehe und er zugleich mit den Handschellen zu kämpfen hat. »Besser?«, erkundigt er sich, als ich vorsichtig die Fußzehen eintauche und nicke.

»Viel besser. Ich weiß nicht, ob dir das schon einmal jemand gesagt hat, Law, aber du kannst, wenn du willst, sehr einfühlsam sein.«

Er lacht abfällig, als hätte ich ihn gerade auf den Arm genommen. »Wirklich. Ich würde zu gern wissen, warum du öfter den Draufgänger raushängen lassen musst.«

»Sind wir uns nicht etwas ähnlich, Maron? Du versteckst dich ebenso hinter deiner harten Schale, vögelst die Männer, ohne mit der Wimper zu zucken, gibst so wenig wie möglich von dir Preis und lässt immer die unantastbare Schönheit heraushängen.«

Er trifft es sehr gut – weil es stimmt. Ich liebe mein Image, weil es mich unnahbar macht, auch wenn ich in manchen Momenten nicht unnahbar sein möchte.

Er stellt das Wasser ab, steigt in die Wanne und zieht mich langsam in das Wasser. Kurz zische ich, als das warme Wasser meinen Po trifft. »Geht es?«, fragt er, während ich nicke.

»Ich bin Schlimmeres gewöhnt«, antworte ich mit einem Lächeln, greife nach seiner Hand und schiebe meine Beine von mir, bevor er mich an seine Brust zieht.

»Schlimmeres? Ich hoffe nichts in der Richtung wie Dubois.«

»Nein, ich meinte meine ...« *Soll ich es ihm sagen?* »Meine Übungsstunden früher. Da ist das nichts im Vergleich dazu.«

Kean war in drei Momenten, als er sich aufgeregt hatte, sehr unsensibel und hat mich nach dem Spanking unter eine warme Dusche gestellt, sodass ich wütend gegen das Glas eingehämmert habe. Dorians Hiebe sind nichts im Vergleich zu Keans disziplinierten Spanking. Kean will immer den letzten Schmerz aus dem Körper seiner Geliebten kitzeln. Zwar ist er immer darauf bedacht, dass uns nichts passiert, aber diese drei Momente werde ich nicht so schnell vergessen, auch nicht die heißen Nächte, die danach folgten, weil er den Schmerz schnell in Lust und Verlangen umgewandelt hat.

»Du hast mir einmal angeboten, dich nach deinen Exfrauen zu fragen. Liegt es an ihnen, dass du so bist, wie du bist?«

»Wie bin ich denn?«

»Knallhart, eben ein Mann, der sich nicht Honig ums Maul schmieren lässt.« Unter meinem Rücken beginnt seine Brust zu vibrieren, bevor seine Arme sich um mich legen und ich den tätowierten Arm lange über meinen Brüsten mustere.

»Woher soll ich das wissen, Kätzchen? Ich analysiere mich nicht ständig. Wozu auch? Was ich bisher erreicht habe, reicht mir, auch wenn ich nicht ganz zufrieden bin. Aber das ist wohl niemand.«

»Nein«, stimme ich ihm leise zu.

»Und du willst wissen, wie sie waren? Meine Erste war die erste Frau, in die ich wirklich verschossen war: Cassandra, das war Anfang des Studiums. Mit ihr konnte ich alles machen, sie war wie ein Kumpel, nur als Frau, und ich denke, das war die beste Mischung zwischen uns, die ich mir vorstellen kann. Wir haben die Autos unserer Eltern ausgeliehen und sind Tage durch Frankreich gefahren, um irgendwo im Freien zu übernachten, haben zusammen das erste Mal Gras geraucht, Hotels nach Konzerten demoliert und Sex an den geilsten Orten gehabt. Es war einfach nur verrückt mit ihr. Mit ihr habe ich die krassesten Partys gefeiert, die Tattoos stechen lassen und über alles reden können. Sie war keine verdrehte Tusse, die nur Ausschau nach einer guten Partie gehalten hat.« Er stöhnt kurz und ich kann mich sehr gut in seine Erzählung versetzen.

»Und dann?«, frage ich nach.

»Und dann? Dann sollte ich die Uni für ein Semester wechseln, weil es sich im Lebenslauf eines Großunternehmers gut macht, Erfahrungen im Ausland zu sammeln. Du glaubst nicht, wie mir mein Vater den Arsch aufgerissen hat, als ich ihm gedroht habe, das Studium zu schmeißen. Ich hätte es sofort tun sollen. Im Nachhinein gibt es Dinge, die ich einfach hätte tun sollen.« Seine Hand, die zuvor friedlich über meinen Rippen geruht hat, ballt sich zu einer Faust. »Aber gut, mit Gideon bin ich zusammen nach England, um das Auslandssemester hinter mich zu bringen. Als ich zurückkam, ist Cassandra mit Pascal, einem meiner Cousins, durchgebrannt. Sie konnte wohl nicht warten, obwohl ich ihr den Arsch geküsst und sie, so oft es ging, besucht habe.

Zu spät habe ich erfahren, dass es die Idee meiner Mutter war, uns auseinanderzubringen, weil Cassandra nicht zu mir passen würde, sie keine Frau wäre, mit der ich mich zeigen könnte. Tja, als ich es herausfand, war es zu spät ...« Wieder stöhnt er leise, und ich bemerke, wie er sich mit dem Rücken weiter ins Wasser sinken lässt und mich ein Stück mitzieht.

»Danach war mir das Studium scheißegal, ich habe mir eine Dumme gesucht, die mir geholfen hat, die Prüfungen zu bestehen, und mich den Partys und den schönen Dingen gewidmet. Es war eine geile Zeit, wirklich.« Klingt eher so, als wollte er sich darüber hinwegtrösten, indem er Frauen hintereinander, ohne vielleicht ihren Namen zu kennen, gevögelt hat. »Die anderen zwei Beziehungen waren kein Vergleich zu meiner ersten, einfach nur Frauen, denen man tausende Wünsche erfüllen muss. Am Ende sind sie dann doch unzufrieden. Müssen dieses Wochenende nach Mailand zu einer Vernissage, nächstes nach New York zu einer Hundeschau, die Presse könnte sie ja sehen und zuhause finden sie keine Ruhe und man kriegt sich wegen Kleinigkeiten in die Haare. Das trifft in etwa meine Beziehungen zu Frauen.«

Traurig ...

Kurze Zeit sagt niemand etwas, ich schließe meine Augen, schalte das Ziepen auf meinem Hintern ab, während ich über Lawrence' Worte nachdenke. Nie hätte ich es für möglich gehalten, dass er offen mit mir über seine Vergangenheit spricht. Ihm scheint es leichter zu fallen als mir.

»Ich mische mich ungern in dein Leben ein wie mein Bruder«, beginnt er hinter mir und ich öffne die Augen. »Aber was war das für eine Beziehung mit deinem Meister?« Meister? Bitter lächle ich, bevor ich tief durchatme, weil ich nicht weiß, ob ich ihm von Kean erzählen oder wo ich beginnen soll. Es ist schwierig, unsere Beziehung zu beschreiben, weil sie nicht gewöhnlich ist, nicht einfach war, eben anders als gewöhnliche Beziehungen, die Menschen führen, die nicht dieselben Vorlieben und Sehnsüchte teilen.

Bestimmt eine Minute vergeht, in der ich ihm nicht antworte, sodass er nach meiner Hand, die in Handschellen liegt, greift. »Du musst mir nicht davon erzählen. Ich bohre nicht weiter, so wie Gideon.« Sein Kinn stützt er auf meiner linken Schulter ab, dabei spüre ich seinen Bart über meine Haut kratzen, sein Haar auf meinem Hals kitzeln.

»Ich werde dir davon erzählen«, beschließe ich, „wenn du es bitte nicht weitererzählst.«

»Ich bin nicht Gideon.« Mit dem Ellenbogen verpasse ich ihm einen leichten Stoß, sodass er lacht. »Obwohl er es nur gut meinte, du musst ihn verstehen. Er hatte immer schon den Hang dazu, Probleme und Sorgen, auch wenn es seine eigenen sind, nicht lange verbergen zu können. Dorian sieht ihm schnell an, wenn etwas nicht stimmt. Manchmal verstehen sich die beiden besser als ich mich mit ihnen.« Das bemerke ich auch ab und zu. Aber es muss daran liegen, dass Lawrence oft der große Bruder sein muss, der sich nichts von seinen jüngeren Brüdern sagen lässt.

»Ich verstehe, weswegen er es getan hat, trotzdem kann ich nicht so einfach damit umgehen. So bin ich nun mal.« *So war ich schon immer.* Für wenige Sekunden schließe ich die Augen.

»Kean habe ich durch einen Zufall getroffen. Ich bin abends mit Luis aus dem Hörsaalzentrum über den Campus gelaufen, dabei haben wir uns so sehr in die Haare bekommen, dass ich ihn wütend habe stehen lassen. Worum wir uns gestritten haben, kann ich dir nicht einmal mehr genau sagen.« Ich lache leise. »Ich bin abends durch den Park in Marseille weitergelaufen, zu meinem Appartement, aber ich war wirklich fertig, sodass ich nicht nach Hause wollte. Am Teich im Park bin ich stehen geblieben und habe mich auf eine Parkbank gesetzt, um über alles nachdenken zu können. Es war kurz nachdem ich bei meinen Eltern ausgezogen bin. Ich weiß nicht, was es war, aber etwas scheint Kean angelockt zu haben, sodass er sich zu mir gesetzt hat. Es war bereits Nacht und es hätte ein perverser oder aufdringlicher Typ sein können ... aber ich blieb sitzen. Mit der Zeit kamen wir ins Gespräch. Ich war nicht ganz so misstrauisch wie heute, musst du wissen.«

»Das glaube ich dir nicht, das liegt in deiner Natur, Kätzchen. Und dann hat er dich mitgenommen und ihr seid im Bett gelandet?«, hakt er nach, schlingt seinen Arm um meinen Bauch, um mich näher an sich zu ziehen.

»Nein, eben nicht. Wir sind abends etwas trinken gegangen, er wollte mich zu der Uhrzeit unbedingt auf einen Kaffee einladen – seltsam oder? Aber so ist er. Danach bin ich mit zu ihm gegangen. Und ja, ich dachte auch, wir hätten einen One-Night-Stand und sähen uns nicht wieder. Zumindest habe ich mir die gesamten Stunden zuvor ausgemalt, wie wir übereinander herfallen, sobald wir das Lokal verlassen. Aber er hat mich die gesamte Nacht kein einziges Mal angerührt.«

»Ehrlich? Das kann ich mir nicht vorstellen.« Das amüsierte Schnauben hinter mir lässt meinen Kopf schütteln.

»Es ist so. Nicht jeder muss seine neue Bekanntschaft flachlegen, so wie du. Die Nacht haben wir nebeneinandergelegen, über belanglose Dinge geredet oder geschwiegen, bis ich am nächsten Morgen, als ich seine Wohnung verlassen habe, erst das Schild ‚BDSM CLUB' an der Tür gelesen habe. Im Hauseingang warteten zwei Frauen, die sich leise etwas zutuschelten und dann in das Studio gegangen sind. Ehrlich, ich hatte bis zu dem Moment keine Ahnung, dass er Frauen unterrichtet, wie man Männern den Hintern versohlt und die Hölle mit Lustqualen heißmacht.« Bei meinen Worten muss ich lachen, weil ich in dem Moment wirklich geschockt war. »Zuhause habe ich dann im Internet recherchiert und mich kurz darauf entschlossen, es auszuprobieren und mich mit BDSM auseinanderzusetzen. Denn Kean hatte einen sehr sympathischen Eindruck auf mich gemacht. Außerdem war ich nie verklemmt«, will ich klarstellen. Nicht dass Lawrence denkt, ich sei ein schüchternes Häschen gewesen.

»Oh, das glaube ich«, raunt er mir zu, während sein Kinn auf meiner Schulter liegt.

»Wie schön, Lawrence. Aber ich hatte wirklich ein mulmiges Gefühl, als ich das Studio betreten habe. Den Moment werde ich nie vergessen. Zu Beginn hat er mich ungern unterrichtet, weil es nie seine Absicht war, mich damit zu konfrontieren. Zuerst mit anderen Mädels und Doms zusammen, dann einzeln, bis ich mehr Zeit bei ihm als in den Vorlesungen verbracht habe. Luis war ziemlich skeptisch, aber wusste immer, wann ich dort war, damit er ein ruhiges Gewissen hatte. Zugleich habe ich erfahren, dass Kean eine Freundin hat und Wochen später, dass er bald Vater werden würde. Er hat zwei Wohnungen gehabt. Eine über dem Club und eine im Zentrum von Marseille, die er sich mit seiner Freundin geteilt hat.«

»Clever, ich würde es auch nicht anders machen, wenn ich mir zwei Frauen gleichzeitig warm halten möchte, ohne dass sie etwas voneinander wissen sollen.«

»Wir wussten beide voneinander, das war seine Regel. Keine Geheimnisse, keine Lügen, keine Vertrauensbrüche, keine unausgesprochenen Bitten.«

»Nicht wahr?« In Lawrence' Stimme höre ich zum ersten Mal die pure Verblüffung.

»Doch«, versichere ich ihm. »Zumindest war zwischen Kean und mir mehr als Sex, mehr als Verliebtheit und Vertrauen, es war ...« Ich schlucke, weil ich nach den passenden Worten suche. »... als würdest du dein Gegenüber Jahre kennen, mit jedem Wort wissen, dass er dich versteht, eine gewisse Verbundenheit, die über eine gewöhnliche Beziehung oder Freundschaft hinausgeht. Er war mein Gegenstück. Man teilt im BDSM alles, von den Sehnsüchten, Schmerzen, Vorlieben, Begierden, Wünschen bis hin zur Trauer. Einfach alles, und das verbindet, mehr als ich wahrhaben wollte. Kurze Zeit später meinte er, ich sei fertig mit meinem Training, trotzdem trafen wir uns weiterhin. Zu der Zeit wusste ich nicht, ob ich als Escortdame für eine Agentur arbeiten möchte, obwohl einige seiner Schülerinnen das getan haben. Doch als er mich eines Nachts entlassen hat, sich von mir getrennt hat, weil er mich nicht länger sehen kann ...« Bei den Worten halte ich meine Augen geschlossen, weil wieder die Erinnerungen hochkommen. »... habe ich mich wenige Tage später dazu entschieden, als Escortdame anzufangen. Ich habe mich bei Leon vorgestellt und er war von mir begeistert. Und nun bin ich das, was ich bin.«

»Wirklich ungewöhnliche Story, aber nicht besser als meine. Eigentlich habe ich vermutet, dich hätte langweiliger Sex in der Beziehung in diesen Club gelockt.«

»Ja, viele Paare suchen diese Clubs auf, um ihr Sexleben wieder in die richtige Bahn zu lenken.«

Lawrence hebt seine freie Hand zu meinem Kinn und dreht mein Gesicht zu sich. »Mit dir könnte ich mir auch in Zukunft keinen langweiligen Sex vorstellen«, raunt er mir zu, bevor er mich küsst. Und nein, ich seinen Schwanz auf meinem Po hart werden spüre.

»Ich mir auch nicht«, gebe ich offen zu, als er sich von meinen Lippen löst, bevor er nach meinen Schultern greift und mich so schnell unter Wasser drückt, dass ich mich nicht mehr rechtzeitig am Wannenrand festhalten kann. *Du Idiot!*

Prustend zieht er mich hoch. »Was sollte das jetzt wieder!«, fahre ich ihn an, wische über mein Gesicht, um den Schaum loszuwerden, der allmählich in meinen Augenwinkeln brennt. »Verträgst du es nicht, dass ich mich als nicht gewöhnlich ansehe?«, fahre ich ihn an.

»Du sollst dich nicht überschätzen, Maron. Guten Sex hat man nur, wenn die Partner zusammenpassen, sich ergänzen und darüber reden. Da kann sich ein Partner in der Beziehung noch so sehr anstrengen, man würde nie geilen Sex haben. Aber ich kann dir gerne zeigen, wie ich das meine.«

Geschickt drehe ich mich in der Wanne um. Ich höre die Handschellen klacken und sehe sofort sein aufforderndes Grinsen. Er hat die gesamte Zeit den Schlüssel gehabt? Vermutlich hat Dorian sie ihm heimlich gegeben. Danke, das hätte ich früher wissen sollen.

»Dass dein Schwanz wieder bereit ist, ist mir nicht entgangen, Liebling. Ich glaube, ich brauche nur das Wort BDSM oder Sex zu erwähnen, schon bist du scharf.« Mit der Hand reibe ich über mein Handgelenk.

Skeptisch verzieht er sein Gesicht. »Du hast es nicht kapiert. Bei dir schon, bei anderen nicht.« Er macht mir ein Kompliment, was mich zum Schmunzeln bringt, dann legt er die Handschellen auf dem Wannenrand ab.

»Ich könnte mich in deine Art verlieben«, antworte ich ihm, beuge mich zu ihm vor, lege meine Hände um sein Gesicht und küsse ihn. Der Schaum von meinen Händen kitzelt auf meinem Gesicht.

Er zieht mich näher an sich, sodass ich meine Knie um ihn lege. Der angenehme Duft von Cranberry mit einem Hauch

Vanille liegt in der Luft, während ich meinem Verlangen, ihn ein weiteres Mal in mir zu spüren, kaum entgegenwirken kann. Vor allem nicht, wenn sich sein steifes Glied zwischen meine Beine presst, genau auf meine Schamlippen, sodass sich ein herrliches Ziehen in meinem Becken ausbreitet und meine harten Brustwarzen kribbeln, die über seine Haut streifen.

»Noch eine Runde, Honey?«, fragt er dicht vor meinen Lippen, während seine Hände meine Taille fest umschlungen halten. Ich hebe provokativ meine Augenbraue, während meine Pussy kribbelt und sein Angebot sofort annehmen würde.

»Sex in der Badewanne mit Lawrence Chevalier? Wer könnte da schon ›nein‹ sagen? Aber …« Etwas ärgern muss ich ihn immer. »Ich glaube nicht, dass du den Sex unter der Dusche mit deinem Bruder toppen kannst.«

»Ach nein? Dieses Mal wirst du laut eine ›Eins‹ schreien, das schwöre ich dir, Kätzchen«, droht er mir mit seiner rauen Stimme, dass mir ein heißer Schauder den Rücken herunterjagt. Noch bevor ich antworten kann, hebt er mich vorsichtig an, drängt seinen Schwanz zwischen meine angeschwollenen Schamlippen und vögelt mich. Ich lehne mich am Wannenrand abgestützt zurück, um seine langsamen Stöße zu genießen, sodass das Wasser etwas aus der Wanne überschwappt und er dabei meine rechte Brustwarze küsst, dann fest daran saugt, dass ich keuche, weil ich seine Zähne spüre.

»Du würdest mir nie gestatten, den dominanten Part abzugeben?«, stelle ich fest, als ich meine Hände um seine Schultern lege. Spöttisch lacht er, hebt seinen Kopf, dringt tiefer in mich ein und schaut mir überlegen entgegen.

»Nein, das würde ich nie. Heb dir diesen Gedanken für deine Träume auf.«

Als ich zu ihm blicke, sehe ich, wie dunkelblonde Haarsträhnen in seinem Gesicht kleben und sein Blick undurchdringlich und zugleich finster ist.

»Wie schade. Willst du es nicht ausprobieren, weil du es vielleicht mögen würdest?«, provoziere ich ihn weiter.

»Ich denke nicht. Es macht mir viel mehr Freude, jemanden wie dich dominieren zu dürfen, die sofort ihre Krallen ausfährt.« Mit den Händen hebt er mein Becken auf seinem Schwanz auf und ab, sodass er mich immer weiter und tiefer dehnt, ich die Augen schließe, bevor ich die Kontrolle wieder gewinne und mich aus seinem Griff löse.

»Dann fick mich von hinten, denn du könntest sehr gerne mit deiner Zunge nachhelfen.«

»Ah, ich soll dich lecken?« Warum nicht das einfordern, was man möchte? Ich steige von seinem Schoß, drehe mich um, klammere mich am Beckenrand fest und warte ab, ob er drauf eingeht. Schaum wird über meinen Hintern, meinen Bauch und über meine Brüste verteilt, bevor Finger den Schaum von meiner Pussy wegwischen, nach meinem Kitzler tasten, der pocht, bis er von einer Zunge geleckt wird. Unter der berauschenden Berührung schiebe ich Lawrence meinen Arsch weiter entgegen. »Immer voller Verlangen, was, Schatz?«

»Rede nicht, leck mich weiter«, befehle ich ihm mit einem Lächeln, das er nicht sieht.

»Wo bleibt das ›bitte‹?« Finger drängen meine Pussy auseinander, schieben sich quälend langsam in mich, bevor sie mich ficken. »Ich höre nichts.«

»Gott, werde schneller. Und ja, bitte.«

»Zu spät.«

»Was?« Ich drehe meinen Kopf in seine Richtung, während sich die Finger aus mir zurückziehen und sein Schwanz sich mit einem Stoß in mich schiebt, sodass ich laut stöhne.

»Das höre ich viel lieber. Stöhn weiter, lass die Katze raus und dich von mir vögeln. Kurz bevor du kommst, will ich ›eins‹ hören«, befiehlt er mir. Finger reiben über meine Klit, so feucht und fest, dass ich unter Strom stehe, zucke, während er mein Becken fest umfasst und mich schneller fickt.

»Wenn nicht?«, hake ich keuchend nach. Kaum habe ich die Worte ausgesprochen, greift er in mein Haar und zieht meinen Kopf zurück. Nein, er hat die Finger von meiner Perle genommen und fickt mich weiter. Ziemlich fiese Bestrafung.

»Muss ich dir das erklären?« Ich schüttle den Kopf etwas in seinem festen Griff, während er wieder der Mann ist, den ich kenne. Aber ich liebe seine Art, wie er von einer Seite zur anderen springt. Besorgt und zugleich hart sein kann. Er löst seine Hand, dann spüre ich etwas Klitschiges auf meinem Rücken, das er verteilt. »Badeöl, keine Angst, ich werde dich nicht mit Wachs überziehen.«

Hände verteilen, während seine Stöße kurz langsamer werden, das Öl, reiben es über meinen Bauch, fest über meine Brüste, weiter über meinen Po in meine Spalte. Es fühlt sich unglaublich gut an, bis sich Finger wieder meinem Kitzler widmen und er mich härter nimmt.

»Note?«, fragt er nach und ich lächele innerlich. Warum haben Männer immer das Bedürfnis erfahren zu müssen, wie gut sie sind?

»Zwei minus.« Ein Knurren ist zu hören, bevor seine Finger fester über meine Perle reiben, sodass ich zittere und die heiße Welle über meinen Rücken, durch meinen Magen und zu meinem Becken wandert.

»Verdammt! Eins minus.«

Lawrence keucht hinter mir, stößt weiter zu. »Leider muss ich dich für morgen schonen, denn glaub mir, ich hätte dir etwas in deinen hübschen Arsch geschoben, bis du ›eins plus‹ geschrien hättest.«

Warum schonen? Was planen sie? Doch ich kann nicht lange über seine Worte nachdenken, als ich meine Lust stöhne, mich mit dem Oberkörper auf den Wannenrand senke, sodass es für ihn aussehen muss, als würde ich mich ihm ergeben. Aber nach den letzten Stunden fehlt mir die Kraft, mich ihm zu widersetzen. Laut stöhnend kommt er, zieht zum Schluss seinen Schwanz aus mir und ergießt sich auf meinem Po.

»Sehr geil!«

»Merde! Ich habe dir schon mal gesagt, dass ich das nicht mag.«

»Klappe, Maron«, keucht er, streichelt über meine Oberschenkel, bevor er das Wasser ablässt. »Ich erspare dir damit Zeit, noch ein Bad zu nehmen, außerdem gefällt mir der Anblick. Du hast dich als meine Freundin meinen Wünschen zu beugen.« Dann höre ich ihn lachen. »Das nächste Mal sind deine geilen Brüste dran.«

Er hilft mir auf und schon im nächsten Augenblick spült er mich mit der Duschbrause ab. »Natürlich, wenn du meinen Schwanz gelutscht hast.« Mit einem breiten Grinsen zwinkert er mir zu, als ich mich auf denen Knien zu ihm umdrehe. Erst jetzt sehe ich, dass er weiterhin den Ring trägt, wie es Gideon zuvor getan hat. Anscheinend stehe nicht nur ich auf das Schmuckstück.

»Zuerst sagst du mir, was ihr für morgen geplant habt«, will ich wissen.

»Wieso sollte ich das tun?«, fragt er betont langsam.

»Weil du nicht möchtest …« Meine Fingerspitzen wandern über seine gewölbten Brustmuskeln, weiter über seine Bauchmuskeln zu seinen Lenden hinab. Er verfolgt meine Finger mit seinen Blicken und einem skeptischen Gesichtsausdruck. »... dass deine Freundin unvorbereitet von deinen Brüdern ausgenutzt wird. Ich weiß, dass ihr etwas gemeinsam plant und ...« Mit einem unschuldigen Wimpernschlag blicke ich kurz zu ihm auf, bevor ich weitere Muster auf seine Brust male, um mich bei ihm einzuschmeicheln. »Du würdest mich doch nicht ins offene Messer laufen lassen? Verrate es mir, ich werde es auch nicht weitersagen«, beende ich meine Rede und blicke zu ihm auf.

Plötzlich trifft mich der Duschstrahl mitten ins Gesicht, sodass ich nach Luft schnappe und meinen Kopf wegdrehe. *Scheißkerl!*

»Genügt dir die Antwort?« Wütend boxe ich gegen seine Brust, bis er die Duschbrause sinken lässt und lauthals lacht. Den Augenblick nutze ich, umgreife ich den Duschkopf, um ihm ebenfalls eine Wasserladung zu verpassen. Er kneift die Augen zusammen, als ich direkt sein Gesicht treffe und ebenfalls lache. Bevor er mich zu fassen bekommt, springe ich aus der Wanne – dabei bedacht, nicht auszurutschen und ihm kein geliefertes K. o. zu schenken.

»Renn ruhig, Hase, ich kriege dich sowieso«, höre ich ihn knurren, schnappe mir ein Handtuch von der Kommode neben dem Waschbecken, reiße die Badezimmertür auf und renne über den Gang der zweiten Etage. Keine zwanzig Sekunden später sehe ich ihn hinter mir.

»Du vergisst, dass ich schneller bin«, rufe ich ihm amüsiert zu. »Masse gegen Schnelligkeit!«

»Werd nicht frech!«, knurrt er mir über den Gang entgegen, sodass ich kichern muss und um die nächste Ecke abbiege. »Dafür kennst du dich nicht so gut in dem Anwesen aus. Nicht, dass du unbeabsichtigt auf der Streckbank landest. Sei lieb und komm zu Onkel Lawrence zurück.«

Hinter der Ecke warte ich, schlinge das Handtuch um und verfolge Lawrence' Schatten an der Wand. Er läuft tatsächlich in die komplett falsche Richtung. *Ja, ja, wer kennt sich nicht in dem Anwesen aus.* Neben mir liegt die Treppe, die ich aufsuchen will, als mich eine Stimme zusammenzucken lässt.

»Was treibt ihr hier?«, fragt mich Gideon, der aus dem Zimmer, seinem Büro, kommt.

»Vor Lawrence flüchten. Kennst du ein gutes Versteck?«

Gideons Lippen verziehen sich zu einem Grinsen. »Tausende. Komm.«

Er führt mich über den Gang, dabei greift er nach meiner Hand, sodass sich wieder ein warmes Flattern in meiner Brust ausbreitet. Ich umfasse seine Hand fester, als er mich in ein Zimmer zieht, das in der kompletten Finsternis liegt. Ich spüre Regalbretter gegen meinen Rücken drücken, während sich ein muffiger Geruch meiner Nase aufdrängt.

»Die Besenkammer?«, frage ich amüsiert und streiche mir die nassen Haarsträhnen aus der Stirn. »Ich fände es unter anderen Umständen wirklich amüsant, aber ...« Ich blicke mich im Dunklen um, bevor er mein Gesicht umfasst und mich küsst. Himmel, was soll das werden? Doch ich kann ihn – auch wenn es mir meine Vernunft rät – nicht zurückweisen, sondern ziehe ihn an seinem Shirt näher zu mir, erwidere den Kuss. Mit einem Lächeln knabbere ich an seiner Lippe, bevor seine Zunge meine sucht, die Zahnreihen entlanggleitet und ich eine Hand um seinen Nacken lege. Ihn im Dunklen zu küssen, wirkt unglaublich verboten. Aber nicht lange und das Licht wird über uns angeschaltet, ein Räuspern ist zu hören und Gideon löst sich von mir.

»Du gehst fremd, Schatz? Anscheinend hat dir die Abreibung in der Badewanne nicht gereicht.«

»Law!«, ermahnt ihn Gideon. »Gönne ihr Ruhe.«

»Sie ist kein Mädchen.«

»Nein, aber irgendwann gibt es auch Grenzen«, antwortet Gideon, schiebt sich an seinem älteren Bruder vorbei und geht über den Gang auf sein Zimmer zu. Was war das gerade eben? Er macht sich Sorgen um mich.

»Du würdest mir sagen, wenn etwas nicht stimmt, oder?«, will Lawrence wissen und baut sich vor mir auf.

»Ja, du kennst mich, das würde ich. Nur, wenn du nichts dagegen hast, würde ich gern schlafen wollen.«

Mit der Hand zieht mich Lawrence an seine Seite und wir gehen in sein Schlafzimmer. Nachdem ich mich nur in einem Spitzenslip mit Schleifen, wie es sich Lawrence gewünscht hat, neben ihm ins Bett lege, schlafe ich dieses Mal sogar als Erste ein.

7. KAPITEL

»Unser vorletzter Tag bricht an«, stellt Dorian fest, nimmt einen Schluck aus seiner Tasse, während ich nach einem Croissant greife.

»Denk an deine Hüften, Schatz«, zieht mich Lawrence neben mir auf, sodass ich ihm einen kräftigen Tritt gegen sein Schienbein verpasse und er sein Gesicht vor Schmerz verzieht. *Herrlich!*

»Ich denke, den Vormittag sollte Maron mit Lernen verbringen. Wir könnten zum Strand gehen«, schlägt Dorian vor und blättert in seinem teuren Hochglanzmagazin.

»Das soll wohl ein Scherz sein? Müsst ihr nicht ins Büro, arbeiten, irgendwelche Aktien vor dem Absturz retten und Kleinbürgern das Geld aus der Tasche ziehen?«

Die drei finsteren Blicke, die mich treffen, gehen durch Mark und Bein. Anscheinend reagieren sie allergisch auf diese Art von Witz. »Wie süß, wenn euch das Lachen mal vergangen ist«, korrigiere ich meinen Fauxpas und beiße von meinem Croissant, um im Anschluss die Küchenmöbel und den Fliesenfußboden zu studieren.

»Nein, wir haben heute frei – außer dir. Das tut mir ehrlich leid, Kleines«, höre ich Gideons scheinheiliges Bedauern, der über meinen Arm streichelt.

»Sei still«, murmele ich, bevor ich einen Schluck von meinem Kaffee nehme. »Ich weiß, dass ihr mich gerne leiden seht, fein, aber indem ich lerne, tue ich mir einen Gefallen. Heute Nachmittag habe ich alle Zeit der Welt, selber an den Strand zu gehen.«

»Ah! Das glaube ich nicht«, mischt sich Dorian ein.

»Warum nicht?«, fragt Jane, die mit einem Gähnen hinter vorgehaltener Hand in einem roten Morgenmantel die Küche betritt. Doch in ihrem Blick erkenne ich, dass sie mehr weiß, mir es aber nicht hier sagen wird. Vielleicht verplappern sich die Brüder auch, oder ich frage Jane, wenn ich mit ihr allein bin. Ich hasse es, im Dunklen zu tappen. Gestern wollte mir Lawrence schon nicht verraten, was sie planen, aber Jane, ja die liebe Jane werde ich sicher dazu bekommen, mir einen Tipp zu geben.

»Weil sie noch gebraucht wird, ma Fleur. Komm, setz dich zu mir.« Dorian schaut mit einem Lächeln zu ihr auf und klopft auf den Stuhl neben sich.

Jane wirft einen flüchtigen Blick in meine Richtung, bevor sie Platz nimmt und Eram ihr einen Kaffee bringt. *Die kleine runde Frau werde ich in meiner Wohnung vermissen* – denke ich, als ich von meinem Smartphone, das neben mir auf dem Tisch liegt, abgelenkt werde, weil es aufleuchtet.

Ein Anruf von Kean. Ich ziehe die Augenbrauen zusammen, schnappe mir das Handy, weil mir Gideon neugierige Blicke entgegenwirft, und entschuldige mich kurz.

Mit einem »Salut« nehme ich den Anruf an, während ich nur wenige Schritte hinter der Küchentür laufe und direkt auf die Treppe zusteuere, um mein Zimmer aufzusuchen.

»Ist es gerade ungünstig?«, fragt er mich in seiner gewohnt gelassenen Stimmlage.

»Nein, jetzt nicht mehr. Warum rufst du an?«

»Du klingst verstimmt, ma Amante.«

»Bin ich nicht. Nur habe ich im Anwesen der Chevaliers keinen Rückzugsort, in dem sie mich nicht belauschen können. Es wäre gut, wenn du das Gespräch knapp halten könntest. Ich hätte dich nach deiner Nachricht gestern in einem günstigen Moment angerufen.« Ein leises ermahnendes Räuspern ist zu hören, damit ich meinen Ton mäßigen soll – oh, wie ich es an ihm kenne. Aber ich möchte nicht belauscht werden, das versteht er sicher.

»Dann fasse ich mich kurz. Ich fliege morgen 8 Uhr zurück nach Marseille.«

»Warte kurz. Marseille? Nicht Lyon?«, hake ich nach.

»Nein, nicht Lyon. Wir sollten uns in Ruhe unterhalten, Maron.«

Für gewöhnlich wäre das der Moment, auf den ich mich seit langem gefreut hätte. Aber gerade ist es ungünstig, weil alles droht, aus meinen Fingern zu gleiten.

»Wann werdet ihr zurückfliegen?«, erkundigt er sich.

»Soweit ich weiß, erst gegen Mittag.«

»Dann warte ich auf dem Flughafen auf dich.«

»Um dir danach ein Hotel zu nehmen, hoffe ich doch. Ich brauche nach den Tagen etwas Ruhe. Versteh mich nicht falsch, ich freue mich, dass du extra nach Arabien gereist bist, wir uns wiedersehen, aber wir sollten es nicht übereilen«, versuche ich mich zu erklären, weil ich nicht dort mit ihm weitermachen möchte, wo es geendet hat. Ich möchte mit ihm reden, aber nicht in meinem Appartement.

»Ich werde nichts übereilen, ma Amante.«

»Nenne mich nicht mehr so, bevor wir Zeit gefunden haben, uns zu treffen, Kean.« Seine Worte versetzen mich mit einem Schlag in die Vergangenheit, und ich habe schon so genug in meinem Leben zu ordnen, als mich durch ihn wieder in die Vergangenheit zurückversetzen zu lassen, mit der ich abgeschlossen habe. Zumindest glaube ich es. Obwohl ich ihn furchtbar gern sehen möchte, um zu erfahren, wie es ihm die letzten Monate gegangen ist, was mit Kathy vorgefallen ist und um herauszufinden, ob das Verhältnis zwischen uns noch das Gleiche wie früher ist.

»Aus deinen Worten höre ich, dass du nicht abgeneigt bist, mich zu sehen. Wir treffen uns auf dem Flughafen! Ich freu mich auf dich«, antwortet er in seinem gewohnt besitzergreifenden Ton. Ja, den beherrscht nur er.

»Das glaube ich dir. Ich mich auch. Am besten, wir treffen uns im Parkhaus, Block A Nummer …« Kurz krame ich in meinem Gedächtnis, bevor ich nach dem Parkschein suche. »77.«

»Ich werde da sein.« Schon hat er aufgelegt, und in mir breitet sich eine ungewohnte Unruhe aus. Einerseits freue ich mich sehr, ihn zu sehen, andererseits habe ich die Vergangenheit mit ihm abgeschlossen und möchte es darauf beruhen lassen. Gott, Luis wird mich umbringen, wenn er davon erfährt, weil er mir über den Liebeskummer hinweggeholfen hat.

Um nicht weiter über ihn zu grübeln, gehe ich auf den Tisch gegenüber von meinem Bett zu, klappe meinen Mac auf und sehe, als ich mein Postfach kontrolliere, dass mir Luis weitere Anhänge geschickt hat.

Genervt stöhne ich, ziehe ein Bein auf den Sitz des Stuhls, sortiere meine Mitschriften und beginne mich mit dem Lernen von den Gedanken an Kean, an Gideon, an die Zeit, die mich nach dem Urlaub erwarten wird, abzulenken.

Gegen halb eins, als mein Haar zerrauft, meine Augen müde und ich zwei Stifte gegen die Wand vor mir geschnipst habe, weil ich mir eine Wippe aus einem Kuli und einem Lineal gebaut habe – da ich mit einer Aufgabe nicht weitergekommen bin – lasse ich den Kopf auf die Tastatur sinken.

Vor wenigen Tagen habe ich alles begriffen, aber gerade jetzt raucht mein Kopf. Vielleicht bin ich zu blond oder nicht geschaffen für den Studiengang, der wirklich hart ist. Aber jetzt aufgeben? Sicher nicht. Vor mir klopft es an der Tür. Ich rufe ein mürrisches »Herein!«, hole tief Luft und sehe hinter dem Laptop zu Gideon auf, gefolgt von Eram, die mit einem Tablett auf meinen Tisch zukommt.

»Pause, Kleines.«

»Die habe ich mir nicht verdient«, antworte ich unzufrieden mit mir selber.

»Kommst du nicht voran?«, hakt er nach, winkt Eram zu sich, die das Tablett, auf dem ich Smoothies und Salat, geschnittenes Ficelle, Ziegenkäse, Flammenkuchen und Crêpes stehen sehe, auf meinem Tisch abstellt. Bei dem Anblick merke ich erst jetzt, wie hungrig ich bin.

»Essen wir nicht mit den anderen zusammen?«, möchte ich wissen.

»Danke, Eram.« Gideon nickt der Araberin entgegen, die breit lächelt und dann den Raum verlässt. »Nein, sie haben noch Vorbereitungen zu treffen.« Ein kurzes verräterisches Aufblitzen ist in seinen Augen zu erkennen, doch schnell wendet sich mein Blick wieder dem Essen zu, während Gideon Platz nimmt.

»Also, was ist jetzt mit deinem …« Er neigt seinen Kopf, um meine durchgestrichenen Rechenwege anzusehen, neben denen ich Häuser gezeichnet habe, was ich immer tue, wenn ich nicht weiterkomme. Seine Augenbrauen ziehen sich mit einem Lächeln zusammen. »Ich möchte ja nichts sagen, aber mit deinen Dekorationen auf dem Papier wirst du deinen Prof nicht beeindrucken können.«

»Aber dich scheinen sie zu beeindrucken«, antworte ich, weil sein Blick länger auf den Zetteln hängenbleibt, bevor er nach ihnen greift.

»Nein, ich habe die Befürchtung, sie werden das Gegenteil tun«, stöhnt er.

Nachdem sich Gideon Zeile für Zeile meine Berechnungen angesehen hat, lehne ich mich mit verschränkten Armen im Stuhl zurück. Während sein Grinsen immer breiter wird, verfinstern sich meine Gesichtszüge. *Klasse, er fängt bestimmt gleich an zu lachen.*

»Weißt du, Gideon.« Schnell greife ich nach den Papieren. »Ich werde es auch ohne dich schaffen. Außerdem sollten wir das Essen nicht kalt werden lassen«, will ich ihn von meinem miserablen Matheverständnis ablenken.

»Ich weiß ja nicht, was du in den letzten Stunden gemacht hast, aber ich denke, du brauchst sehr wohl meine Hilfe. Du hast permanent einen Richtwert nicht umgerechnet.« Jetzt, wo er es sagt, würde es Sinn ergeben. Schnell blicke ich auf meinen Zettel, verfolge die Berechnung und ... Meine linke Augenbraue zieht sich in die Stirn.

Verflucht! Er hat recht. Ich brüte seit knapp drei Stunden über dem Fehler und er findet ihn in zwei Minuten. Soll ich mir jetzt meinen Fehler anmerken lassen oder so tun, als wollte ich ihn testen?

»Also, weißt du ...« Mit den Fingern tippe ich auf den Tisch. Erwartungsvoll blickt er mir entgegen, so als erwarte er ein Eingeständnis von mir, dass auch ich Fehler mache. »Das liegt vermutlich an der Nacht mit deinem Bruder. In den letzten Tagen ist mir solch ein Flüchtigkeitsfehler nicht unterlaufen.« Ich räuspere mich kurz, dann blicke ich zu dem Essen.

»Wenn du meinst«, antwortet er trocken. »Nach dem Essen kann ich auch gerne wieder gehen.« *Nein!* »Aber ...« Er greift nach meinem Handgelenk und zieht mich näher an sich. »Dieser Flüchtigkeitsfehler wird dir das Genick brechen. Wir sind nicht in der Schule, wo dir bloß Punkte für Folgefehler abgezogen werden, Madame.«

»Ich frage mich gerade, was du denken musst, wie ich meine letzten Semester überstanden habe.« Mürrisch blicke ich ihm entgegen, weil es mir durchaus klar ist, dass, wenn ein falsches Ergebnis in der Prüfung herauskommt, die ganze Aufgabe mit null Punkten bewertet wird.

»Ich gehe auf deine Provokationen nicht ein, Maron. Entweder du nimmst meine Hilfe an oder du rechnest weitere Stunden mit einem fehlerhaften Wert – dein Problem. Denn wie ich schon sagte, ich habe mein Studium schon abgeschlossen.« Er gibt mein Gelenk frei, dann greift er nach einem Stück von dem Flammenkuchen.

»Sicher mit Auszeichnung«, murmele ich verärgert. Über meine Bemerkung verzieht er seinen Mund, dann beißt er von dem Stück ab und hält mir eines entgegen. Ich nehme es ihm ab, während ich mich weiter über meinen Fehler ärgere.

Aber nicht lange und ich nehme seine Hilfe an. Als Nachhilfelehrer ist er wirklich nicht schlecht und erklärt mir Dinge, die ich ihn frage, mit einfachen Erklärungen, ohne mich weiter zu verwirren, wie es Luis meistens macht.

8. KAPITEL

Nach einer Stunde verlässt er mein Zimmer, während ich unter die Dusche gehe. Als sich meine Muskeln vom ständigen Sitzen gelockert haben und ich beschließe, doch heimlich einen Strandspaziergang zu machen, ohne dass die Brüder davon etwas erfahren müssen, steige ich aus der Dusche, greife nach meinem Handtuch und gehe in mein Zimmer, um mich anzuziehen. Vor dem Schrank bleibe ich stehen und will ihn aufziehen, als ich ihn abgeschlossen vorfinde.

»Was klemmt jetzt?«, knurre ich und ziehe fester an dem Metallgriff, aber die Schiebetür lässt sich keinen Millimeter bewegen. Auf den Fußballen drehe ich mich mit den noch feuchten Haaren um, als ich erst jetzt eine große, runde Schachtel auf dem Fußende meines Bettes stehen sehe.

Sofort bildet sich ein Lächeln auf meinen Lippen, weil ich ahne, dass sie mir ein Kleid oder etwas anderes Schönes schenken wollen, weil wir den Abend sicher nicht im Anwesen verbringen werden. Als ich sie öffne, verblasst mein Lächeln. Ich finde eine Karte vor, auf der steht:

15.30 Uhr wirst du abgeholt. Zieh die Kleidung, die du in der Schachtel vorfindest, an. Ausnahmslos alles!
Freue dich auf den Spaß deines Lebens, Maron.
Lawrence, Gideon und Dorian

Ein kurzer Blick auf den Wecker zeigt mir, dass es bereits fünf Minuten vor halb ist, also werde ich kaum Zeit haben, mich fertig umzuziehen. Denn was ich vorfinde, erinnert an kein Abendkleid, sondern an Kleidung einer Straßennutte.

Sind sie nicht ganz dicht?

Ich stöhne, trotzdem trockne ich mich ab, ziehe den knappen dunkelblauen Faltenrock über, dann die Bluse, an der die obersten Knöpfe fehlen – wie witzig – und Netzstrümpfe. Sie wollen entweder zu einer Mottoparty oder ...

»Sie lassen sich wirklich viel Zeit, die Ihnen bis auf die Sekunde abgezogen wird«, höre ich plötzlich Dorians Stimme in einem strengen Tonfall neben mir, sodass ich zusammenfahre. In einem schwarzen Anzug, darunter einem spießigen karierten Hemd und zurückgekämmtem Haar steht er mit verschränkten Armen neben meinem Bett. *Sie?*

»Was wird das für ein Spiel?«, frage ich ihn neugierig, als ich auf die schwarzen Netzstrümpfe deute.

»Ich werde Sie nur in den Saal begleiten, Ihre Fragen dürfen Sie erst stellen, wenn Sie dazu aufgefordert werden.«

Ich blicke ihm entgegen, als könnte ich drei plus drei nicht zusammenzählen, zumindest weiten sich kurz Dorians Nasenflügel, als er tief durchatmet – vermutlich, um sein Lachen zu ersticken –, dann greift er in seine Jacketttasche und setzt eine Nerdbrille auf, sodass ich lachen muss. Aber sie steht ihm erstaunlich gut. Das Streberhafte macht ihn gleich viel attraktiver, obwohl er es nicht nötig hat.

»Ihr plant ein Rollenspiel«, durchschaue ich ihn, als er die Augen zusammenkneift, aber keine Miene verzieht, bis er mit erhobenen Augenbrauen auf seine Armbanduhr blickt.

»Wenn Sie weiter trödeln, werden Sie durch die Prüfung fallen.«

Ich komme aus dem Schmunzeln nicht mehr heraus, richte schnell die Strümpfe, bevor Dorian auf Schuhe mit einem fünfzehn Zentimeter hohen Plateau zeigt, die ich anziehen soll. Außer einem BH trage ich nicht mal einen Slip, also ist vorhersehbar, was sie planen. »Folgen Sie mir. Und zwar schneller, wenn es geht!«, fährt er mich barsch an, sodass ich ihm einen Tritt in seinen knackigen Hintern in der Anzughose verpassen möchte, die sich herrlich über seinen Po spannt.

Mein Lachen kann ich mir kaum verkneifen, als ich ihm zur Zimmertür folge. Plötzlich dreht er sich so schnell zu mir um, dass ich in ihn hineinlaufe und er mich mit einem lockeren Stoß zurückschiebt. »Werden Sie nicht aufdringlich! Außerdem wird Ihnen das Lachen noch vergehen. Ausweis nicht vergessen! Und mir folgen!«

Seine eisblauen Augen verengen sich hinter der Brille zu Schlitzen und sind steinhart wie Stahlmauern, weil er seine Rolle sehr überzeugend spielt.

Als was?

Lehrer?

Dozent?

Professor?

Es fällt mir so schwer, mein Lachen bei der Vorstellung zu verkneifen, als ich nach meiner Handtasche greife und meinen Ausweis aus meinem Portemonnaie krame. Sie wollen eine Prüfung nachspielen?

Mit dem Ausweis in der Hand, mein noch etwas feuchtes Haar zu einem Pferdeschwanz zusammengebunden und dem freizügigen Outfit als sexy Schülerin oder Studentin, die ihrem Professor zur Sprechstunde ein unmoralisches Angebot machen möchte, folge ich Dorian, der mir die Tür aufhält, dass ich als Erste durchgehen soll. Hinter mir gibt er die Anweisungen, in welche Richtung ich laufen soll. Sicher, um den herrlichen Ausblick auf meinen knappen Rock und meine Beine zu genießen und zu verhindern, dass ich seine zuckenden Mundwinkel bemerken könnte.

»Treppe hoch! Dann rechts, Madame Noir!«

»Wie Sie wünschen.«

»Master Chevalier, damit es zu keinen Verwechslungen kommt. Und bitte den Arsch mit jedem Schritt mehr betonen«, höre ich ihn hinter mir, sodass ich dem schwarzen Teppichboden entgegenschmunzele, als ich die Stufen mit den halsbrecherischen Schuhen hochsteige.

»Siehst du alles, was du sehen möchtest?«, reize ich ihn, weil er sicher meine nackten Pobacken sehen kann, die mittlerweile nicht mehr von seinen Hieben brennen. Eine Hand greift in mein Genick, die andere schiebt sich zwischen meine Beine.

»Ich werde gesiezt und nach jedem Satz mit ›Master Chevalier‹ angesprochen, Madame Noir. Eine weitere Missachtung der Formregeln werde ich nicht dulden«, knurrt er mir gefährlich entgegen, sodass ich kurz nach Luft schnappe, weil sich zwei Finger in meine Pussy schieben. »Und das nächste Mal etwas feuchter sein. Aber ich verspreche, in der Prüfung werden Sie genug Zeit haben, um ins Schwitzen zu kommen. Verstanden, Madame Noir?«, fragt er mich nachdrücklich, die Finger ziehen sich aus mir, dabei streift er absichtlich meinen Kitzler mit seinen Knöcheln, sodass sich ein herrliches Ziehen in meinem Becken ausbreitet und meine Nippel steif werden, die sich sicher auf meiner dunklen Bluse abzeichnen, weil der BH aus einem dünnen durchscheinenden Stoff besteht.

Sein Griff in meinem Nacken lockert sich, als ich zähneknirschend »Ja, Master Chevalier« antworte, aber das mit einem Unterton, der verraten soll, dass ich nicht vorhabe, mich ihren Regeln zu unterwerfen.

»Sehr gut. Weiter! Wir haben mittlerweile eine zehnminütige Verspätung, die sicher nicht ohne Konsequenzen bleiben wird«, raunt er mir streng zu, bis ich weiter voranschreite und mir meinen spöttischen Kommentar verkneife. Vor einer Flügeltür bleibt er stehen, klopft an, sodass ich ungeduldig auf der Unterlippe kaue, um nicht schallend zu lachen. Dann ertönt ein Dunkles: »Zu spät!«, hinter der Tür und Dorian und mir wird die Tür von Gideon geöffnet, der in einem grauen Anzug, der ihm ausgezeichnet steht, einem schwarzen Hemd und einer weißen Krawatte vor mir steht und seine Blicke, ohne eine Miene zu verziehen, an mir auf und ab wandern.

Er kann wirklich eiskalt und berechnend sein, was ich liebe. Mit einem Schubser zwischen meine Schulterblätter werde ich in den Raum gelassen. Gegenüber von mir sind drei Fenster, unter mir harter Parkettboden und rechts neben mir ist ein Whiteboard zu sehen, neben dem – *nein!* – Gerten, Rohrstöcke, Seile und Fesseln an Haken befestigt worden sind. Das wird sicher interessant, wenn meine Waffen direkt vor meiner Nase hängen.

Rechts neben mir sind zwei Tische wie in der Schule hintereinander aufgestellt. Am hintersten sitzt Jane in einem luftigen Sommerkleid, das braune Haar zu Zöpfen zusammengebunden, über einem Zettel gebeugt und schreibt, ohne mich eines Blickes zu würdigen, etwas auf einem Stapel Papier. Ich sehe, wie sie mit den Fingern nervös auf der Tischplatte trommelt.

Doch der schönste Anblick befindet sich vor dem Whiteboard, vor dem ein langer Tisch steht mit drei Stühlen und auf dem Lawrence in einem hellen Anzug in seiner gewohnt protzigen Art zurückgelehnt sitzt und mir arrogant entgegenblickt. Sein dunkelblondes Haar ist vornehm aus dem Gesicht gestrichen, sodass seine scharfen Gesichtszüge und seine finsteren grauen Augen umso mehr zur Geltung kommen. Mit diesem Styling wirkt er zum Anschmachten schön und zugleich unglaublich gefährlich.

Gerade zucken meine Finger neben meinem knappen Rock, um sie nach seinem Kinn auszustrecken und ihn aus seiner starren Haltung zu erlösen.

»Setzen!«, befiehlt mir Gideon und nickt zu dem freien Tisch. »Zuvor den Ausweis.« Er winkt mit den schlanken Fingern in seine Richtung. »Mir überlassen.«

Ich hole tief Luft, übergebe ihm mit einem zynischen Lächeln den Ausweis und wackle auf den hohen Pornoschuhen auf meinen Tisch zu, auf dem ein Taschenrechner, Lineal, Dreieck, Zirkel, Bleistift und mehrere Bögen Papier liegen. *Eine schöne Auswahl an Waffen haben sie mir zumindest gegeben* – denke ich, ziehe den Stuhl zurück und nehme Platz. Dorian, Gideon und Lawrence behalten mich im Blick, als sie zu dritt vor dem Whiteboard Platz nehmen.

»Verspätung, unangemessene Kleiderordnung, keine vorgebrachte Entschuldigung ...«, zählt Dorian meine Regelverstöße an seinen Fingern ab und beugt sich vor, um Lawrence zu sehen, weil Gideon in der Mitte sitzt. »Dekan Chevalier, sollte sie nicht von der Prüfung ausgeschlossen werden?«

»Dürfte ich etwas zu meiner Entschuldigung vorbringen?«, meldet sich plötzlich Jane hinter mir. »Ich habe sie letzte Woche bei der Verführung und Bestechung eines Angestellten der Universität erwischt.«

»Bitte?«, sage ich und drehe mich zu Jane um. Sie lächelt mir unschuldig entgegen, zuckt die Schultern, dann widmet sie sich wieder ihrem Zettel, auf dem sie nichts weiter macht, als Herzchen mit Flügel, die durch Bäume flattern, zu malen. Sehr produktiv und konstruktiv.

»Hat Sie Master Chevalier nicht angewiesen, erst zu sprechen und Fragen zu stellen, wenn Sie dazu aufgefordert werden!«, donnert die raue Stimme von Lawrence laut im Raum, sodass sogar ich kurz aus dem Konzept komme.

Halleluja – er kann wirklich sehr autoritär wirken, wenn er möchte.

Darf ich ihm jetzt antworten?

»Wir sollten Madame Noir dennoch die Möglichkeit geben, ihre Kenntnisse unter Beweis zu stellen. Lassen wir sie die Prüfung schreiben, in ...« Gideon hebt sein Handgelenk, schaut aber dann zur Wanduhr über der Tür. »... einer Stunde und sieben Minuten ist Abgabe. Sie hat sich um mehr als zwanzig Minuten verspätet.«

Weil ich gemütlich duschen war, du Vogel!

»Nun gut, sollten wir ihr die Möglichkeit einräumen«, beschließt Lawrence. »Zettel umdrehen, Fragen durchlesen und erst fragen, wenn Sie mit Lesen fertig sind. Ach und Ihre Beine nicht länger verschränken, damit wir uns einen Einblick auf Ihre Kenntnisse verschaffen können.«

Kenntnisse, die zwischen meinen Beinen verborgen sind?

Als ich seine Worte höre, senke ich den Blick auf das Papier und muss doch leise lachen, bevor ich meine Beine löse und sie nebeneinanderstelle, dann den Zettel umdrehe.

»Ich kann mir kein Bild von Ihrem Wissensstand machen«, beschwert sich plötzlich Gideon, beugt sich mir entgegen und starrt ungeniert zwischen meine Beine.

Ich gebe zu, dass mich ihre strenge Verhaltensweise wirklich anmacht, weil ich weiß, dass sie mich jeden Moment mit den Peitschen bestrafen können – was sie sicher machen werden. Meine Pussy fühlt sich überreizt an, mein Kitzler pocht und Gott – als ich die Fragen sehe, klappt sich automatisch mein Mund ein Stück auf.

»Beine weiter auseinanderstellen!«, befiehlt mir Master

Chevalier, sodass ich es tue, mich dann aber auf die Fragen konzentriere.

PRÜFUNG ZUR ERMITTLUNG IHRES WISSENSSTANDES

Erste Frage:
Mit wie vielen Kunden haben Sie bisher geschlafen?

Soll das ein Scherz sein? Dazu müsste ich Leon fragen. Denn es ist nicht so, dass ich eine Liste führe.

Zweite Frage:
Welche dominanten Praktiken bevorzugen Ihre Kunden?

Dritte Frage:
Welcher Ihrer Kunden ist Ihr Favorit?
Wenn es einen gibt: Warum?

Ich schmunzele, ziehe die Augenbrauen zusammen und könnte über die Frage lachen und zu ihnen aufblicken. Aber ich kämpfe mich weiter durch die aufdringlichen Fragen.

Vierte Frage:
Welches ist das peinlichste Erlebnis mit einem Kunden?

Fünfte Frage:
Wie fühlt es sich an, einen Analplug zu tragen, während Sie von drei Männern umgeben sind?

Oh! – die Fragen ändern sich, obwohl ich mir denken kann, dass die ersten vier Fragen von Gideon stammen müssen, die anderen von Dorian oder Lawrence.

Sechste Frage:

Erläutern Sie, in welchen zwanzig Stellungen Sie Dekan Chevalier vögeln würden (wenn Ihnen die Möglichkeit dazu gegeben werden würde!). Detailgenaue Erläuterung (ohne Stichpunkte) mit Zeichnungen.

Du Spinner!

Siebte Frage:

Welche Spanking-Spielzeuge nutzen Sie am liebsten? Marke, Material, Beschaffenheit, Funktion und Ausführung angeben. Mindestens sieben Spielzeuge angeben.

Die muss von Dorian sein.

Achte Frage:

Gab es jemals einen Kunden, der Ihre Regeln missachtet hat, Ihnen befohlen hat, den submissiven Part zu spielen?
Wenn ja: Wie hat es sich für Sie angefühlt?

Ich ziehe die Augenbrauen zusammen und blicke zu den dreien auf. Bis auf Kean gab es bisher keine außer den Brüdern, die versucht haben, mir die Kontrolle abzunehmen.

Ihre Blicke sind schneidend, weil sie mich bis aufs Mark fixieren. Meine Weiblichkeit ist von den Fragen, den Blicken und der Luft, die an meine Schamlippen dringt, vollkommen überreizt.

Hilfe, muss ich feucht sein.

Neunte Frage:

In welcher Umgebung stellen Sie sich den besten Sex mit einem Mann vor? Was waren die ausgefallensten Orte?

Das sind gleich zwei Fragen.

Zehnte Frage:

Wie oft müssen Sie masturbieren, welche Hilfsmittel benutzen Sie dazu? (Auch Supermarktartikel dürfen aufgeführt werden.)

Nachtrag: Schauen Sie dabei einen Porno?

Tief hole ich Luft, blicke auf die Uhr über der Tür und weiß, dass ich die Fragen in dieser Zeit nicht beantworten kann. Zum Glück fragen sie mich nicht über mein Studium aus, was ich erwartet hätte.

»Fragen? Oder irgendwelche unmissverständlichen Sätze?«, fragt mich Gideon, wirft einen Blick zwischen meine Beine, sodass mein Herz schneller schlägt und ich eine Augenbraue hebe.

»Die gibt es allerdings. Zu Frage acht ...«

»Gut, Sie dürfen jetzt beginnen!«, unterbricht mich Lawrence, sodass er sich sofort einen giftigen Blick von mir einfängt. Dorians Mundwinkel zucken, während er auf den Ellenbogen aufgestützt die Finger ineinander verschränkt, Jane hinter mir kichert und Gideon ebenfalls eine Brille aufsetzt und den Blick senkt, weil er sicher gleich loslachen muss.

»Fein, dann werde ich sie beantworten«, murre ich. Ich kann

auch Bildchen malen, so ist es nicht. Doch keine zehn Minuten später, als ich zu der Stellungsfrage vier Bildchen gemalt habe, greift jemand nach meiner Schulter. Ich drehe mich instinktiv um.

»Madame Noir! Ich habe Sie gerade erwischt, wie Sie versucht haben, bei Madame Fleur abzuschauen!«

»Ich bitte euch«, bringe ich mit einem Lachen hervor, was ich mir nicht verkneifen kann, als Lawrence neben mir steht, mich am Oberarm packt und vom Stuhl hochzieht.

»Sie wollen lügen? Warum werden wir Sie nicht weiter an dem Whiteboard Ihre Aufgaben beantworten lassen.« Das ist keine Frage, sondern ein Befehl, sodass ich kurz die Augen verdrehe.

Gideon nickt. »Somit kommt sie nicht in die Versuchung, von ihrer Kommilitonin abzuschreiben.« Neben Lawrence werde ich zum Whiteboard geführt.

»Was abschreiben? Ihre Herzchen und Bäumchen, die sie malt? Die bekomme ich besser hin, ohne von ihr abschauen zu müssen.«

Ein tiefes Räuspern ist zu hören, dann klappt Dorian seinen Laptop auf, verbindet ihn mit einem Kabel und im nächsten Moment werde ich vom Licht eines Diaprojektors geblendet, den ich zuvor nicht gesehen habe.

»Das ist …!«

»Geil, nicht wahr?«, fragt mich Lawrence plötzlich belustigt, aber nimmt sofort seine strenge Rolle wieder an. »Die Aufgaben am Board richtig berechnen. Hier!« Er drückt mir einen schwarzen Marker in die Hand, dann dreht er mich zur Tafel und – Gott! Das hatte ich geahnt. Vor mir stehen Gleichungen, Formeln der fiesesten Art, die ich lösen soll.

»Sie können nun unter Beweis stellen, wie weit Sie bisher

die Fragen der Klausur beantwortet haben. Gerne dürfen Sie Ihre Aufzeichnung hinzuziehen, um Zeit zu sparen«, erklärt mir Gideon.

Er wendet sich von mir ab, aber streift sein Haar aus dem Gesicht, weil ich sehe, wie seine Mundwinkel verräterisch gezuckt haben, während Dorian aufsteht, um zu meinem Tisch zu gehen.

»Das ist wohl ein Scherz? Ihr habt mir andere Fragen auf dem Zettel gestellt als –«.

Mit einem Griff um die Taille werde ich auf den Tisch vor Gideon gelegt, mein Rock hochgeschoben und eine Gerte saust auf meine nackten Pobacken. »Zweimal muss ich die Regeln nicht erläutern! Sie haben uns zu siezen!«, erklärt mir Lawrence, während der Schlag auf meinem Po heiß kribbelt, sodass ich keuche. Doch bevor er mir aufhilft, hält mich Gideon auf dem Tisch fest, Finger tasten über meine Spalte, lecken an ihr entlang, sodass ich still stehen bleibe und mich Lawrence' Berührungen hingebe.

»Köstlich, wirklich«, höre ich ihn hinter mir. »Möchtest du auch?«

»Gerne«, erkenne ich Dorians Stimme, bevor die Finger von meinem Po verschwinden und kurz darauf eine Zunge meine Schamlippen auseinanderdrängt. Himmel, mein Kitzler fühlt sich geschwollen und völlig überreizt an, als Dorian ihn mit der Zungenspitze umkreist und diese dann in meine Pussy schiebt. Eine heiße Welle lässt mich zittern, während ich in Gideons Augen blicke, der schief grinst und dann seinen Brüdern entgegennickt. *Nicht gut.*

»Sehr delikat«, sagt Dorian, dann spüre ich kaltes Metall, das vorsichtig in meine Pussy eingeführt wird und bei jeder Bewegung vibriert. Liebeskugeln? Drei, wenn ich es richtig gezählt habe. Dann zieht mich Lawrence auf meinen mörderischen Schuhen hoch und führt mich zur Tafel.

»Fangen Sie an!« Verdammt, die Kugeln und Dorians herrliches Zungenspiel machen es mir schwerer, mich zu konzentrieren. Dorian reicht mir meine lächerlichen Antworten der Klausur, die ich beiseitelege, um mich auf das Whiteboard zu konzentrieren.

Die Aufgaben haben es wirklich in sich. Gideon scheint sich sehr gut gemerkt zu haben, welche ich hasse, welche mir schwerfallen und ich nicht ganz begriffen habe.

Zudem werden die Aufgaben so hoch an der Tafel projiziert, dass ich mich strecken muss, um die Lösungswege anzuschreiben. Dabei bewegen sich die Kugeln bei jeder Bewegung, sodass ich das Verlangen verspüre, sofort über einen der Drei herfallen zu wollen. Warum tue ich es nicht einfach?

Konzentriere dich und lass dich von ihnen nicht so leicht ablenken. Wenn du das Spiel mitspielst, alles richtig löst, werden sie dich zwar trotzdem vögeln, aber sie werden staunen, dass du nicht auf den Kopf gefallen bist – spricht mein Stolz zu mir.

»An Ihrer Stelle würde ich beginnen. In knapp einer halben Stunde ist Prüfungsende«, ermahnt mich Dorian, dreht symbolisch seine Ledergerte zwischen den Fingern und biegt sie kurz. Also hat er mir den ersten Hieb verpasst, nicht Lawrence.

Wie dem auch sei, ich ziehe die Kappe des Stiftes ab, um zu beginnen, die Werte in die Formel einzusetzen, und verrenke mir dabei fast das Genick, weil es so weit oben steht. In meiner Pussy rollen die Kugeln im Metall hin und her, sodass ich die Schwingungen spüre und meine Brustwarzen prickeln, als würde ich bereits einen Schwanz in mir spüren. Das Prickeln in meinem Becken lässt mich noch feuchter werden, was mich kaum klar denken lässt.

Doch ich bin recht schnell mit der ersten Aufgabe fertig und drehe mich zu den Herren um, die zu dritt am Tisch angelehnt meinen Bewegungen folgen. Die Aufgabe habe ich sowas von richtig gelöst. Ich bin wirklich stolz auf mich, dass ich ihren unbeeindruckten Blicken mit einem selbstzufriedenen Schmunzeln begegne.

Lawrence zieht die Augenbrauen zusammen, wahrscheinlich, weil er selber nicht weiß, was ich gemacht habe, oder ob er die Aufgabe hätte lösen können. Dann schaut er zu Gideon, der mir freudig entgegenlächelt. *Gott sei Dank* – denke ich, als sein Lächeln verstirbt und sich ein dunkler Schatten unter seine schönen Augen legt.

»Falsch!«, prasselt seine Antwort hart auf mich ein. Er kann ebenso herrisch wirken wie Lawrence.

»Wie bitte?« Schnell drehe ich mich zu der Aufgabe um, gehe sie Schritt für Schritt durch und finde den verfluchten Fehler. »Nein.« Gerade als ich mir den Schwamm greifen will, um den Fehler zu korrigieren, greifen Hände nach meinen Gelenken und ziehen mich zum Tisch.

»Lasst es mich wenigstens korrigieren.«

»Nein, erst kommt die Bestrafung«, höre ich Lawrence. »Leg dich brav auf den Tisch und zeig mir deinen hübschen Hintern.« Gideon fixiert meine Handgelenke auf der weißen polierten Tischplatte, während Dorian mit der Gerte an mir vorbeigeht und jemand meinen Rock hochzieht.

»Du bist wirklich unkonzentriert«, sagt Gideon vor mir. »Das war wieder ein Flüchtigkeitsfehler, den du dir nicht erlauben kannst.«

»Witzig. Schreib du eine Prüfung mit Liebeskugeln in der Pussy, auf wackeligen hohen Schuhen, während du akrobatische Körperverrenkungen ausüben musst.«

Er presst die Lippen aufeinander und schüttelt mit einem Lächeln den Kopf, bevor er sich zu mir herabbeugt und mich küsst. Im gleichen Moment trifft ein fester Schlag auf meinen Po, sodass ich zusammenzucke und keuche. »Verführung einer Lehrkraft«, zählt Lawrence auf. »Falsche Lösung!« Ein weiterer Schlag trifft meine andere Pobacke, sodass ich vor Gideon stöhne, der meine Arme streichelt.

»Ich erlöse dich später, Kleines«, raunt er mir zu und ich frage mich in dem Moment, ob das nicht eine weitere Bestrafung sein wird.

Heiß glüht meine Haut, als Lawrence und Dorian weitermachen. »Madame Noir, wie schaut es aus, möchten Sie die zusätzlichen Aufgaben lösen? Vielleicht mit mehr Erfolg?«, fragt mich Lawrence, sodass ich mich wackelig hochziehe und ihm finster entgegen funkele.

»Du weißt sicher nicht, wie die Aufgaben gelöst werden, also schau zu und lerne!«, werfe ich ihm an den Kopf, bevor ich mich umdrehe, den Rock hebe, um meinen Po zu sehen. Noch blasse rote Striemen zeichnen sich auf meiner Haut ab, die nicht zu schmerzhaft sind, aber trotzdem brennen. Wenn nicht die Kugeln in mir wären, würde ich ihnen den Stift an den Kopf werfen.

Doch ich drehe mich um, um die zweite Aufgabe zu lösen, nehme mir etwas länger Zeit, und kaum dass ich die letzten Ziffern ausgeschrieben habe, werden meine Beine weit auseinandergeschoben, Finger massieren meinen Kitzler, sodass ich in der Position verharre und mich den Berührungen hingebe.

»Ich würde mich mit der dritten Aufgabe beeilen!«, fordert mich Lawrence auf, der neben mir an der Tafel angelehnt steht. Sein Schatten ist auf dem Whiteboard zu sehen, als ich seinem Blick begegne.

Ich presse die Lippen aufeinander und mache weiter, schreibe Zahl für Zahl, während mein Kitzler von einer feuchten rauen Zunge geleckt wird, sodass ich gegen das Board keuche, meine Hände darauf abstütze. Gideon muss zwischen meinen Beinen sein, denn seine Zungenfertigkeit würde ich unter tausenden erkennen. Mit flinken und zugleich intensiven Bewegungen reibt er über meinen angeschwollenen Kitzler. Meine Finger umklammern fest den Stift, aber die Situation: Aufgaben zu lösen, während meine Pussy geleckt wird, und die Vorstellung, wie es für Zuschauer aussehen muss, lassen mich noch unkonzentrierter werden.

Tief holc ich Luft, um mich zu sammeln, und schreibe zittrig weiter, bis meine Pobacken auseinandergeschoben werden und etwas angenehm Feuchtes auf meiner Spalte zu fühlen ist. Dann wird etwas sehr Kaltes in meinen Anus eingeführt, und zwar so langsam, dass ich erstarre und zugleich zur Seite springen möchte. Trotzdem drücke ich ihm meinen Po entgegen, während zwei Hände meine Oberschenkel festhalten. Weitere Finger gleiten über meine halterlosen Netzstrümpfe, ziehen mit den Zähnen daran.

»Himmel, was tut ihr mir an«, murmele ich zu mir und schreibe weiter, bis mich die Hitze, die von Gideons Zunge verursacht wird, überrollt, während die Kugeln in mir vibrieren und mein Anus gedehnt wird. Der Stift fällt klappernd zu Boden, als ich stöhne. Die Zunge entfernt sich von mir, die Liebeskugeln werden langsam herausgezogen, sodass ich bei jeder Bewegung zucke. Aber das Kühle bleibt in meinem Arsch, bevor sich ein Schwanz in meine Pussy schiebt, Hände meine Brüste umfassen, die Bluse öffnen und ich von Dorian oder Gideon gevögelt werde. Ich drücke meinen Rücken durch und schiebe ihnen mein Becken entgegen.

»Ich wollte schon immer eine dermaßen geile Studentin vögeln«, höre ich Dorian schräg hinter mir.

»Sie ist nicht nur geil, sie ist dermaßen feucht, dass es wirklich der Traum eines jeden Professors ist, sie hart an der Tafel zu nehmen«, erkenne ich Gideon. Als ich den Kopf drehe, und ihn hinter mir mustere, grinst er verboten schief.

»Professor?«, keuche ich, während er mich Stoß für Stoß härter nimmt. Lawrence beobachtet mich von der Seite am Whiteboard und grinst spöttisch.

»Warte ab, bis dich der Dekan fickt.« Hinter mir höre ich Jane lachen, die es genauso amüsant finden muss, sich die drei Männer als Lehrkräfte vorzustellen. Doch lange komme ich nicht dazu, weil ich die Augen schließe, um Gideon bis in jede Faser zu spüren. Seine Stöße werden immer kräftiger, tiefer, sodass mein Atem das Whiteboard beschlägt.

Mein Puls rast, während er seinen linken Arm neben meinem Kopf abstützt und die andere Hand um meine Hüfte legt. Er trägt immer noch den grauen Anzug – also fickt er mich, ohne sich ausgezogen zu haben, was noch heißer ist. Wenige Millimeter berühren sich unsere Finger auf der Tafel, während er an meinem Ohr knabbert, fest an meinem Hals saugt und mit wenigen weiteren Stößen laut in meinem Nacken stöhnend kommt.

Das heiße Pochen in meinem Becken ist zu spüren, obwohl es zu kurz war, um zum Höhepunkt zu kommen. Er zieht sich aus mir mit einem Kuss auf meinen Nacken zurück. Dann werde ich umgedreht und sehe, wie er den Reißverschluss seiner Hose zuzieht.

»Geh dich waschen!«, befiehlt mir Dorian, verschränkt die Arme vor der Brust und deutet auf die Tür. »Madame Fleur wird Sie begleiten.«

Gelangweilt blicke ich zur Decke, richte meinen Rock und laufe, auch wenn es schwer ist, nicht umzukippen, zur Tür. Der Sex, der Plug, die Hiebe und die Schuhe machen es mir nicht leicht. Aber Jane hakt sich bei mir ein, um mich zu stützen.

»Ich werde ihnen, wenn sich mir die Möglichkeit gibt, die Hölle heißmachen«, fluche ich auf dem Gang.

»Wenn du es abbrechen möchtest, musst du es sagen.«

»Nein, das ist es nicht. Aber zu gern hätte ich ihnen einmal gezeigt, wie es ist, vor der Tafel den Arsch versohlt zu bekommen.« Ich öffne die Tür zu meinem Bad, in dem Jane stehenbleibt.

»Die werden sie dir nicht geben. Das sind nicht die Männer, die sich von einer Frau schlagen lassen. Im doppelten Sinne gemeint«, antwortet sie und mustert mich, als würde ich wütend den Spiegel, in den ich blicke, einschlagen.

»Nein, du hast vermutlich recht. Wie lange kennst du Dorian schon?«, möchte ich wissen, denn sie wirken zusammen immer vertraut und fast wie beste Freunde.

»Lass mich überlegen. Eigentlich, seit ich angefangen habe, als Escortdame zu arbeiten. Seit über einem halben Jahr schätze ich. Wir sehen uns wirklich häufig. Besser gesagt, er bucht mich sehr oft und insgeheim ist er mein Lieblingskunde. Zu mir ist er nicht oft so streng wie zu dir, musst du wissen.« Ihre karamellfarbenen Rehaugen treffen meinen Blick im Spiegel. Ein Leuchten ist in ihrem Gesicht zu erkennen, wenn sie von Dorian spricht. Das ist mir schon öfter aufgefallen.

»Das habe ich mir fast gedacht. Er geht mit dir immer sehr sorgsam um.« Sie lächelt und nickt, als ich sie im Spiegel beobachte, bevor ich nach dem Toilettenpapier greife.

»Das tut er. Aber mir hat er oft genug verraten, dass du ihn so sehr reizt, dass er nicht anders kann, als dich an ein Pendel zu hängen oder eben im Käfig ...«

»Du weißt davon?«, hake ich nach.

»Klar, er erzählt mir fast alles, weil er sich mir anvertraut. Und er hat mir auch von dir und Gideon erzählt. Wenn du meine Meinung hören möchtest, dann –«.

»Nein!«, unterbreche ich sie. »Ich möchte deine Meinung nicht hören. Sei mir nicht böse, aber ...« ich befördere das Toilettenpapier, nachdem ich mich gesäubert habe, in die Toilette und drehe mich zu ihr um. »Du arbeitest noch nicht lange in dem Job wie ich, Jane. Ich weiß, wie ich mich zu verhalten habe, und ich höre es ungern, wenn sich jemand in meine Entscheidungen einmischt, meint, mir seine Meinung mitteilen zu müssen oder mir Ratschläge geben will.«

Ich habe es schon immer gehasst, weil ich meine Entscheidungen immer selber getroffen habe – selber habe treffen müssen. Außerdem kann ich das Hin und Her nicht länger ertragen, auch nicht Janes Meinung. Sie senkt ihren Kopf und nickt.

»Aber vielleicht treffen wir uns in Marseille? Ich finde dich, auch wenn du etwas direkt bist, wirklich nett. Ich kenne keine Frau in der Branche, die so ist wie du.«

Ich mache einen Schritt auf sie zu, greife nach ihren Schultern und fange ihren Blick auf.

»Danke Jane, das weiß ich zu schätzen. Aber nach dem Urlaub ist für mich die Zeit abgelaufen. Wenn einer der Brüder mich buchen sollte – und bitte erzähl es keinem von ihnen –, werde ich die Termine nicht annehmen, außer bei Lawrence möglicherweise, wenn ich ihn nicht überzeugt bekomme, sich eine Ersatzfreundin zu suchen«, antworte ich ihr, dass ihr der Mund offen stehen bleibt.

Doch ich habe meine Entscheidung getroffen – wenn ich ehrlich bin, schon seit wenigen Tagen auf der Yacht. Ich brauche Abstand von den Brüdern, um endlich wieder zu mir zu finden, mein Leben zu ordnen und mit dem Urlaub abzuschließen.

Sie wirkt verletzt, was ich verstehen kann. Aber ich kann es mir nicht leisten, Rücksicht zu nehmen, weil ich ansonsten daran kaputtgehe. Ich würde Jane wirklich gerne treffen wollen, aber sie in Begleitung von Dorian zu sehen oder bei jedem Satz aufpassen zu müssen, was ich ihr von mir erzähle, damit Dorian nichts davon erfährt, will ich mir und ihr nicht antun.

9. KAPITEL

Als wir den sogenannten Prüfungsraum wieder betreten, stehen drei weitere Aufgaben an der Tafel, sodass ich stöhne, weil ich keine weitere Tortur ertragen kann, aber mit einem breiten Lächeln gehe ich auf sie zu.

Die Brüder haben auf ihren Stühlen Platz genommen und unterhalten sich über etwas, bis sie mich sehen und ihre Blick auf mich gerichtet sind. Über Dorian muss ich am meisten schmunzeln, weil er immer noch diese kantige Brille trägt. Kurz begegnet er meinem Blick mit einem Lächeln. Dann erhebt sich Lawrence von seinem Stuhl und schiebt seine rechte Hand in die Hosentasche.

»Madame Fleur, setzen«, weist er Jane an, die an mir vorbeigeht, aber nicht ohne mir über die Schulter zu streichen. Hoffentlich hält sie ihren Mund.

»Nachdem es gerade eben zu einer heftigen Auseinandersetzung kam über ihr ungebührendes und sexistisches Verhalten Professor Chevalier gegenüber, fahren wir nun mit der Prüfung fort.«

»Wer sich wem gegenüber ungebührend verhalten hat, möchte ich besser nicht klarstellen.« Mein Blick huscht zu Gideon, der sich entspannt mit verschränkten Fingern in seinem Stuhl zurücklehnt, aber mich lange im Blick behält, bevor er zu Jane schaut.

»Fahren Sie fort, um die Aufgaben zu lösen. Wir räumen Ihnen eine zusätzliche Zeit von …« Lawrence blickt auf seine Chorum. »… von – sagen wir – fünfzehn Minuten ein.«

»Schneller könntest du die Aufgaben auch nicht lösen«, wispere ich zu mir, aber schreite mit einem leichten Hüftschwung auf die Tafel zu, damit sie sehen, dass ich die Aufgaben lösen werde.

Auf der Toilette habe ich gesehen, dass mir Gideon einen Edelstahlplug in meinen Anus eingeführt hat, den ich dringelassen habe, um wenigstens so auf meine Kosten zu kommen, falls sie vorhaben, mich heute nicht zum Höhepunkt zu bringen, obwohl sie das immer tun.

Ich bücke mich grazil, um den Stift vom Boden aufzuheben, dabei strecke ich meine Beine durch, sodass ich Dorian pfeifen höre.

»Dekan Chevalier. Die Dame verhält sich wieder unangemessen, darf ich sie züchtigen?«

Langsam erhebe ich mich, weil ich weiß, dass der Ausblick unter meinen Rock wirklich verlockend gewesen sein muss, und kaue unschuldig auf der Unterlippe, um meine Strafe abzuwarten. Ich mag diese Schulmädchen-schauen-etwas-doof-drein-Nummer für gewöhnlich nicht, weil dieser Blick immer symbolisiert: »Komm, nimm mich, ich bin zu langsam zum Denken und brauche deinen Schwanz in meiner Pussy, um es zu können!«

»Nein, lassen wir sie ihre erste Aufgabe lösen«, bestimmt Lawrence und ich zwinkere ihm dankbar entgegen, ansonsten käme ich nie dazu, die Aufgaben zu lösen.

»Mit der Differenz des falschen Ergebnisses mit dem richtigen, dürfen Sie gerne, Master Chevalier, ihre Hiebe ermitteln.«

Sind sie bescheuert! – denke ich und widme mich der Tafel mit einem finsteren Gesichtsausdruck, der Gideon wohl zum Lachen gebracht hat. Schritt für Schritt rechne ich und spüre Gideons Blicke in meinem Rücken. Doch als ich zweimal alles nachgerechnet habe, stimmt mein Ergebnis mit dem Taschenrechner überein.

»Et voilà!«

Ich drehe mich auf dem Absatz um und blicke in ein verblüfftes Gesicht.

»Sehr gut, richtig«, lobt mich Gideon. »Die Nachhilfestunden waren doch zu etwas nütze. Löse die anderen Aufgaben.«

Ein Räuspern ist zu hören. Lawrence schreitet mit einem Zeigestab, den er zwischen seinen Fingern dreht, hinter dem Tisch auf und ab wie mein Professor, nur sieht Lawrence dabei um Längen anziehender aus.

»Verzeihung, ich meinte natürlich: Lösen SIE die weiteren Aufgaben.«

Nach einem Nicken löse ich die nächsten beiden Aufgaben, bei denen sie mich nicht stören, weil diese richtig sein müssen.

»Ausgezeichnet«, lobt mich Gideon, während Dorian ihm scharf entgegenblickt.

»Schade nur, dass die Zeit um weit mehr als eine halbe Stunde überschritten worden ist. Außerdem habe ich mir Ihre Antworten auf der Klausur durchgelesen«, doziert Dorian in einem scharfen Ton, sodass ich lächeln muss.

»Sie haben geantwortet: Einen Analplug zu tragen, während Gentlemens in der Nähe sind, ist ein aufregendes Erlebnis. Jedoch nicht, wenn man damit durch eingestaubte Museen geführt wird und bis zum Abend einen tragen muss, weil derjenige, der ihn platziert hat, keinen hochbekommen hat.«

Ja, das tut weh. Gideons Blick ist mörderisch, aber ich sehe darüber hinweg.

»Richtig, Master Chevalier.«

»Zu den Sexstellungen mit Dekan Chevalier haben Sie sich sehr viel Zeit genommen. Hauptsächlich haben *Sie* die Stellung geändert, während der Dekan festgebunden an einem

Kreuz abgebildet ist.« Unschuldig zucke ich mit den Schultern.

»Heiße Fantasien darf ich doch zu Papier bringen. Der Dekan gibt mir nie die Möglichkeit in den Genuss zu kommen, sich von mir führen zu lassen.« Ein Knurren ist von Lawrence zu hören.

»Und zu der Frage, ob Sie bei einem Kunden einen submissiven Part gespielt haben, steht: Bevor der Wunsch geäußert werden konnte, lag er bereits in Ketten.«

Gideon lacht leise und Lawrence verzieht seine Lippen zu einem belustigten Grinsen.

»Leider muss ich Ihnen dennoch mitteilen, dass Sie durchgefallen sind«, beendet Dorian sein aufgesetztes Gerede, sodass ich den Mund verziehe, aber bereits davon ausging, die Prüfung nicht zu bestehen. *Nun beginnt der schöne Teil.*

»Leider? Dir tut es nicht leid, Dorian. Aber ich habe die letzten Aufgaben richtig gelöst, von daher bin ich mit mir zufrieden«, stelle ich mit einem gelassenen Schmunzeln klar.

»Nicht so schnell. Die Fragen wurden nicht alle beantwortet. Am besten, Sie beenden die Klausur.«

Er klopft neben sich auf die polierte Tischplatte, sodass ich seufze, Dorian den Zettel aus der Hand greife und mich auf den Tisch setze. Gerade, als ich auf meinen verschränkten Beinen schreiben möchte, werde ich an den Schultern zurückgezogen, mir wird eine Augenbinde umgelegt und meine Handgelenke werden auf dem Tisch festgehalten.

»Verflucht, nehmt die Binde ab!«, beschwere ich mich, als ich Lippen auf meinen Brüsten spüre, nachdem die Bluse aufgerissen wurde.

»Bleib ruhig, wir tun dir nichts«, beruhigt mich Dorian, als mir aufgeholfen wird. »Aber wir können dich in dem Anblick nicht zurückschicken.«

Im nächsten Moment werde ich auf den Bauch gedreht und vornüber auf den Tisch gebeugt, mein Rock hochgeschoben und etwas Vibrierendes wird auf meine Klit gedrückt, zuerst sanft, dann fest.

Jemand umfasst meine Hände, verschränkt seine Finger mit meinen, um mir Halt zu geben.

»Gideon?«, hauche ich, als ein Kuss meine Lippen trifft. Als Antwort erhalte ich einen weiteren. Ein Schlag mit der bloßen Hand trifft meine rechte Pobacke, sodass ich die Zähne zusammenbeiße, bevor ein Schwanz in mich eindringt und ich mit intensiven, aber langsamen Stößen gevögelt werde.

»Du hast sie gut vorgedehnt«, höre ich Lawrence, der meine Hüfte umfasst und seinen Phallus in mich stößt, sodass ich keuche. Meine Finger krallen sich fester in Gideons, als das Vibrieren auf meinem Kitzler fester wird und ich stöhne, die heiße Welle jagt meinen Rücken hinab, doch schon im nächsten Moment spüre ich einen festen Schlag auf meinem Po. »Möchtest du?«, fragt Lawrence hinter mir, vermutlich Dorian, dann wird sein Schwanz aus meiner Pussy gezogen, bis einer eindringt und der Analplug in mir bewegt wird, sodass ich Gideon fast in die Lippen beiße. Dann ziehen mich Hände zurück, Gideon lockert seinen Griff.

»Was habt ihr vor? Sagt es mir!«

»Gleich«, höre ich Lawrence vor mir, der mich vorsichtig auf die Knie zieht. Mit seinen Händen führt er mich zu seinem erigierten Schwanz, dann zieht er mich so herunter, dass ich über ihm liege.

»Ich soll ihn dir blind lutschen?«

»Ja, streng dich an, dann werde ich mich auch anstrengen, Kätzchen.« Noch ehe ich begriffen habe, dass wir uns in der

69er-Position befinden, leckt eine Zunge über meine Klit, die heiß pocht. Ich lecke über Lawrence' Eichel, seinen Schaft entlang und taste nach seinen Hoden. Er muss immer noch seinen Anzug tragen und nur die Hose heruntergelassen haben. *Dem Dekan auf dem Boden unter mir vor den Bänken einen zu blasen, gefällt mir*. Meine Fingerspitzen krallen sich in seine Oberschenkel, während ich fest an seinem Penis sauge, ihn befeuchte und ein Vakuum bilde, sodass sich seine Muskeln unter mir anspannen, er mich fest leckt, aber dabei herrlich stöhnt. Dann streicheln Finger über meine feuchte Pussy, tauchen darin ein und ziehen langsam den Plug aus mir.

»Versau es nicht«, höre ich Gideon leise reden.

»Werde ich nicht.« Dorian muss hinter mir stehen, denn wenige Sekunden später streichen gefühlte tausend Kugeln über meine Pobacken, sodass ich von Lawrence ablasse, um ihn nicht zu beißen.

»Gott!«, schreie ich in den Raum.

»Fast! Du darfst mich Master Chevalier nennen«, antwortet mir Dorian mit einem belustigten Ton in seiner Stimme.

»Sei lieb zu ihr«, höre ich Jane, bevor mich ein weiterer Schlag eines Floggers trifft. Immer setzt Lawrence aus, um mich zu lecken, wenn ein Hieb kommt, sodass die Hitze auf meinem Arsch sich mit der Lust, dem Verlangen vermischt.

Die Striemen, so hoffe ich, sind bis Samstag kaum noch zu erkennen, damit sie meine Kunden nicht sehen. Aber es ist mir in dem Moment egal, ich füge mich dem Schmerz und lasse ihn durch jede Faser gleiten. Dann leckt mich Lawrence weiter so schnell und fest, dass ich kaum wahrnehmen kann, wie Dorian in meinen Anus eindringt und sich zuerst langsam in mir bewegt, um meinen Muskel weiter zu dehnen, dann schneller. Mit den Lippen taste ich nach Lawrence' Härte und sauge an ihm. Vermutlich wird es das letzte Mal sein, drei Männer um mich zu haben, deswegen will ich es genießen und lasse mich unter Dorians Stößen, Gideons Zunge und Händen, die über meine Wange streicheln und meinen Nacken kraulen, fallen.

Die Hitze durchrauscht mich so schnell, weil Lawrence sich wirklich Mühe gibt, dass ich ein Hohlkreuz mache, die Finger auf dem Parkettboden krümme, von Lawrence ablasse und laut stöhne. Hände streicheln über meinen Arsch, ficken meinen Anus weiter, bis ich Dorian stöhnen höre, der tief in mich eindringt, sodass ich sein Becken auf meinen Pobacken spüren kann und er laut kommt. Nur Lawrence habe ich vergessen.

»Mach weiter, Kätzchen«, höre ich ihn. Ich nicke, taste nach seinem Schwanz, während sich Dorian aus mir zurückzieht und ich Lawrence' Härte blase, bis er nicht lange braucht, sein Schwanz pumpt und sein Samen sich in meinem Mund warm ergießt. »Wieder schlucken, Baby. Und zwar alles.«

Ich schmunzele, seinen Schwanz in meinem Mund, und schlucke, danach lecke ich mit meiner Zunge langsam und zugleich voller Hingabe über seinen Schaft, seine Eichel, während ich ein zufriedenes: »Du bist der Hammer, Schatz«, höre, weil er unter mir zuckt. Sein Geschmack breitet sich auf meiner Zunge aus, dann drehe ich mich zur Seite auf den Boden, um Luft zu holen.

Was für eine Prüfung – denke ich und schließe unter der Binde meine Augen.

»Sieht aus, als würde sie schlafen«, bemerkt Lawrence, als ich spüre, wie er sich neben mir erhebt, weil das Parkett leise knarrt. Die Hände lege ich locker über meine geöffnete Bluse, atme gleichmäßig aus und ein und fühle mich, als könnte ich einschlafen. Die vielen Stunden lernen, die heißen Striemen auf meiner Haut und der Sex haben mich mehr erschöpft, als ich dachte.

»Gönnt ihr Ruhe. Wir haben genügend Zeit, bis wir heute Abend aufbrechen«, höre ich Gideon, dann streichelt jemand über meine Wange meinen Hals hinab, so federleicht wie ein Windhauch.

»Die werde ich mir auch gönnen«, erkenne ich Dorian dicht über mir, dann Lippen, die über meine Stirn wandern. »Du warst eine großartige Studentin, Liebes. Schon dich etwas.«

Mit einem Seufzen nicke ich. »Komm, Jane.«

Finger schieben die Binde von meinen Augen, das Tageslicht blendet mich und ich sehe Lawrence über mir. »Soll ich dich tragen?«

»Nein, es geht schon.« Mühsam ziehe ich mich auf die Beine und taumle gegen seine Brust. »Am besten, ich nehme eine Dusche.« Mit der Hand zupfe ich meinen Rock zurecht und ziehe die Bluse – oder was von ihr übrig geblieben ist – über meinen Brüsten zusammen.

»Ich werde auf sie aufpassen, Law, geh das Telefonat mit dem Büro führen. Sie haben schon dreimal angerufen«, sagt Gideon hinter mir und streichelt über meinen Rücken.

»Ehrlich? Warum reden sie nicht mit dir?« Lawrence zieht ein genervtes Gesicht, und das, obwohl er gerade noch in Ekstase war.

»Es war ihr Wunsch, dich zu sprechen«, erklärt Gideon, was ich alles nicht verstehe. Aber bei ihm allein bleiben, kann ich nicht. Das wäre keine gute Idee. Also folge ich Lawrence, der sich umgedreht hat und durch die Tür geht.

»Lass dir helfen, Kleines.«

»Ich komme allein zurecht. Du musst nicht auf mich aufpassen. Ansonsten habe ich mein Handy, um dir zu schreiben, oder rufe nach dir, falls ich unter der Dusche umgekippt bin«, versuche ich ihn abzuwimmeln. Ein genervtes Stöhnen ist zu hören, wie immer, wenn ihm meine Antwort nicht passt, als er neben mir über den Gang läuft.

»Wie ich dich kenne, wirst du das nicht tun. Nein. Du kennst unsere Regel. Wir lassen keine gespankte Frau in der ersten Zeit allein.«

Ja, seine Regeln sind sehr fürsorglich, trotzdem brauche ich Ruhe. Sosehr ich nach weiteren Argumenten suche, ihn davon abzubringen, es hilft nichts, er folgt mir bis in mein Bad, sieht mir beim Ausziehen und Duschen zu. Unter der Dusche betrachte ich Dorians Meisterwerk, das herrlich ziept.

»Ich werde dir nach der Dusche Wundheilsalbe geben.«

»Die habe ich selber.« Ich schiebe die Kabinentür auf, greife nach einem Handtuch, das er mir reicht, und schlinge es mir um den Körper. »Du brauchst dir keine Sorgen um mich zu machen. Ich würde gerne ein paar Stunden schlafen, bevor wir heute Abend – wohin auch immer – gehen.«

»Klingt so, als hättest du keine Lust, am Abend wegzugehen.«

»Lust habe ich schon, aber ich fühle mich wirklich erschöpft«, erkläre ich ihm, schiebe mich an ihm vorbei, um mein Zimmer aufzusuchen. Dort trockne ich mein Haar und ziehe mir Unterwäsche an, streife mir ein langes dunkles Top über und lasse mich auf das Bett fallen. Neben mir setzt sich Gideon auf das Bett, stützt sich ab und senkt seine Lippen auf meine.

Mein Gewissen sagt mir, dass das keine gute Idee ist, meine Vernunft schüttelt nur skeptisch den Kopf, während mein Herz so viel mehr möchte. Warum die wenigen Stunden nicht noch genießen und sie mitnehmen?

Ich ziehe ihn auf das Bett an meine Seite und küsse ihn zärtlich. Es ist nichts Forderndes, nichts Verlangendes in dem Kuss, nur Vertrautheit. Mein Bein schiebe ich zwischen seine, schmiege meine Wange an seine Brust und ich schlafe unter seinen Küssen, die mein Gesicht bedecken, und seinen Berührungen ein, während meine andere Hand mit seiner verschränkt über unseren Köpfen liegt.

GIDEON

Etwas beschäftigt sie oder sie hat bereits jetzt mit dem Urlaub abgeschlossen, um sich gedanklich den nächsten Kunden zu widmen. Dorian hat mir erzählt, wie sie ihren Chef darum gebeten hat, ihr ihre Termine anzusagen. Es fällt mir schwer, dass alles in wenigen Stunden beendet sein soll. Die Vorstellung, sie würde wieder so werden wie zuvor, kalt, stolz und distanziert in ihrem Verhalten, obwohl sie sich, während des Sex hingibt wie keine andere Frau, gefällt mir nicht.

Sie wird so werden müssen, weil du ihr keine Wahl lässt. Ich hätte einige Möglichkeiten, um sie für mich zu gewinnen, aber sie ist verschlossen und kam nicht einmal auf mich zu, um mit mir über unsere gemeinsame Nacht zu reden. Entweder lässt sie es kalt oder sie hat nicht dasselbe gefühlt wie ich, diese Vertrautheit, diese magische Anziehungskraft. Verdammt! Ich sollte nicht weiter darüber nachdenken. Sie ist eine selbstbewusste Frau, die über alles redet, alles ausspricht. Wenn sie dasselbe gefühlt hätte, würde sie mit mir reden oder auf den passenden Moment warten, wie mit dem Geschenk, das sie mir gegeben hat.

Ich bin ihr nicht egal, das weiß ich, und irgendwann wird sie mit mir darüber reden, so wie sie über ihre Vergangenheit mit mir gesprochen hat. Doch von ihr einfordern, mit mir über die Nacht zu sprechen, werde ich nicht. Ich möchte nicht zu weit gehen, obwohl ich an ihren Gesichtszügen schnell erkennen kann, was sie fühlt oder sogar denken könnte. Ich möchte, dass sie den ersten Schritt macht.

Sie wirkt neben mir völlig erschöpft und übermüdet. Das Lernen und das Rollenspiel müssen ihr zugesetzt haben. Aber hätte ich sie an der Tafel nicht hart genommen, hätte ich Dorians Fragen anhören dürfen und Lawrence' dämliche Bemerkungen, dass er es besser könne.

Als ich glaube, dass sie tief schläft, ziehe ich meine Hand aus ihrer zurück, erhebe mich vorsichtig, um meine Salbe aus dem Zimmer zu holen. Sie murmelt etwas von »Nicht weggehen«, sodass ich lächeln muss, ich aber trotzdem leise die Balkontür aufschiebe, um mein Zimmer aufzusuchen.

Nachdem ich mit der Salbe zurückkomme, hat sie sich halb auf den Bauch gezogen und ich kann ihren hübschen Hintern vorsichtig versorgen. Die Gedanken, sie nach Dubai weiterhin pflegen und versorgen zu können, wie sie es verdient hätte, schleichen sich kurz in meinen Kopf. Würde sie es überhaupt zulassen?

Keine Escortdame, die ich zuvor getroffen habe, hat sich hinter hohen Mauern versteckt wie sie, sodass es für mich reine Neugierde war, diese Mauern zu Fall zu bringen. Aber gerade, als sie unschuldig vor mir liegt, weiß ich, dass es keine Neugierde mehr ist, die mich antreibt, mehr über sie wissen zu wollen.

Vorsichtig, um sie nicht zu wecken, setze ich mich zu ihr auf das Bett, schiebe mit den Fingern ihren Slip ein Stück beiseite, um ihr die Salbe aufzutragen. Sie hat einen hübschen Arsch, der von einigen roten Striemen weiter auf den Oberschenkeln geziert wird. Der Anblick sieht verboten heiß und zugleich schmerzhaft aus. Als ich die Salbe auftrage, sehe ich aus den Augenwinkeln einen Schatten neben der Balkontür, sodass ich aufsehe. Dorian steht vor der Tür, mustert uns kurz, bevor ich mich erhebe und leise auf ihn zugehe. Auf dem Balkon schiebe ich die Glastür lautlos ein Stück zu.

»Was gibt es?«, will ich wissen, weil er nicht ohne Grund vor ihrer Tür stehen geblieben ist.

»Wirklich ein schöner Anblick, euch beide zu beobachten«, stellt er fest und schaut zu Maron. »Aber ich wollte wissen, wie es für dich lief. Konntest du abschalten?«

Ich schnaube leise. »Ich schätze deine Nachfrage, Dorian, aber ich denke, dass dich das nichts angeht.«

»Ich denke schon, denn ich habe keine Lust, dich nach Dubai aus den Clubs zerren zu müssen.« *Als ob er das jemals getan hätte.*

Er macht sich Gedanken, ich könnte Clubs aufsuchen, um mich abzulenken? Wegen Maron? So abwegig ist es nicht, allerdings habe ich keine Lust, mit ihm darüber zu reden – nicht jetzt, wo ich sie noch in meiner Nähe habe. »Musst du nicht. Kümmer dich um deine nächsten Ausstellungen, um deine Dame und hör auf, dich anzuhören wie mein großer Bruder.«

Dorian verzieht seinen Mund, wie er es immer tut, wenn ich ihn aufziehe, wenn er sich Gedanken macht, dann geht er auf das Geländer zu und beugt sich mit den Unterarmen über die Brüstung.

»Sei froh, dass ich dir im Gegensatz zu Lawrence, der deinen Schwachsinn unterstützen würde, anbiete, die Angelegenheit zu klären.«

»Welche Angelegenheit möchtest du denn klären? Wovon sprichst du?« Neben ihm beuge ich mich ebenfalls über die Brüstung, drehe die Salbe zwischen meinen Fingern und schaue zu ihm.

»Von Jane habe ich vorhin erfahren, dass Maron nach Dubai nicht vorhat, uns weiter treffen zu wollen. Sie sagte, sie würde unsere Termine ablehnen, sollten wir sie buchen.«

Das glaube ich nicht.

Ich ziehe meine Augenbrauen zusammen, als ich seine Worte höre. Dann werfe ich einen Blick über die Schulter zu

Maron, die mit dem Rücken zu uns weiterhin schläft. *Warum?*

»Jane hat sicher etwas missverstanden.«

»Hat sie nicht. Frag Maron selber, was sie davon hält, wenn wir uns nach dem Urlaub wiedersehen. Denn ich habe gestern Vormittag mit ihr gesprochen, Gideon. Sie gefragt, ob sie bereit wäre, für Dinge zu kämpfen. Aber wie immer ist sie der Frage aus dem Weg gegangen. Halte mich nicht für blind, Gideon, ich sehe dir an, dass dir die Kleine mehr bedeutet. Seit vorletzter Nacht bist du anders, ziehst dich zurück, richtest deine miese Laune gegen Law, statt seinen Rachefeldzügen gegen Frauen zu folgen.« Sein Blick ist auf das Meer gerichtet. »Wenn sie dir etwas bedeutet, dann kläre die Sache mit ihr oder verabschiede dich morgen von ihr, denn ich habe keine Lust, dich wieder aus dem Sumpf zu ziehen. Und Romana wird nicht mehr da sein, die dich ohnehin nur getröstet hat, um an dich ranzukommen.«

Er scheint sich wirklich in den letzten Tagen Gedanken über mich gemacht zu haben, aber völlig unnötig.

»Halte dich aus meinen Angelegenheiten heraus, Dorian. Du hast eine Kleine, die du vögeln kannst, die pariert und macht, was du willst. Was ich mache, kann dir egal sein«, bringe ich zähneknirschend über meine Lippen.

Aber warum? Weil er sich einmischt? Er mir nichts zu sagen hat? Oder er mich daran erinnern muss, wie es die letzten Male nach den Miststücken von Freundinnen verlaufen ist?

»Genau wegen dieser Reaktion weiß ich, wie es enden wird! Mehr wollte ich nicht wissen.« Mit einem Kopfschütteln stößt er sich vom Geländer ab und will den Balkon verlassen.

»Was geht es dich an!«, gehe ich ihn an. »In Marseille sehen wir uns kaum, weil du dich in deinem Atelier verkriechst, du kaum Zeit findest. Sollte es dir da nicht am Arsch vorbeigehen, was ich nach dem Dubai-Aufenthalt mache?«

»Sollte es, ja. Aber ich kann dir bei deinen Abstürzen nicht mehr zusehen. Mach das mit Law aus, aber komm deswegen …« Er nickt knapp zu Maron. »… nicht mehr zu mir oder ruf mich an. Ich habe dir angeboten, darüber zu reden, dir gesagt, was sie vorhat, also kläre es oder kläre es nicht. Ich bin gerne in meinem Atelier und muss mich im Gegensatz zu dir nicht vor Vater rechtfertigen, in der Presse mit mehreren unbekannten Frauen in einem Club gesehen worden zu sein.«

Warum provoziert er mich? Was soll der Scheiß? Mag sein, dass ich früher mit Lawrence nach meinen gescheiterten Beziehungen Ablenkung gesucht habe – aber Dorian geht zu weit. Ich lasse mir von ihm nicht in meine Angelegenheiten reinreden.

»Wer hat gesagt, dass sie mir wichtig ist?«, provoziere ich ihn. »Wer, dass ich wieder so werde wie früher? Denn glaub mir, keine Frau ist es mehr wert, dass ich mich ruiniere. Es gibt bessere Wege.«

»Reden soll helfen!«, knurrt er finster. »Frauen flachlegen wird dich nur für den Moment ablenken.«

»Wie bist du heute drauf!«, fahre ich ihn an. »Man könnte meinen, du wärst in sie verschossen. Sie ist unsere Urlaubsbelustigung, also weswegen machst du dir Gedanken?«, will ich ihn von seinen Gedanken, mir könnte Maron etwas bedeuten, abbringen.

Es geht nur mich und Maron etwas an! Aber dass sie uns nach Dubai nicht mehr sehen will, kann ich nicht glauben. Das soll sie mir selber sagen, bevor ich weiter mit meinem jüngeren Bruder darüber spreche. »Wir wussten, sie wusste«, korrigiere ich mich, »worauf wir uns einlassen – wie jedes Mal, als wir Frauen gebucht haben – bis du an Jane geraten bist.

Seitdem hast du deine Einstellung geändert. Nur habe ich nicht vor, mich an eine Frau zu binden, die es nicht wert ist. Denn nach Rica habe ich nicht vor, mich in die nächste unüberlegte Beziehung zu stürzen«, will ich klarstellen, obwohl ich weiß, dass es nur Ausflüchte sind.

»Was soll sich an meiner Einstellung geändert haben? Dass ich nicht wie du und Law jeden Morgen neben einer anderen Frau aufwache? Willst du mir deswegen Vorwürfe machen? Lächerlich, Gideon! Du machst dir die ganze Zeit etwas vor.«

»Ach, ich mache mir etwas vor?« Finster blicke ich ihm entgegen, bevor er sich über sein Gesicht reibt und den Kopf senkt.

»Ich weiß, dass Rica dir zugesetzt hat, es erst wenige Wochen her ist, aber«, versucht er ruhig weiterzusprechen und schaut zu Maron, »wenn sie es nicht wert ist, dann werde nicht wieder wie Law. Es gibt andere Wege.«

Ich schnaube abfällig. »Interessant, und welche?« Spöttisch hebe ich eine Augenbraue, weil es mir zu viel wird, mir länger anhören zu müssen, als hätte er Erfahrung darin, wie man nach gescheiterten Beziehungen umgehen soll. Er hat Rica in einem halben Jahr nur drei Mal getroffen, zu mehr hat es nicht gereicht. Und plötzlich will er sich ein Bild von ihr und meiner Beziehung gemacht haben? Hätte er Jane nicht, würde er sich nicht so aufspielen.

»Abstand zu halten oder jetzt mit ihr zu reden, wie ich schon sagte, Gideon. Ich wiederhole mich ungern«, muss er mir seine Worte mit einem Scheißblick, als wäre er mein großer Bruder, an den Kopf werfen.

»Spar dir deinen Zynismus und verschwinde einfach. Wenn das alles war, weswegen du gekommen bist, dann geh!«

»Das war alles, ja«, bringt er mit einem ironischen Scheißgrinsen hervor, sodass ich ihm am liebsten eine verpassen würde. »Mit dir ist einfach nicht zu reden«, spielt er die Ich-habe-die-objektivere-Ansicht-Karte. Dann fährt Dorian sich durch sein Haar, als er bemerkt, von mir keine Antwort zu erhalten, schüttelt wieder den Kopf und biegt um die nächste Hausecke ab. Idiot, der glaubt, sich ständig einmischen zu müssen!

10. KAPITEL

Im Halbschlaf höre ich, wie sich zwei Männer in meiner Nähe streiten, sodass ich zuerst glaube, es sei Luis mit Marcel, seinem besten Freund, die sie sich öfter wegen irgendwelcher Nebensächlichkeiten streiten wie Frauen um den kleinsten Mist.

Doch dann erkenne ich Gideons Stimme, die gereizt klingt, aber bleibe weiterhin liegen. Keine Ahnung, wann und wie lange ich geschlafen habe, aber ich fühle mich immer noch zu müde, um aufzustehen.

Einzelne Wortfetzen kann ich mithören wie: »Sie ist unsere Urlaubsbelustigung, also weswegen machst du dir Gedanken?« und dann Dorian »Was soll sich an meiner Einstellung geändert haben? Dass ich nicht wie du und Law jeden Morgen neben einer anderen Frau aufwache?«

Diskutieren sie etwa über mich? Als ich darauf schließe, dass ich als »Urlaubsbelustigung« gemeint sein könnte, presse ich die Lippen fest aufeinander und blinzle, ohne dass sie es bemerken. Im Prinzip sind es genau die Worte, die ich erwartet habe, denn mehr bin ich nicht für sie. Eine Urlaubsbelustigung, die bezahlt wird und schnell austauschbar ist. Auch wenn ich ihnen recht gebe, trifft es mich, das zu hören.

Nach wenigen Minuten wird die Tür aufgeschoben und ich spüre einen Arm, der sich über meine Mitte legt. Ich täusche vor, von der Bewegung langsam wach zu werden, und drehe mich um. Gideon liegt mir gegenüber auf dem Bett und hält mich lange im Blick. »Schlaf noch etwas.«

»Ich sollte nicht schlafen, wenn ihr etwas geplant habt, bei dem ich dabei sein soll«, antworte ich gefasst und überspiele meine Enttäuschung. Wenn, dann überwinde ich die letzten Stunden mit ihnen, bevor alles vorbei ist. Ihn darauf ansprechen, würde keinen Sinn machen. Ich habe nicht das Recht, Kunden auszufragen, obwohl ich bei Gideon Grenzen überschritten habe. Die letzten Stunden werde ich diese Regeln einhalten und das für sie sein, als das er mich so schön bezeichnet hat: eine Urlaubsbelustigung ...

Gott, die Bezeichnung trifft meinen Stolz.

Am Abend schlendern wir über einen Souk, der nachts geöffnet hat. Ich kaufe einige Souvenirs von meinem Geld, um Erinnerungen, ein Geschenk für meine Schwester und ein Dankeschön für Luis mitzubringen. Ich weiß zwar, dass er es für selbstverständlich ansieht, mir im Studium zu helfen und die Mitschriften zu schicken, doch gegen eine originale Wasserpfeife aus Arabien wird er sicher nichts einzuwenden haben. Monsieur Chevalier begleitet uns nach dem Restaurantbesuch mit Nadine, die skeptisch jeden meiner Einkäufe verfolgt. Nur Dorian und Jane fehlen, weil Dorian anscheinend keine Lust hatte, ein weiteres Mal über den Souk zu laufen.

Neben Lawrence, der mich mit seinen gewohnten Kommentaren bei meinen Käufen berät, verbringen wir einen angenehmen Abend, bis wir im Anwesen zurück sind. Mit Gideon habe ich, seitdem er mein Zimmer verlassen hat, als ich mich umgezogen habe, nicht mehr gesprochen, was auch daran lag, dass sein Vater uns hätte beobachten können.

Kurz nachdem wir in der Villa angekommen sind, trägt Lawrence meine Einkäufe in mein Zimmer, sodass ich mich bei ihm mit einem langen Kuss bedanke, ihn gegen die Wand dränge und ihm zuraune, dass er mich in einer Stunde in der Küche antreffen soll.

»Planst du eine Überraschung, weil es unsere letzte gemeinsame Nacht werden wird?«, fragt er nach. Ich schmunzele und hebe eine Augenbraue.

»Ja, so etwas wird es werden, Schatz. Lass dich überraschen, es wird dir sicher gefallen – und bringe deine Brüder mit.«

»Was, wenn ich sie nicht mitbringen will, weil ich dich für mich allein haben möchte?« Er kommt meinem Gesicht so nahe, dass ich sein Aftershave rieche und in seine silbergrauen Augen blicke.

»Dann wirst du vor der Küche deinen Spaß haben müssen, mon cheri, was ich bedauerlich finden würde.«

»Du bist unberechenbar. Aber das würde ich dir nicht zutrauen.« Seine Zunge leckt über meine Lippen, als ich ihn am Hemd zu fassen bekomme, um an seinem Ohr zu knabbern, nicht gerade sanft hineinbeiße, sodass er leise knurrt.

»Warte ab, wie viel du mir zutrauen kannst«, hauche ich ihm entgegen.

Er weicht ein Stück zurück, küsst mich gierig, dass mir fast die Luft wegbleibt, bis er sich mit den Worten »Enttäusche mich nicht« verabschiedet und ich an der Wand angelehnt zur Decke blicke. Nein, das werde ich nicht. Aber den letzten Abend habt ihr euch so verdient, dass er hoffentlich unvergesslich für euch bleibt.

Ich angele mein Handy aus der Tasche und schreibe Jane, damit sie mir wieder hilft, obwohl ich oft genug gemerkt habe, dass sie selten eine Hilfe ist und die Jungs ablenken kann.

Keine Viertelstunde später, als ich mich umgezogen habe, oder besser breite schwarze Stofftücher über meine Brüste, meinen Hüftknochen und meine Handgelenke gebunden habe, betrachte ich mich im Spiegel. Irgendwie, finde ich, hat der Anblick etwas von einer Amazone. Meine Augen habe ich dunkel geschminkt, mein Haar zu einem bauschigen Pferdeschwanz zusammengebunden und schminke mir meine Lippen in einem intensiven Rot. Wenn, dann wird es das letzte Spiel sein, auf das ich mich freue.

Als ich an mir herabblicke, werde ich von dem Fußkettchen von Gideon abgelenkt. Ich gehe in die Knie und beschließe es abzunehmen, damit ich nicht hängenbleibe und vielleicht auch, damit ich mich befreiter fühle. Ihn habe ich meine Uhr auch nicht mehr tragen sehen.

Als ich leichten Schimmer auf meine Haut auftrage, fahre ich mit den Fingerspitzen vorsichtig über mein neues Tattoo, das ich nicht oft genug ansehen kann, wenn ich allein bin. Es wird das einzige Mal bleiben, das ich nach dem Urlaub auf meinem Körper trage.

Nachdem ich in meinem Outfit nach meiner Gerte und den Fesseln suche, höre ich ein Klopfen an der Balkontür. Etwas überrascht fahre ich hoch und drehe mich um. Gott, es ist nur Jane. Sie schiebt die Tür auf.

»Heiß, ehrlich! Das sieht verboten gut aus und die Brüder werden …« Sie senkt ihren Blick zu dem schwarzen breiten Stoffband, das knapp meinen Po bedeckt, aber unter dem ich einen schwarzen String trage.

»Danke. Dein Outfit passt auch super.«

»Um ehrlich zu sein, möchte ich heute Abend nicht in Aktion treten und die letzten Stunden später mit Dorian am Strand verbringen.«

»Das kann ich verstehen.« Ich würde es auch so machen, wenn ich an ihrer Stelle wäre. »Dann sollte ich dich nicht lange aufhalten.«

»Nein, ich habe das Sushi schon in den Saal getragen.«

»Sehr gut, danke.« Ich gehe auf sie zu und gebe ihr einen

Kuss auf die Wange, bevor ich mit einer Gerte, Fesseln und Binden den Raum verlasse. Dieses Mal lasse ich mir von ihnen nicht die Show stehlen. Dieses Mal werde ich vorgehen, wie ich es immer tue, um Kunden für mich zu gewinnen.

Im Saal, in dem die Polestange steht, hat Jane alles vorbereitet. Auf der Couch stehen Tabletts mit dem angerichteten Sushi, das ich bei Eram heute Nachmittag bestellt habe. Ob sie genauso gut Sushi zubereiten kann wie unsere einheimischen, französischen Speisen, kann ich nicht sagen, aber sie hat sich fast bei mir bedankt, es zubereiten zu dürfen, und ein glückliches Gesicht gemacht.

Im Raum hat Jane die Wandbeleuchtung angeschaltet, die wirklich spektakulär ist. Das ist tatsächlich, wie Dorian gesagt hat, ihr persönlicher Showroom, in dem sie andere Frauen für Geld tanzen lassen. Ich bin nichts anderes. Schließlich bezahlen sie mich auch.

Langsam lege ich mich mit einem angewinkelten Bein auf den runden niedrigen Tisch, rutsche in eine bequeme Position, winkele ein Bein an, während ich das andere über der Kante hängen lasse, genauso wie meinen rechten Arm.

»Du kannst anfangen. Denk dir etwas Hübsches aus, Jane.« Etwas unbeholfen steht sie neben mir, nickt und greift mit Stäbchen nach den Sushirollen, die sie auf meinem Körper verteilt.

»Mache ich es richtig so? Ich habe das bisher noch nie gemacht.« Ich muss leise lachen und aufpassen, dass das Sushi nicht von mir rollt.

»Ja, du kannst kaum etwas falsch machen. Es soll appetitlich aussehen. Wenn du möchtest …« Vorsichtig drehe ich meinen Kopf zur Couch, auf der die Tabletts stehen. »… kannst du mit Sojasoße Muster malen.«

»Ich hoffe, ich vermassele es nicht, dann ist alles ruiniert«, jammert sie, aber lächelt im nächsten Moment.

»Du schaffst das. Du musst wirklich ruhiger und selbstbewusster werden, Jane. Die Jungs warten doch oben in der Küche, wie ich es Lawrence gesagt habe.«

»Ja.« Mit der Flasche träufelt sie lustige Kreise und Linien auf meinen Körper, sodass es kitzelt, aber ich weiterhin ruhig halten muss. »Ich habe es nicht einmal Dorian verraten. Sieht es so gut aus?«, fragt sie, erhebt sich und schaut auf meinen Bauch, weiter über mein Dekolletee und meinen Oberschenkel, der auf dem Tisch liegt.

»Lieb, dass du mich fragst, aber ich kann meinen Kopf nicht heben.« Anscheinend fällt ihr erst jetzt auf, was für eine unüberlegte Frage sie gestellt hat, und muss laut lachen, sodass ihre braunen Augen strahlen.

»Stimmt. Also mir gefällt es.«

»Dein Kunstwerk wird nicht lange bestehen, also mach dir keinen Kopf. Du kannst die Musik anstellen und sie langsam in den Raum führen. Aber keiner darf den Raum betreten, bevor nicht ihre Hände gefesselt sind.«

»Vorn oder hinten?«

»Vorn, damit sie sich bewegen können«, antworte ich. »Schließlich können sie sich auch nützlich machen.«

»Mach ich, bis gleich.« Sie geht zur Anlage und schaltet die Musik ein, die in ruhigen Tönen zu mir dringt, bevor sie schneller wird.

Als ich nur auf die Decke starren kann, wird mir bewusst, was für einen Spaß ich mit den Brüdern in der letzten Zeit hatte. Mit keinem Kunden kann ich diese Erlebnisse vergleichen. Ob es ihnen genauso geht?

Doch ich kann nicht lange darüber grübeln, als ich aus den Augenwinkeln sehe, wie die Tür geöffnet wird und zuerst Dorian, gefolgt von Gideon und einem etwas mürrisch blickenden Lawrence den Raum betreten.

»Ich gebe zu, ich habe mit vielem gerechnet, aber damit nicht«, höre ich Dorian, der begeistert zu Lawrence blickt.

»Geil, Kätzchen. Das habe ich bisher nur im Fernsehen gesehen.«

»Warte ab, was du noch alles sehen wirst«, locke ich ihn zu mir und recke mein Kinn hoch. Die Soße hat sich allmählich meiner Körpertemperatur angepasst, sodass ich sie kaum auf der Haut spüre. Zu dritt nehmen sie mit gefesselten Handgelenken auf der Couch um den Tisch Platz. Doch nicht lange und Gideon erhebt sich, um mich einmal zu umrunden.

»Du hast dich wirklich in die Küche gestellt, um das Sushi zu machen?«, fragt er und Jane kichert.

»Ich wusste, die perfekte Freundin gefunden zu haben. Schatz, das kannst du gerne jeden Abend machen«, fügt Lawrence hinzu, während seine Augen über die Speisen auf meiner Haut wandern.

»Übertreibt nicht. Wann sollte ich die Zeit dazu gehabt haben, Sushi zu machen? Eram hat mir geholfen.« Hat er wirklich geglaubt, ich könnte Sushi machen? Ich bin froh, wenn mir nicht die Nudeln im Topf ankleben, weil das Wasser verdunstet ist, und ich die Nudeln fast brate, als sie zu kochen.

Ein leises Stöhnen ist zu hören, bis ein Finger über meinen Bauch wandert und von der Soße kostet. »Du bist trotzdem perfekt.« Mit einem Nicken zu Lawrence, der nicht lange zögert und sich über mein Dekolletee beugt, folgt ihm Dorian, der mich länger im Blick behält, dann nach den Stäbchen neben mir greift, eine Rolle nimmt und damit über meinen Körper fährt. Es sieht herrlich aus, wie sie mit gefesselten Handgelenken versuchen, die Rollen zu essen.

»Scheiß auf die Stäbchen, ohne geht es besser.« Schon leckt Lawrence über meinen Bauch, während Gideon den Kopf schüttelt, es weiter mit den Stäbchen probiert und plötzlich zwischen meinen Beinen verschwindet.

»Du erkennst nie das Praktische an den Dingen, Law«, sagt Gideon mit einem Funkeln in seinen Augen. Finger schieben meine Schenkel auseinander. »Denn ich denke, etwas Beigeschmack kann nicht fehlen.« Im nächsten Moment wird mein Tanga zur Seite geschoben und ich spüre die kühle Sushirolle und die Spitzen der Stäbchen auf meinen Schamlippen.

»Dem stimme ich zu. Möchtest du nicht auch probieren?«, fragt mich Dorian, tunkt eine Rolle in der Sojasoße zwischen meinen Brüsten ein, bevor er sie mit dem Stäbchen zu seinem Mund führt, sie zwischen den Zähnen behält und sich zu mir herabbeugt. Mit einem Lächeln beiße ich ab, kaue und schlucke, bevor mich Dorian küsst, während Lawrence über meinen Bauch weiter hoch zu meinen Brüsten leckt. Ich erwidere den Kuss, als eine Zunge über meine Schamlippen gleitet, sie auseinanderdrängt und dann etwas Kühles eindringt. Schnell löse ich mich von dem Kuss.

»Wenn ich das nicht mehr rausbekomme«, will ich Gideon warnen, der einfach weitermacht.

»Dann?«, fragt er. »Ich werde dir gern helfen, den Reis aus deiner Pussy zu holen, mit allem, was mir zur Verfügung steht.« Lawrence lacht laut über Gideons Worte, schiebt den Stoff über meinen Brüsten zur Seite und beißt nicht gerade sanft in meine rechte Brustwarze, sodass ich zusammenzucke. »Nicht so fest, du ruinierst das Kunstwerk, Law.«

»Bevor ihr nicht alles aufgegessen habt, werde ich nicht mit der nächsten Überraschung beginnen.«

»Tatsächlich?«, fragt Gideon, hebt eine Augenbraue und schaut mir über meine Beine entgegen. Sein Blick wandert kurz zu dem Käfig.

»Ja, ich würde mich etwas beeilen.«

»Schade, ich dachte eigentlich, du würdest auf das sanfte Vorspiel stehen«, antwortet er plötzlich. Verflucht! Was soll die Bemerkung?

»Steht sie nicht, was ich dir schon erzählt habe. Maron sollte man nicht mit Samthandschuhen anfassen, dafür steckt viel zu sehr die Raubkatze in ihr«, antwortet Lawrence und schiebt sich ahnungslos eine Rolle in den Mund, bevor er mit seiner Zunge über meine Brüste leckt, sodass ich seinen Bart auf meiner Haut kratzen spüre. Dorian senkt den Blick zu mir, aber sagt nichts. »Gib mir noch eine«, fordere ich ihn auf, damit er seinen Blick ändert. »Ansonsten fordere ich sie mir ein«, warne ich ihn.

»Wie?« Er vergisst, dass ich meine Hände bewegen kann. Mit der rechten Hand greife ich nach seinem Hosenbund und ziehe ihn näher an mich, bevor meine Hand in seinen Schritt wandert. »Also?«

»Ich sagte ja: Raubkatze. Wenn sie nicht hart gevögelt wird, ist sie nicht zufrieden.« *Wenn du dich da nicht täuschst.* Finster blicke ich in seine Richtung, dann bemerke ich, wie Gideons Mundwinkel zucken, seine grünen Augen meine treffen, aber er nichts sagt, sondern die Rolle langsam über meine Klit reibt, während Dorian mir Sushi in den Mund schiebt und mich dann küsst.

Nachdem Zungen über meinen gesamten Körper lecken, wird mir immer heißer, noch mehr, als Gideons Zunge in mich eindringt, mich leckt und die Reiskörner über meinen

Kitzler reiben. Hände wandern über meine Beininnenseiten, bevor Gideon die nächste Rolle nimmt und sie wirklich in meine Pussy schiebt. »Solltet ihr probieren. Die Geschmackskombination ist einzigartig.«

»Gerne.« Lawrence erhebt sich, nimmt sich aber ohne Stäbchen eine Rolle, leckt über meine Beininnenseite und beißt vorsichtig hinein, bevor er mit seinen Fingern die Rolle in meine Pussy eintaucht, dabei Finger meine Perle sanft massieren.

»Was denkst du?«, fragt Gideon, der zu mir blickt.

»Sehr delikat. Dorian?« Dorian grinst über mir, nickt und gibt mir einen Kuss, bevor er sich erhebt und mit Stäbchen nach einer Rolle auf meinem Bauch greift. Langsam versenkt er sie in mir, während Finger meine Schamlippen auseinanderziehen.

»Göttlich. Sollten wir dazu nicht etwas trinken?«, schlägt Lawrence vor und erhebt sich. Er geht auf ein Regal neben der Couch zu, sodass ich meinen Kopf drehe, und öffnet ein Fach, in dem mehrere Flaschen teurer Scotch, Sherry und Champagner stehen.

»Gute Idee. Damit können wir sie gleich waschen.«

»Spinnt ihr?«, bringe ich hervor, als Lawrence eine Flasche aus dem Regal nimmt und das Etikett liest. Sein dunkles verdorbenes Lächeln ist kaum zu übersehen, als sein Blick über meinen Körper wandert.

»Keine Angst, Kätzchen, du musst morgen nicht den Raum putzen. Das überlassen wir Angestellten.« Im nächsten Moment wird hochprozentiger Alkohol über meinen Bauch gegossen, den Lawrence aus meinem Bauchnabel trinkt und Gideon ableckt.

»Noch besser. Ich hätte nie gedacht, wie schmackhaft eine

Frau sein kann.« Zu dritt lecken sie über meine Haut, Lawrence gießt mit seinen gefesselten Handgelenken mehr nach und bleibt über mir stehen. »Mund öffnen, Kleines. Einen Schluck hast du dir verdient.« Ich presse die Lippen aufeinander.

»Später, Darling.«

»Später?« Neben mir geht er in die Knie, greift nach meinem Kinn, aber statt mir den Alkohol einzuflößen, küsst er mich, leckt über meine Lippen, sodass ich den Scotch schmecke und er leicht auf meiner Zunge kribbelt. Zungen reiben über meinen Kitzler, lecken über meine Haut zu meinen Brüsten, sodass ich meine Arme hebe und sie um Lawrence' Hals verschränke.

Ich küsse ihn, weil es sich so gut anfühlt – denn noch diese Nacht wird er mir gehören. Meine Finger wandern zu seinem Haar, öffnen seinen Pferdeschwanz, sodass ich in seine Haar greife und seinen Kopf von mir zurückziehe. Schnell erhebe ich mich, sodass Gideon und Dorian mich nicht zu fassen bekommen.

»Setzt euch, Gentlemen, denn heute werdet ihr sehen, wie euer Bruder als Letzter von euch spürt, wie lieb ich zu ihm sein kann. Er wird meine volle Aufmerksamkeit haben.«

»Verarsch mich nicht!«, bringt Lawrence mit einem wirklich überraschten Gesichtsausdruck hervor.

»Doch, Schatz. Danach tanze ich für dich. Aber erst, wenn …« Ich dränge mich dicht an ihn, lecke über seinen Hals und greife nach seinem festen Arsch, der sich gut zwischen meinen Fingern anfühlt. »… du etwas gelitten hast. Los komm, du wirst kaum etwas spüren.« Hinter mir greife ich nach der Augenbinde, die ich in einem Fach abgelegt habe, und streife sie ihm über.

»Ein Mal gebe ich dir die Möglichkeit, aber nur dieses eine Mal«, stellt er klar, sodass ich verblüfft zu Dorian und Gideon sehe.

»Merci.« Ich hauche ihm einen Kuss auf die Wange. »Du wirst es nicht bereuen.«

»Das könnte interessant werden«, bemerkt Dorian, hebt auf der Couch seinen Knöchel auf die Knie und hält uns im Blick, während Gideon abfällig schnaubt. Während sie sich unterhalten, greife ich nach einem Handtuch, um die Überreste der Sojasoße und des Alkohols abzuwischen, bevor sie an mir festkleben.

»Ihr wird es keine fünf Minuten gelingen, ihn in Schach zu halten.«

»Wollt ihr wetten?«, frage ich und drehe mich schnell zu ihnen um, bevor ich das Handtuch beiseitelege.

»Gerne.«

»Sehr gut. Sollte Lawrence nach fünf Minuten abbrechen, entscheidet ihr, in welchem Bett ich heute Nacht schlafen darf.«

»Und sollte er nachgeben?«, hakt Gideon nach, nimmt einen Schluck aus der Scotchflasche und schaut mir interessiert entgegen.

»Dann entscheide ich es«, bringe ich mit einem Lächeln in seine Richtung hervor. Unsere Blicke kreuzen sich, bevor er die Flasche Dorian reicht, der sie ihm abnimmt.

»Einverstanden.«

»Du hast so gut wie verloren, Kätzchen.« Lawrence tastet mit den Fingern nach meinem Arm, dann erwischt er meine Brüste, sodass ich fluche.

»Warte es ab. Vielleicht liebst du es.«

»Das würde ich auch sagen«, höre ich Dorian mit Gideon

reden. »Marons Chancen stehen nicht schlecht, weil sie weiß, was sie macht. Sie hat nicht umsonst einen großen Kundenstamm und kann Männer um den Finger wickeln.«

Ein spöttisches Lachen ist von Gideon zu hören, weil er sich nicht provozieren lassen will, aber ich widme mich Lawrence, küsse ihn und wandere mit meinen Händen über seinen Hals, streife sein Hemd aus, bevor ich es an seinen Ärmeln mit einem Messer, das bei mir liegt, zerschneide.

»Was machst du?«, fragt Lawrence, während Dorian lacht. »Ich schätze, sie revanchiert sich für den Slip, den Gideon ihr abgeschnitten hat.«

»Du hast genügend Hemden und wenn, dann werden wir eines zusammen einkaufen gehen, Schatz.« Als ich ihn restlos aus all seiner Kleidung befreit habe, ihn überall küsse, greife ich nach meiner Dressurgerte, drehe sie zwischen den Fingern und umrunde Lawrence, streife nur flüchtig seinen Körper und reibe mein Bein an ihm, gehe vor ihm leicht in die Knie, um mit meinem Po über seinen Schwanz zu reiben. Gleichzeitig winke ich Jane, die uns die gesamte Zeit beobachtet hat, zu mir und deute auf das Öl.

»Fühlt sich gut an, nicht wahr?«, frage ich ihn, während seine zusammengebundenen Hände über meinen Rücken tasten, ich mich aber so schnell von ihm abwende, dass er mich nicht festhalten kann.

»Schütte mir etwas auf die Hände«, flüstere ich zu Jane, die mir Öl auf die Hände gibt, das ich verteile und dann meinen Körper damit einschmiere. »Du darfst mir gerne helfen.«

»Was machen sie?«, fragt Lawrence hinter mir, sodass Jane leise kichert.

»Das Übliche, sie sind miteinander beschäftigt«, antwortet Gideon. Ja, das sind wir, als ich Jane meine Befehle zuflüstere, sie nickt und wir uns gegenseitig mit dem Öl einreiben. Nur in ihrer Unterwäsche gleite ich über ihren Bauch, ihre schönen Brüste, Arme und ziehe sie näher an Lawrence, um den wir uns anschmiegen. Das Öl verteile ich von meinem Körper an ihm wie bei einer Body-to-Body-Massage. Meine Hände gleiten über seine muskulöse Brust, wandern seine Lenden entlang, während ich mich vorbeuge, um Jane zu küssen, die sich ebenfalls an ihn schmiegt. Unsere Zungen umkreisen sich, ich lasse meine Finger in ihr Haar gleiten, um sie näher an mich zu ziehen, sodass unsere Brüste über Lawrence' Körper reiben und er spüren kann, wie erregt wir sind.

»Scheiße, Lawrence. Ich glaube, der Anblick würde dir nicht gefallen«, bemerkt Dorian und lacht finster. »Jane, du darfst dich ruhig um Lawrence kümmern.«

»Gleich, Dorian«, antworte ich, als ich mich von Janes Lippen gelöst habe, dann schiebe ich Lawrence zur Wand und flüstere Jane Anweisungen zu, die nickt. »Hände über den Kopf und geh auf die Knie, Schatz.«

»Jetzt wird es losgehen«, höre ich Gideon belustigt, während seine Stimme lauter als gewohnt klingt.

»Muss das wirklich sein? Im Stehen würde es mir besser gefallen«, beschwert sich Lawrence.

»Nein! Knie dich sofort hin!« Jane schiebt sich unbemerkt vor ihn an die Wand und kniet sich ihm entgegen. Mit ihren Händen zieht sie ihn runter, während er von mir den ersten Hieb mit der Gerte erhält, sodass er knurrt, aber nachgibt. »Das war noch gar nichts im Vergleich zu dem, was folgen wird.«

»Am besten, ich breche den Mist sofort ab«, knurrt er, sodass ich in sein offenes Haar greife und seinen Kopf zurückziehe. In dem Moment sehe ich, wie Jane seinen Schwanz leckt, ihre Hände über seinen Bauch wandern und er keucht.

»Mach das, aber dann wirst du mich nicht mehr vögeln dürfen. Entscheide. Ich warte so lange.« Ungeduldig drehe ich die Gerte zwischen meinen Fingern, Jane löst sich von Law und wartet.

»Gut, bring es zu Ende, danach werde ich mich rächen.«

Wenn du dazu überhaupt noch in der Lage bist – denke ich und lächle zufrieden. Ich drücke meinen Rücken durch und hole zum ersten Schlag aus, bevor er protestieren kann. Jane beginnt ihn in dem Moment zu küssen, dann begibt sie sich auf alle viere und fährt mit ihrem Blowjob fort. Ich nehme meinen Schuh von Lawrence und weitere Hiebe folgen geschickt platziert, während Jane sich Mühe gibt, ihm seinen Schmerz zu versüßen. Vielleicht, ja vielleicht findet Lawrence doch Gefallen daran.

Unter den Schlägen atmet er tief durch, dann folgt der nächste Hieb, als er knurrt und seine Finger in Janes braunes Haar vergräbt. Wunderschön – wie die Gerte auf seine angespannten Muskeln trifft, sodass er zuckt und sich rote Striemen abzeichnen, obwohl ich nicht zu fest zuschlage.

»Gefällt es dir, Liebling? Du kannst jederzeit dein Codewort rufen«, erkläre ich ihm, bis ich ein abfälliges: »Vergiss es!«, höre. *Sehr gut.* Jane fährt fort und vor mir wirft Lawrence den Kopf mit einem Keuchen zurück. Herrlich.

»So ist es perfekt. Genieße es und nimm jedes Gefühl auf, Law, blende alles um dich aus und gib dich dem Lustschmerz hin«, befehle ich ihm leise mit einer verführerischen Stimmlage.

Die gesamten Tage wollte ich das machen – sodass ich aus dem Schmunzeln nicht mehr herauskomme. Nach sieben Hieben gehe ich hinter ihm auf die Knie und schmiege mich an ihn, während sich Jane von ihm löst und ich nach seinem Schwanz greife, der bereits wunderschön prall ist. »Und Babe, wie fühlt es sich an?« Ich beiße zärtlich in seinen Nacken, massiere seine Härte zwischen meinen öligen Fingern und reibe meine Brüste an seinem Rücken. »Danach darfst du mich ficken, in welcher Stellung du möchtest – so ordinär du möchtest. Ich werde alles mit mir machen lassen, wenn ich dich zuvor reiten darf«, raune ich ihm zu, sodass es nur Jane versteht. Die ausgesprochene Fantasie macht ihn noch ungehaltener, sodass er nach meinen Fingern um seinen Schaft greift.

»Hört sich scheiße geil an«, antwortet er mit einem Grinsen, als er den Kopf zu mir dreht.

»Wie gehorsam. Aber zuvor solltest du aufstehen und mir einen Gefallen tun, bevor ich dich reite, denn meine Pussy fühlt sich noch zu trocken an.«

»Und ich soll dir dabei helfen?«

Ich lache leise, weil ich weiß, wie heiß mich der Anblick gemacht hat.

11. KAPITEL

Keine Minute später habe ich ihm aufgeholfen, meinen Tanga ausgezogen und drehe mich um die Stange. Mit einem leichten Sprung ziehe ich mich an ihr hoch, aber merke, wie das Öl sich über das Metall verteilt. »Führ ihn zu mir«, weise ich Jane mit einem Nicken an.

»Was soll das werden?«, fragt Dorian, während Gideon noch einen Schluck aus der Flasche nimmt, was mir nicht gefällt.

»Ich kann es mir denken. Aber Kleines, du wolltest auch für uns tanzen.«

»Danach.« An der Stange tastet Lawrence blind nach mir.

»Wo bist du?«, fragt er. »Mann! Könnt ihr mir wenigstens die Binde abnehmen?«

»Gleich.« Langsam senke ich mich mit den Beinen auf seine Schultern, als er den Kopf hebt. »Jetzt darfst du unter Beweis stellen, wie gut du darin bist, meine Pussy zu lecken, während ich an der Stange über dir hänge.«

Sein Kinn reibt über meine Spalte, meine Schamlippen, dann spüre ich seine Lippen, bevor sich eine Zunge in mir vortastet. Ich nicke Jane entgegen, damit sie ihn von der Augenbinde befreit und er etwas von dem Anblick hat.

»Gefällt mir schon viel besser«, bemerkt er, hebt seine Hände unter meinen Po und drückt meine Pobacken auseinander, die von Dorians Striemen brennen, sodass ich zische. Er leckt mit seiner rauen Zunge über meinen Kitzler, dringt zugleich mit zwei Fingern in meine Pussy, sodass ich seine anderen Fingern auf meiner Haut spüre und es sich so gut anfühlt, dass ich die Augen schließe, während ich mich mit den Händen weiter an der Stange festhalte. »Ja, zeig mir, was du kannst. Umso mehr werde ich dann an der Stange zeigen, was ich kann.«

Die Hitze übermannt mich, als seine Finger von noch einem ersetzt werden, ein weiterer in meinen Anus dringt, womit ich nicht gerechnet habe, sodass ich meine Hände umgreife und mich an der Stange nach hinten fallen lasse. Wie er mich trotz gefesselter Gelenke so verwöhnen kann, ist einfach göttlich.

»Gott, fühlt sich das geil an.« Seine Zunge leckt mich fester, sodass ich schon nach wenigen Sekunden von der Überreizung komme, ohne ihn zu stoppen.

»Scheint dir zu gefallen.« Ich nicke, während ich keuche, was in ein Stöhnen übergeht. »Stopp!«, rufe ich, als meine Beine zittern und ich langsam den Halt verliere. Langsam macht er einen Schritt zurück, als sich seine Finger aus mir zurückziehen und ich an der Stange herabgleite.

»Meinst du, du könntest Jane nicht auch etwas verwöhnen?«, reize ich ihn, während sich seine Gesichtszüge verfinstern.

»Du wolltest auf mir reiten, wenn ich deine Pussy lecke – was ja wohl über das Lecken hinausging, schon vergessen?«, will er klarstellen, während sich seine Miene verfinstert.

»Sicher, aber ich denke, deine Brüder betrinken sich dort hinten. Sie sollten abgelenkt werden.«

»Nein, fick ihn schon, Maron«, bestimmt Gideon in einem schroffen Ton. »Wir langweilen uns nicht, weil wir in guter Gesellschaft sind.« Er hebt die Flasche und ich ziehe die Augenbrauen zusammen. *Besäuft er sich gerade?*

»Ich habe eine bessere Idee, damit sie sich nicht betrinken. Vögel Jane an der Stange«, ändere ich meinen Plan. »Wir haben später Zeit.« Es ist wirklich nicht einfach, sich um drei Männer zu kümmern.

»Solltest du dein Wort nicht halten, Kätzchen, weiß ich, wie ich in dein Zimmer komme.«

Ich lache. »Jane, Lawrence wird sich um dich kümmern.« Lawrence küsst Jane, dann dreht er sie um und geht hinter ihr in die Knie, um ihre Beine auseinanderzuschieben, ihr den Slip herunterzustreifen und sie vorzubereiten. Dann erhebt er sich, greift nach ihrer Hüfte und dringt langsam in ihre Pussy ein, sodass selbst mich der Anblick scharfmacht. Ich greife nach meiner Gerte, schmunzle und habe ihn dort, wo ich ihn die gesamte Zeit haben wollte. Während er sie vögelt, werde ich ihm seine Lust verlängern.

Kurz werfe ich einen Blick zu den anderen Brüdern, die sich über etwas unterhalten, dann trifft die Gerte mit einem harten Schlag auf Lawrence' linke Arschbacke, sodass er wütend knurrt. »Bleib so, ruhig atmen und die Dame vor dir nicht vergessen, zum Höhepunkt zu bringen.«

Wieder trifft meine Gerte seinen hübschen Hintern, der unter dem Schlag zusammenzuckt. Doch meine Gedanken sind nicht bei Lawrence, sondern bei Dorian und Gideon, die über etwas diskutieren, was ich durch die Musik schlecht verstehen kann. Nach weiteren fünf festen Streichen zeichnen sich herrlich rote Striemen auf Lawrence' Hintern ab, während er Jane schneller fickt, sie sich an der Stange festklammert und ihren Orgasmus laut in den Raum stöhnt.

Nicht lange und Lawrence kommt ebenfalls, als ich mit der Zunge über seine gerötete Haut lecke. Seine Muskeln spannen sich an, bevor sein Stöhnen in ein Knurren übergeht, als ich meine Zähne in seine rechte Pobacke versenke. *Den hübschen Biss lasse ich dir als Andenken, Liebling. Der wird dich weitere fünf Tage zieren.* »Fuck! Maron!«, brüllt er, sodass ich von ihm ablasse.

»Das ist wie Musik in meinen Ohren«, antworte ich und streichele über seinen göttlichen Arsch.

Plötzlich ist ein Händeklatschen hinter mir zu hören, sodass ich mich umdrehe und Gideon mit einem finsteren und zugleich amüsierten Anblick stehen sehe. »Beeindruckend. Dir ist es wirklich gelungen, meinem großen Bruder den Arsch zu versohlen. Na, wie fühlt es sich an, Law, von dieser Frau dominiert zu werden? Großartig, nicht wahr?«

Dorian steht plötzlich mit einem verärgerten Gesichtsausdruck neben ihm und dreht ihn zu sich. »Lass den Scheiß, Gideon!«

»Warum? Nachdem uns Maron gezeigt hat, wie gut sie darin ist, Männer zu bezwingen, sollte sie endlich tanzen. Ich warte schon die ganze Zeit.« Sein Tonfall klingt verärgert, obwohl ich nicht weiß warum. Vielleicht hilft es, wenn ich von Lawrence die Finger lasse, denn mit ihm bin ich sowieso fertig. Dorians eisblaue Augen treffen meine, die eine stumme Botschaft übermitteln, dass Gideon zu viel gesehen hat.

»Tanz für uns, Hübsche.«

Gideon fährt sich mit der Hand durch sein Haar, dreht sich um, aber gibt Dorian einen Stoß, sodass er den Kopf schüttelt. »Jane, komm zu mir, und Law, zieh dir etwas an.«

Nachdem ich einen Schluck aus meiner Wasserflasche genommen habe, die Brüder skeptisch mustere, trockne ich mit einem Handtuch meinen Körper. Dabei behalte ich Gideon im Auge, der weiter trinkt und Lawrence die Flasche anbietet, der mürrisch bei dem, was ihm sein jüngerer Bruder sagt, das Gesicht verzieht. Aber trotzdem zur Flasche greift.

Vielleicht besaufen sie sich den Abend und liegen schneller

in ihren Betten, als ihnen lieb ist. Sie werden sicher keinen mehr hochbekommen, wenn sie so weitermachen. Jane schmiegt sich an Dorian, der mir zunickt. Trotzdem entgeht mir sein besorgter Blick nicht.

Als ich die passende Musik eingestellt habe, umlaufe ich die Stange, hebe meine Arme über meinen Kopf und nehme zwei Schritte Anlauf, bevor ich mich an dem Metall hochschwinge, weiter kreise, einen Fuß von mir strecke und in der fließenden Bewegung meinen Unterschenkel um die Stange schmiege.

Weiter drehe ich mich, lasse mich kopfüber fallen, aber schaue zu den Brüdern, die meinen Bewegungen folgen.

»Wahnsinn, oder?«, höre ich Jane beeindruckt, die ihre Augen kaum von mir lösen kann. Ich greife um und lasse mich mit den Händen auf den Boden sinken, um im Handstand rückwärts mit den Beinen aufzukommen. Wieder umkreise ich mit einem Hüftschwung die Stange, reibe meinen Po an ihr, bevor ich Schwung hole und mich an ihr langsam hochziehe, höher greife und mich drehe wie auf einem Karussell. Das Kribbeln ist angenehm an meinem Bauch zu spüren, als ich weiter schwinge, ein Bein von mir spreize und mich etwas herabsinken lasse. Meine Wade schmiegt sich um das Metall, als ich mich rückwärts sinken lasse und mich dabei drehe. Wieder bin ich wie in Trance und gebe mich dem Tanz hin.

Als ich umfassen will, greift plötzlich eine Hand nach meiner Taille, sodass ich stoppe, den Griff von der Stange reflexartig löse, weil ich die Augen kurz geschlossen gehalten hatte, und die Balance verliere. Wie wild rudere ich mit meiner anderen Hand in der Luft, um Halt zu finden.

»Nein!« Gideon steht neben mir, versucht mich irgendwie aufzufangen, aber ich rutsche aus seinem Griff und lande unsanft mit dem Rücken auf dem Boden. Mein Kopf schlägt hart auf den Boden auf, sodass ich keuche und die Augen unter dem Schmerz, der in meinem Kopf pocht, zusammenziehe.

»Verdammt!« In wenigen Schritten ist Lawrence bei mir. »Ist dir was passiert?« Ich verziehe mein Gesicht und stütze mich auf den Ellenbogen auf.

»Geht schon.« Wirsch reibe ich mir den Hinterkopf, damit der Schmerz abebbt, während mich Gideon fassungslos ansieht, den Mund öffnet, um etwas zu sagen, aber kein Wort seine Lippen verlässt.

»Warum musstest du sie anfassen! Hast du nicht gesehen, dass sie die Augen geschlossen hat!«, ermahnt Dorian Gideon, der einen Schritt zurücksetzt und weiter auf mich herabblickt.

»Es war keine Absicht«, antwortet er, bevor er die Augenbrauen zusammenzieht und von Lawrence zu Dorian schaut, während Jane neben mir in die Knie geht, um mir aufzuhelfen. »Gott, fallt ihr mir heute auf die Nerven mit euren ewigen Bevormundungen. Dir geht es doch gut, oder?«, fragt er mich und kniet sich neben mich. Was ist mit ihm los? Sein Blick wirkt trüb von dem Scotch und seine Bewegungen sind auch unkontrolliert, weil er sich öfter als gewohnt durch sein dunkles Haar fährt.

»Ich werde es überleben. Aber fass mich nicht noch einmal an, wenn ich tanze, bevor ich dich nicht gesehen oder dir zugenickt habe.« Ungewollt klingen meine Worte wie pure Vorwürfe, obwohl ich ihm nur erklären wollte, wie gefährlich ein falscher Sturz sein kann. Ich habe zwei Tänzerinnen kennengelernt, die durch einen simplen Sturz den Knöchel angebrochen haben und deswegen das Tanzen hinschmeißen konnten. Und das kann ich mir nicht leisten.

Ihm bleibt der Mund offen stehen, als er meine Worte hört. »Ah, jetzt sind wir wieder unfreundlich.« Er erhebt sich neben mir, ohne mich eines Blickes zu würdigen. »Wisst ihr was, ich habe keine Lust mehr, mir das Schauspiel länger mit anzusehen.« Gideon erhebt sich, greift nach dem Jackett, das über der Couch geworfen liegt, und verlässt mit der Flasche in der Hand den Raum.

»Dreht der ab. Erst versaut er die Sache und nun verzieht er sich«, sagt Lawrence wütend. »Wartet hier, ich rede mit ihm.«

Als Law mir aufgeholfen hat und der Schmerz langsam nachlässt, erhebt er sich mit einem besorgten Blick in meine Richtung. *Klasse! Was für ein gelungener Abend.*

»Besser nicht«, mischt sich Dorian ein, um Law aufzuhalten. »Lass ihn. Ich denke, er braucht Ruhe. Den ganzen Tag läuft er schon neben der Spur.« Kurz fällt Dorians Blick auf mich, dann auf die Tür.

Und ich weiß, warum, weil du mit ihm reden musstest. Erst seitdem verhält er sich anders – würde ich laut aussprechen. Aber wir sind nicht allein, also lasse ich es.

»Am besten, wir feiern die Party ohne ihn«, schlägt Lawrence vor, während Jane skeptisch Dorian entgegenblickt.

»Wenn ihr mich kurz entschuldigt. Ich setze eine Runde aus und würde mir gern den Kopf kühlen gehen«, unterbreche ich ihre Partyvorschläge, weil für mich der Abend ebenfalls gelaufen ist. So sollte er nicht enden. Und gerade ist mir die Lust vergangen, weiter mit ihnen zu feiern.

»Soll ich dir helfen?«, bietet sich Jane an, die meinen Arm streichelt.

»Danke, ich schaffe es allein und werde zuvor eine Dusche nehmen. Der Alkohol und das Öl kleben mittlerweile auf meiner Haut. Ich werde später zu euch kommen.«

»Was für ein Scheiß!«, knurrt Lawrence und knöpft sein Hemd zu. »Den Abend habe ich mir anders vorgestellt. Wenn du mich suchst, ich bin im Wohnzimmer und werde eine Runde zocken nach dem Mist.«

Ich nicke, dann sammle ich meine Sachen ein und verlasse den Raum. Vor der Dusche knote ich die Tücher ab, die mittlerweile an meinem Körper kleben, und schaue in den Spiegel. Aber so weit fühle ich mich gut, wenn ich Glück habe, trage ich kaum blaue Flecken davon. Die würden sich nicht gut machen, wenn ich wieder in Marseille Kunden treffe.

Nach der Dusche ziehe ich mir Hotpants, ein schulterfreies Shirt über und beschließe für mich, eine letzte Runde am Strand entlangzugehen.

Das ist mein letzter Abend, den ich trotz des Vorfalls genießen möchte. Über mir blitzen im Garten die Sterne hell auf, während ein warmer milder Wind aufzieht, als ich über den Rasen zu dem Tor laufe.

»Wo willst du hin?«, fragt mich jemand und ich erkenne aus den Augenwinkeln Konturen einer Gestalt, die unter dem Pavillon sitzt. *Gideon?*

»Eine letzte Abendrunde am Strand entlanggehen.« Dann laufe ich weiter, weil ich nicht von einem Angetrunkenen begleitet werden möchte, der mir den Abend vermiest und mir sagen muss, dass ich eine unterhaltsame Urlaubsbelustigung bin.

Als ich das Tor aufschiebe, legen sich Arme um meine Mitte und ziehen mich eng an sich.

»Es tut mir leid, Kleines.« Der beißende Alkoholgeruch zieht sich in meine Nase, sodass ich die Augen zusammenziehe. Eine Hand streift mein noch leicht feuchtes Haar aus dem Nacken und Lippen bedecken meinen Nacken, sodass ich Gänsehaut bekomme. Seine Hände streicheln über meinen Bauch, bevor ich mich langsam zu ihm umdrehe, mit der

Hand über seinen Arm streiche und ihm mit einer schnellen Bewegung die Scotchflasche aus den Fingern nehme.

»Die brauchst du nicht.« Neben ihm gieße ich den Inhalt auf den Rasen.

Mit offenem Mund, als hätte ich soeben sein Auto demoliert, verfolgt er meine Bewegung. Die Flasche werfe ich auf den Rasen.

Selbst angetrunken sieht er perfekt aus, auch etwas hilflos, was mich zum Lächeln bringt.

»Wenn du möchtest, kannst du mich zum Strand begleiten.«

Ich lege eine Hand auf sein schwarzes Hemd und ziehe mich an ihm hoch. Ohne hohe Absatzschuhe merke ich bei der Bewegung, wie es in meinem Rücken sticht, aber ignoriere es, um ihn zu küssen. Der blanke Scotchgeschmack legt sich auf meine Lippen, was mich kurz schütteln lässt.

»Gott, wie viel hast du getrunken?«

»Wen interessiert's ... Es ist der letzte Abend ... Ich komme mit.« Dann küsst er mich, und dieses Mal fehlt das sinnlich Leichte in seinem Kuss, weil der Scotchgeschmack und seine forsche Zunge nicht mehr das Gefühl in mir auslösen wie vor zwei Nächten. *Verfluchter Alkohol!*

»Ich sag es dir ungern, aber aus diesen Gründen trinke ich selten Alkohol, weil es scheußlich schmeckt und du dich veränderst.«

»Wenn du welchen trinken würdest, würdest du es nicht schmecken. Wir können eine Flasche holen?«, bietet er mir mit leicht glänzenden Augen an. Ich mustere ihn, sehe, wie erschöpft er wirkt, und sich um seine Augen kleine Fältchen abzeichnen, während sein Haar wie gewohnt perfekt aus dem Gesicht gestrichen ist, sodass ich meine Hand hebe und durch sein Haar fahre.

»Du hast mehr als genug. Und gerade erkenne ich den Gideon Chevalier, der mich die letzten Tage umgeben hat, nicht mehr wieder.« Er kneift die Augen zusammen, dann löse ich mich aus seinem Griff und gehe durch das Tor auf den Sandstrand zu.

12. KAPITEL

Am Tor lasse ich meine Schuhe zurück und laufe barfuß über den Sand, der sich herrlich in meine Zehen eingräbt. Tief atme ich die frische Seeluft ein, während mich das Rauschen der Wellen beruhigt.

»Welchen Eindruck habe ich auf dich in den letzten Tagen gemacht, dass du plötzlich ...« Eine kurze Pause tritt ein, in der er vermutlich nach den passenden Worten sucht, als ich ihn hinter mir höre und weiter am Strand entlanglaufe. »... anders von mir denkst.«

»Ich denke nicht anders über dich, Gideon.«

»Was ist es dann?«, will er wissen. Ich seufze und senke meinen Blick. *Worüber genau möchte er mit mir reden?*

»Was meinst du?« Plötzlich spüre ich ihn an meiner Seite, er legt seinen Arm um meine Hüfte und Himmel, jeder Schritt von ihm lässt mich aus der Balance geraten, weil er leicht schwankt. Mit ihm im angetrunkenen Zustand zu reden, ist wohl keine gute Idee.

»Immer noch stellst du Gegenfragen.«

»Hast du geglaubt, ich würde mich in den wenigen Tagen ändern und du aus mir einen anderen Menschen machen?«, frage ich und sehe zu ihm neben mir auf. Auf seinen Lippen zeichnet sich ein schwaches Lächeln ab.

»Nein, um ehrlich zu sein, hätte ich nie geglaubt, überhaupt etwas von dir zu erfahren.« Er hebt den Blick und schaut geradeaus, wo ich die Strandhütte erkennen kann, unter die sie mich vor wenigen Tagen entführt haben.

»Aber du hast es. Ich habe dir, wie keinem Kunden zuvor, viele private Dinge anvertraut.«

»Das sollte dann wohl eine Ehre für mich sein?«, bringt er mit einem leisen Lachen hervor.

»Ja, das sollte es.« Neben ihm bleibe ich stehen, bis er es merkt und ebenfalls stehen bleibt. »Aber wie ich weiß, bin ich dennoch nur eine ... wie hast du es so treffend formuliert? Ah – ›Urlaubsablenkung‹? Nein, das war es nicht ...«, überlege ich laut weiter. »›Urlaubsbegleitung‹ ... Nein, das auch nicht – Ah mir fällt es wieder ein: eine ›Urlaubsbelustigung‹. Genau, das war das richtige Wort.«

»Wann ...«

Schnell lege ich einen Finger auf seine Lippen. »Hör mir zu und unterbrich mich nicht! Ich weiß, dass ich euch zur Belustigung diene, ich deswegen von euch bezahlt werde, doch ich finde, ich habe wohl eine bessere Bezeichnung verdient als ›Urlaubsbelustigung‹, wenn ich für dich eine Nacht lang deine Freundin abgeben sollte. Gehört das ebenfalls zu deiner Belustigung dazu? Bittest du jede gebuchte Frau darum?«

Das sind die Worte, die mir die gesamte Zeit auf der Zunge lagen, und die Antwort bereitet mir die letzten Stunden, egal wie sie ausfällt, Angst. Aber ich brauche Gewissheit, weil ich immer wissen möchte, woran ich bin.

Langsam löse ich den Finger von seinen Lippen, schaue lange in sein schön geschnittenes Gesicht, das zeigt, wie überfordert er in dem Zustand von meinen Worten ist.

»Du musst mir keine Antwort geben.«

»Wenn du es wissen möchtest, gebe ich dir eine Antwort.« Mein Magen zieht sich in dem Moment bedrohlich zusammen, sodass ich kurz davor bin, den Blick zu senken.

»Ich habe zuvor keine bezahlte Frau darum gebeten, nur dich, weil ich wissen wollte, wie ...« Mit der freien Hand fährt er sich über seine Stirn, als müsse er sich konzentrieren. »... es ist, mit dir ohne unsere Machtspielchen zu schlafen.«

»Und? Hast du deine Antwort?«, hake ich nach.

»Ich weiß es nicht.« *Was ist das für eine Antwort?* Etwas enttäuscht senke ich ebenfalls den Blick, presse meine Lippen aufeinander und laufe weiter.

»Eigentlich wollte ich den letzten Abend allein am Strand verbringen«, sage ich, damit er spürt, wie mich seine Unsicherheit noch mehr aufwühlt. Kann ich etwas anderes in seinem Zustand erwarten?

»Wo wirst du heute Nacht schlafen?«, fragt er mich plötzlich, sodass ich einen Blick zurückwerfe, weil er immer noch an derselben Stelle steht.

»Ich habe die Wette gewonnen, also werde ich die Nacht allein schlafen.« Das habe ich bereits die gesamte Zeit beschlossen. Obwohl Lawrence noch seinen Ritt erhalten sollte, den ich ihm heute einfach nicht mehr geben kann. Es ist mir in dem Moment egal – er wird es verkraften.

»Also würdest du mein Angebot ausschlagen?«

»Es kommt darauf an, welches Angebot du mir machen willst«, antworte ich und lache leise. Er wirkt in diesem Zustand fast hilflos, wie ich ihn nie zuvor gesehen habe.

»Dass du bei mir die Nacht verbringst, es ist die letzte Nacht«, höre ich ihn hinter mir. »Unsere letzte Nacht.«

Auf den Fersen drehe ich mich um, sehe, wie er auf mich zukommt, bevor ich mich im Sand fallen lasse.

»Warum sollte ich das tun, wenn du mir meine Frage nicht beantworten kannst?«, dränge ich ihn weiter, denn Betrunkene sollen sehr redselig sein, aber seltsamerweise wirkt Gideon immer noch gefasst. Neben mir nimmt er etwas ungeschickt Platz.

»Du willst eine Antwort?« Ich nicke nur. »Seit dieser Nacht

kann ich an nichts anderes mehr denken, weil ich weiß, dass du dich nicht nur meinem Wunsch gefügt hast, sondern ... du dich wohl dabei gefühlt hast. Mittlerweile habe ich dich gut genug kennen gelernt, um zu wissen, wie du dich verhältst.«

Und genau das gefällt mir nicht ... Aber seine Worte stimmen. Ich habe mich wirklich wohl und frei gefühlt und würde es wiederholen, wenn es mich nicht ruinieren würde.

Seine Hand hebt meine vom Sand, streichelt sie zwischen seinen Fingern, bevor er mich mit der anderen Hand im Nacken zu sich zieht. »Ich habe recht, nicht wahr?«

»Ja.« Mehr sage ich nicht, dann sehe ich ihn matt lächeln, bevor er mich küsst. Immer noch schmecke ich den leichten Hauch an Scotch, aber verdränge ihn. Von ihm werde ich ein Stück näher herangezogen, während seine Finger durch mein offenes Haar fahren, sodass ein Kitzeln meinen Rücken herunterjagt.

»Dann schlaf heute Nacht bei mir, ein letztes Mal«, haucht er mir dicht vor den Lippen entgegen, sodass ich schlucke.

»Ich halte es für keine gute Idee, Gideon.« Die gesamten Tage wollte ich die vorletzte Nacht verdrängen – um nun das zu wiederholen, was ich die letzten Tage versucht habe, zu vergessen? Aber es fühlt sich so gut an, in seiner Nähe zu sein. Wie kann etwas falsch sein, was sich gleichzeitig richtig anfühlt?

»Ich werde dich nicht bitten, zwingen oder es mir von dir wünschen. Es ist deine freie Entscheidung.« Seine Augen halten meinen Blick fest, weil ich weiß, dass er gerade versucht, meine Gesichtszüge, mein Blinzeln zu deuten. Meine Hand liegt weiterhin in seiner. Was soll ich tun? Leise seufze ich, bevor ich Muster mit der anderen Hand in den Sand male und dann aufblicke.

»Ich werde die Nacht bei dir verbringen«, flüstere ich leise. Sein Gesicht hellt sich auf, als hätte ich seinen größten Wunsch erfüllt. »Aber nur unter einer Voraussetzung«, unterbreche ich seine Freude, »wenn du dir die Zähne putzt und irgendwas gegen den Scotchgeruch machst.« Bei meinen Worten muss ich lachen und weiß doch, es in den nächsten Tagen nicht mehr zu können, weil mich andere Probleme einholen. Nur deswegen stimme ich seinem Angebot zu und weil ich diese Nacht seine Nähe spüren möchte.

»Das lässt sich einrichten, meine Kleine.« Zwei Finger heben mein Kinn bestimmt an, bevor seine Lippen über meine streifen und ich seinen Kuss erwidere.

Hände streifen mein Shirt aus, tasten nach meinem BH-Verschluss, während ich sein Hemd öffne, es ihm von den Schultern zerre, als könnte ich es nicht länger aushalten, ihn nackt unter mir, auf mir und neben mir zu spüren.

Aber verflucht – ich halte es vor Verlangen nicht aus, küsse ihn hungrig und zugleich voller Begierde. Nackt lässt er mich langsam auf sein Bett fallen, sodass ich seinen erigierten Schwanz sehen kann. Gott, wie sich Gideons Körper in der Dunkelheit abzeichnet, ist wunderschön. Ich ziehe ein Bein auf das Bett, dann geht er in die Knie, eine Zunge leckt langsam über meine Schamlippen, sodass ich die Arme zurücklege und meine Klit pocht, um ihn endlich in mir zu spüren. Hände gleiten über meinen Bauch, ziehen mich näher an ihn, während ich die Augen schließe und das herrliche Kitzeln seiner Zunge, die geschickt meinen Kitzler umspielt, intensiver spüre.

»Ich sage es ungern, aber du bist wirklich unglaublich gut darin, eine Pussy zu verwöhnen, sodass ich Stunden auf dem

Bett liegen bleiben könnte.«

Ein zufriedenes »Hm« ist zu hören. »Das höre ich gern, Kleines«, antwortet er, als er den Kopf hebt, meinen Venushügel küsst und mit dem Kinn über meine Beininnenseiten streift, sodass ich das angenehme Kratzen seines Bartes auf meiner Haut spüre. Keinen Moment lösen sich unsere Augen voneinander. Wie ich diesen intensiven Blick von ihm liebe. »Obwohl ich es jedes Mal an deiner Pussy bemerke, weil du wahnsinnig schnell feucht wirst.«

»Unter deiner Zunge wird das wohl jede Frau.« *Verdammt! Was erzähle ich für einen idiotischen Blödsinn?* Ich erhebe mich, schlinge meine Arme um seinen Nacken und lege meine Stirn an seine.

»Nein, nicht jede, Maron. Nur du.« Kurz zweifele ich daran, ob es eine Lüge oder ein Kompliment sein soll, um mich rumzukriegen. Aber das hat er nicht nötig. Ich lächele, dann küsse ich ihn, schmecke mich auf seiner Zunge und keinen Alkohol mehr. Er riecht wieder so wie immer, einfach nach ihm – so schön. Mit meinen Händen fahre ich über seine athletische Brust, seine Oberarme entlang und ziehe ihn zu mir auf das Bett.

Eine Hand schiebt mein rechtes Bein über seine Schulter, während er mich weiter küsst, ich an seiner Unterlippe sauge und er mit einem Glitzern in den Augen zu mir herabblickt, als seine Eichel über meine Schamlippen reibt, sie weiter auseinanderdrängt und er mit einem Stoß in mich eindringt, sodass meine Nerven überreizt werden, mein Puls sich beschleunigt und ich ein Flattern zwischen meinen Rippen spüre.

Ob er es auch spürt?

Er beugt sich weiter zu mir herab, saugt an meinen Brustwarzen, während sein Schwanz mit weiteren Stößen in mich eindringt, er dabei schneller, aber vorsichtig zugleich ist, als wollte er mich schonen. Ich greife nach seiner Hand, die neben meinem Kopf liegt, und verschränke sie mit meiner, bevor ich die Augen schließe.

»Was ist?«, fragt er mich und ich schmunzele.

»Ich schließe meine Augen, weil es sich dermaßen befreiend anfühlt«, hauche ich ihm entgegen, bevor ich ihn gegen meine Lippen keuchen höre, er wieder zustößt und tiefer eindringt, sodass ich die weißen Federn in der kompletten Finsternis vor mir herumwirbeln sehe. Wie ich sie mir immer vorstelle, wenn ich komme – aber nur in schönen Momenten.

Dann zieht er sich aus mir langsam zurück, ich öffne die Augen und kann in seinen lesen, dass er die Position ändern will.

»Ich lasse dir heute die Führung«, flüstert er mit einem schiefen Grinsen, während dunkle Strähnen in seine Stirn fallen.

»Merci.« Mir fällt eine ein, die ich nur selten einnehme und die ihm gefallen wird.

Ich drehe mich im Bett, ziehe ihn mit mir, bevor ich vor ihm knie und mich mit dem Oberkörper herunterbeuge.

»Ganz ohne Widerwillen willst du, dass ich dich von hinten nehme?« Mit einem leisen Lachen nicke ich und werfe einen Blick über die Schulter.

»Ich würde mich beeilen, bevor ich es mir anders überlege. Denn für gewöhnlich nehme ich diese Stellung nicht oft freiwillig bei Kunden ein.«

»Wieder eine Ehre.«

Entspannt strecke ich die Unterarme aus, schiebe ihm meinem Po entgegen, den er umfasst und im nächsten Moment in meine Pussy eindringt, sodass meine Klit vor Verlangen pocht und sich angeschwollen anfühlt. Ich neige meinen Kopf zur Seite und sinke unter seinen Stößen weiter auf das Bett. Seinen Schwanz spüre ich tief in mir, sodass sich Gänsehaut über meine Unterarme zieht, als würde ich zum ersten Mal mit diesem Mann schlafen. Aber die devote Stellung und weil er weiß, wie ungern ich mich ihm so hingebe, ohne Proteste zu erheben, lassen mein Herz schneller schlagen, mich keuchen, als er meinen Kitzler mit feuchten Fingern massiert, dass ich unter seinen festeren Stößen stöhne.

Weiterhin umfasst er mein Becken, und ich schließe die Augen, als ich das erste Mal über die Klippe springe, meine Finger in das Laken unter mir kralle und seinen Namen stöhne, sodass er über meine Pobacken streichelt, mich an der Hüfte zu fassen bekommt und mich umdreht.

Außer Atem liege ich gefangen unter ihm, während er mich weiter vögelt und ich ihn sinnlich küsse, seinen Duft in mir aufnehmen will, um ihn nicht mehr zu vergessen, nicht mehr zu vermissen.

Mit festen Stößen spüre ich, wie sein Glied zuckt, seine Brust über meine empfindlichen Brustwarzen reibt und er stöhnend über mir kommt, bevor er den Kopf an mein Ohr senkt. Ich spüre seinen feuchten Atem an meinem Hals, seine Wange auf meinem Ohr, seine Hände nach meinen suchen und kann sogar seinen Herzschlag auf meiner Brust fühlen.

»Warum fühlt es sich so verboten mit dir an?«, fragt er mich, leckt über mein Ohr und übersäht meinen Hals mit Küssen, sodass ich schlucke.

»Weil ich verboten bin, Gideon«, flüstere ich ihm entgegen, sehe in sein schön geschnittenes Gesicht und muss schmunzeln. »Weil wir das, was wir haben, für den Moment nutzen.«

Finger streifen mir Haarsträhnen aus der Stirn, sein Daumen reibt sanft über meine Unterlippe, dann senkt er sich mit einem Lächeln zu mir herab und küsst mich wieder, als wäre es das letzte Mal.

GIDEON

Mit einem verdammt üblen Pochen in meinem Schädel wache ich auf und werde von den Sonnenstrahlen geblendet. Ich brauche wenige Minuten, um zu begreifen, was gestern passiert ist. Dass die Frau, die nur in meinem dunklen Hemd bekleidet, sodass ich Ansätze von ihrem hübschen Hintern und den verdammt schönen Beinen sehen kann, aus der Balkontür blickt, Maron ist. Das hellblonde Haar ist zu einem lockeren Knoten zusammengebunden, sodass einzelne Strähnen in ihren Nacken fallen.

»Darling, du bist wach«, sagt sie, als sie sich umdreht. Zu gern hätte ich sie länger am Fenster beobachtet, aber sie ist immer wachsam.

»Mit einem miesen Kater«, murre ich und ziehe eine Hand an meine Schläfe.

»Den du dir verdient hast nach der Nummer von gestern Abend.« Sie stützt sich mit den Händen auf dem Bett ab, schenkt mir ein Schmunzeln, während ihre blauen Augen meine fixieren. »Aber ich kann dich beruhigen, du wirst es überstehen oder den Kater im Flieger ausschlafen können.«

»Warum nur habe ich den Gedanken, dass dir meine Kopfschmerzen gefallen?«

Sie beginnt zu lachen, dabei sehe ich ihre weißen, hübschen Zähne.

»Weil es immer wieder herrlich mit anzusehen ist, wie sich Leute, die sich am Abend volllaufen lassen, am Morgen bemitleiden«, antwortet sie frech, was ich an ihr liebe.

»Ich bemitleide mich nicht, Kleines. Aber wenn du mir behilflich sein möchtest, mir meinen Zustand angenehmer zu gestalten, dann …« Mit einer schnellen Bewegung bekomme ich ihr Handgelenk zu fassen und ziehe sie zu mir ins Bett. »… darfst du gerne deine fürsorgliche Seite an mir ausprobieren.«

Merde! Im gleichen Moment spüre ich einen festen Griff um meinen Schwanz, sodass ich keuche, weil sie nicht gerade sanft zupackt.

»Fürsorglich genug?« Sie hebt ihre rechte Augenbraue in die Stirn, bevor sie sich zu mir herabsenkt und mich küsst. Ihre Finger lockern sich um meinen Schwanz, sodass ich aufatme.

»Bonjour, Darling.«

So würde ich am liebsten, bis auf den Angriff auf mein Geschlecht, jeden Morgen geweckt werden. Immer näher ziehe ich sie an mich, um sie nicht gehen zu lassen. Sie zappelt über mir, aber könnte sich zur Wehr setzen, wenn sie wollte.

»Was machen dein Rücken und dein Kopf?«, erkundige ich mich, weil ich in meinem Suff ihren Sturz verdrängt habe.

»Seltsam, dass du das fragst. Seit gestern Abend nach dem Sturz kann ich mich nicht mehr erinnern, was danach passiert ist. Und weiß überhaupt nicht, wie ich in dein Bett gekommen bin«, antwortet sie nachdenklich, bis sie lacht. »Mir geht es bestens. Jetzt mach nicht solch ein Gesicht, als ob ich mir eine Gehirnerschütterung zugezogen hätte. Ich halte einiges aus.«

Sie zwinkert mir entgegen, dann gibt sie mir einen Kuss und lässt sich auf die Seite gleiten. »Allerdings haben wir nicht ewig Zeit, Darling. Es ist bereits halb elf.«

Was? Schnell drehe ich mich zur Uhr um. »Verdammt! Wir haben viel zu lange geschlafen. In drei Stunden geht der Flieger.«

»*Du* hast zu lange geschlafen«, korrigiert sie mich und stößt mich an. »Ich sollte dann in mein Zimmer gehen und packen.

Lass dir nicht zu viel Zeit.«

»Mit packen werde ich schneller fertig sein als du«, antworte ich ihr mit einem Grinsen, weil Frauen ewig brauchen, um alles einzupacken und vier Mal das Zimmer nach vergessenen Kleidungsstücken absuchen müssen, bevor endlich abgereist werden kann.

»Das habe ich nicht gemeint. Ich meinte, um deinem Gedächtnis auf die Sprünge zu helfen.«

»Ich habe kein Blackout erlitten, Kleines, wenn es das ist, was du meinst.«

Niedlich knabbert sie auf ihrer Unterlippe, doch ihr Blick ist nachdenklich. Mit dem Unterarm stütze ich mich auf und streife eine lose Haarsträhne aus ihrem Gesicht. »Vielleicht lässt es sich wiederholen.« Sie zieht ihre Augenbrauen zusammen, atmet tief durch und blickt auf meine Lippen.

»Wir werden sehen. Ich sollte dann auch packen, weil Frauen immer bummeln.« Noch ehe ich sie zu fassen bekomme, steht sie neben dem Bett, küsst meine Wange und schiebt im nächsten Moment die Balkontür auf.

Sie wirft mir einen kurzen Blick über die Schulter entgegen, dann ist sie verschwunden.

13. KAPITEL

Vor meinen gepackten Koffern und in meinem Zimmer, das nun verlassen und etwas verloren aussieht, greife ich nach meinem Handy, um Kean zu schreiben.

Erst jetzt wird mir bewusst, kein weiteres Mal in diesem Zimmer Zeit verbringen zu werden. Schade, denn ich habe mich sehr an das luxuriöse Anwesen gewöhnt, an Erams Küche, daran, dass die Betten gemacht und geputzt wurden. Eram werde ich auch vermissen.

Ich blicke zur Decke auf, schließe die Augen und atme tief durch, bevor ich nach meinen zwei Koffern greife und sie hinter mir herziehe. Vor der Tür drehe ich mich um und werfe einen Blick zur Balkontür, die nun verschlossen ist und hinter der ich weit entfernt das Meer unter der Mittagssonne schimmern sehe. Das Meer, der Strand und die Umgebung sind völlig anders als in Marseille – aber vielleicht werde ich irgendwann einmal mit Chlariss nach Arabien fliegen, wenn es ihr besser geht. Damit versuche ich, das seltsame Gefühl in mir zu vertreiben.

Unten im Foyer stapeln sich bereits die Gepäckstücke, sodass der Chauffeur seine liebe Not hat, alle Koffer zur Limousine zu tragen. Eram steht etwas verlassen in der Küchentür, während Lawrence auf mich zueilt, um mir meine Koffer abzunehmen.

»Wie aufmerksam, Liebling«, bemerke ich und streiche über seinen Arm.

Er grinst dem Koffer entgegen und trägt ihn zum Ausgang. »Bald wirst du es vermissen, wenn ich dir nicht mehr jeden Wunsch von den Augen ablesen kann.«

Er dreht sich zu mir um, als der Chauffeur ihm die Koffer abnimmt und sie nach draußen trägt.

»Ich werde ganz andere Dinge vermissen.« Meine Blicke wandern über sein an den Armen hochgekrempeltes weißes Hemd, weiter über sein Gesicht und sein dunkelblondes Haar.

»Ja, das auch. Aber keine Angst, du wirst nicht lange warten müssen, um mich für dich zu haben. Dann hast du mich allein.« Seine Augenbrauen heben sich in die Stirn, während er auf mich zugeht, meine Taille umfasst und mich küsst. »Dann wird der Spaß um einiges spannender werden.«

»Glaubst du?«, provoziere ich ihn und kneife meine Augen zusammen.

»Ich bin der festen Überzeugung.« *Das denke ich eher nicht.* Wenn er sich nicht bei Leon gemeldet hat, wird er warten müssen, bis wir uns wiedersehen. Und ich werde es auch tun müssen.

»Wie immer unpünktlich«, sagt Lawrence, als er mich freigibt und zu Gideon aufsieht, der mit seinem Gepäck die Stufen zu uns heruntersteigt. »Eigentlich sollten wir noch ein Gespräch führen, weil Maron letzte Nacht nicht ihr Versprechen einhalten konnte.« Stimmt, ich sollte ihm noch einen heißen Ritt verschaffen, an den ich gerade nicht denken kann.

»Du hättest gerne vorbeikommen können, nicht wahr, Maron? Wir hätten dich bestimmt nicht abgewiesen.« Lawrence' Miene verfinstert sich, während ich lächle, weil er weiß, dass wir Lawrence nicht in sein Zimmer gelassen hätten.

»Zu spät – würde ich sagen. Aber ich habe alle Zeit der Welt, meine Freundin während eines einzelnen Dates darum zu bitten.«

Gideon stellt die Koffer ab und fährt sich über die Stirn, während er vorgibt zur Einfahrt zu blicken, auf der Jane mit

Dorian etwas beredet. Aber ich sehe, dass ihm Lawrence' Worte zu denken geben. Mir ebenfalls, weil ich vorhabe, Lawrence von der Idee – weiter seine Freundin abzugeben – abbringen möchte. Irgendwann würde der Schwindel auffliegen.

Vielleicht wäre es gut, würde er auffliegen, aber Lawrence würde es schaden, was ich nicht möchte.

Nicht lange und wir sitzen in der Limousine. Ein letztes Mal blicke ich dem hohen Anwesen mit den sandfarbenen Wänden, dem rötlichen Dach, den hohen Fenstern, dem Balkon und dem gepflegten Garten entgegen. Doch sehr lange bleibt mein Blick auf der Haustür hängen, in der Eram und der Portier stehen – uns zwar nicht winken, aber uns mit ihren Blicken verfolgen, als die Limousine aus der Ausfahrt fährt. *Das werde ich wohl nie wieder sehen* – denke ich. Auch die Bediensteten nicht mehr.

Es mag seltsam klingen, aber hier hätte ich mir den Rest meines Lebens vorstellen können. Und wer könnte es nicht, wenn man die Mittel dazu hätte?

»Dir hat es gefallen, nicht wahr?«, fragt mich Gideon, beugt sich neben mir zum Fenster vor, sodass ich sein Profil aus den Augenwinkeln sehen kann. Ich nicke bloß, aber sage nichts, weil ich Abreisen und Verabschiedungen nicht mag.

»Ich werde unsere aufregenden Tage vermissen«, höre ich Jane. »Und den Strand, das Meer und das Land.« *Ich auch.*

Dorian antwortet ihr etwas, woraufhin sie leise lacht, aber ich blende es aus und möchte mir die letzten Augenblicke von dem Meer, der Landschaft und den Häusern einprägen. Doch viel zu schnell hält die Limousine vor dem Flughafen, der Chauffeur lädt das Gepäck aus und wir befinden uns in der Eingangshalle des Flughafens, in dem es an Touristen, Frauen und Männern in typisch arabischen Gewändern nur so wimmelt.

Nach dem Einchecken beschließe ich eine rauchen zu gehen, um meine Ruhe zu haben, während Gideon und Lawrence warten und Jane mit einem gelassenen Dorian die Läden durchstöbert, auf der Suche nach weiteren Souvenirs, obwohl sie doppelt so viele wie ich gekauft hat.

Innerlich fällt es mir schwer, von den letzten Tagen loszulassen, doch gleichzeitig freue ich mich auf mein Zuhause, auf Chlariss, auf Luis, der mich wieder vor den Prüfungen zusammenfalten wird, aber trotzdem mit mir lernt, auf Leon, dem ich von der Reise erzählen kann, während Julie alles besser weiß und sich auf ihre niedliche Art und Weise einmischen muss. Und auf Kean, der – wie wir vereinbart haben – an meinem Wagen warten wird. Ich habe so viele Dinge mit ihm zu besprechen, so viele Fragen, dass es mich ablenkt und mir der Abschied von Dubai leichter fällt.

Doch gleichzeitig denke ich in jedem freien Moment an die letzten Augenblicke mit Gideon. Ich drehe mich zu ihm um. In der Wartehalle sitzt er neben Lawrence, den linken Fußknöchel auf sein Knie gehoben, eine Sonnenbrille auf der Nase, in einem dunkelblauen Hemd und einer dunklen Anzughose bekleidet. Lawrence trägt eine Jeans und ein weißes Hemd. In diesem Augenblick wirken sie auf mich nicht wie abgebrühte Geschäftsmänner wie zu Beginn, sondern sie wirken mir vertraut, als wären wir befreundet.

Kurz hebt Gideon sein Gesicht in meine Richtung und unsere Blicke kreuzen sich. Ich nehme einen letzten tiefen Zug von meiner Zigarette und erwidere sein Lächeln, doch gleichzeitig weiß ich, dass es vorbei ist, ich ihn nicht mehr wiedersehen möchte.

LAWRENCE

Nachdem ich Gideon zugehört habe und es etwas lächerlich finde, was er über Marons Entscheidung sagt, nehme ich einen Schluck von meinem Kaffee.

Soso, wenn unser kleines Kätzchen wirklich plant, unsere Anfragen in ihrer Agentur abzulehnen, werde ich wohl andere Maßnahmen ergreifen müssen. Dabei muss ich grinsen. Sie weiß vermutlich immer noch nicht, mit wem sie sich anlegt. Ich bekomme immer, was ich will. Daran wird sie mich nicht hindern können.

Sie wird ihre Gründe haben – die mir bei anderen Menschen relativ am Arsch vorbeigehen. Aber sie wirkt sehr entschlossen. Trotzdem kann sie mir nicht vormachen, die Zeit mit uns nicht in vollen Zügen genossen zu haben. Sollte der Zeitpunkt kommen, in dem sie es vergessen hat, werde ich sie gerne daran erinnern. Wo sie wohnt, weiß ich. Und ich scheiße auf Regeln. Das habe ich bisher schon immer getan.

Leider macht mir nur mein Bruder Sorgen. Es ist kaum zu übersehen, wie er sich, seit wir Maron gebucht haben, verändert hat. Es gibt auch andere schöne Frauen, was er noch nicht begriffen hat. Sich von einer den Kopf verdrehen zu lassen, kann Folgen haben, besonders weil er sich immer um die Frauen bemüht und trotzdem einen Arschtritt verpasst bekommen hat. Mit manchen Frauen kann man einfach nicht zimperlich umgehen. Manche brauchen Anweisungen, Regeln und Vorschriften, ansonsten lässt man sich von ihnen auf der Nase herumtanzen. Aber warten wir ab.

Gerade ertönt die Durchsage, dass wir endlich in den Flieger einsteigen können. Wurde auch Zeit. So langsam spüre ich von der lästigen Warterei meinen Arsch nicht mehr. Der

Kumpel ist eingepennt.

Warum wir keinen Privatjet genommen haben, ist mir schon auf dem Hinflug ein Rätsel gewesen. In dem wäre unser Überfall auf Maron sicher noch ausschweifender ausgefallen. Nur wäre sie durchgevögelt und fertig in Dubai angekommen, noch bevor ihr Vater und die Hitze Arabiens zugesetzt hätten. Nein, wäre keine gute Idee gewesen. Schließlich sollte man auch Grenzen einhalten. Auch wenn es mir bei ihr schwerfällt. Gerade jetzt wirft sie mir einen schneidenden Blick zu, während ich sie an der Hüfte zu fassen bekomme und an meine Seite ziehe.

»Angst, ich könnte dich während des Flugs wieder foltern?«, frage ich sie, senke meinen Blick auf sie herab und warte auf eine schnippische Antwort von ihr.

»Wenn, dann wird der Spaß halb so lustig, denn du hast vergessen, deiner Freundin ein Buch zu kaufen. Weil ich weiß, dass die meisten originellen Ideen von Gideon oder Dorian stammen.« *Scheiße, ist sie frech.* Ich rümpfe die Nase, dann schiebe ich meine Sonnenbrille auf mein Haar zurück.

»Du willst mir unterstellen, ich hätte keine originellen Ideen? Das Eis, meine Feder und die Massage hast du wohl vergessen?« Ich schnaube nur, weil mir ihre Unterstellung nicht gefällt. »Frauen ... Vergesslich, sobald sie die letzte Nacht bei jemand anderem verbracht haben, der sie ...« Nervig, wenn andere Fluggäste einen belauschen müssen. Eine wirklich nicht ansehnliche Mittvierzigerin gafft zu mir, als würde ich gleich hier und jetzt über meine Freundin herfallen. Ich werfe ihr einen arroganten Blick entgegen, schon pariert sie und dreht sich erschrocken um. Dumme Schnepfe.

Dabei bemerke ich, wie Gideon sich nach uns umsieht, als wir das Flugzeug betreten. Er hat mir nicht von ihrer gemeinsamen Nacht erzählen müssen. Was mir Dorian erzählt hat, sagt mir alles.

Wenn er möchte, ist er gut darin, Frauen um den Finger zu wickeln. Während er sich Zeit für sie nimmt, um ihnen zuzuhören, Interesse zeigt, fackele ich nicht lange und hole mir sofort meinen Nachtisch. Wozu um den heißen Brei reden, wenn man den Frauen unmissverständlich klarmachen will, dass sie wenige Augenblicke später von mir flachgelegt werden?

Allerdings ist es mit Maron anders.

»Wo darf ich dieses Mal sitzen?«, fragt sie, bevor Gideon zu mir blickt und ich Maron einen Kuss auf ihr Haar gebe.

»In der Mitte natürlich.«

»Damit ihr mir während des Fluges den Rücken kraulen und die Füße massieren könnt?«, zieht sie uns auf, nimmt neben Gideon Platz und ich schaue zu Dorian, der seine Augenbrauen anhebt und den Kopf schüttelt.

»Ich werde dir etwas anderes massieren, um dir über die Flugzeit hinwegzuhelfen«, raune ich ihr zu, weil zwei Reihen hinter uns ein Mann einen Blick zu uns wirft. *Der scheint unausgelastet zu sein. Armer Idiot.* Aber neben der Frau, die wie ein Truthahn mit einer aufgeblasenen Frisur wie eine Frührentnerin neben ihm sitzt, ist das auch kein Wunder. Die würde ich nicht mal im Suff anfassen.

»Ah, wie gut, dass ich keine Unterwäsche angezogen habe«, sagt Maron plötzlich und ich ziehe scharf die Luft ein. *Hammer!*

»Sie denkt tatsächlich mit«, fällt Gideon mit einem Grinsen auf.

»Oder hat sich zu sehr in den letzten Tagen an uns gewöhnt.« Die Frau ist wirklich unglaublich und für jeden Spaß zu haben, sodass mich die Vorstellung, weil ich sie ohne Hindernisse vögeln könnte, heiß macht.

»Das sollte ich prüfen«, beschließe ich, während die Stewardessen die Gepäckfächer über uns kontrollieren. Die hübsche, rothaarige würde ich sogar mit in unsere Spielchen einbeziehen. Aber Stewardessen sehen nach außen scheiße geil aus und sind sehr aufgeschlossen im Bett, doch sie stehen immer unter Zeitdruck, wirken gestresst und aufgedreht.

Ich beuge mich ein Stück vor, damit uns andere nicht beobachten können, nicke Gideon entgegen und schiebe gleichzeitig unsere Hände über ihre Beine unter ihr schwarzes Kleid. Mich würde es nicht wundern, wenn sie uns verarscht und stattdessen einen Keuschheitsgürtel umgelegt hätte. *Aber nein.* Gideons und meine Finger stoßen auf ihre Schamlippen. *Sehr geil!*

Im nächsten Moment werden wir von der Ansage des Piloten unterbrochen und das Flugzeug setzt sich in Bewegung. Privatjet wäre doch besser gewesen, dann müsste ich auf die Spießer, die um uns herumsitzen, keine Rücksicht nehmen, wenn eine scharfe Frau neben mir sitzt.

»Sagt nicht, euch sind die Ideen ausgegangen und ihr wolltet den Rückflug ohne eine unvergessliche Spezialeinlage gestalten?«, fragt sie mit einem einladenden Augenaufschlag, während sie mit einem verbotenen Blick ihre Lippen aufeinanderreibt. *Verdammter Mist!* Sie will uns provozieren und den gesamten Flug spüren lassen, dass wir sie ficken könnten, aber wir es in dieser verfluchten Situation nicht können. *Clever!*

»Glaub nicht, wir hätten nicht unsere eigenen Pläne«, antwortet ihr Gideon, streichelt über ihren linken Oberschenkel und zieht sie im Nacken zu sich, um sie zu küssen. Soweit ich weiß, haben wir keine Pläne. *Obwohl ...*

Mittlerweile geht die heiße rothaarige Braut die Reihen durch, um Getränke anzubieten.

»Allerdings. Du gehörst uns, bis wir den Flughafen verlassen«, raune ich ihr zu, während sie von Gideon geküsst wird. »Und wer weiß, wie lange wir uns im Flughafen aufhalten werden?«

Sie dreht sich zu mir um und zieht die Augenbrauen zusammen, als würde ihr die Vorstellung nicht gefallen.

»Daran scheinst du wohl nicht gedacht zu haben?« Ich grinse, während sie mir einen finsteren Blick schenkt. Wie ich unsere kleine Raubkatze mag.

»Wenn das so ist, sollten wir uns etwas entspannen, damit ich die letzten Minuten mit euch intensiver genießen kann.« Neben mir öffnet sie ihren Blazer, streift ihn sich von den Schultern und schnallt sich ab, weil wir die Flughöhe erreicht haben.

»Könnten Sie mir kurz behilflich sein?«, fragt sie die rothaarige Stewardess, die freundlich nickt.

»Natürlich. Warten Sie.« Mit einem geschickten Schritt über meine Beine bleibt Maron, das Biest, über mir stehen, streckt sich weiter nach oben, um ihren Blazer mithilfe der Stewardess im Fach über uns zu verstauen. Meine Hände zucken auf meinen Jeans, weil ich ihr am liebsten das Kleid hochschieben, sie über den nächsten Sitzen werfen und von hinten ficken würde.

Gideon hebt eine Augenbraue und scheint das Gleiche zu denken, bevor Maron vorgetäuscht ungeschickt auf meinem Schoß landet und vermutlich meinen Schwanz spürt.

»Ups, Schatz«, stößt sie mit einem affektierten Kichern, das nur Jane drauf hat, aus.

Die Frau verschließt das Fach, während Maron fest mit ihrem heißen Arsch über meinen Schwanz reibt, sodass ich tief durchatme, aber gelassen sitzen bleibe. An der Taille bekomme ich sie zu fassen und setze sie auf ihren Platz.

»Noch einmal so eine Show und ich zerre dich zu den Toiletten, wenn keine Rentner mehr anstehen!«, drohe ich ihr.

»Die würden dich stören?«, fragt sie mit einem unschuldigen Blick und rückt dabei den Ausschnitt ihres Kleides zurecht. Verdammte Scheiße, ihre prallen Möpse springen mir sofort in die Augen. In Dubai durfte sie nur bedeckt gekleidet umherlaufen, aber hier ... Sie hat sie absichtlich hochgepusht oder wie die Frauen dazu immer sagen: *einladend.*

Gideon pfeift leise, wendet seinen Blick ab, um aus dem Fenster zu schauen und interessiert die Wolken zu beobachten. Ich habe nur die Wahl, auf Marons Brüste zu starren oder den hübschen Arsch der Rothaarigen, weil die sich gerade in der Nebenreihe zum Fensterplatz beugt.

Scheiße! Die machen mich fertig!

Mit einem versucht gelangweilten Blick stiere ich auf den Rücksitz des Platzes vor mir, bis eine Hand sich zufällig auf meinem Oberschenkel verliert.

»Schatz, was ist mit dir? Du siehst verärgert aus.« *Das bin ich auch.* Ein schneller Blick auf meine Uhr zeigt mir, dass ich weitere vier Stunden durchhalten muss.

»Möchtest du tauschen, Law? Damit ich mich mit Maron beschäftigen kann?«, will mir Dorian helfen. Ich lasse mich nicht von meinem kleinen Bruder als Versager darstellen, der mit den Reizen einer Frau nicht klarkommt.

»Nein«, knurre ich gedehnt. »Ich werde am besten schlafen und in der Zwischenzeit überlegen, wie ich meine Freundin zurechtweise, sobald wir allein sind.«

»Oh, ich habe dich doch verärgert«, stellt Maron mit ihrer

seidigen Stimme fest. »Dann werde ich mir in der Zwischenzeit überlegen, welche meiner Lieblingsstellungen ich wählen werde, damit du dich bei mir rächen kannst«, flüstert sie. »Denn ich bin jetzt schon feucht und kann es kaum erwarten, von dir gevögelt zu werden. Hart. Schnell, dass ich deinen großen Schwanz mit jedem Stoß tief in mir spüren kann, während ich keuche, stöhne, ja fast darum bettele, dass du aufhören sollst, weil du es mir richtig besorgst.«

Schnell greife ich zu dem Wagen der Stewardess, die sich wieder aufrichtet, nehme ein Champagnerglas und schütte es über Marons Kleid, die entsetzt keucht und »Spinnst du!« flucht.

»Jetzt hast du einen Grund, mit mir die Toiletten aufzusuchen, Liebling«, knurre ich. »Und glaube mir, vielleicht bleiben wir dort drin, bis wir in Marseille gelandet sind.«

»Kann ich Ihnen helfen?«, fragt die heiße Frau neben uns. Ich grinse nur und winke ab.

»Das Beste wird es wohl sein, wenn sich meine Schwester auf der Toilette sauber machen geht.« »Schwester« klingt gut, so hegen die Fluggäste keinen Verdacht. Dorian höre ich hinter mir lachen, während Jane den Mund verblüfft verzieht.

»Nun geh schon«, fordere ich Maron auf, die mit Taschentüchern versucht, den klebrigen Champagner von ihrem Kleid zu wischen. Mit einem todbringenden Gesichtsausdruck erhebt sie sich, schiebt sich an mir vorbei und sucht die Toiletten auf.

»Hat sie nicht Wechselkleidung mitgenommen?«, frage ich Gideon, der meine Anspielung nicht versteht. Ich stehe auf, öffne das Fach über uns und hole ihre große Handtasche hervor.

»Ich werde sie ihr bringen.« Die anderen Fluggäste schauen

kurz zu mir, aber scheinen keinen Verdacht zu hegen. Mein Kätzchen ist sowas von fällig, dass sie die nächsten Stunden brav mit Unterwäsche neben mir sitzt, bis wir gelandet sind. Das schwöre ich ihr.

14. KAPITEL

Verflucht! Was sollte dieser Mist von Lawrence? Ich warte vor der verschlossenen Toilette, bis sie entriegelt wird und ich sie betreten kann. Das Zeug klebt unangenehm auf meiner Haut und ist alles andere als schön anzusehen.

Kaum dass ich die Tür hinter mir zuziehe, betritt Lawrence die Toiletten.

»Ich habe dir etwas mitgebracht.« Mit einem Grinsen verschließt er die Tür. Und bevor ich zum Waschbecken treten kann, um mein Kleid auszuspülen, hebt er mein Kleid an, drückt mich gegen die Wand und ich spüre seinen prallen Schwanz auf meinem Po. *Herrlich, dass er so leicht auf das Spiel eingestiegen ist.*

»Beeil dich«, flüstere ich ihm in einem scharfen Tonfall zu.

»Liebend gern.« Ich höre den Reißverschluss seiner Hose, während ich die Beine auseinander stelle, Finger sich zwischen meine Spalte schieben, meine Schamlippen auseinanderdrängen, dann verschwinden und wieder befeuchtet in mich eintauchen, sodass ich keuche. Doch nicht lange und seine Eichel reibt über meine Schamlippen, während er meinen Kitzler massiert und in einem kräftigen Stoß, der mir zeigen soll, wie sehr ich ihn verärgert habe, in mich eindringt.

»Wie gefällt dir die Revanche?«, knurrt er an meinem Ohr, sodass ich lächele.

»Sehr!«, keuche ich und brauche eine Sekunde, um mich an die Größe seines Schwanzes zu gewöhnen, als er meine Hüfte fest umfasst und wieder zustößt – fester, tiefer und dabei meinen Kitzler reibt, sodass es in meinem Becken prickelt, ich ihm meinen Arsch weiter entgegenschiebe und ein Hohlkreuz mache.

»Wirst du endlich fertig, Schwesterherz?«, fragt er lauter, damit die anderen keinen Verdacht schöpfen.

»Gleich!«, antworte ich und senke meine Stimme. »Fick deine Schwester schneller, Law, und bring es zu Ende.«

»Wird mir ein Vergnügen sein«, raunt er in mein Ohr, knabbert daran und reibt meine Klit so fest, dass ich fast wimmere, während er seine Härte kraftvoller in mich stößt und ich zittere. »Gott«, keuche ich so leise es geht, spüre seine Zähne, seinen rauen Bart an meinem Hals. Im gleichen Moment atmet Lawrence lauter und kommt in wenigen Stößen. In mir ergießt er sich, sodass ich kurz die Augen schließe und er sich aus mir zurückzieht.

»Sehr brav, Liebling. So gefällst du mir gleich viel besser.« Ich fauche leise und sehe, wie er seine Hose verschließt, während ich schnell nach Tüchern greife, um mich zu säubern, und den Wasserhahn aufdrehe.

»Danke für die Wechselkleidung«, bedanke ich mich laut mit einem zynischen Lächeln, reibe den Champagner aus meinem Kleid, während er die Tür öffnet. Eine jüngere Dame mit einem Bob schaut in meine Richtung und sieht, wie ich mein Kleid ausreibe, dann schaut sie Lawrence nach. Keine Ahnung, was sie denkt, denn im nächsten Moment befördere ich die Tücher in den Müll und folge dem großen dunkelblonden Mann, der gelassen durch den Gang läuft und zu dem einige aufblicken. *Heißer Quickie, den nur ich mit Lawrence Chevalier erleben darf* – denke ich – *und der mir hoffentlich Zeit gibt, nicht weiter über meine Ankunft in Marseille nachdenken zu müssen.*

An unserer Sitzreihe angekommen, sehe ich, wie sich Gideon und Lawrence leise unterhalten und ich bemerke, wie es Gideon zu gefallen scheint, was gerade auf der Toilette passiert ist. Aber vermutlich war das mein letzter Sex, den ich von der Reise mitnehme.

Nicht lange und die Brüder verhalten sich erstaunlich friedlich, ich lese in meinem Buch und bin doch zugleich in Gedanken vertieft.

»Wo du uns gerade nicht weglaufen kannst, Kleines«, beginnt Gideon und ich schaue weiter den Wörtern auf meiner Seite entgegen, denen ich nicht mehr folgen kann. »Stimmt es, dass du nicht vorhast, uns wieder zu sehen?«

Was soll diese Frage? Weiterhin halte ich meinen Blick auf das Buch gerichtet, aber bemerke, wie mich Lawrence ebenfalls mustert.

»Wie meinst du das?«, frage ich nach und weiß genau, was er meint: Dass ich ihre Buchungen ablehnen werde, falls sie Leon kontaktieren.

»Du weißt ganz genau, was wir meinen, Maron!«, mischt sich Lawrence ein und ich schließe die Augen. Danke Jane, auf dich ist wirklich Verlass. Wie mir die Geschwätzigkeit von Frauen manchmal gegen den Strich geht!

»Warum sollte ich euch nicht mehr sehen wollen?«, frage ich uninteressiert und klappe das Buch zu.

»Lass deine Gegenfragen, sondern erkläre mir den Grund«, fordert Gideon von mir. Ich beobachte, wie sich sein hübsches Gesicht verdunkelt und sich ein Schatten unter seine Augen legt. Warum fragt er mich das ausgerechnet jetzt? Warum im Flugzeug? Das haben sie geplant! Weil ich ihnen nicht entwischen kann.

»Nun, seien wir ehrlich. Es war eine schöne Zeit, aber ihr und ich haben die Distanz zueinander verloren«, fange ich an mich zu erklären, obwohl ich etwas anderes denke. »Es wäre ratsam, erst einmal eine Pause einzulegen. Ich habe andere

Kunden – sehr viele sogar, die auf mich warten, deren Termine verschoben worden sind.« Tief hole ich Luft und schaue zu Gideon, dessen Mund offen steht, als würde er gleich Einwände erheben. »Und ich glaube, wir haben die geschäftliche Beziehung in den letzten Tagen hintangestellt. Es war wirklich eine tolle Zeit, die ich sehr genossen habe, aber ich brauche Abstand«, versuche ich ihnen zu erklären. Gideon verzieht missverständlich sein Gesicht, als mache ich Scherze.

»Ist es nicht deine Aufgabe als Escortdame, dass wir uns wohlfühlen sollen?«, hakt er geschickt nach und hebt eine Braue.

»Dabei die geschäftliche Basis hinten ansteht«, schließt sich Lawrence an. »Du weißt, dass ich dich brauche. Das war von Anfang an festgelegt. Also mach kein Drama daraus.«

»Ich mache kein Drama daraus, aber ich bin nicht naiv, Lawrence. Deinen Vater wirst du nicht ewig mit falschen Versprechungen hinhalten können. Wir werden kein Haus beziehen. Und ich kann mich von deinen Brüdern ...« Ich schaue zu Gideon, dann zu Dorian, der unser Gespräch mithört. »... nicht buchen und in der Öffentlichkeit sehen lassen. Das müsst ihr einsehen. Ich war gerne eure Urlaubsbegleitung, aber der Urlaub ist vorbei.«

Lawrence' Gesichtszüge verhärten sich, seine grauen Augen werden hart wie Stahl, sodass ich stöhne, mich tiefer in den Sitz kuschele und weiterlese.

»Wir werden sehen, was sich machen lässt. Überstehe erst einmal deine Prüfungen«, antwortet Lawrence in einem verärgerten Ton, der verrät, dass er nicht aufgeben wird, mich zu buchen.

Ich lächele bitter. »Bedrängt sie nicht weiter«, mischt sich Dorian ein. »Ihr kennt Maron, wenn sie sich für etwas entschieden hat, wird sie sich nicht so schnell umentscheiden. Sie weiß immer, was sie will und was sie braucht, um glücklich zu sein.«

Bei Dorians Worten schlucke ich, weil ich weiß, dass es eine Anspielung auf unser Gespräch vor wenigen Tagen ist. Ich hoffe sehr, keinen Fehler zu begehen, aber ich brauche Abstand, Distanz und meine gewohnte Ordnung.

»Ich bin gespannt«, höre ich Gideon, der sich ebenfalls zurücklehnt, sein Handy checkt und dann versucht zu schlafen. Lawrence hingegen gefällt Dorians Antwort nicht. Er schüttelt den Kopf, aber gibt ebenfalls Ruhe. Leise höre ich ihn murmeln: »Warten wir ab.«

Einige Stunden später landen wir in Marseille und mein Herz beginnt schneller zu schlagen, weil es nun heißt, Abschied zu nehmen.

Mit meinen Gepäckstücken stehe ich in der großen Halle und warte, bis die anderen ebenfalls ihre Koffer vom Förderband gefischt haben. Mittlerweile ist es früher Abend, denn die Nachmittagssonne ist bereits hinter den Bürogebäuden untergegangen.

»Wo ist unser Chauffeur, wenn man ihn braucht«, murrt Lawrence, während er die Koffer zu mir rollt.

»Seit wann schwächelst du, sobald du einen Koffer tragen musst? Außerdem hat der Koffer Rollen«, weise ich ihn mit einem amüsierten Gesichtsausdruck darauf hin.

»Ich schwächel nicht, Kätzchen. Ich ärgere mich bloß.« Dorian verdreht die Augen, als er mit Jane am Arm auf mich zukommt. Jane presst ihre Lippen aufeinander und streicht eine braune Haarsträhne hinter ihr Ohr, bevor sie in wenigen Schritten bei mir ist und mich mit den Worten: »Warte kurz,

Dorian.«, zur Seite nimmt.

»Maron, es tut mir leid. Ich wollte ihnen zuerst nicht davon erzählen ...«

»Ist schon in Ordnung«, unterbreche sie. »Es war mein Fehler, dir davon erzählt zu haben, weil ich weiß, dass ich dich damit belastet habe. Auch mit der Zurückweisung, dich nicht in Marseille treffen zu wollen. Vielleicht ändere ich meine Meinung. Deine Nummer habe ich ja. Also mach dir keine Gedanken, Jane.«

»Danke, du bist wirklich wie eine Freundin für mich geworden.« Ich weiß nicht ... Sie ist mir in den letzten Tagen ans Herz gewachsen, aber sie als Freundin zu bezeichnen wäre wohl übertrieben. Verbündete trifft es besser. »Und du wirst es nicht vergessen, dir noch einmal Gedanken darüber zu machen?«, hakt sie nach und neigt ihren Kopf.

»Nein, ich werde es nicht vergessen. Nach den Prüfungen werde ich Zeit haben, die Sache zu überdenken.« Obwohl ich in meinem Entschluss sicher bin. Und wie Lawrence so schön sagte: »So schnell ändere ich meine Meinung nicht!« Jane und ich kommen aus völlig verschiedenen Welten. Wir sind wie Tag und Nacht, heiß und kalt, Regen und Sonnenschein. Auf Dauer würde ich mit meiner Entscheidung nicht glücklich werden, sie weiter um mich zu haben – auch wenn es hart klingen mag. Dorian schiebt sich an ihre Seite. Sein eisblauen Augen kneift er zusammen, dann hebt er seinen Kopf wie ein Master, aber grinst breit.

»Wir sehen uns wieder, das verspreche ich dir. Und wenn ich deinen hübschen Hintern zu einer Verabredung prügeln muss«, stellt er in einem strengen Ton klar.

»Übernimm dich nicht, Dorian. Wir wissen beide, dass du das nicht tun wirst.« Mein Blick huscht zu Jane, die wie gewohnt kichert.

»Aber ich!«, mischt sich Lawrence ein. »Du hast mich die Peitsche noch nicht schwingen sehen.« Er verschränkt seine Arme, während er lacht und ich ebenfalls über die Vorstellung schmunzeln muss. Denn ihn könnte ich mir in der Rolle nicht vorstellen, ich müsste mich pausenlos beherrschen, nicht zu lachen.

»Das würde ich zu gern sehen, Schatz.«

Er lockert seine Arme, dann zieht er mich an sich, sodass ich seine durchtrainierte und warme Brust spüre. Seine Arme legen sich nicht zu fest um mich. »Versprich mir, dass du weiter trainierst, ma jolie. Nicht dass solche Arschlöcher dich wieder quälen.« An seiner Brust schließe ich kurz die Augen und nicke. »Ich höre nichts«, brummt seine tiefe Stimme an meinem Ohr.

»Ich verspreche es dir. Ich habe nicht vor, mich ein weiteres Mal so behandeln zu lassen.«

»Du wirst keine Wahl haben, wenn du wieder an solch einen Scheißkerl gerätst. Wenn dir etwas verdächtig vorkommt, du dich unwohl oder bedrängt fühlst, rufst du mich an.«

Sicher nicht! – denke ich. Aber ich weiß sein Angebot zu schätzen.

»Das war keine Frage, sondern ein Befehl. Dann poliere ich dem sofort seine Visage.«

»Wenn es dich beruhigt. Dubois war eine Ausnahme. Ich weiß mich zur Wehr zu setzen und zur Not habe ich Eduard.«

»Den alten Mann?«, fragt Gideon neben mir und schüttelt den Kopf mit einem ungläubigen Blick. »Vertrau Lawrence und ruf an, sobald etwas nicht stimmt.« Ich seufze gespielt.

»Werde ich tun. Obwohl ihr nicht meine Beschützer seid,

sondern meine Kunden. Anscheinend vergesst ihr das immer wieder.« Lawrence gibt mich frei, während sein Blick mörderisch ist, als ich zu ihm aufblicke.

»Sie kapiert es nicht.«

»Sie steht vor dir und hat es verstanden«, fahre ich ihn an.

»Könnten wir uns kurz allein unterhalten?«, fragt mich Gideon und Lawrence nickt ihm einverständlich entgegen. Dann greifen Dorian, Jane und Lawrence nach ihren Koffern und ziehen sie zum Ausgang. Aus den Augenwinkeln sehe ich, wie sie sich mit den anderen Reisegästen vermischen und rechts in die nächste Halle abbiegen, sodass ich sie nicht mehr sehen kann.

Gideon macht einen Schritt auf mich zu, umfasst mit einer Hand meine Taille, mit der anderen hebt er mein Kinn an.

»Ich weiß, dass dir die letzten Tage gefallen haben.« Sein schiefes Grinsen ist wieder zu sehen, sodass ich lächeln muss. »Und ich weiß, dass du viele Probleme hast, die du bewältigen musst. Aber Maron, ich möchte nicht wieder hören, dass wir deine Kunden sind, dafür habe ich zu viel Zeit investiert, um dich vom Gegenteil zu überzeugen. Lerne endlich umzudenken.« Ich weiß nicht, was ich sagen soll. »Wir bleiben weiterhin in Kontakt, dagegen wirst du nichts machen können.«

Richtig – weil du weißt, wo ich wohne. »Warum so still?«, fragt er mich nach wenigen Sekunden, weil ich ihm nicht antworte und einfach nur ein letztes Mal seinen Duft einatmen will, ihn bei mir haben und seine Nähe spüren möchte. Dabei blicke ich ihm unentwegt in seine intensiv grünen Augen, die von dunklen Linien durchbrochen sind. Das alles möchte ich nicht vergessen.

Mit einer Hand in seinem Nacken ziehe ich mich zu ihm hoch und küsse ihn, ohne zu fragen, ohne ihm zu antworten.

Er erwidert meinen Kuss, erst zärtlich, dann sinnlich und gleichzeitig so vertraut. Enger zieht er mich an sich, als würde ich ihm gehören, während ich meine Finger in sein Haar vergrabe und sich mein Herzschlag verdoppelt.

Gott, du gehst zu weit – viel zu weit. Unsere Zungen umkreisen sich, sodass ich ihn nicht mehr gehen lassen möchte – aber es muss sein.

»Ich möchte, dass du mir Zeit gibst, um alles zu überdenken und meine Prüfungen zu schaffen. Am liebsten möchte ich, dass du mich vergisst, aber das wirst du vermutlich nicht, warum auch immer«, spreche ich dicht vor seinen Lippen.

»Nein, das werde ich nicht. Du hast für so viel Abwechslung gesorgt und die letzten Nächte gehen mir nicht aus dem Kopf. Daran wirst du nichts ändern.« Mit einem Lächeln, das sein Grübchen auf dem Kinn abzeichnet, gibt er mich langsam frei. »Machs gut, meine Kleine. Und pass auf dich auf.«

Ich nicke, weil ich kein Wort hervorbringen kann und kein Mensch bin, der sich lange verabschieden kann.

»Versprich es mir.« Er umfasst meine Hand und streift mit seinem Daumen über meine Knöchel, sodass ich auf seine Hand blicke und ihm antworte.

»Ich verspreche es dir.« Weil ich bisher immer auf mich aufpassen musste. Mit einem letzten Kuss, einem letzten Hauch an schwarzer Zeder, einem letzten Druck um meine Taille gibt er mich frei, lächelt mir fast trüb entgegen, bevor er an mir vorbeigeht, während ich stehenbleibe und seine große schlanke Statur mit meinen Blicken verfolge. Immer noch schmecke ich ihn auf meinen Lippen und würde ihm so gern »Warte!« zurufen wollen, um ihn vom Gehen abzuhalten. Aber ich kann nicht. Ich werde es nie können. Wenn jemand geht, sollte man ihn nicht aufhalten.

Das leichte Brennen in meinen Augen blinzele ich fort, greife nach meinem Koffer und suche den nächsten Lift auf, um in die Tiefgarage zu fahren. Noch während der Fahrstuhlfahrt suche ich nach meinem Parkticket, krame die Autoschlüssel hervor und tripple nervös in meinen Pumps im Lift auf dem glänzenden Fliesenboden.

Sosehr ich versuche, ihn aus meinem Kopf zu bekommen, sosehr ich versuche seine Worte auszublenden, die immer wieder in meinen Gedanken auftauchen, desto schlimmer wird es. *Beruhige dich, werde wieder du selbst und vergiss die Reise. Schon bald wird alles wieder so sein wie früher.*

Mit einem *Bing* springt die Fahrstuhltür auf und ich ziehe meine Koffer aus dem Lift, um meinen Wagen auf Deck A aufzusuchen.

GIDEON

Wie ich Abschiede hasse! Aber für mich war es kein Lebewohl, weil ich sie wiedersehen werde. Doch sie bedrängen, würde nichts bringen.

Gerade als ich durch die Schiebetür auf unseren Wagen zugehe, an dem Lawrence auf mich wartet, fällt mir ein, vergessen zu haben, ihr den Betrag für die Parkgebühr zu geben. Zu Beginn wollte ich sie nicht entschädigen, weil ich wollte, dass sie es sich verdient. Doch an ihrem schockierten Gesicht, als sie vor dem Automaten vor zwei Wochen stand, habe ich gesehen, wie sie am liebsten auf den Parkautomaten eingeprügelt hätte. Ich liebe ihr Wesen. So stürmisch und unberechenbar.

»Ich habe noch etwas vergessen«, rufe ich Lawrence entgegen, der die Augen zusammenkneift und mir skeptisch entgegenblickt.

»Wie oft wollt ihr euch noch verabschieden? Pack sie gleich ein und wir bringen sie gefesselt und geknebelt in dein Penthouse.« Die Vorstellung würde mir gefallen.

»Ein anderes Mal. Ich will ihr das Geld für die Parkgebühren geben.«

»Heilige Scheiße, was für ein Grund. Überweise es ihr.« Sein genervter Blick trifft meinen. »Na, geh schon. Wenn du sie mitbringst, hätte ich nichts dagegen.«

Leise muss ich über seine unverhohlenen Worte lachen, dann drehe ich mich um und beeile mich, damit ich sie nicht verpasse. Unruhig warte ich vor dem Lift, streife meine Hemdärmel zurück und betrete endlich den Lift. In meinem Kopf gehe ich durch, wo sie ihren Audi geparkt hat. Ich hätte ihr helfen sollen, die Gepäckstücke herunterzutragen. Aber wozu? Sie könnte mich ein Mal bitten. Aber das würde sie vermutlich nie machen.

Als ich den Fahrstuhl verlasse, biege ich um die nächste Betonecke, suche die Stelle auf, an der ich ihren schwarzen Wagen vermute. Noch bevor ich den schwarzen Audi von weitem erkennen kann, sehe ich Maron an der Motorhaube angelehnt, von einem dunkelblonden Mann umgeben, der ihre Hüfte umfasst, als seien sie sich sehr vertraut, und mit ihr redet. Ist es Luis? Er trägt eine schwarze Lederjacke und dunkle Hosen, zudem ist er größer als Maron, die zu ihm aufblickt, wie sie es meistens bei mir getan hat. Dunkelblondes Haar liegt locker in seinem Nacken.

Im nächsten Moment küsst er sie. Ich hebe meine Augenbraue, weil ich nun eine Hälfte seines Profils erkennen kann. Nach Romanas geheimnisvollen Andeutungen über Marons Lehrer habe ich recherchiert und einige Seiten über ihn im Internet gefunden. Und das ist ohne Zweifel das gleiche Gesicht – er wirkt kühl, sieht nicht einmal schlecht aus und muss nach Romanas Beschreibung so ziemlich alles bekommen, was er will.

Maron muss mit ihm in Kontakt geblieben sein, wenn er sie plötzlich abholt. Woher sollte er sonst wissen, wann wir landen? Doch ich sehe einen Koffer bei ihm, der nicht zu Maron gehört. Verdammt, der Typ ist nicht mit uns gereist? Oder kommt er aus einem anderen Flieger? Am liebsten würde ich sie fragen. Doch es würde nichts bringen. Es ist ihr Leben und anscheinend scheint der Typ, von dem sie kaum redet und auf ihrem Gesicht immer wieder verletzte Züge zu erkennen waren, wenn Romana und ich ihn erwähnt haben, wieder präsent zu sein. *Warum hast du nicht mit mir geredet, Kleines?*

Es sollte mir egal sein. Ist es nur verdammt noch mal nicht! Doch wie sagte sie so schön: Wir sollten unsere Standpunkte nicht vergessen. Ich bin ihr Kunde, sie wird von mir bezahlt.

Neben meiner Hose balle ich meine Hand zu einer Faust, beobachte sie weiter, bis es mir zu viel wird und ich die Tiefgarage verlasse.

Lawrence hat recht, ich kann den Betrag auch ihrem Chef überweisen, damit wir im Reinen sind!

15. KAPITEL

Tief in der Nacht finde ich kaum Ruhe, um einzuschlafen, und tigere durch meine Küche auf der Suche nach Wasser. Sosehr ich auch versucht habe, alle Gedanken aus meinem Kopf zu verdrängen – es gelang mir nicht. Wie sollte es auch?

Wie kann ich zwei Wochen mit den gutaussehenden Männern in Dubai, mit denen ich den besten und aufregendsten Sex meines Lebens hatte, vergessen? Wenn es nur um den Sex gehen würde. Die Erinnerungen an andere Momente, wie auf der Yacht mit Dorian, im Museum mit Gideon oder mit Lawrence im Tattoo-Studio drängen sich immer wieder in meinen Kopf. In meinem gesamten Leben – das weiß ich bereits jetzt – werde ich keinen so aufregenden Urlaub mehr verbringen.

Am Kühlschrank angele ich mir eine Wasserflasche aus dem Fach und schraube sie gedankenverloren auf. Einkaufen sollte ich auch gehen, Wäsche waschen, Chlariss besuchen und in Leons Büro antreten. Wie soll ich bei dem Wirrwarr in meinem Kopf an Schlafen denken?

Ich drehe den Verschluss auf und schlucke das kalte Wasser herunter, das so kalt ist, dass ich mich kurz schüttele. Und zu all den Gedanken, die ich mir mache, liegt der Mann in meinem Bett, mit dem ich vor Wochen abgeschlossen habe. Auf dem kühlen dunklen Fliesenboden kauere ich mich vor dem Kühlschrank zusammen, stöhne und versuche, das Chaos in meinem Kopf Stück für Stück durchzugehen.

»Was machst du hier?«, fragt mich Kean, der sich über den Küchentresen zu mir herabbeugt.

»Versuchen zu vergessen. Hast du ein Mittel dagegen?«, antworte ich ihm zynisch, aber nicht lange und ich stöhne erschöpft, dabei fahre ich mit der Hand durch mein offenes Haar und hefte den Blick auf die Stuhlbeine der Barhocker.

»Dich hat die Reise mehr mitgenommen, als ich gedacht habe. Ich könnte dir helfen, damit fertig zu werden.« Augenblicklich hebe ich meinen Blick. Seine dunklen Augen fixieren mich, während er die Finger über der Steinplatte des Tresens verschränkt. Ich kenne seinen Hintergedanken.

»Nein. Nicht mehr heute Nacht. Morgen werde ich die Liste abarbeiten, damit die alltäglichen Probleme gelöst sind. Wie lange hast du vor zu bleiben? Du brauchst nicht auf mich aufzupassen. Dubois müsste zwar mittlerweile in Frankreich sein, was ich morgen mit meinem Chef besprechen werde, aber ich brauche keinen Aufpasser.«

Er stöhnt, so als glaube er mir nicht. »Ich werde dich ein paar Tage im Auge behalten. Was spricht dagegen? Ich habe mir Urlaub genommen, und ich sehe, wie schlecht es dir geht.«

»Ah, und jetzt willst du den Retter spielen und mir helfen?« In wenigen Schritten steht er vor mir und geht in die Knie.

»Leg deinen Zynismus ab, ma Amante. Du weißt, dass er bei mir nichts bewirkt.« Stimmt, er ist die Ruhe selbst, während Lawrence mir einen schnippischen Kommentar an den Kopf geworfen und Dorian mir mit einem Blick die nächste Session angekündigt hätte. *Gott, verbanne sie aus deinem Kopf.* »Ich weiß, dass du Abstand brauchst, und ich halte es für das Klügste, dass du deine Probleme löst und ich dich dabei begleiten werde.«

»Ach, und wo warst du, als meine Mitbewohnerin ausgezogen ist? Als ich Chlariss in ein anderes Krankenhaus verlegen lassen musste? Als ich durch meine Prüfungen gerauscht bin? Mach dich nicht lächerlich und gib jetzt nur nicht, da du gesehen hast, dass mir mehr an den Brüdern liegt, meinen besten Freund ab. Im Gegensatz zu dir war Luis bei mir. Er hat mich nicht aus seiner Wohnung geworfen. Er hat mich nicht mitten in der Nacht auf die Straße gesetzt. Ich musste auch damit fertig werden. Denkst du, es war leicht für mich, zu gehen, deine Abweisung zu ertragen? Es war die schlimmste Zeit, die ich durchlebt habe, weil ich dachte, ich würde dir etwas bedeuten. Und nun ...« Ich lache abfällig. »... stehst du in meinem Appartement, als sei nie etwas vorgefallen. Benimmst dich, als könntest du mir sagen, was ich zu tun habe, was mir helfen wird. Das ist alles paradox.« Ich lächele gezwungen und schaue ihm ernst entgegen. »Seien wir ehrlich, Kean – ich schätze deine Hilfsbereitschaft, aber du wirst wieder gehen. Ich habe mit dir abgeschlossen – schon sehr lange«, beende ich meinen Satz leise, dabei blicke ich auf seine nackten Beine, um ihm nicht ins Gesicht sehen zu müssen. Ich hasse es, Menschen Vorwürfe zu machen, aber mit ihm kann ich offen darüber reden, ohne dass er es mir übel nimmt. So lange wollte ich ihm das sagen und jetzt hat sich die Gelegenheit dazu angeboten.

Ich bemerke, wie er sich mit der Hand über sein Kinn reibt, sodass ich das Kratzen seines Barts höre. Er überlegt, ich kenne seine Art. Aber es gibt nichts zu überlegen.

»Ich respektiere deinen Wunsch, mich nicht länger sehen zu wollen. Und ich kann nachvollziehen, wie sehr ich dich damals verletzt habe. Ich habe es aus gutem Grund getan. Denkst du, du wärst heute das, was du bist? Selbstsicher, clever und eigenständig? Du hast dir ein Leben aufgebaut, auf das ich stolz bin, weil du durch Verlust mehr gewonnen hast als an meiner Seite, nämlich Umdenken. Schmerz kann die Sicht auf viele Dinge verändern.« Das stimmt. Der Schmerz in meinem Herzen hat mich angetrieben mein Leben zu ändern, wieder die Kontrolle zu übernehmen, zu wissen, was ich will und brauche. »Wenn es dein Wille ist, dass du mich nicht um dich haben möchtest, werde ich morgen abreisen.«

Seine tiefe rauchige Stimme lässt mich durchatmen. Das war nicht meine Absicht, ihn sofort fortzuschicken. Doch ich möchte nicht, dass er sich in meine Angelegenheiten einmischt.

»Nein, ich möchte nicht, dass du gehst, nur ...« Ich hebe meinen Blick, schaue ihm entgegen, bevor ich meine Hand nach seiner Wange ausstrecke. »... dass du mich meine Entscheidungen allein treffen lässt, mir keine Vorschriften machst. Ich bin froh, dass du da bist, aber ich möchte nicht, dass es wieder so wird wie vor wenigen Monaten.«

Seine dunklen Augen halten mich lange im Blick, während ich sein Gesicht mustere, meine Augen über sein dunkelblondes, leicht gewelltes Haar wandern, weiter zu seinem markanten Kieferknochen, zu seiner Nase, die etwas breiter ist, dafür einmalig, seine dunklen, fast angsteinflößenden Augen, weiter zu seinen Lippen. Ich schlucke.

»Dann werde ich mich zurückhalten.« Seine Augen werden schmal. »Trotzdem werde ich darauf achten, dass du wieder zu dir findest, und einschreiten, wenn ich es für richtig halte.« Gerade will ich etwas entgegenbringen, als er den Kopf neigt und mir seinen Master-Blick entgegenwirft, sodass ich die Augenbrauen zusammenziehe. »Lass mich ausreden, ma Amante. Du wirst jederzeit die Möglichkeit haben, mich loszuwerden. Wenn du mir sagst, dass ich gehen soll, werde ich es tun.«

»Einverstanden.« Er hält immer seine Versprechen. Das ist ein Charakterzug, den ich an ihm schätze, den nur sehr wenige Menschen besitzen.

Wir werden sehen, was die Tage bringen, ob er alles nur schlimmer macht oder mir hilft, auf andere Gedanken zu kommen.

»Und nun komm ins Bett und ruh dich aus. Du siehst erschöpft aus.«

»Deswegen hast du mich nicht angerührt«, stelle ich mit einem Lächeln fest, fahre mit meiner Hand, die auf seiner Wange ruht, weiter durch sein Haar und streiche es aus seiner Stirn. Er würde mich nie anfassen, wenn ich es nicht möchte oder ablehne. Dafür weiß er, wie er die Neugierde und Lust, es doch zu wollen, in mir schüren kann. Ich schaue über seinen nackten durchtrainierten Oberkörper, sehe die Tattoos auf seinem Unterarm, die sich aus einem Mix aus Vögeln, Federn und Mustern um einen Totenkopf mit Initialen winden.

»Nein. Weil ich sehe, dass du Ruhe brauchst. Nun komm.« Schnell greift er nach meiner Hand, die auf seiner Wange ruht, dann zieht er mich an sich und hilft mir auf. Nur in dunkelblauen Shorts bekleidet, gehen wir in mein Schlafzimmer. Wenn ich ehrlich bin, bin ich froh, die Nacht nicht allein verbringen zu müssen. Und vielleicht wird er mir wirklich helfen können, meine Gedanken zu sortieren.

Ja, vielleicht …

Oder er wird alles schlimmer machen.

Am nächsten Morgen werde ich von einem Kuss geweckt, der meine Wange streift, dann über meine Lippen. Mit einem Lächeln auf den Lippen, weil ich zuerst glaube, in Dubai aufzuwachen, strecke ich meinen Arm nach dem Mann aus, dem ich die letzten Morgen in seine anziehend schönen Augen blicken durfte, und ziehe mich enger an ihn.

»Aufwachen, ma Amante. Es ist schon zehn.«

Amante? Zehn?

Sofort öffne ich die Augen und blicke in Keans Gesicht, der mir einen fragenden Blick zuwirft.

»Du redest wieder wirres Zeug im Schlaf, so wie ich dich kennen gelernt habe. Daran werden wir arbeiten müssen.« Seine Gesichtszüge verhärten sich, als ich ihm verschlafen den Vogel zeige.

»Vergiss es. Gestern Nacht hast du mir etwas versprochen.«

»Einsichtig, wie du bist, wirst du mich irgendwann darum bitten. Ich werde Kaffee machen.« Mit einem Kuss auf meine Lippen erhebt er sich und verlässt das Bett. Im Tageslicht beobachte ich seine breiten Schultern, die Tattoos auf seiner Hüfte, die sich weiter über seinen Rücken ziehen, bis sie unter den Shorts verschwinden. Im nächsten Moment ist die Tür zugeschoben, und ich stöhne, weil ich einen Moment brauche, um wach zu werden. Nur in Shorts, wie Kean sie gerne trägt, stehe ich auf. Ich liebe Boxershorts, weil sie bequem sind, auch wenn die Männer sofort freien Zugang zu meinen Brüsten haben. Dann suche ich das Bad auf und springe unter die Dusche, damit ich pünktlich um halb zwölf bei Chlariss im Krankenhaus bin. Zur Uni werde ich nicht gehen, weil der eine Tag mir kaum etwas nützen würde und ich nur unkonzentriert in den zwei Lesungen wäre.

Fertig umgezogen in Jeans, Pumps und einem Top, über das ich meine Lederjacke ziehe, greife ich mit einem Kaffeebecher, den mir Kean in die Hand gedrückt hat, nach meinen Schlüsseln.

Kean begleitet mich, weil er Chlariss unbedingt sehen

möchte. In der Einfahrt treffe ich meine ältere Nachbarin, bei der ich mich bedanke, weil sie meine Post in meiner Abwesenheit aus dem Briefkasten geholt hat, dann gehe ich auf meinen Audi zu. *Ich sollte ihr noch Pralinen vorbeibringen* – überlege ich, als mich Keans Worte aus der Überlegung reißen.

»Sollte ich nicht fahren?«, fragt mich Kean mit einem Lächeln über das Autodach hinweg, weil ich weiß, dass er mein Auto liebt, das konnte ich gestern an seinem Blick sehen.

»Den Weg zurück lasse ich dich vielleicht fahren«, ärgere ich ihn, öffne die Fahrertür und steige ein. Kean nimmt neben mir Platz, während ich sehe, wie es an seinem Ego nagt, eine Frau das heiße Auto fahren zu lassen. *Er wird es überleben.*

»Seit wann rauchst du?«, fragt er mich während der Fahrt und hebt eine Zigarettenschachtel aus dem Handschuhfach.

»Verflucht! Lass das Durchsuchen.« Mit meiner rechten Hand beuge ich mich zu ihm und klappe das Fach zu.

»Sag schon.«

»Nur gelegentlich nach einem aufregenden Abend.«

»Also wenn du von einem Typen gevögelt wurdest und ihn zurechtgewiesen hast?«, hakt er nach, sodass ich ihn anstoße.

»So in etwa. Es ist erstaunlich, wie du deine Vermutung offen aussprichst.«

»Ich werde nie etwas unausgesprochen lassen. Deswegen … das Rauchen solltest du dir ebenfalls abgewöhnen.«

»Das weiß ich selber«, antworte ich leise, setze den Blinker, um zum Parkplatz des Krankenhauses abzubiegen. »Ich habe mir auch überlegt wieder zu tanzen«, versuche ich einen geschickten Themenwechsel, weil ich weiß, wie sehr er das Rauchen bei mir hasst.

»Ehrlich? Ich kann dir gerne helfen.«

»Und mich auspeitschen, wenn ich es nicht zu deiner Zufriedenheit geschafft habe?«, necke ich ihn und hebe eine Augenbraue, als ich in seine Richtung blicke.

»Möglicherweise. Irgendwie hat mir dein freches Mundwerk gefehlt. Aber glaub mir, lange lasse ich es dir nicht durchgehen, wie es deine Kunden tun. Ich warte, aber nicht ewig, ma Amante.« In seiner Stimme schwingt die pure Drohung mit, ihn nicht länger hinzuhalten. Aber er wird sich gedulden müssen, bis ich ihn an mich heranlassen werde. Umso schöner wird die Rache von ihm werden.

Im Krankenhaus ist alles wie gewohnt, ich spreche kurz mit Schwester Daphne, die sich freut, mich wiederzusehen, und Kean skeptische Blicke zuwirft. Vielleicht vermutet sie, dass er Gideon Chevalier ist, der angerufen hat, oder ihr macht sein dominantes Auftreten Angst.

Vor Chlariss' Tür klopfe ich an und kann es kaum erwarten, sie zu sehen. Als ich die Tür öffne, sitzt sie im Bett und schaut mit offenem Mund zu mir auf.

»Maron!«

»Hey, Überraschung!«, sage ich und gehe auf sie zu. Obwohl ich ihr in Sekundenschnelle ansehe, wie schlecht es ihr geht, sie dunkle Augenringe unter den Augen hat, ihr Haar stumpf wirkt, obwohl es ordentlich zu einem Pferdeschwanz zusammengebunden ist, und sie sehr dünn aussieht, strahle ich ihr entgegen und ziehe sie in meine Arme. Dabei nervt der Beutel an meinem Handgelenk, den mir Kean abnimmt.

»Mann, du hast mich wirklich überrascht. Mit dir habe ich heute nicht gerechnet, weil du immer sagst, wann du kommst oder eben nicht kommst. Und Kean hast du auch mitgebracht? Seit wann trefft ihr euch wieder?«, will sie wissen, löst sich aus meinen Armen und schaut von mir zu Kean, der ihr ein Lächeln schenkt, was etwas überfordert wirkt. Chlariss habe ich nie gesagt, dass wir ein Paar sind, nur dass wir befreundet sind und er weggezogen ist.

»Er wollte mich, weil er es nicht in Lyon ausgehalten hat, besuchen und auch dich sehen.« Auf ihrem Bett nehme ich Platz, während Kean einen Stuhl ans Bett zieht und nach Chlariss' Hand greift.

»Ich hoffe, du freust dich, mich zu sehen«, sagt Kean neben mir. »Denn ich wollte dir ebenfalls alles Gute nachträglich zu deinem Geburtstag wünschen und habe dir sogar etwas besorgt.«

Bitte was? Warum weiß ich nichts davon? Aus seiner Jackentasche holt er ein kleines Päckchen hervor und reicht es Chlariss. Er hat ihr noch nie etwas geschenkt. Gut, Blumen mitgebracht oder ihr einen Kaffee ausgegeben, aber keine Geschenke gekauft. Misstrauisch beiße ich mir auf die Zähne.

»Schau nicht so, Maron. Du bekommst deines später.« Mit einem Stoß von ihm, der mich fast vom Bett schubst, funkele ich ihm entgegen.

»Ach, du hast noch keines bekommen?«, fragt Chlariss und schaut neugierig in meine Richtung. »Dann wird es mir eine Freude sein, meines zuerst auszupacken.« Sie bedankt sich bei Kean und nimmt ihm das Geschenk ab. Himmel, nicht dass er ihr Schmuck geschenkt hat oder ...

Eine Kette?

»Wofür habe ich mir die verdient?«, fragt Chlariss nach und hebt die Kette mit einem kleinen Amulett.

»Damit du gesund wirst. Es ist die Blume des Lebens darin eingraviert. Ich würde mich freuen, wenn du sie trägst. Vielleicht bewirkt sie Wunder.« Ich bin etwas perplex über Keans Geste, sodass mir der Mund offen stehen bleibt.

»Danke, sie ist wunderschön. Könntest du sie mir umbinden, Maron, statt so dämlich zu schauen, als würde man mich vergiften.«

»Ich denke nach.«

»Sieht sehr dämlich aus«, bemerkt sie und lacht abfällig.

»Merci, bist du wieder freundlich heute. Warte.« Ich stehe auf, um ihr die Kette umzubinden, aber nicht ohne Kean einen scharfen Blick zuzuwerfen. Das wird er mir später erklären müssen, obwohl ich die Geste sehr freundlich finde und das Muster auf dem Amulett sofort wiedererkenne. Es ist in seinem Club in einem Bordeauxrot an die Wand gemalt. Unzählige Male habe ich es studiert, während er mich unterrichtet hat, ich vor Schmerz und Lust in Seilen festgebunden über ihm in der Luft geschrien habe.

»Im Anschluss solltest du meine Geschenke bekommen.« Ich packe meine Souvenirs aus Arabien aus, über die sie sich freut und zum Glück nicht weiter erkundigt, woher ich sie habe. Sie hat zu wenig gesehen, als zu wissen, dass ich ihre Geschenke aus keinem Shop in Frankreich gekauft habe.

»Wir sollten eine Runde im Park drehen«, schlägt sie vor und ich hebe skeptisch eine Augenbraue.

»Darfst du denn?«

»Ich denke schon. Aber du darfst gerne eine Schwester fragen, ma mère.« Wie sie mich aufzieht, scheint es ihr wirklich gut zu gehen. Kean muss hinter mir lachen, sodass ich ihm einen Tritt gegen sein Schienbein verpasse, damit er ruhig ist.

»Dann wird deine Mutti jetzt fragen gehen«, antworte ich und schaue scharf von Chlariss zu Kean.

Ich verlasse das Zimmer und suche die Schwestern auf, die mir bestätigen, dass Chlariss in den Park darf. Erleichtert fahren wir sie wenige Momente später mit einem Rollstuhl über die Gänge, hinaus in den Garten.

»Da ich gerade hier bin, kann ich mir gleich mal deinen neuen Pfleger anschauen«, beschließe ich und schaue mich nach den männlichen Schwestern um.

»Um ihn auszufragen?«, hakt meine Schwester nach.

»Sicher. Ich möchte wissen, wen du kennen gelernt hast. Es gibt genug Spinner auf der Welt.«

»Die es im Krankenhaus auf mich abgesehen haben könnten?«, fragt sie nach und dreht sich zu mir um, während Kean nur den Kopf schüttelt. »Glaub mir, Schwester, die Irren laufen hier in der Überzahl umher, trotzdem sind sie ungefährlich.«

»Man kann nie wissen«, murmele ich.

»Dann sollte ich Kean auch prüfen, wenn du vorhast, meinen Typen auszufragen. Im Übrigen wollte er mich heute im Park umherfahren.«

»Dann sollten wir warten, bis er kommt«, antworte ich und bleibe im Gang neugierig stehen.

»Nimm es mir nicht übel, ma Amante, aber du benimmst dich wirklich wie eine Mutter«, flüstert er mir zu. »Und ich bin nicht daran interessiert, eine ältere Frau später in Demut zu unterrichten.«

Ah – er will mich ablenken, indem er mir Stunden gibt. Aber ich werde meine fürsorgliche Art wohl nie ablegen, wenn es um Chlariss geht. Ich bin viel zu oft gefährlichen, hinterhältigen Menschen begegnet, sodass ich mir einen Eindruck von dem Pfleger verschaffen will – ob ich von Kean als mère bezeichnet werde oder nicht.

»Da ist er«, ruft Chlariss und hebt ihre Hand, um im Gang einem dunkelhaarigen Mann in blauer Krankenhauskleidung entgegenzuwinken. Er lächelt etwas verhalten, aber kommt auf uns zu. Seine Gesichtszüge sind weich im Gegensatz zu Keans Gesicht, und er wirkt wie ein Student, der gerne anderen hilft, viel redet und eben der beste Freund einer Frau sein kann.

Nachdem ihn uns Chlariss vorgestellt hat, gehen wir in den Park. Nach einer Runde setze ich mit Kean aus, und wir nehmen auf der Bank Platz, weil ich meine Schwester mit dem Pfleger allein lassen möchte. Außerdem lässt es sich aus der Entfernung viel besser prüfen, wie er sich verhält, ohne neben ihm zu stehen, weil er in Keans Gegenwart eingeschüchtert wirkt.

»Was denkst du?«, frage ich Kean, der mehr Menschenkenntnis hat als ich.

»Jung, zurückhaltend, besorgt, ehrlich, gewöhnlich, würde niemandem schaden wollen und versucht alles in seinem Job richtig zu machen, vielleicht etwas perfektionistisch.«

»Sollte er in seinem Job auch sein«, füge ich hinzu und beobachte, wie er und Chlariss lachen und kurz darauf hinter Sträuchern verschwinden.

»Wirst du langsam prüde? Oder projizierst du alle Erlebnisse von dir auf deine Schwester? Ihr mögt gleich aussehen, Maron, aber euer Wesen unterscheidet sich um Längen. Nicht bloß, weil dir etwas Schlechtes in deinem Job passiert ist, muss es auch ihr passieren.«

»Ich mache mir nur Sorgen. Sie sieht sehr schwach aus. Schlimmer, als ich sie vor zwei Wochen gesehen habe«, antworte ich ihm leise und atme tief durch.

»Ich habe sie viele Monate nicht mehr gesehen, aber ...« Ich weiß, was er sagen will. Sie sieht schlecht aus, dünn und blass. »Du wolltest eine neue Therapie anfangen lassen.«

»Das hat die neue Therapie gebracht.« Ich nicke zu Chlariss, die im Rollstuhl von dem Pfleger zwischen den Bäumen geschoben wird und an der andere Patienten auf Krücken mit Besuchern vorbeilaufen. »Eine weitere wäre in Paris möglich, die eine neue Behandlung durchführen. Aber die Therapie ist noch nicht lange an Patienten getestet worden und sehr teuer«, erkläre ich ihm. »Und umziehen kann ich erst, wenn ich mein Studium abgeschlossen habe.« *Oder ich schmeiße es einfach hin.* Aber das ist alles nicht so einfach. »Ich muss es mir in Ruhe überlegen. Voreilige Schritte würden mir nichts bringen.« Zumindest hätte ich den Anteil für ihre Behandlung vom Urlaub der Brüder, um für Chlariss' Behandlung weiter zu sparen.

Kean zieht die Augenbrauen zusammen und behält beide wie ich im Blick. »Ihr bekommt er gut. Sie lacht pausenlos.«

Ich lächele, weil ich sehe, wie gut sich Chlariss in seiner Anwesenheit fühlt, obwohl es ihr so schlecht geht.

»Vielleicht hast du recht. Sie geben schon ein niedliches Paar ab.« Kean lacht und zieht mich an der Schulter zu sich.

»Tun sie.«

Eine Stunde später, als wir uns von Chlariss verabschiedet haben, stehe ich in Leons Büro.

Hinter seinem Schreibtisch, die Füße auf die Tischplatte gehoben, raucht er genüsslich eine Zigarette, während das Sonnenlicht auf seine Glatze trifft. Sein Schnauzer hebt sich, als er seine Lippen zu einem Lächeln verzieht, sobald er mich in der Tür stehen sieht. Neben mir schiebt sich Julie mit ihren wilden hellen Locken an mir vorbei, die auf Leon zugeht, um ihm irgendwelche Dokumente auf den Schreibtisch zu legen.

»Maron. Mit dir habe ich erst heute Nachmittag gerechnet.«

»Es ist Nachmittag«, korrigiere ich ihn, aber lache, bevor ich mich mit Kean vor seinem Schreibtisch auf einen bequemen Ledersessel fallen lasse. Sein Büro ist sehr klassisch eingerichtet, knarrender Parkettboden, gebogene Fenster, zwei Bilder aus den Zwanzigern, auf denen Frauen in Etuikleidern abgebildet sind, und zwei große Grünpflanzen in den Zimmerecken zwischen Aktenschränken, die die verqualmte Luft im Raum filtern.

»Seit wann mit Begleitung? Sicher wegen Dubois«, beantwortet er seine Frage selbst.

»Nein, nicht deswegen. Er ist ein Freund, der kurzzeitig zu Besuch in Marseille ist. Kean Gerand.« Leon drückt seine Zigarette im Aschenbecher aus, bevor er sich hinter dem Schreibtisch erhebt und Kean begrüßt. Danach öffnet er die Fenster, damit der Qualm abziehen kann.

»Du erwartest heute keine Kunden, wenn du hier drinnen rauchst«, stelle ich fest und verfolge seine Bewegungen. Wie immer trägt er ein weißes Hemd und Jeans.

»Es ist Freitagnachmittag, wie du so schön festgestellt hast, und der letzte Kunde ist gerade zur Tür rausgegangen. Sicher kommst du, um die Termine zu bestätigen.« Ich nicke.

»Sind es weitere geworden?«, hake ich nach.

»Zwei weitere, ja. Einmal in acht Tagen von Monsieur Flaubert und dann …« Leon sucht über den Schreibtisch gebeugt in seinem Terminkalender. »Ah, einer deiner Lieblingskunden – Monsieur Nemours.«

Ich lächele, weil er ein Stammkunde von mir ist, der auf seine Art wirklich freundlich und aufgeschlossen ist. Außerdem ist er jünger – im Gegensatz zu anderen Kunden. »Dann habe ich noch zwei Anliegen, die ich dir per Post schicken wollte, weil du dich so selten blicken lässt, aber wenn du schon hier bist.« Leon grinst süffisant, sodass sich sein graubrauner

Schnauzer hebt.

»Ein unschöner Brief von der Polizei. Es wird vermutlich um die Zeugenaussage über Monsieur Dubois gehen.« Er schiebt mir den Brief entgegen, den ich sofort öffne. Aus den Augenwinkeln sehe ich, wie mich Keans Blicke verfolgen. Und es stimmt. Mir wird ein Termin mitgeteilt, um meine Aussage zu machen. In fünf Wochen. Als ob ich dafür gerade Zeit hätte. Und noch einmal darüber zu sprechen, wird mir schwerfallen. *Aber es muss sein.*

»Und?«, fragt Leon nach.

»Du hast richtig vermutet: ein Termin für die Zeugenaussage. Gott, wie ich das gerade nicht gebrauchen kann«, murmele ich den letzten Teil meines Satzes.

»Ich werde dir so viel wie möglich abnehmen. Aber vielleicht wird dir der Brief besser gefallen.« Leon schiebt mir den zweiten Brief zu. »Er ist nicht verschlossen worden und ich durfte einen Blick reinwerfen.« Warum macht er ein Geheimnis daraus. Ich öffne den Brief, in dem ein Zettel liegt.

Deine Entschädigung für das Parken deines Autos im Flughafen. Gideon

»Monsieur Chevalier war persönlich hier, um den Brief abzugeben und ihn dir zukommen zu lassen. Die Summe für deine Dienste ist bereits vor drei Tagen bei mir eingegangen. Somit wirst du nach Abzug der Provision deinen Teil Anfang nächster Woche auf deinem Konto finden.«

Leon lächelt mir, dann Kean entgegen, während ich nicht weiß, warum mir Gideon das Geld gibt. Er hätte es mir zu Beginn der Reise geben können oder etwas auf dem Rückflug sagen können. Warum kommt er extra deswegen hierher? Um einen Termin auszumachen?

»Wollte Monsieur Chevalier noch mehr?«, hake ich nach und schaue auf.

»Er hat sich für deinen erstklassigen Service im Namen seines Bruders bedankt.« *Mehr nicht?* Ich presse die Lippen aufeinander, verstaue den Briefumschlag und erhebe mich.

»Gib mir bitte wieder telefonisch über die Termine Bescheid, besonders falls mich einer der Chevaliers buchen möchte«, versuche ich so unauffällig wie möglich anzudeuten, um herauszufinden, ob mir Leon nicht doch etwas verschweigt.

»Werde ich. Aber Monsieur Chevalier hat sich mit den Worten verabschiedet, vorerst keine Begleitung zu brauchen, zumindest nicht in Marseille, weil er beruflich anderweitig beschäftigt sei.«

Ich hole tief Luft. Warum sagt er das? So wie ich Gideon kenne, wollte er, dass ich das erfahre. Ist das seine persönliche Revanche, weil ich nicht vorhatte, ihre Termine, falls sie welche machen würden, anzunehmen? *Klasse, das hat gesessen.*

Mit einem bitteren Lächeln auf den Lippen verlasse ich Leons Büro und spüre Keans Arm um meine Schultern.

»Genau das habe ich geahnt oder besser schon an dem Abend auf der Clubparty im Hotel beobachtet«, fängt er an, als wir zum Wagen laufen. »Zu viel Vertrauen kann schneller mit Ignoranz, falschen Versprechungen oder Ablehnung bestraft werden.« Vor dem Wagen bleibe ich abrupt stehen, weil ich seine Worte nicht hören kann. Hätte ich ihn bloß nicht mit zu meinem Chef mitgenommen, dann würde er nicht bemerken, wie verletzt ich mich fühle.

»Trotzdem wird es für mich nichts daran ändern, die Zeit mit ihnen in guter Erinnerung zu behalten.« Auch wenn sie mich mit ihrem ablehnenden Verhalten bestrafen wollen. Sich darüber weiter Gedanken zu machen, wäre wohl falsch, weil ich nicht besser bin. Mich aber hat Gideons Verhalten darin bekräftigt, meine Vergangenheit keinem weiteren Kunden mehr anzuvertrauen und die Distanz zu überwinden. Es tut weh, zu wissen, dass Gideon sich mit dem Geld der Parkgebühren von mir verabschiedet hat, weil er mich abhaken will.

Warum habe ich mich darauf eingelassen und mich in ihn verliebt? Auch wenn ich es niemals laut aussprechen würde, aber ich fühle etwas für ihn, das selbst Keans Gegenwart nicht ändern oder verblassen lassen kann.

Verflucht!

16. KAPITEL

Sonntag …

Nach dem Treffen mit dem Kunden, der mit mir über den Strand von Marseille gelaufen ist und mit dem ich sehr gerne unterwegs bin, weil er etwas zurückhaltend ist, dafür sehr charmant, haben wir den Abend im Wohnzimmer seines Appartements verbracht.

Sosehr ich abschalten wollte und ihn mit meiner dominanten Art in die Knie gezwungen habe, hat es nur halb so viel Spaß gemacht. Er hat sich sofort jedem Befehl gebeugt, ohne zu murren, ohne schnippische Kommentare, ohne Gegenwehr. Und der Sex, nun ja, er ist nicht zu vergleichen mit dem Sex mit den Brüdern. Immer wieder musste ich daran denken, als ich auf dem Mann in meiner Korsage geritten bin, er stöhnend unter mir sein Gesicht komisch verzerrt hat, dass ich Lawrence einen Ritt versprochen hatte. Gott, ihn würde ich in dem Moment mit viel mehr Hingabe reiten. Doch als ich die Augen geschlossen habe und mir Lawrence vorstellen konnte, wurde es leichter. Mit meiner gewohnt distanzierten, verführerischen Art habe ich mich von ihm verabschiedet und wurde am Hauseingang von Kean in meinem Wagen abgeholt.

Schnell springe ich in das Auto und atme tief durch.

»Wo ist dein siegessicheres Lächeln, wenn du einen Kunden gevögelt und zurechtgewiesen hast?«

Ich versuche ein verkrampftes Lächeln aufzusetzen, aber es verblasst so schnell, wie ich es hervorgebracht habe.

»Ich muss mich an die Umstellung gewöhnen.«

»Und ich weiß auch schon wie«, höre ich Kean, der den Motor meines Wagens anlässt, sich zu mir herüberbeugt und mich stürmisch besitzergreifend küsst, sodass ich nach Luft schnappe.

»Kündigst du mir gerade eine Session an? Wenn ich übernehmen dürfte, würde es meine Laune verbess…« Noch bevor ich die Worte ausgesprochen habe, spüre ich einen festen Griff in meinem Nacken.

»Ich habe dir in den letzten Tagen einiges durchgehen lassen, deine Probleme verstanden, aber das werde ich mir nicht sagen lassen!«, knurrt er, dass ich lache.

»Das hat mir gefehlt«, bringe ich keuchend mit einem verdorbenen Lächeln hervor. Er löst seinen Griff, grinst finster und gibt Gas.

»Wie möchtest du mich ablenken?«, frage ich, weil ich ahne, dass er eine Session plant, in der ich als Verlierer ausgehen werde. Aber kann man bei Kean jemals als Verlierer ausgehen?

Nach wenigen Minuten hält er vor einem beleuchteten Club an, den ich kenne. »Ins ›Bijou‹?«

»Erinnerst du dich noch an früher?«

»Ja.« Kurz huscht ein Lächeln über meine Lippen, als ich den Club wiedererkenne, weil ich ihn mit Kean oft aufgesucht habe, ich meine ersten Poledance-Aufführungen im »Bijou« hatte, bevor ich zum Escortservice gewechselt bin. Ob immer noch die gleichen Mädels in dem Club arbeiten? Fiona auf jeden Fall.

Kaum sind wir im Club, wird Kean von dem Geschäftsführer begrüßt, der vermutlich auf ihn gewartet hat. Also hat Kean etwas geplant, um mich auf andere Gedanken zu bringen.

»Madame Noir, ein Ehrengast. Wie schön, Sie anzutreffen. Sie dürfen gern durchgehen. Die Ladys erwarten Sie bereits«, weist mich Monsieur Mouton an, den ich noch von früher kenne.

»Es ist mir eine Ehre, heute Abend tanzen zu dürfen.« Mein Blick schweift durch den Club, der sehr gut gefüllt ist und in dem bereits Mädels auf der Bar tanzen und Alkohol ausschenken, während sie die Flaschen spielend leicht zwischen ihren Fingern drehen.

Ich gehe auf einen Seitengang zu und schiebe den Vorhang zur Seite, um eine Tür später in den Umkleiden zu stehen, die mit unterschiedlichen Dessous, Kostümen und Accessoires ausgestattet ist. Vor mir taucht Helen – das Biest – auf, die ich aus meiner Agentur kenne. Sie habe ich über den Club kennengelernt, auch wenn wir wenig gemeinsam haben.

»Oh, aus dem Urlaub zurück, Maron?«

»Nein, Helen. Was soll die Frage? Ich habe nur vor, mir den Abend angenehmer zu gestalten.«

»Sei nicht immer solch eine Zicke!« Der rothaarigen Kuh würde ich am liebsten einen Tritt in ihren Arsch verpassen. »Ich dachte nur, du seist heute Abend ausgebucht.«

»Nein, bin ich nicht. Und jetzt geh mir aus den Augen.« Ich gehe direkt auf Fiona zu, die in ihre Schuhe schlüpft und mich erst jetzt bemerkt.

»Maron. Du bist hier?« Warum fragt mich jeder, ob ich hier bin?

»Ja, ich werde heute Abend mit euch tanzen. Wie wird die Choreo aussehen?«

»Daran hat sich nur wenig geändert. Was ich dir das letzte Mal im Café erzählt habe.« Mit Fiona unterhalte ich mich öfter, wenn wir uns treffen. Sie habe ich über den Club kennengelernt. Während ich mich von ihm getrennt habe, hat sie weiter in dem Nobelschuppen gearbeitet und berichtet mir immer wieder von neuen lustigen und kuriosen Vorfällen, wenn wir uns auf einen Kaffee treffen. Es gibt nichts Schöneres, als lustige Geschichten aus dem Job zu erzählen. Namen werden natürlich nicht genannt.

»Warte.« Sie dreht sich um und sucht die passende Wäsche für mich heraus. »Die passt perfekt zu uns anderen.« Sie überreicht mir einen schwarzen BH mit Bändern und eine Panty, die an gewissen Stellen doch sehr durchscheinend ist.

Auch wenn ich etwas geschafft von dem Abend mit meinem Kunden bin, freue ich mich doch auf den Tanz. Ich hätte viel früher wieder tanzen sollen. Das ist mir schon in Dubai bewusst geworden.

»Ladys«, pocht es wenige Minuten später an der Tür und ich erkenne Kean, sodass ich lachen muss. Doch er fackelt nicht lange und tritt ein, sodass die anderen drei Frauen mit einem Lachen den Kopf schütteln, aber ihn wiedererkennen.

»Gerand. Wenn das kein Zufall ist, dass du dich in der Tür geirrt hast«, bemerkt Helen mit einem aufgesetzten Lächeln und fährt sich durch ihr offenes welliges Haar, um vor ihm zu posieren. Keans Mundwinkel zucken, dann tritt er auf mich zu.

»Bist du bereit?«, fragt er mich und mustert meine Dessous mit einer erhobenen Augenbraue. Ich sehe, wie er sich jeden Zentimeter meines Körper einprägt, so als könne er es kaum erwarten, mit mir allein zu sein. Aber es war seine Idee, in dem Club zu tanzen, und ich finde, eine sehr gute, um mich auf andere Gedanken zu bringen.

»Sicher.«

»Dann behalte die Nerven. Bis später.« *Die Nerven behalten?* Tu ich das nicht immer?

Er küsst mich flüchtig, gibt Fiona einen nicht gerade sanften Klaps auf ihren Hintern, die aufquiekt wie ein erschrockenes Hündchen, und verlässt die Kabine mit einem letzten Blick in meine Richtung.

»Was war das?«, fragt sie mich. »Seit wann ist Gerand, die heiße Schnitte, in Marseille?«

»Nur zu Besuch, also mach dir keine Hoffnung«, antworte ich, gehe auf den Spiegel zu und prüfe mein Make-up und meine Frisur. Sie ist ebenfalls eine Kandidatin, die in ihn verliebt war – das wusste jeder im Club. Aber warum er extra in die Kabinen kommen musste, weiß ich auch nicht.

»Du kannst ihn mir gerne eine Nacht überlassen. Ich wüsste schon, was ich mit ihm anstellen würde«, höre ich Helen, die laut kichert wie ein gackerndes Huhn, das nur darauf wartet, begattet zu werden. Und das, obwohl ich weiß, wie oft sie die Männer in ihrem Privatleben auswechselt. Kean würde ihr schneller Gehorsam beibringen, als sie ihr Codewort aussprechen könnte.

»Schade nur, dass er nicht wegen dir in Marseille ist«, antworte ich mit einem überlegenen Schmunzeln, um meinen Trumpf auszuspielen.

Als wir uns vordehnen und aufwärmen, erkundige ich mich über den neusten Stand und erzähle Fiona von meinem Urlaub, während Helen mir giftige Blicke zuwirft, aber ihre knallroten Lippen kein Wort verlässt. Fiona ist begeistert und hängt förmlich an meinen Lippen, während Helen ihren Mund verzieht.

Als wir im Dunklen die Bühne betreten, erinnert mich alles sofort an den Club »Oceane«. Nur gibt es in diesem keine Wasserbecken, sondern eine Bühne, die von zwei Bars, die restlos überfüllt sind, umgeben ist. Die Menschenmenge drängt sich weiter tanzend zur Bühne, als wir angekündigt werden und uns an den Stangen verteilen. Hoch über mir sehe ich die weißen hellen Couchen der VIP-Lounge, während Kean gleich neben mir an der Bühne etwas zu trinken bestellt, dann mit einem Zwinkern zu mir aufsieht. Er gibt sich wirklich Mühe mich abzulenken und heute Nacht, beschließe ich, werde ich eine Session mit ihm abhalten, von ihm gevögelt werden und hoffen, dass alles wird wie früher.

Kaum sind die grellen Scheinwerfer auf uns gerichtet, beginnt unser Titel und wir beginnen uns an den Stangen Schwung zu holen, um uns in einer fließenden Bewegung weiter nach oben zu ziehen. Ich befinde mich außen links, während Helen dem Publikum am Nächsten tanzt, das uns zugrölt. Wie ich diese Momente vermisst habe, doch zugleich erinnere ich mich an Dubai, wie ich in Gedanken mit jeder Bewegung bei Kean war und es nun bei Gideon bin. Es ist seltsam, aber ich tanze diesen Tanz für ihn, auch wenn ich ihn aus meinen Gedanken verdrängen wollte. Es gelingt mir einfach nicht.

Mit einem Handgriff ziehe ich mein Bein an der Stange über den Kopf, schlinge es um die Stange und lasse mich rückwärts herunterfallen, während ich weiter um das Metall wirbele. Immer weiter drehe ich mich und versuche mich langsam wieder hochzuziehen, um zu sehen, wann die anderen Mädels ihre Figuren ändern.

Von den Menschen unter uns höre ich das Jubeln und Pfeifen. Mit einem flüchtigen Blick sehe ich, wie zwei Angetrunkene von der Security herausgeworfen werden, sodass ich schmunzele und mich weiter dem Tanz hingebe. Meine Blicke versuche ich mit jeder Drehung an Kean zu heften, um einen fixen Punkt zu haben. Er lächelt mir beeindruckt entgegen. Ich liebe seinen Blick, wenn er stolz auf mich ist, als wäre ich etwas Besonderes.

Dann lassen wir uns in langsamen Drehungen an der Stange heruntergleiten, bis wir mit einem lasziven Blick die Stange umlaufen und den Kopf zurückwerfen.

Als ich meine Hände um das kühle Metall schmiege und meinen Hintern daran auf und ab reibe, greife ich über meinen Kopf und stoße mich mit den hohen Stilettos von der Bühne ab, um meinen Tanz für mich allein zu beenden. Dabei schließe ich für einen winzigen Moment meine Augen, denke an den Geruch von schwarzer Zeder, spüre den Atem von Gideon auf meinen Lippen, seinen Körper über mir, seine Finger unter meinem Kinn und seine samtigen Küsse in meinem Nacken.

Gott, ob es jemals aufhören wird? Am liebsten würde ich den Club verlassen und so wie ich bin zu seinem Penthouse fahren. Ich weiß, wo er wohnt. *Aber hast du den Mut dazu?*

Tränen brennen in meinen Augen, als ich mich federleicht an der Stange herab schwinge und Kean vor mir an der Bar gelehnt stehen sehe. Dahinter beobachte ich die Menschenmassen, die in Partystimmung tanzen, dann sehe ich zur VIP-Lounge auf, in der ich – verflucht! – Lawrence erkenne, der sich mit einer Dame unterhält und dann auf einer der Couchen Platz nimmt. Natürlich zerrt er die dunkelhaarige Frau auf seinen Schoß.

Das kann nicht wahr sein! Ich schlucke, aber tanze weiter. Ob Gideon auch in dem Club ist? Aber er ist viel zu überfüllt, als dass ich mir eine Übersicht verschaffen könnte. Außerdem hat mich Lawrence vermutlich noch nicht entdeckt, ansonsten hätte ich einen seiner belustigten Blicke kassiert. Oder es ist ihm schlichtweg egal.

Es kostet mich Mühe, weiter um die Stange zu kreisen und sie im Auge zu behalten. Gerade als ich mein Bein über meinen Kopf hebe und es grazil ausstrecke, um mich langsam kopfüber auf den Bühnenboden sinken zu lassen, treffen meinen Blick grüne Augen. Gideon steht an der Bar direkt hinter Kean. Sein Blick trifft mich so unerwartet, dass mein Herz schneller schlägt und ich versehentlich ein Stück zu schnell die Stange herabrutsche, aber den Fall rechtzeitig abbremsen kann.

Wie ich dich in den letzten Tagen vermisst habe. Doch sein Blick ist nicht weich oder strahlt Freude aus, mich zu sehen, sondern strotzt vor Arroganz. Er grinst überlegen, greift nach seinem Getränk, sagt etwas zu einer blonden Frau neben sich und wendet mir den Rücken zu. *Verflucht!*

Ohne lange zu überlegen oder auf das Ende des Liedes zu warten, sinke ich an der Stange herab. Wenn nicht jetzt, dann würde es keinen weiteren Moment geben, um mit ihm zu reden. Mit wackeligen Schritten steige ich von der Bühne, während die Menschen um mich herum weiter grölen, sich dicht an mich pressen, sodass ich mich kaum zwischen ihnen hindurchschieben kann.

»Was soll das werden?«, ruft Kean laut, als er mich am Arm zu fassen bekommt.

Ich schüttle nur den Kopf und befreie mich aus seinem Griff, um Gideon zu finden, der sicher auf die Lounge zugehen wird. Mühsam kämpfe ich mich halbnackt durch den Club, werde angerempelt, angefasst und mir werden dabei widerwärtige Wortfetzen an den Kopf geworfen. Als ich zur Lounge aufsehe, ist die Couch, auf der Lawrence saß, leer und ein Pärchen nimmt darauf Platz.

Nein! Verdammt.

Ich rutsche in etwas Feuchtem aus und zerre mich an einem Typen neben mir hoch, um weiterzulaufen, bis ich die Security am Ausgang erreiche, die mich durchlassen. In der Vorhalle sehe ich nur zwischen der anstehenden Menschenschlange, wie Gideon und Lawrence mit zwei Frauen in eine Limousine steigen. Schnell renne ich auf sie zu, ohne groß zu überlegen, was ich eigentlich mache. Für den Bruchteil einer Sekunde könnte ich schwören, dass mich Gideon gesehen hat, aber der dunkle Wagen fährt los und ich bleibe, als ich zum Stehen komme, in der kühlen Nachtluft vor dem Club stehen. Alles, was ich kann, ist, den roten Rücklichtern des Wagens hinterherblicken, während mich Leute angaffen.

»Du bist so dämlich«, fluche ich leise zu mir.

»Das würde ich nicht sagen«, höre ich Kean, der hinter mir stehen muss. »Ich wünschte, du hättest das für mich getan, ma Amante. Noch nie habe ich dich so unüberlegt handeln gesehen.«

»Hör auf, mich zu reizen«, fahre ich ihn an, während er seine Jacke auszieht und sie über meine nackten Schultern legt. »Du hast gesehen, dass sie im Club sind«, reime ich mir seine Worte in der Umkleide zusammen. Mit einem kalten Blick auf mich gerichtet, dann zu der Straße, auf der vor wenigen Sekunden die Limousine fuhr, nickt er knapp. »Ja, aber ich hatte gehofft, du würdest sie nicht bemerken – was wohl zeigt, wie ich dich unterschätzt habe. Besser, wir gehen.«

Ich seufze bloß, weil ich einfach nur nachhause möchte. Seine große Jacke streife ich mir über, die mir bis knapp über meinen Po geht.

Immer noch zieht sich Gänsehaut über meine Unterarme, die nicht von der frischen Nachtluft stammt.

»Kann ich dich hier warten lassen, und du steigst in den Wagen, bis ich deine Sachen geholt habe?«, fragt er mich, während eine Hand über meine Wange streichelt.

Ich nicke. »Danke.« An seinem Hemd ziehe ich mich hoch und küsse ihn. Ich weiß, dass er mir ansehen konnte, keinen weiteren Schritt in den Club setzen zu wollen. Die Securitymänner gaffen mich blöde an, aber ich senke meinen Blick, greife in die Jackentasche, um meinen Autoschlüssel hervorzuholen.

Im Auto, nachdem ich mir belustigte Blicke von Passanten zuziehen durfte, atme ich ruhig durch. Erst jetzt fällt mir auf, das silberne Fußband von Gideon zu tragen. Ob er es gesehen hat? Warum war sein Blick dermaßen finster, als hätte ich ihn betrogen? Diesen Blick habe ich bisher nur ein Mal gesehen, als ich von ihm mit Dubois erwischt wurde.

Und anscheinend scheint er sich schnell mit anderen Frauen begnügen zu können, damit keine Langeweile aufkommt oder er an unsere Momente zurückdenken muss. Ob er dasselbe gefühlt hat wie ich in der Nacht, als er mich gebeten hat, ihn wie seine Freundin zu lieben?

Verflucht, ich hätte ablehnen sollen. Aber ich schäme mich nicht für meine Gefühle. Seit mehr als über einem Jahr hatte ich das Gefühl nicht mehr. Selbst bei Kean war es anders, als ich es jetzt für Gideon empfinde.

Ich könnte ihm eine Nachricht schreiben, ihn anrufen, um zu fragen, was nicht stimmt. Zum Glück kennt er Kean nicht und hat mich nie mit ihm gesehen, ansonsten wäre ich in seinen Augen nicht besser als er.

GIDEON

»Genial! Hast du das gerade gesehen?«, fragt mich Lawrence belustigt, als ich meinen Blick von dem Fensterglas abwende.

»Damit hätte ich nicht gerechnet, aber es scheint zu funktionieren«, antworte ich mit einem Grinsen, weil ich Maron in ihren heißen Dessous auf der Straße sehe, die unserem Wagen hinterherblickt. Ich hätte niemals erwartet, sie in dem Club tanzen zu sehen. Per Zufall hat sie Law von der Lounge aus entdeckt, sodass ich sie mir näher ansehen musste. Sie tanzt wirklich traumhaft schön, sodass ich die gaffenden Typen, die sich auf sie zugedrängt haben, am liebsten von ihr ferngehalten hätte. Warum hat sie heute Abend einen Poledance vorgeführt? In keinem Club ist sie mir zuvor aufgefallen ... Wieder schien sie in Gedanken zu sein, als würde sie nur für sich allein ihren Körper um die Stange schwingen.

»Sie so zu erleben, ist ein Traum. Hättest du mich vor zwei Wochen gefragt, ob sie wie ein Groupie hinter uns herrennt, hätte ich dich ausgelacht.« Lawrence lacht leise und fährt sich über sein dunkelblondes Haar.

»Mädels, wohin möchtet ihr als Nächstes?«, erkundige ich mich, weil es erst kurz nach ein Uhr ist und ich keine Lust habe, mir die halbe Nacht allein um die Ohren schlagen. Die letzten Abende brauchte ich Abwechslung, um nicht länger an Maron zu denken und an Kean, ihren verdammten Lehrer. Sie hätte ehrlich zu mir sein sollen, denn nach einer netten Auskunft habe ich herausgefunden, dass er sich in Dubai aufgehalten hat. Vermutlich, weil sie ihn gerufen hat oder ihr die Zeit mit uns zu langweilig war. Ich kann zwar nicht sagen, wann und wo sie sich immer heimlich getroffen haben, dass wir es nicht bemerkt haben. Doch ich lasse mich von ihr nicht hintergehen. Das wäre das zweite Mal gewesen, dass sie gegen die Regeln verstoßen hat. Wo ihr Regeln und Kontrolle so viel bedeuten! Mich würde es wundern, wenn ein anderer Kunde ihr dasselbe durchgehen lassen würde.

Aber dass sie sofort von der Stange rutscht, als sie mich gesehen hat und mir, obwohl die Show nicht zu Ende war, hinterhergerannt ist, damit hätte ich nicht gerechnet. Mit einer wütenden Nachricht, aber nicht damit. Liegt ihr doch etwas an uns, an mir oder war es Neugierde, uns zu sehen? Und das so offensichtlich vor Gerand, der an der Bar stand. Entweder ist ihr Verstand abhandengekommen, oder sie hat etwas getrunken. Sie trinkt nie etwas! Wollte sie mir etwas sagen?

»Warum gehen wir nicht ins ›Jabilou‹?«, schlägt Natalie neben mir vor, lächelt mir entgegen und streichelt mein Knie, was ich nicht ausstehen kann. Ihre Hand wandert weiter über mein Bein zu meinem Schwanz. Trotzdem werde ich sie heute flachlegen, auch wenn sie nicht mein Typ ist. Blond, hübsch, ganz niedlich, wunderbar, aber ihr fehlt das gewisse Etwas – oder besser: Verstand. Lawrence' brünette Augenweide nickt, während sie ihm ihre Titten fast in sein Gesicht drückt.

»Sollen wir?«, fragt Lawrence und hebt eine Augenbraue. »Obwohl mir gerade danach wäre, dich gleich zu vernaschen.« Lawrence umfasst Maries Taille und zieht sie näher an sich, um sie zu küssen. Natalie wirft mir ebenfalls Blicke entgegen, damit ich über sie herfalle, aber nach Marons Auftritt an der Stange habe ich gerade keine Lust auf sie. Noch nicht.

»Glaubst du, wir könnten etwas falsch verstanden haben?«, frage ich Lawrence, der sich endlich von Maries Lippen trennen kann.

»Was falsch verstanden haben? Der Typ stand in ihrer direkten Nähe, sie ist Maron Noir und wird es immer bleiben. Du hast versucht sie umzukrempeln, was wohl vorerst geklappt hat. Doch in ihrer gewohnten Umgebung kannst du von ihr nicht erwarten, als bestände unser Verhältnis nach Dubai weiterhin. Sie vögelt andere Kunden, während wir andere Frauen ...« Er schielt kurz zu Marie rüber. »Gott, so ist das Leben.«

Seine Worte gefallen mir nicht, weil ich weiß, dass er sich etwas vormacht. Er hat einen Narren an Maron gefressen. Mich würde es nicht wundern, wenn er selber wütend auf sie wäre. Aber warum wütend auf jemanden sein, den man kaum kennt? Schwachsinn.

Weil uns etwas verbindet?

»Komm her«, befehle ich der Blonden neben mir, die an mich heranrutscht. In einem Zug leere ich mein Scotchglas, um sie danach zu küssen, mit meinen Händen über ihren Körper zu wandern und meinen Schwanz in Stimmung zu bringen, bis es in meiner Hosentasche vibriert. *Verdammt! Wer will jetzt was von mir.*

»Warte kurz.« Ich löse mich von Natalie.

»Fahren wir jetzt in den nächsten Club?«, fragt mich Lawrence, als ich mein Smartphone aus der Hosentasche ziehe.

»Es ist Maron«, sage ich leise und ziehe die Augenbrauen zusammen.

»Geh ran. Sag ihr, wie wir die Zeit ohne ihre Spielchen genießen.« Ich schnaube, weil ich weiß, dass es das Gegenteil ist. Die Spielchen mit den Damen sind halb so aufregend wie mit Maron. Weiter starre ich auf ihren Namen und überlege.

»Mann, gib her!« Lawrence nimmt sich das Handy aus meiner Hand, ehe ich einschreiten kann, und hält es im nächsten Moment an sein Ohr.

»Kätzchen, Gideon ist gerade damit beschäftigt, eine heiße Braut klarzumachen, ruf später an«, antwortet er ihr trocken.

»Was soll die Scheiße!« Lawrence wirft mir mein Handy entgegen, das ich auffange.

»Es ist besser so, glaub mir. Und jetzt vergiss sie endlich.«

»Was wollte sie?«, will ich wenigstens wissen, weil mir Lawrence' Ansage gegen den Strich geht.

»Keine Ahnung, ich habe sie nicht zu Wort kommen lassen.«

»Wenn ich dich daran erinnern darf, du hast ihr vorgeschlagen, sich in Notfällen an dich zu wenden, und dann verpasst du ihr diese Scheißantwort?«

»Wenn es ein Notfall gewesen wäre, hätte sie mich und nicht dich angerufen«, stellt er klar, bevor er sich zu Marie beugt. Meine Miene verfinstert sich und ich balle meine freie Hand zu einer Faust.

»Anhalten! Ich steige aus!«, weise ich dem Fahrer an. »Und du kommst mit mir, Natalie, damit der Abend wenigstens einen schönen Abschluss hat.«

»Bist du jetzt durchgedreht? Jetzt hab dich nicht so. Sie wird sicher wieder anrufen«, versucht Lawrence seine patzige Antwort am Telefon zu beschwichtigen.

»Wir wissen beide, dass sie das nicht tun wird. Halte dich in Zukunft aus meinen Entscheidungen raus, Law! Dorian hat recht, du hast nichts weiter als Geld, Frauen und Clubs in deinem Hirn. Maron hat es dir für wenige Tage austreiben können, aber du bist nicht besser als sie. Kaum sind wir zurück, hast du drei Frauen gevögelt und musst das Arschloch raushängen lassen, das du bist! Für mich hat sich der Abend erledigt. Los komm, Natalie!«

Der Wagen hat längst gehalten, die Tür wird uns geöffnet,

und ich bin froh, aus dem Wagen zu steigen, um nicht mehr dieselbe Luft wie mein Bruder einatmen zu müssen.

»Sei kein Mädchen und steig ein«, höre ich hinter mir. *Was?!* Sofort drehe ich mich zu ihm um und verpasse ihm im gleichen Zuge einen Haken mitten in sein dämliches Grinsen für seinen unüberlegten Kommentar. *Gott, fühlt sich das gut an.*

»Ich hoffe, das hilft, um darüber nachzudenken, wie du mit mir redest!«, knurre ich, lege meinen Arm um Natalie, die entsetzt aufschreit, während Law mir vor Wut ebenfalls eine verpassen würde, aber sich stattdessen mit dem Handrücken über seine aufgeplatzte Lippe fährt. Ich drehe mich um und laufe mit Natalie über den Bürgersteig.

»Fuck! Dir hat die Kleine dein Hirn vernebelt, verdammte Scheiße!«, brüllt Law hinter mir her, sodass ich kopfschüttelnd lache.

Mag sein, dafür sehe ich, was ich für einen Scheißbruder habe, dem es nur darum geht, seine primitiven Triebe zu befriedigen.

Als ich mit Natalie um die Hausecke biege, versuche ich mit mehreren Schritten Abstand Maron anzurufen. Ich möchte wenigstens sichergehen, dass es ihr gut geht. Warum sollte sie sonst anrufen, wenn nicht alles in Ordnung ist?

Normalerweise würde es ihr Stolz nicht zulassen, mich aus unwichtigen Gründen anzurufen. Das ist nicht ihre Art.

Als ich versuche, sie zu erreichen, geht nur ihre Mailbox ran. *Verdammt!* Am liebsten würde ich Law für seine Aktion einen weiteren Haken verpassen. Wirsch fahre ich mir durch mein Haar und versuche mich zu beruhigen.

»Was ist los?«, fragt mich Natalie in ihrem knappen enganliegenden grünen Kleid und macht einen Schritt auf mich zu.

»Nichts ... es ist ...« Ich atme durch und blicke wütend auf die Pflastersteine unter meinen Schuhen. »Nichts …«

Keine halbe Stunde später befinde ich mich mit Natalie in meinem Penthouse. Stürmisch küsse ich sie und will sie einfach nur ficken, um meinen Schwanz ruhigzustellen, der mit jedem Gedanken an Maron härter wird. Sie seufzt bei jedem Kuss, lässt sich ohne zu protestieren gegen die Wand pressen, während ich meine Hand unter ihr Kleid schiebe, um nach ihrer Pussy zu tasten.

»Du bist so wunderbar.« *Wunderbar? – lachhaft.*

»Ich zeige dir, wie wunderbar ich bin«, antworte ich ihr und sie kichert, sodass ich innerlich die Augen verdrehe. An der Hand zerre ich sie in meine Küche, drücke sie mit ihrem Arsch gegen den Küchentisch und küsse sie wieder. Mit einem Satz hebe ich sie auf den Tisch, während sie sich an mir festklammert, ich den Träger über ihre Schultern streife und sie versucht, mich aus meinem Hemd zu befreien.

Schnell streife ich das Kleid über ihren Arsch, schiebe es höher und ziehe es ihr geübt aus. Sie versucht sich daran, mein Hemd zu öffnen, bis sie die Geduld verliert und daran zerrt. *Was soll der Mist?*

»Warte.« Ich habe keine Lust, eine weitere Stunde damit zu verbringen, bis sie mir den Stoff vom Oberkörper gerissen hat. Ich ziehe das dunkle Hemd aus und werfe es auf den Boden, sie öffnet meine Hose und geht vor mir in die Knie. Ich hebe eine Augenbraue, weil nicht jede Frau freiwillig einen Schwanz lutschen will, dann schiebt sie meine Shorts runter, während ihr mein Glied fast ins Gesicht springt, sodass sie angetrunken lacht – was nicht meinen Nerv trifft. Es klingt nur peinlich, nervig und kindisch. Sie nimmt ihn und saugt an der Eichel wie ein Kind an einem Colalutscher.

»Trau dich«, sage ich bestimmt.

»Ich zeige dir, wie gut ich es kann«, antwortet sie von sich überzeugt, sodass ich zur Decke aufsehe und abwarte.

»Dann beweis es.« Kaum habe ich meinen Blick zur Decke gehoben, spüre ich ihre Lippen um meinen Schwanz, die ihn aufnehmen, aber nicht gerade fest saugen und ihn nicht so tief in ihren Mund eindringen lassen.

Scheiße, jetzt spüre ich ihre Zähne!

»Ich glaube, wir lassen das.« Ich schiebe sie von mir und ziehe sie hoch. »Leg dich auf den Tisch.« Sie nickt und folgt meiner Anweisung, dabei versucht sie gewollt sexy auszusehen, was mich zum Grinsen bringt. Ich ziehe ihren Slip über die Hüfte, bis zu ihren Fußknöcheln herunter und spreize ihre Beine, damit ich besser an ihre Pussy komme, die sich unter meinen Fingern zu trocken anfühlt. Sie trocken zu vögeln, habe ich keine Lust, ihr Schmerzen zuzubereiten, ebenso wenig.

»Entspann dich einfach«, sage ich zu ihr, bevor ich mit der Zunge über ihre Schamlippen fahre, sie auseinander dränge und sie lecke, sodass ihre Beine neben mir zucken und sie plötzlich unter mir zappelt.

»Gideon, du bist der Hammer, Baby!«, ruft sie, dann mache ich weiter, lecke ihre Klit, damit sie endlich zum Vögeln bereit ist. Sie stöhnt bereits jetzt, obwohl ich weiß, dass sich der Orgasmus noch lange nicht angebahnt hat. *Schöne Schauspielerin.*

Ich erhebe mich und beuge mich zum Schubfach, um ein Kondom zu holen, die ich so ziemlich überall in der Wohnung liegen habe, und streife es mir über. Ich habe keine Lust, neun Monate später von einer wildfremden Frau ein Kind untergejubelt zu bekommen. Escortdamen sind, wenn es um Verhütung geht, einfacher und achten ständig darauf.

Dann ziehe ich sie an den Hüften näher an mich, bis ich meinen Schwanz in sie stoße und sie laut stöhnt, als wäre sie am Kommen. Ich bewege meinen Schwanz tiefer in ihr, um sie vorzudehnen, dabei reibe ich ihren Kitzler und sie stöhnt weiter wie in einem Porno, sodass ich nicht weiß, ob ich lachen oder wegsehen soll. Aber ich will es beenden.

Die Pussy fühlt sich völlig anders an als Marons – weiter, total uninteressant. Natalie spannt ihr Becken nicht so herrlich an, wirft mir nicht diesen verboten heißen Blick zu und fordert mich zu nichts auf. Sie lässt sich einfach nur ficken. *Dann sollte ich das wohl tun.*

Ich umfasse ihre Hüfte und stoße schneller und tiefer zu, während ich von ihrer Klit ablasse, weil sie pausenlos künstlich stöhnt und ich weder das Zucken ihrer Oberschenkel noch ihrer Pussy spüren kann. Vielleicht ist sie frigide? Keine Ahnung, aber nach wenigen Stößen komme ich, weil sich ihre Pussy immer noch zu trocken anfühlt. Mein Schwanz pulsiert, ich stöhne und mein Samen ergießt sich in dem Kondom. Langsam ziehe ich mich aus ihr zurück und helfe ihr vom Tisch.

»Wahnsinn!«, bringt sie mit einem überwältigten Gesicht hervor, was mich zweifeln lässt.

»Ja, Wahnsinn«, antworte ich übertrieben begeistert, streife das Kondom von mir und werfe es in den Müll. »Soll ich dir ein Taxi rufen?«, frage ich und drehe mich zu ihr um, als ich meine Shorts überstreife. *Scheiße, ich will sie einfach nur loswerden.*

»Was? Warum?« *Dumm wie Brot oder den IQ einer Tomate.* Perplex streicht sie ihr blond gefärbtes Haar hinter die Schulter und zieht ihr enges Kleid an.

»Weil ich dich nicht heute Nacht bei mir schlafen lassen

kann. Es tut mir wirklich leid, aber meine Frau kommt jeden Moment von ihrem Kinobesuch wieder und ich möchte nicht erwischt werden. Du hast sicher Verständnis. Ein andermal gerne, Hübsche.« *Was für ein Arsch ich doch sein kann.* »Aber ich melde mich bei dir, weil der Sex einfach der Wahnsinn war.«

»Machst du das wirklich?« *Nein!*

»Ja. Warte, hier.« Ich gebe ihr ihren Slip, während sie ihr Kleid über ihren Titten richtet, dann rufe ich ihr ein Taxi, das in fünf Minuten da sein dürfte.

Ich habe gerne oft und mit unterschiedlichen Frauen Sex, aber nicht mit solchen. Mit ihnen kann man nicht einmal etwas ausprobieren, ohne dass sie kichern oder sich vor Angst in der Ecke verkriechen, wenn man ihnen einen Analplug in den Arsch schiebt. Entweder haben es Männer vor mir gründlich versaut oder es liegt in ihrer Natur, keinen ausschweifenden abenteuerlichen Sex haben zu wollen. Warum musste ich heute Nacht an dieses Exemplar geraten! Sie sah sehr vielversprechend aus, wenn auch nicht sehr helle.

Gerade klingelt es an meiner Tür. *Endlich!*

»Und du meldest dich wirklich? Denn ich fand es sehr aufregend.« Mit nacktem Oberkörper, nur in meinen dunklen Shorts bekleidet, lehne ich an der Wand im Flur und nicke ihr mit einem Grinsen entgegen.

»Natürlich, Natalie. Die letzte Stunde war heiß. Ich rufe dich an.« *Sie hat Gott sei Dank nicht meine Nummer* – denke ich, als ich sie küsse, um sie nicht ganz so eiskalt aus meiner Wohnung zu befördern. »Warte, hier!« Ich reiche ihr eine Geldnote, die in meiner Kommode bereits abgezählt liegen, damit sie das Taxi bezahlen kann und sich nicht ausgenutzt fühlt, obwohl es um nichts anderes ging: um schnellen

Scheißsex, der sich nicht mal gelohnt hat.

»Au revoir!« Sie lächelt, während ihr blondes Haar zersaust von ihrem Kopf absteht, dann werfe ich die Tür hinter ihr in einer leichten Handbewegung zu. *Ein Problem weniger.*

Kurz bin ich am Überlegen, die Nacht nicht doch einen Stripclub aufzusuchen, in dem die Frauen wenigstens blasen können. Doch als mir die Küchenuhr um zwei anzeigt, stöhne ich genervt, fahre durch mein Haar und suche das Bad auf. Morgen früh oder besser heute muss ich um sieben Uhr aufstehen, während Maron ihre Prüfungen schreiben wird.

Was sie wohl gerade macht? Sie lässt sich sicher von dem Meister persönlich flachlegen, durchlebt tausend Orgasmen und kann nur an ihn denken, während er ihren Arsch spankt und sie vögelt.

Bei der Vorstellung breitet sich ein kaltes Gefühl in meiner Magengegend aus.

17. KAPITEL

Wütend werfe ich mein Handy, das ich ausgeschaltet habe, in das Handschuhfach, weil mir Lawrence' Ansage gegen den Strich geht. Der aufgeblasene Arsch muss mir nicht unter die Nase reiben, dass Gideon heute Nacht eine andere vögelt. Das konnte ich selber sehen. Die Frau sah wirklich hübsch aus. Mit ihr wird er bestimmt die ganze Nacht Spaß haben, sich mit seinem Labienschmuck und seinen Fesseln austoben können. Wie gern würde ich für ihn den Schmuck wieder tragen wollen.

»Geht es dir gut?«, fragt mich Kean, als er zu mir in den Wagen steigt und ich durchatme.

»Alles bestens.« Ich lasse den Motor an und verlasse den Parkplatz in einem rasanten Tempo.

»Du fährst wie ein angeschossenes Wildschwein! Schalt mal einen Gang runter«, bemerkt er und wirft mir einen finsteren Blick zu. Kurz muss ich über seinen Vergleich lachen. Er hat mir schon bessere Sprüche an den Kopf geworfen.

»Es ist mein Wagen. Ich kann so schnell fahren, wie ich will. Also mach mir keine Vorschriften.«

Ein gespieltes Räuspern ist zu hören, bevor ich in die Richtung einbiege, die zu meinem Appartement führt. Es ist kurz nach eins, und ich sollte bald schlafen, damit ich morgen die Prüfungen nicht verpenne – was mir bereits einmal passiert ist. Als ich mich daran erinnere, muss ich innerlich lächeln.

Kean lehnt sich im Beifahrersitz neben mir zurück, während ich weiter in einem mörderischen Tempo durch Marseille fahre und in wenigen Minuten vor meinem Haus parke. Das Auto kann heute Nacht auf der Straße stehen. Morgen früh brauche ich es, um in die Uni zu fahren. Schnell steigt Kean aus, während ich die Schlüssel abziehe und nach meinem Handy suche, das mich pünktlich wecken soll. Kaum bekomme ich es zu fassen, öffnet Kean meine Autotür, hebt mich aus dem Wagen, packt mich an der Taille und wirft mich über die Schulter.

»Spinnst du!«, fauche ich, weil ich ahne, was das werden soll.

»Wer hier spinnt, ist wohl die Frage. Ich habe es mir die letzten Tage lange genug mit angesehen und dir vorhin angedroht, dass du nicht länger mit mir umspringen kannst wie mit deinen Kunden. Schlüssel!«, fordert er von mir, während ich über seiner Schulter, nur in Unterwäsche, Stilettos und seiner Jacke bekleidet, zappele.

»Hier!« Ich reiche ihm die Schlüssel, bevor die halbe Nachbarschaft mitbekommt, dass ich in wenigen Momenten zurechtgewiesen werde. »Aber vergiss nicht, dass du nicht die ganze Nacht Zeit hast. Ich schreibe morgen meine Prüfung.« *Durch die ich fallen werde, wenn ich nicht bald meinen Schlaf bekomme.*

»Keine Angst, heute Nacht werde ich dich schonen, morgen wird es anders aussehen, ma Amante.« Er fährt mit mir den Lift zu meinem Appartement hoch, öffnet die Wohnungstür und trägt mich direkt in mein Schlafzimmer.

»Zieh die Jacke aus.« Vor mir baut er sich mit verschränkten Armen auf, während ich die Jacke loswerde. Innerlich sehne ich mich danach, von ihm zurechtgewiesen zu werden, weil er mich vielleicht auf andere Gedanken bringt.

»Wo sind deine ...«

»Im Schrank neben der Kommode, linke Tür«, antworte ich, bevor er sich umdreht. Neugierig, wozu er greifen wird, strecke ich mich auf dem Bett aus und behalte ihn im Auge.

»Nein!«, protestiere ich, als ich sehe, dass er nach dem Rohrstock greift. »Ich muss morgen sitzen können.«

»Dann wirst du dir ein Kissen mitnehmen müssen.« *Das kann nicht sein Ernst sein!*

»Nimm meinetwegen die Lederpeitsche oder die Gerte, aber nicht den Rohrstock.«

»Bleib ruhig. Ich habe dir gesagt, dass ich heute noch sanft sein werde. Aber ich schaue mir nicht länger an, wie unkonzentriert du dich verhältst. In dem Zustand wirst du deine Prüfung nicht schaffen, also werde ich dich zur Ordnung rufen.« Dann greift er zu den weichen Ledermanschetten.

»Leg dich über das Bett, Position sechs.« Tief atme ich durch, lasse mich auf die Knie sinken, die Hände von mir gestreckt, sodass er mir die Manschetten, nachdem er meinen BH ausgezogen hat, umlegen kann und sie an die Eisenstreben meines Bettes befestigt. Mit den Knien rutsche ich so weit zurück, dass die Ketten der Manschetten angespannt sind und ich an ihnen Halt finde. Hinter mir nimmt er seine Position ein, schiebt meinen Slip herunter, küsst meinen Po, streicht hauchzart über meine Schamlippen, weiter meine Innenschenkel entlang, sodass das Kitzeln sofort meine Brustwarzen hart werden lässt und ich länger seine zarten, fast kaum spürbaren Berührungen fühlen möchte. Dann folgt ein Knebel, den ich sowieso von ihm eingefordert hätte, um die Nachbarschaft nicht zu wecken. Im Anschluss nehme ich keine devote Haltung ein und senke meinen Kopf, sondern starre erwartungsvoll dem Bild über meinem Bett entgegen, das eine Frau nur in Schwarz-Weiß gehalten aus den Fünfziger Jahren zeigt. Ich glaube, es ist Grace Kelly, aber die Verkäuferin im Atelier konnte mir die Frage nicht beantworten. Trotzdem habe ich das Bild gekauft, und seit Jahren hängt es über meinem Bett, weil die Frau anmutig mit hellem Haar ihren Kopf von mir wegdreht. Sie hat wunderschöne Augen, einen schlanken Hals und ein mildes Lächeln, das kaum zu erkennen ist. Doch für mich lächelt sie geheimnisvoll. Aus diesem Grund habe ich das Bild gekauft.

»Du kennst unser Zeichen noch?«, hakt er nach und ich höre seine Schritte auf dem Parkett, die weiter auf dem Teppich vor meinem Bett abgedämpft werden. Er liebt es, mich zu verwirren. Denn ich weiß, er steht bereits an einer anderen Stelle im Raum. Kurz senke ich meinen Blick und blinzele einmal. »Dann werden wir prüfen, wie weit wir gehen können. Lockere deine Schultern und spreize die Beine etwas weiter auseinander für mich!«, befiehlt er und ich tue es, um endlich die Schläge zu erhalten und um nicht weiter an den Abend zu denken. Immer noch bekleidet macht mich die Vorstellung an, wie ich nackt vor ihm auf dem Bett knie, während er den stolzen Master abgibt. Ob sein Schwanz immer noch so leicht zu erregen ist, wenn er mich in dieser Position sieht? Es ist seine Lieblingsposition. Wie der Rohrstock sein Lieblingsspielzeug ist, das er nur bei wenigen Frauen anwendet.

Langsam schließe ich meine Augen, als mich der erste Schlag unvermittelt trifft, sodass ich keuche, weil das Metall dumpf auf meine Pobacken trifft. Von einem Rohrstock geschlagen zu werden, ist etwas völlig anderes als von einer Gerte, weil man eine zweite Schmerzwelle, kurz nachdem das Metall die Haut berührt hat, nach sich ziehen spürt. Sofort schießen mir Tränen in die Augen, während ich mich fest an die Ketten klammere, um Halt zu finden und ich meine Zähne in das Tuch vergrabe.

»Sehr gut, ma Amante.« Lippen streifen von hinten meinen

Hals, knabbern daran. »Aber es geht noch besser. Ich wünschte, wir hätten die gesamte Nacht Zeit. Noch vier.«

Ich ziehe die Augenbrauen zusammen, spüre seine Fingerspitzen über meinen Rücken wandern, bis zu meinem Po hinab, dann folgt ein weiterer Schlag, so blitzschnell und mit voller Kraft, dass ich Sterne aufblitzen sehe, den Kopf nach hinten werfe und schreie. Mein offenes Haar kitzelt auf meinen Pobacken, als ich den Kopf zurückgeworfen habe, während sich meine Muskeln unter dem Schmerz lockern und die Tränen über meine Wangen laufen, die vom Tuch aufgesogen werden. Ich weiß, dass Kean hinter mir zufrieden lächelt, den Stab zwischen seinen Fingern dreht, bis er geübt zum zweiten Schlag ausholt. »Lass dich nicht weiter von deinen Gedanken quälen, sondern lerne damit umzugehen«, höre ich seine strenge Stimme, bis ein weiterer Schlag folgt, der meine Unterschenkel trifft, was noch stärkere Schmerzen hervorruft. Ich halte weiterhin die Position, knicke nicht ein und bete, dass die letzten zwei Schläge mich endlich loslösen werden. Wieder streifen Küsse meine Schulterblätter, Finger gleiten sanft zwischen meine Beine und sind im nächsten Moment verschwunden. Sein Spiel!

Als ich den letzten Schlag spüre, der meine Pobacken so heftig trifft, schreie ich wie schon lange nicht mehr. Der Schrei wird von dem Tuch zwischen meinen Lippen erstickt. Tränen verschleiern meinen Blick, während der Schmerz durch meine Beine rauscht, weiter den Rücken hochkriecht, sodass ich den Kopf senke und schluchze. Es tut so gut, das leere Gefühl in mir mit Schmerz zu überschatten. Eine Hand streichelt über meine Wange, bevor Lippen meine Tränen wegküssen und Kean den Knebel löst.

»Sehr gut gemacht, ma Amante«, tröstet er mich, bevor er

mich an sich zieht und mich küsst. Seine Zunge umkreist meine, während ich erst jetzt spüre, dass er nackt vor mir kniet und sich zwischen den Ketten hindurch gebeugt hat. Finger tasten nach meiner Klit und massieren sie zart, dann intensiver, bevor sich Kean von meinen Lippen löst, Küsse mein Schlüsselbein, meine Brüste und Bauch abwärts bedecken und er mir entgegenlächelt. Sein Schwanz reibt gegen meine Oberschenkel, wandert höher und schiebt sich zwischen meine Beine. Gott, meine Pussy muss dermaßen feucht sein. Und er spürt es. »Bereit für den schönen Teil?«, fragt er mich und ich lächele bitter.

»Vögel mich, wie ich es seit Tagen will.« Er grinst, während seine dunklen Augen schimmern, als hätte er nur auf meine Zustimmung gewartet.

»Auf meine Weise.« Noch bevor ich etwas erwidern kann, schiebt er sich zwischen meine Schenkel so weit hinab, dass sein Gesicht zwischen meinen Beinen ist. Seine Finger streifen meine Schamlippen, während ich zu dem Gemälde aufblicke und wenige Sekunden später Finger in meiner feuchten, völlig überreizten Pussy spüre, eine Zunge, die meine Perle fest massiert und zwei Finger vorsichtig meinen Anus dehnen, sodass ich ein Hohlkreuz mache und stöhne, während der Lustschmerz mich überrollt. Seine Bewegungen sind so quälend langsam, reizen meine Sinne und Nerven so sehr, dass ich zittere. An den angespannten Ketten halte ich mich aufrecht, bewege mein Becken etwas über seinem Gesicht, bevor die heiße Welle mich durchrauscht. Das Beben ist kaum mehr aufzuhalten, weil Kean seine Finger und Zunge so geschickt in mir bewegt, dass ich weiß, was er tun wird. Hände krallen sich in meine Pobacken, die heiß brennen, sodass ich schreie. Im nächsten Moment rutscht er hoch, ich blicke in nachtschwarze

Augen und sein großer Schwanz dringt mit einem kräftigen Stoß in mich ein. Von der plötzlichen Fülle in mir wandert ein Prickeln mein Rückgrat hinab, das mich laut aufstöhnen lässt. Dann hebt er mit einem finsteren Grinsen sein Kinn.

»Jetzt darfst du kommen, ma Amante. Wie du möchtest.« Er macht es mir niemals leicht. Fingerspitzen zwirbeln fest meine Brustwarzen, während ich mein Becken in meinem Rhythmus auf seinem Schwanz bewege, sich die Hitze in mir anstaut, weil er einen empfindlichen Punkt in mir trifft und er mit seiner anderen Hand mein Becken führt, damit ich nicht die Balance in den Ketten verliere.

»Der Anblick gefällt mir. Das nächste Mal werde ich Bilder machen.«

Ich stöhne. »Wie, wenn du keine freie Hand hast?«, ziehe ich ihn auf. Sofort durchzieht mich ein Schmerz, als meine Brustwarze so fest gedreht wird, dass ich schreie und die Hand auf meinem Arsch das Feuer erneut entflammt, während er mich härter nimmt. Ich kann den Rhythmus nicht mehr halten, spanne meine Oberschenkel an und überlasse ihm den Rest.

Er nickt, weil er sieht, dass ich erschöpft bin, doch zugleich die Lust verspüre, mit ihm zu kommen. Mit kraftvollen Stößen dringt er in mich ein, ich schließe meine Augen und lächele, weil ich für wenige Sekunden nicht an Gideon gedacht habe. Mit seiner Eichel trifft er meinen G-Punkt so fest, dass ich wie Espenlaub zittere, stöhne und gleichzeitig in Ekstase wimmere. Meine Finger krampfen sich um die kühlen Ketten, als ich die Federn vor meinem inneren Auge herumwirbeln sehe, die im Sturm fortgerissen werden und ich in einem langen, tiefen Orgasmus, begleitet von Schmerz und Trauer, über die Klippe stürze, während Kean seine Härte weiter in mich stößt, bis er mit einem lauten Stöhnen kommt. Seine Finger lösen sich um meine Brustwarze, sodass ich keuche, weil das Blut wieder in die Knospen schießt. Hände lösen mich von den Ketten und ich sinke erschöpft, ausgelaugt, befreit und voller Schmerz auf Keans warme Brust.

»Es ist anders mit dir. Schon immer gewesen«, murmele ich zufrieden, keuche und höre mein Blut in den Ohren rauschen. Ich spüre, wie die Bettdecke über mich gezogen wird, meine Tränen auf meiner Wange trocknen und ich trotzdem in meinen Gedanken woanders bin. Nicht bei Kean.

»Lass es einfach aufhören, Kean.« Er seufzt unter mir und weiß, was ich meine. Ohne große Worte weiß er immer, was ich meine, denke und fühle.

»Nein, ma Amante. Lass es zu. Ich habe dich nie darin trainiert, Gefühle abzuschalten ... Lerne, damit zu leben«, sind seine letzten Worte, die ich höre, bevor ich in den Schlaf sinke.

Vom schrillen Klingeln eines Weckers, den ich nicht zuordnen kann, werde ich geweckt und knurre in mein Kissen. *Himmel, was ist das?* Blind taste ich nach dem Wecker, der nur von Kean sein kann, und schalte ihn auf dem Nachttisch aus.

»Guten Morgen, Maron«, höre ich seine samtige Stimme, die zugleich rau klingt. Ich blinzele und erkenne Kean, der nur in Shorts mit einem Tablett vor mir steht. *Er hat Frühstück gemacht?*

Vorsichtig schiebt er das Tablett auf die Matratze und setzt sich zu mir. Mein Po fühlt sich seltsam kühl an – weil er ihn sicher mit Salbe versorgt hat. Ich lächele ihm entgegen, dann dem Kaffee, den Croissants, dem Obst und dem Saft.

»Du bist ein wahrer Gentleman.«

»Das fällt dir erst jetzt auf?« Er räuspert sich, greift nach dem Croissant und streift es über meine Lippen. War er beim Bäcker? Seit wann ist er wach?

»Schön essen, damit du deine Prüfung schaffst.« Ich öffne den Mund und beiße von dem Croissant ab, bevor er sich zu mir beugt und mich küsst. »Ich habe den Anblick vermisst, dich jeden Morgen mit deinem zerzausten blonden Haar neben mir aufwachen zu sehen.«

»Und ich deine fürsorgliche Seite, nachdem du dich an meinem Hintern vergangen hast.«

»Nicht nur an deinem Hintern. Heute Abend wirst du sehen, wie viel mehr dich erwarten wird.« Er macht mich neugierig, sodass ich eine Augenbraue hebe. Nach dem Frühstück im Bett ziehe ich mich um und bemerke, dass ich sogar Zeit habe, einen letzten Blick in die Mitschriften zu werfen, obwohl ich für Bauphysik wenig lernen kann, da es nur um Berechnungen geht.

Nicht lange und es klingelt an meiner Tür. Das muss Luis sein. Ihn habe ich Samstag besucht, damit ich mit ihm gemeinsam einige Aufgaben durchgehen konnte. Er war wirklich begeistert, wie gut ich die Gleichungen begriffen habe. Anscheinend hat Gideons Nachhilfe einiges gebracht. Doch ob ich die Prüfungen bestehe, während sich mein Arsch heiß anfühlt, weiß ich nicht. Zur Sicherheit nehme ich ein Kissen mit, um nicht auf den blanken Klappsitzen nervös hin und her zu rutschen.

Eilig verabschiede ich mich von Kean, der mir einen Kuss schenkt und sich mit den Worten »Ich hole dich nach deiner Prüfung ab. Bonne chance!« verabschiedet, dann verlasse ich meine Wohnung.

An meinem Audi steht Luis angelehnt und putzt den Seitenspiegel. Zuerst sieht er mich nicht, doch dann erkenne ich an seiner Haltung, dass er mich bereits bemerkt hat. Mit seinem typischen braunen Wuschelkopf, in einem lockeren Longsleeve und kurzen Hosen bekleidet, hängt seine braune Ledertasche über seinen Schultern.

»Gêneur!«, begrüße ich ihn, als er den Kopf hebt und mir entgegenlächelt.

»Von wegen. Habe ich dich mit deinem Master etwa im Liebesspiel gestört?«, zieht er mich auf, weil er weiß, dass Kean bei mir ist. In wenigen Schritten bin ich bei ihm, umarme ihn und knuffe ihn an der Seite.

»Wir können gerne unser Liebesspiel auf der Straße ausfechten, wenn du weiter die Nachbarn über mein Sexleben auf dem Laufenden halten möchtest.«

»Bist du prüde, Maron? Die gaffen doch alle aus den Fenstern, um die neusten Infos zu erfahren. Schau!« Er nickt zum Fenster hinter mir, an dem eine Frau ihre Blumen gießt und schnell wegsieht.

»Sie beneiden mich.«

»Oder haben Mitleid«, bringt er mit einem Lachen hervor. »Denn das werden sie haben, wenn du wieder die Prüfung vermasselst. Dann wirst du mehr Schichten übernehmen müssen.« Ich verschränke die Arme vor der Brust.

»Und du hättest kein Mitleid mit mir?« Sein Lächeln verblasst, dann schauen mir seine braunen Augen ernst entgegen.

»Du wirst es nicht vermasseln, ansonsten lasse ich mir etwas einfallen. Schließlich wäre es auch meine Zeit, die du vergeudet hättest.« Das stimmt allerdings. Er hat sich immer Zeit für mich genommen und mir zu jeder Zeit geholfen. Es nun zu verhauen, würde nicht nur mich schlecht dastehen lassen.

»Ich schaffe es, du wirst sehen«, antworte ich selbstsicher, gehe um die Motorhaube und steige ein. Wir sind sehr zeitig unterwegs, sodass ich nicht rasen muss wie eine Verrückte und Luis es sich neben mir auf dem Sitz bequem macht.

»Warum ist Gerand wirklich hier?«, will er plötzlich wissen, sodass ich den Mund verziehe. Ihm kann ich alles erzählen, also beginne ich, von dem Dubai-Aufenthalt zu sprechen. Er weiß, was mir Dubois angetan hat und auch dass Kean mein Lehrer ist. Nur können sich beide nicht ausstehen. Keine zehn Minuten und die beiden befinden sich in einem heftigen Wortgefecht.

»Also zum Verstehen: Er ist hier, weil er dich auf einmal beschützen will? Oder eher, dich daran hindern will, weiterhin Kontakt mit deinen Kunden zu halten?«

»Nein, so ist das nicht«, korrigiere ich ihn und bremse an der Ampel.

»Weißt du eigentlich noch, wie du vor knapp einem Jahr von ihm abserviert wurdest – um es mal freundlich auszudrücken. Du hast dir die Augen bei mir ausgeheult und ich hätte den Typen zehnfach einen Dolch zwischen die Rippen stoßen können. Und jetzt hast du dich in deinen Kunden verknallt und er steht auf der Matte? Sorry, Maron, aber ich halte es für keine gute Idee. Kläre die Angelegenheit mit diesem Chevalier, und schick Kean in die Wüste, wie er es mit dir getan hat. Etwas anderes hat er nicht verdient«, antwortet er, während er in seinem aufgeklappten Hefter blättert und dann zu mir aufblickt.

»Klären?«, wiederhole ich spöttisch. »Es gibt nichts zu klären. Gideon hat unmissverständlich gezeigt, dass er mich nicht mehr kennt. Selbst sein großer Bruder musste mir unter die Nase reiben, dass er eine andere abschleppt. Ich habe auf Dramen keine Lust. Kean hilft mir wenigstens auf andere Gedanken zu kommen.« Jetzt fängt Luis neben mir abfällig an zu lachen, während ich Gas gebe und auf den Parkplatz neben dem Campusgelände fahre.

»Ja, indem er dich wieder um den Finger wickelt, dich emotional von sich abhängig macht. Willst du dasselbe Spiel noch einmal durchmachen? Wenn ja, brauchst du bei mir nicht mehr anzukommen. Ich habe dich vor ihm gewarnt. Stattdessen solltest du herausfinden, wie du die Kunden vergraulen konntest.«

»Das ist nicht so einfach. Ich kann mich nicht privat mit Kunden treffen und mit ihnen im Café plaudern! Seit wann gehen Escortdamen Beziehungen mit Kunden ein? Und überhaupt will er Marseille verlassen, vögelt sicher andere heiße Bräute – wie Lawrence so schön gesagt hat – und ist verärgert. Warum auch immer …«

»Alles Ausreden, Maron. Rede dir etwas ein, wie du es immer tust.« Er tätschelt meine nackte Schulter. »Aber glaub mir, ewig wird der Typ nicht warten und Kean dir wieder das Herz brechen. An deiner Stelle würde ich herausfinden wollen, warum Chevalier verärgert ist. Wenn er dich bereits schon einmal privat aufgesucht hat, woher willst du wissen, dass er dich nicht mit deinem Master gesehen hat?«, hakt er nach und setzt ein siegessicheres Gesicht auf, sodass sich meine Gesichtszüge verfinstern.

»Gott, Luis, hör auf mit dem Blödsinn. Es war nie die Rede von Gefühlen. Vielleicht hat Gideon nicht das Gleiche gefühlt wie ich und sucht sich nur eine Neue, bei der ich ihm nicht im Weg stehen soll. Keine Ahnung.«

»Wenn dieser Gideon nicht blind ist, wird er gesehen haben, wie du dich verändert hast. Du wirkst dauernd abwesend, ich muss öfter nachfragen, ob du mich verstanden hast, und du schwärmst von seinen Rechenkünsten, obwohl du Mathe hasst. Und die Nacht, von der du mir erzählt hast ... welcher Kunde verlangt bitte solch einen Wunsch?«, fragt er mich und schüttelt den Kopf, während er die Tür öffnet. »Ignoriere es weiter, aber ich an deiner Stelle würde mich beeilen, bevor er eine neue Ablenkung gefunden hat.« Luis kann so gnadenlos gemein sein!

Ich steige ebenfalls aus, schlinge meine Tasche über die Schulter und folge ihm zum Hörsaalzentrum.

»Wie stellst du dir das alles vor? Soll ich zu seinem Penthouse gehen und Sturm klingeln? Blumen vor die Tür legen? Ihn anbetteln, damit er mir zuhört? Telefonterror betreiben? Mann, Luis, es gibt Regeln und an die werde ich mich halten. Wenn er etwas möchte, kann er zu mir kommen, das ist nicht verboten.«

Obwohl meine Kunden für gewöhnlich nicht vor meiner Haustür stehen, weil es privat ist und ich nur über Luis erreichbar bin. Aber Gideon weiß, wo ich wohne. Es dürfte für ihn kein Problem sein, bei mir vorbeizufahren, wenn er mit mir reden möchte.

»Sag mal, hörst du dir selber zu? Wie soll er zu dir kommen, wenn du ihm und seinen Brüdern unmissverständlich klargemacht hast, dass du sie nicht mehr sehen möchtest? Schalt deine Birne an und zeig nicht immer, wie blond du in Wirklichkeit bist.«

»Du Vogel!«

Wütend über seine Bemerkung balle ich meine Hände zu Fäusten und stoße ihn mit meinem Ellenbogen an. »Sorry, aber anders begreifst du es nicht, Maron. Geh zu ihm oder lass es. Mehr Optionen hast du nicht. Und jetzt tu mir den Gefallen und konzentriere dich auf die Prüfung.«

»Nach deinen Vorhaltungen sagt sich das so einfach«, murmele ich finster.

Im Gebäude fahren wir im Lift zu den Hörsälen hoch. Vor der Tür warten bereits einige Studenten, die ihre Mitschriften studieren, Musik hören und auf den Treppenstufen kauern oder sich aufgeregt unterhalten und Vermutungen anstellen, welche Fragen und Aufgaben gestellt werden könnten. Mich machen sie mit dem Getuschel noch verrückter, sodass ich zusammen mit Luis Abstand von ihnen nehme.

Nicht lange und die Studenten werden eingelassen. Ich nehme in der Mitte neben Luis Platz, packe meine Sachen aus und warte, bis mein Prof mit zwei Angestellten, die den Hörsaal überwachen, eintritt. Nach der Verteilung der Aufgaben und Prüfung der Personalien beginnt die Prüfung. Selbst auf dem weichen Kissen rutsche ich nervös hin und her.

Bleib ruhig. Selbst wenn du es nicht schaffst, hast du Geld zum Leben, zwar wirst du keine Architektin, aber es gibt auch andere schöne Jobs. Luis blickt mir scharf entgegen, als er sieht, wie ich am Stift knabbere, ihm finster entgegenblicke und dann beginne die Aufgaben zu lösen.

Nach anderthalb Stunden verlasse ich mit einem mulmigen Gefühl den Saal. Die Aufgaben waren nicht so schwer, wie ich dachte, aber ob ich keine Schusselfehler eingebaut habe, kann ich nicht sagen. Luis muss natürlich mit anderen ihre Werte nach der Klausur vergleichen, sodass ich bereits die Treppe heruntergehe, um kein schlechtes Gewissen zu bekommen, alles falsch gelöst zu haben.

Draußen ziehe ich mir eine Zigarette aus der Schachtel und zünde sie an, um zu entspannen. Die Prüfung habe ich zumindest geschafft – wie spielt gerade keine Rolle. Ich setze die Sonnenbrille auf die Nase und warte auf Luis. Doch dann sehe ich Kean auf mich zukommen, der mich wie versprochen abholen wollte.

»Und … wie lief die Prüfung?«, fragt er mich, als Luis plötzlich an meiner Seite steht und Kean von oben bis unten mustert.

»Ich werde die Bahn nehmen«, sagt Luis, gibt mir einen Wangenkuss und schiebt sich an mir vorbei, aber nicht ohne Kean anzurempeln, der leise knurrt.

»Du musst nicht die Bahn nehmen, sondern kannst mit uns fahren«, versucht Kean ihn umzustimmen.

»Mit dir? Sicher nicht. Maron mag vielleicht die letzten Monate vergessen haben. Ich nicht.«

»Lasst das«, mische ich mich ein. »Fahr mit uns mit, Luis.«

»Nein.« Luis zieht die Augenbrauen zusammen und sieht zu mir, als könnte er nicht verstehen, weshalb ich ihm anbiete, mit mir und Kean mitzufahren. »Genießt den Abend und die restlichen Tage. Falls du mich brauchst, Maron, du weißt, wo du mich findest.« Schon läuft er über den Campus auf die nächste Bahnstation zu.

»Klasse!«, murmele ich, ziehe an meiner Zigarette und puste den Rauch aus. Schnell nimmt mir Kean die Zigarette aus der Hand und drückt sie im Aschenbecher neben mir aus. »Lass das!«

»Du sollst endlich aufhören zu rauchen oder bedeutet dir deine Gesundheit nichts?«, fragt er mich zynisch und hebt eine Augenbraue.

»Gott, was ist heute für ein Tag! Der eine zieht ab, weil er dich nicht ausstehen kann, und der andere erteilt mir Verbote. Können wir einfach zu mir fahren? Ich möchte mich noch entspannen, bevor ich meinem Kunden heute Abend gegenüberstehe.«

Mit wenigen Schritten gehe ich an Kean vorbei, weiter über den Parkplatz des Campus. Eigentlich sollte ich mich freuen, die schwierigste Prüfung von allen hinter mir zu haben, stattdessen spielen die Männer in meinem Leben verrückt. Und der Mann, den ich wirklich brauche, ist nicht hier.

Gott, wenn ich die Prüfung vermasselt habe, wüsste ich jetzt schon, wie mir Gideon entgegenblicken würde. Ich sähe sein Grübchen am Kinn, seinen finsteren Blick und dann seine Mundwinkel zucken, bevor er sich durch sein Haar fahren und mir erklären würde, dass ich es besser kann.

Um den Gedanken loszuwerfen, krame ich mein Handy aus der Tasche und gehe die verpassten Anrufe und Nachrichten durch. Keine ist von Gideon. Gestern Nacht hat er mich versucht anzurufen, aber mein Handy war bereits aus.

Was er mir wohl sagen wollte? Etwa wie: »Ruf mich nie wieder an!«? Oder: »Law hat sich einen schlechten Scherz erlaubt.«?

Ich wünschte, ich hätte mein Smartphone nicht ausgeschaltet. Ob ich rangegangen wäre, ist eine ganz andere Frage ... Zumindest hätte ich seine Stimme gehört.

Er fehlt mir ...

DORIAN

Etwas skeptisch blicke ich in der Galerie auf die Leinwand, während Jane bei mir ist und auf mich einredet, wie großartig das Gemälde geworden sei. Nur ihr habe ich es gezeigt. Aber ehrlich – sie hat von Kunst so wenig Ahnung, wie eine Jungfrau von einem Paddle. Aber ihr ungeschulter Blick kann mir hilfreich sein. Sie kann unbefangen sagen, wie das Bild auf sie wirkt.

»Lass es so. Es ist perfekt. Wirklich. Du hast sie wunderbar getroffen, sodass ich sofort an den Tag zurückdenken muss.«

»Du warst an dem Tag shoppen, ma Fleur«, stelle ich fest und muss lachen.

»Ja, aber die Umgebung, das Anwesen, der Garten, Maron, das meine ich. Alles auf dem Bild erinnert mich daran.« Dann scheint es wohl die Erinnerungen eingefangen zu haben, an die ich zu der Zeit gedacht habe, als ich das Bild gemalt habe.

Plötzlich wird die Glastür in der Galerie geöffnet. Und es ist nicht meine Angestellte Rose, sondern mein großer Bruder, der in meiner Galerie steht.

»Hast du die Tür verwechselt?«, will ich von ihm mit zusammengekniffenen Augen wissen. »Ist heute ein besonderer Anlass?«, frage ich Law, der etwas gehetzt wirkt und der auf die Fensterfront zugeht, ohne mich weiter zu betrachten.

»Es ist ein mieser Anlass, kleiner Bruder.« *Kleiner Bruder! Langsam sollten wir aus dem Alter raus sein ...*

»Warum?« Seit wann ist er so still, wendet sich ab und zieht mich nicht auf?

»Weil Vater das Anwesen sehen will, in das ich mit Maron einziehen wollte.«

»Selber schuld, wenn du ihm falsche Versprechungen gemacht hast. Aber sicher hast du mit Gideon schon einen Plan geschmiedet, wie ihr dem Problem aus dem Weg gehen könnt.« Ich hebe das Bild von der Staffelei und stelle es zu den anderen an der weißen Wand. Lawrence dreht sich zu mir um.

»Weißt du es nicht?«

»Was soll ich wissen?«, frage ich ihn, weil ich gerade andere Dinge im Kopf habe als ihre Spielereien, Partys und Frauenquoten.

»Gideon ist seit Tagen nicht mehr erreichbar. Er geht weder an sein beschissenes Handy noch ist er in dem Hotel, in dem er sein sollte.«

»Vielleicht ist es ein Vorwand, um Ruhe vor dir zu haben. Was ich verstehen könnte«, murmele ich mit zusammengebissenen Zähnen den letzten Satz. »Denn vorgestern habe ich ein Foto in der Zeitung von ihm gesehen. Also dürfte er leben. Wie kommt es, dass ihr keinen Kontakt habt?« *Hatten sie Auseinandersetzungen?* Das wäre etwas Neues, weil sie meistens zusammenhalten, jeden Club zusammen aufsuchen und immer wissen, was der andere macht.

»Vielleicht. Zeig her!«, fordert er mich auf, um ihm die Zeitung zu bringen oder eher das Klatschmagazin. Ich wende mich an Jane.

»Könntest du die Zeitung aus meinem Büro holen?«

»Klar.« Sie nickt und verschwindet in ihren Leggins und dem langen Top hinter der Tür. Mein Blick bleibt länger auf ihrer hautengen Kleidung hängen, bevor sie hinter der Tür verschwindet, dann widme ich meinem großen Bruder meine Aufmerksamkeit, obwohl ich es kaum erwarten kann, bis er wieder gegangen ist. Er stört mich und kommt nur bei mir an, wenn er Probleme hat.

»Was läuft hier wirklich?«, will ich wissen. »Hattet ihr eine Auseinandersetzung? Hat Gideon deswegen der Reise nach New York zugestimmt, um dich nicht mehr sehen zu müssen? Geht es wieder um Frauen?«, gehe ich die möglichen Streitpunkte durch. Vermutlich haben sie sich nicht einigen können, wer welche Frau am Abend in seinem Bett vögeln darf.

Lawrence lacht abfällig, dann zieht er einen Stuhl von der Wand in den Raum und nimmt Platz. Kurz wandert sein Blick über das schwarz-weiße Bild hinter mir.

»Er hat die Reise angenommen, um nicht mehr in Marons Nähe sein zu müssen. Ihn macht es fertig, sie mit diesem Gerand, Kean oder so zu sehen, zu wissen, dass sie weiter andere Männer vögelt und er sich verarscht vorkommt. Ich kann ihn verstehen, wirklich. Aber er übertreibt. Nur dass er sich nicht mehr bei mir meldet, scheint wohl übler zu sein, als ich dachte. Er hat mir eine mitgegeben, als ich an sein Handy gegangen bin und Maron nur erzählt habe, dass der Moment ungünstig sei, weil mein Bruder eine Frau klarmacht. Hallo? Seit wann regt er sich über sowas auf? Und augenblicklich streift er durch New York und macht nichts anderes – Ist das Maron?«, fragt er mich im Anschluss und nickt zu dem Bild.

»Ja. Ich wollte es ihr geben. Ich werde eine andere Version in der Galerie ausstellen. Aber um zu Gideon zurückzukommen. Ich habe es bereits in Dubai geahnt. Und was soll ich deiner Meinung nach machen? Du kommst mit ihm besser klar als ich.«

»Eigentlich würde ich sagen, lass ihn sich austoben, aber ... Ach scheiße.« Er steht vom Stuhl auf. In dem Moment geht die Tür auf und Jane kommt mit dem Magazin in der Hand zu mir.

»Hier, überzeug dich selber, wie gut es ihm geht. Er scheint die letzten Wochen genossen zu haben. Vielleicht hat er seine Nummer geändert, damit Maron ihn nicht anrufen kann«, überlege ich laut.

»Sie würde nicht anrufen, wenn es nicht wichtig ist. Du kennst die Kleine. Sie hat uns im Club gesehen, als sie getanzt hat. Gideon ist abgezogen und sie ist ihm hinterhergerannt. Er hat sie gesehen und sich darüber lustig gemacht. Dann sind wir eingestiegen und losgefahren, während sie uns auf der Straße hinterhergeblickt hat. Kurze Zeit später hat sie ihn angerufen.« Jetzt verstehe ich, was vorgefallen ist. Maron ist ihm wirklich hinterhergelaufen? Interessant.

Ich senke meinen Blick. Das hätte ich von ihr nicht erwartet. Möglicherweise haben die Worte doch etwas gebracht.

»Und du hast ihr mitgeteilt, was ihr den Abend geplant habt. Nun ja, ich hoffe, ich kann dein dämliches Verhalten dem Alkoholspiegel zuschieben.«

»Lass deine Bemerkungen!« Lawrence greift sich die Zeitung und blättert darin herum. Nach wenigen Seiten findet er die Bilder und pfeift leise aus. »Wow, das macht er nicht wirklich.« Er zieht das Magazin näher vor sein Gesicht und dreht es. »Sieht geil aus.«

»Ich denke schon.« Auf dem Bild ist er zu sehen, wie er mit einem Strohhalm zwischen den Brüsten einer Frau umgeben von anderen Frauen und Männern den Alkohol von ihrem Körper schlürft.

»Die Kleine ist zwar nicht mein Fall, aber sieht so aus, als würde es Spaß machen«, stellt Lawrence fest, sodass ich ihm das Magazin aus der Hand reiße.

»Was denkst du, wie lange ihr darüber lachen könnt, bevor es Vater sieht? Wenn er es nicht schon gesehen hat.« Jane verfolgt stumm unser Gespräch und scheint in Gedanken zu sein.

Mit verschränkten Beinen lehnt sie an der Wand, schaut zu uns, dann aus den großen Galeriefenstern.

»Glaubst du, er hat früher keine Frauen flachgelegt? Nadja ist seine dritte Frau. Das sagt alles.«

»Nadine«, korrigiert ihn Jane und lächelt belustigt dem Boden entgegen, während sie an ihren hübschen Fingern spielt.

»Mir egal. Also was machen wir jetzt?«, fragt er mich ernsthaft, sodass ich grinse – weil ich nicht sein dämlicher Abfalleimer bin, den er mit seinen Problemen füllt.

»*Wir* machen gar nichts. Klär die Angelegenheit selber mit Gideon.« Ich drehe mich wieder zu dem Bild um, um die Pinsel in die Verdünnung zu stellen, damit sie nicht aushärten und ich sie in den Abfall werfen muss.

»Das wars?«

»Ja. Ich bin nur der kleine Bruder«, antworte ich kühl mit einem selbstsicheren Grinsen.

»Das kannst du nicht ernst meinen.«

»Ich meine es todernst, Law! Du hast es vermasselt, selbst bei Gideon. Dann sieh zu, wie du dein Problem löst. Gideon wird irgendwann zurückkommen, dann kannst du lernen, wie man sich entschuldigt, statt sich rücksichtslos zu verhalten, zu jedem Mist seinen Kommentar zu geben und sich in andere Angelegenheiten einzumischen.« Ein Knurren ist zu hören, weil ich weiß, einen wunden Punkt getroffen zu haben. Aber er sollte lernen, anderen Menschen nicht seinen Willen aufzudrängen und sich das zu nehmen, was er will, sich wie ein Arsch zu verhalten und dann zu mir kommen.

»Und was soll ich mit dem Anwesen machen?«, fragt er mich ernsthaft, sodass ich schnaube und den Kopf schüttele.

»Das fragst du mich wirklich? Entweder du kaufst eines oder du erzählst Vater von dem Schwindel. Das sind die Optionen, die du hast.«

»Und was, wenn wir sie buchen?«, mischt sich Jane plötzlich ein und stößt sich von der Wand ab. Ein scharfer Blick von mir soll ihr zeigen, sich nicht einzumischen, weil Law seine verdammten Probleme selber lösen soll.

»Maron buchen?«, wiederholt Law. »Sie hat gesagt, dass sie uns ablehnt. Sie wird es nicht tun, du kennst sie selber.«

»Ja, ich kenne sie, aber ich habe eine andere Idee.« Sie lächelt, als ich beide abwechselnd beobachte. Noch nie sah ich Jane mit meinem Bruder mehr als zwei Sätze wechseln, weil ich Janes Meinung von ihm kenne. Aber ihre Idee würde ich gern hören wollen, bevor ich Law hinausbefördere. Sie erzählt uns von ihrem Plan, der gar nicht mal so übel klingt. Trotzdem halte ich es für keinen guten Einfall, Maron zu buchen, zu treffen oder uns in ihr Leben einzumischen. Wenn, dann hoffe ich immer noch darauf, dass sie von allein zu uns – oder eben Gideon – kommt. Doch es sind mehr als drei Wochen vergangen und ich habe nichts von ihr gehört, weder über Law noch über Gideon. Es ist das erste Mal, dass ich von Law etwas über Maron erfahre.

»Ma Fleur, ich denke, das ist keine gute Idee.«

»Ich finde schon«, antwortet Law mit einem breiten Grinsen. »Du hast dir ein kluges Häschen angeschafft.« Sofort verfinstert sich mein Blick und ich stehe in wenigen Schritten mit verschränkten Armen vor ihm.

»Gut, clevere Frau«, korrigiert er sich, sodass ich Abstand nehme. So langsam sollte er sich im Griff haben!

»Danke, Law«, antwortet Jane und er schenkt ihr ein Lächeln. Geht doch.

»Dann erzähle uns, was du dir vorstellst, schließlich bist du auch eine Escortdame, die zwar erstaunlich oft bei meinem

Bruder ist, aber du kennst die Regeln.«

»Die kenne ich. Und sie sind einfacher, als du denkst.«

»Wie viel bezahlst du pro Woche für deine Dame? Vielleicht lege ich mir auch eine Escortdame auf Dauer zu«, erklärt Lawrence, sodass ich die Augen verdrehe und er belustigt lacht, bevor er Jane ein Zeichen gibt. »Also gut, erkläre mir die Regeln, Herzblatt meines kleinen Master Bruders.«

Schwachkopf!

18. KAPITEL

»Stopp! Rouge!«, rufe ich mein Codewort, weil ich nicht mehr kann. Ich hänge an einem Pendel mit erhobenen Armen an der Decke. Meine Handgelenke sind in Manschetten gelegt, meine Brustwarzen und Klit von festen Klemmen umgeben, die mit einer Kette verbunden sind, die zu einem Lederhalsband führen. Mit jedem Schlag, der meinen Po trifft, keuche ich, zucke zusammen, sodass sich die Ketten etwas anspannen und meinen Kitzler und meine Nippel überreizen.

Aber ich kann nicht mehr. Schweiß rinnt mir an den Schläfen herunter und Gänsehaut zieht sich über meine Arme.

»Wie geht es dir?«, fragt mich Kean in einem dunklen Hemd und einer schwarzen Lederhose, bevor er in mein Sichtfeld tritt. *Nicht gut* – würde ich ihm antworten, aber bringe außer heißen Tränen nichts hervor. Es ist alles so anders, so fremd, nicht mehr wie früher.

Ich senke meinen Blick, aber halte weiter meinen nackten Körper angespannt.

»Nein, warte.« Sofort bemüht sich Kean, mich von den Ketten, den Manschetten, den Klemmen zu befreien, während meine Haut glüht. »Du hättest sagen sollen, dass du heute nicht dafür bereit bist.«

Ohne den Halt im Pendel sinke ich wie ein schwerer Sack auf die Knie und er zieht mich an seine Brust. Stumm weine ich wenige Minuten, keiner sagt ein Wort, weil er weiß, wie schlecht es mir geht. Eine warme Decke legt sich um meine Schultern, dann zieht er mich fest in den Arm.

»Es ist anders, Kean ... nicht mehr so wie früher«, sage ich leise, bis ich zu ihm aufblicke. Er versucht in meinen Augen zu lesen, dann nickt er mit einem trüben Lächeln.

»Ich habe es die ganze Zeit gespürt.« Tief holt er Luft. »Ich hätte dich damals nicht gehen lassen sollen.«

Ja, das hättest du nicht tun sollen. Dann wären viele Dinge anders verlaufen. Ob gut oder schlecht, kann ich nicht sagen, aber anders.

»Ich möchte ...« Mit einem Schluchzen hole ich Luft, wische mir mit dem Laken die Tränen von den Wangen und blicke zu ihm auf. »... dass du gehst.«

Tief hinter seinen Augen versteckt, sehe ich, wie ihn meine Worte verletzen, aber ich kann das keinen weiteren Tag mehr durchstehen. Das Gefühl, das ich früher zu ihm hatte, ist verschwunden, die Spiele nicht mehr das, was sie waren, und die Nähe nicht mit Gideons zu vergleichen.

»Ich werde den nächsten Flieger nehmen.« Mit zusammengepressten Lippen nicke ich, aber weine, weil sich ein schreckliches Gefühl der Leere in mir ausbreitet.

»Es tut mir leid«, schluchze ich die Worte, was ich hasse und selten tue. »Ich wünschte, ich hätte diese Gefühle für dich – so wie früher ...«

»Du brauchst dich nicht zu entschuldigen.« Er hebt mein Kinn und küsst meine Lippen. »Ich verstehe dich, deswegen werde ich gehen. Aber vergiss nicht, dass ich immer für dich da bin. Ruf mich an, wann immer du möchtest, und höre auf dein Herz, mein Spiegel-Ich.«

»Das werde ich.« Meine Hand sucht seine.

Er akzeptiert immer meine Entscheidungen und hält seine Versprechungen, also wird er gehen, ohne Einwände zu erheben. Ich schlinge meine Arme um ihn und schließe die Augen, um ihn ein letztes Mal bei mir zu spüren.

Einen Tag später stehe ich im Hauseingang und verabschiede mich von Kean, der mir einen Kuss schenkt und sich dann umdreht. Lange blicke ich ihm hinterher, bis er in das Taxi steigt und sich unsere Blicke ein letztes Mal kreuzen. Warum ist es nicht mehr das, was es war? Warum ist alles nach dem Dubai-Aufenthalt nicht mehr das, was es einmal war?

In meinem Appartement räume ich auf, versuche alle Spuren von ihm zu bereinigen und nehme eine Dusche.

Es sind drei Wochen vergangen, in denen Kean bei mir war, in denen ich meine Prüfungen absolviert habe und nun bange, sie hoffentlich bestanden zu haben. Es sind Semesterferien und ich habe viel Zeit. Zeit mit Chlariss zu verbringen, mich wieder öfter mit Luis zu treffen und morgens auszuschlafen.

Die gesamten letzten Tage geht mir die Idee durch den Kopf, die Zeit zu nutzen, um an meiner Abschlussarbeit zu schreiben. Sie würde mich ablenken und ich könnte das Studium zeitiger beenden als geplant. Schon nächste Woche würden die Noten aushängen. Und dann entscheide ich, wie es weitergehen soll.

Die circa 40.000 Euro, nach Abzug von Leons Provision, habe ich sicher auf meinem Konto verwahrt, um weiterhin für Chlariss' Behandlung zu sparen und wer weiß, vielleicht könnte ich nach dem Studium mit ihr nach Paris reisen. Ein Ortswechsel täte gut und würde mir helfen, Abstand zu nehmen. Aber will ich das überhaupt? Alles aufgeben?

Als ich aus der Dusche komme, ziehe ich mich um und mache mir einen Tee, während ich die Post durchwühle und mir meine Zeitung schnappe. Jeden Tage bestelle ich das dumme Klatschmagazin, als ich Gideon vor zwei Wochen darin an einem Kiosk, als ich auf einen Kunden warten musste, gesehen habe. Mir sind fast die Augen aus dem Kopf gefallen, als ich ihn wiedererkannt habe. Seitdem lese ich diese billige Zeitung. Dämlich, aber so sehe ich ihn zumindest.

Dieses Mal ist nichts von ihm zu sehen. Er scheint sein Leben in vollen Zügen zu genießen. Vor zehn Tagen bin ich sogar zu seinem Penthouse gefahren, um ihn zu sprechen, aber der Pförtner meinte, dass Monsieur Chevalier bis Ende August verreist sei. Daraufhin habe ich ihm einen Brief geschrieben, mit den Zeilen, mir zu antworten und dass ich mich umentschieden hätte und ihn sehen möchte – ohne Bezahlung natürlich.

Noch drei Tage, dann würde er meinen Brief erhalten. Ob er sich meldet? Für gewöhnlich schreibe ich selten Briefe oder laufe anderen Menschen hinterher – normalerweise rennen mir andere hinterher. Aber ich hatte das seltsame Gefühl, dass, wenn ich nichts unternehme, mich mein Gewissen weiterhin quälen würde. So habe ich den ersten Schritt getan. Jetzt heißt es warten ... Ich hoffe so sehr, dass ich mit jedem Tag, der kommt, weniger an ihn denken muss, obwohl ich weiß, dass es nicht so sein wird. Deswegen bereue ich meine Entscheidung nicht, nachgegeben und dem Pförtner einen Brief hinterlassen zu haben.

Gelangweilt lese ich einen Artikel über Promis, die von Paparazzi überrascht wurden und sich wie Kinder nur auf Speed benehmen, als es klingelt und ich aus meinen Gedanken gerissen werde.

Ich schaue instinktiv zur Küchenuhr über der Tür hoch. Eduard wäre drei Stunden zu früh dran. Es ist erst fünf Uhr.

Wieder klingelt es – dieses Mal nachdrücklicher. *Wie ich es hasse!* Ob es sich Kean anders überlegt hat? Würde ich ihn reinlassen? Ist es meine ältere Nachbarin, die sich mal wieder ausgeschlossen hat? Oder ein Klinkenputzer, der mir etwas verkaufen will?

Ich nehme den Hörer der Sprechanlage ab und frage, wer da ist.

»Dein Freund, Kätzchen. Los, mach die Tür auf, damit wir hochkommen können«, erkenne ich Lawrence' Stimme. *Wir?*

Verdammt, warum habe ich keine Kamera, die den Hauseingang filmt, damit ich weiß, wer alles vor der Tür steht. Zischend hole ich Luft, überlege kurz, dann lege ich auf. Ich habe keine Zeit, mich mit Law auseinanderzusetzen. Und wenn Gideon dabei ist?

Keine zwei Minuten später pocht es heftig gegen meine Tür.

»Ich sage es nicht noch einmal oder ich klingel bei der gesamten Nachbarschaft, bis du die Tür öffnest, Maron.« Verflucht! Muss er meinen Namen nennen, sodass die Nachbarn es durch ihre Wohnungstüren hören können!

Ich beiße auf die Unterlippe, schüttle mein Haar durch und öffne in einem lockeren schulterfreien Top, in Pantys und Socken die Tür.

Vor mir steht Lawrence in einem maßgeschneiderten Anzug, mustert mich von oben bis unten, dann blickt er an mir vorbei.

»Du hast zwar schon besser ausgesehen, Schatz, aber ich habe dich trotzdem vermisst.« Er setzt einen Fuß über die Schwelle, sodass ich mich vor ihm versperre.

»Du bleibst draußen und sagst mir, was du willst«, befehle ich ihm und bekomme seine Hand zu fassen, um einen seiner Finger zu verdrehen.

»Scheiße, lass das! Ich kann nicht mit dir hier draußen im Flur reden. Jetzt lass uns rein und sei brav.«

»Du hast mir nichts mehr zu befehlen.« Ich schaue an ihm

vorbei und erkenne Dorian mit Jane im Treppenaufgang stehen. Was wollen sie hier?

»Fein, dann eben anders«, murmelt er, zieht schnell seinen Finger aus meinem Griff und hebt mich an der Taille an, um mich quer durch mein Appartement zu tragen, während Dorian die Tür hinter sich und Jane schließt.

»Spinnst du! Ich kann laufen und in meiner Wohnung machen, was ich will. Du bist nicht mein Kunde und hast keinen Vertrag unterschrieben«, fahre ich ihn an, als er mich auf den Barhocker absetzt und mich seine silbergrauen Augen scharf im Visier halten, so als könnte ich ihm davonflitzen.

»Ganz genau, deswegen ist das hier kein Regelverstoß, wenn, dann eine Rechtsverletzung deiner Privatsphäre«, erklärt er mir, als sei ich dämlich.

»Das weiß ich!« Aber ich kann ihn wohl kaum aus der Wohnung drängen, wenn sie zu dritt sind. Aufgebracht schaue ich zu Jane und streiche mir Haarsträhnen hinter mein Ohr.

»Wir möchten nur mit dir reden, Maron. Tritt mal beiseite, Law.« Dorian kommt auf mich zu, aber sieht sich in meiner Wohnung um. »Ist dein Lehrer hier?«

Ich lächele süffisant. »Was geht es dich an.«

Sofort steht Law bei mir, wirft mir einen finsteren Blick zu und hält mein Kinn umfasst. »Rede, Maron, denn ich will dir nicht wehtun.«

»Nein, er ist gegangen«, bringe ich mit knirschenden Zähnen hervor und halte seinem harten Blick stand. Oh, wie habe ich seine liebreizende Art vermisst. Keine Sekunde habe ich ihm nach der Ansage an Gideons Handy hinterhergetrauert. Law ist ein Arsch – den er zu gern vor mir zur Schau stellen muss.

»Gegangen?«, fragt Jane und kommt auf mich zu, während mich Lawrence freigibt und ich über mein Kinn reibe.

»Scheißkerl«, murmele ich mit giftigen Blicken, bevor ich Jane beachte.

»Ja, vor über einer halben Stunde.« Lawrence sieht sich in meiner Küche um, als würde Kean uns im nächsten Moment hinter dem Kühlschrank überraschen. Vielleicht wäre es besser gewesen, wenn er geblieben wäre. Dann wäre mir der Zirkus erspart geblieben.

»Wird er wiederkommen?«, hakt Dorian nach, sodass ich in seine eisblauen Augen blicke, aber den Kopf schüttle.

»Nein. Was soll die Fragerei?«

»Dann hätten wir ein Problem weniger. Zieh dich um, Schatz, wir haben einen Termin.«

»Das geht nicht. Ich muss ...« Ich blicke zur Küchenuhr. »... in zweieinhalb Stunden bei meinem Kunden sein.«

»Es geht alles. Sag ihm ab«, mischt er sich tatsächlich in meinen Terminplan ein.

»Nein!«, protestiere ich, verschränke die Arme demonstrativ und recke mein Kinn vor. »Ihr könnt nicht hier reinplatzen und mir sagen, was ich zu tun habe. Ich habe einen Job, Arbeiten scheint für dich ein Fremdbegriff zu sein, Lawrence, aber du, Jane, du müsstest wissen, dass ich keinem Kunden mal eben absagen kann. Wenn ihr mich braucht oder sehen möchtet, dann geht zu meinem Chef oder wartet bis nach dem Termin.« Mehr kann ich ihnen nicht anbieten, und das ist schon genug! Lange behalte ich Jane im Auge, die etwas zu Dorian sagt, was ich nicht verstehen kann.

»Vielleicht schaffen wir es in zwei Stunden?«, bietet mir Dorian tatsächlich an, macht einen Schritt auf mich zu und behält mich im Blick. »Wir würden dich im Anschluss auch zu deinem Kunden fahren.« Seine milde Art schlägt er bei mir immer an, wenn ihn etwas beschäftigt. Aber was? Und wohin soll ich sie begleiten?

Lawrence verzieht sein Gesicht, aber blickt dann zu mir. »Es ist wichtig.«

»Um was geht es denn?«, hake ich nach, weil ich die Vermutung habe, dass Gideon da mit drin hängt. Denn enttäuscht, dass er nicht bei ihnen ist, bin ich schon. Zu gern hätte ich ihn kurz gesehen.

»Erfährst du später. Wenn du weiter mit mir diskutieren willst, dann platzt dein Termin. Jetzt tu mir den Gefallen und zieh dir etwas Hübsches an.« Plötzlich ist Lawrence nicht mehr stürmisch und aufdringlich, sondern wieder gelassener.

»Fein«, ringe ich mich durch, stehe vom Hocker auf und gehe in mein Schlafzimmer. »Nehmt so lange im Wohnzimmer Platz.« Dorian und Jane nicken und gehen durch den Türbogen, auf den ich zeige, in mein zum Glück aufgeräumtes Wohnzimmer. Mein Appartement hat nur wenige Türen, alles ist offen und sehr hell, weil es im Dachgeschoss liegt und ich keine verschlossenen Türen mag.

In meinem Schlafzimmer angekommen, steht Law gleich hinter mir und blickt sich um. »Hier treibst du deine Spielchen?«, erkundigt er sich mit einem neugierigen Blick, als stände er in einem Bordell, in dem jeden Moment die Ladys um die Ecken biegen würden.

»Nein, hier schlafe ich. Gespielt wird immer im Haus der Herren. Enttäuscht?«, frage ich mit einem Lächeln, das ich mir kaum verkneifen kann. Mit Sicherheit werde ich ihm nicht preisgeben, wo meine geheimen Waren lagern oder welche Möbel zu SM-Möbel umfunktioniert werden können. Die Haken und Ösen am Bett, Wänden oder der Decke scheint er bisher nicht entdeckt zu haben. »Was soll es sein?«, frage ich und schiebe die milchige Glastür meines begehbaren Kleiderschranks auf, der so ziemlich alles beherbergt, was Männerherzen höher schlagen lässt.

»Ein Kleid, hell und alles etwas unaufdringlich, bitte.« Seine Beschreibung bringt mich zum Schmunzeln, aber ich suche nach einem hellen knielangen Kleid, einem Blazer und angle meine Stiefeletten hervor.

»Passt das?« Als ich mich zu ihm umdrehe, steht er vor dem Schrank im Zimmer und schiebt ihn auf. »Warum hast du einen Kleiderschrank im Schlafzimmer, wenn du ein Extrazimmer für deine Klamotten hast?«

»Finger weg!«, warne ich ihn, werfe die Kleidungsstücke auf mein Bett und dränge ihn zur Seite. Doch er setzt nur einen Schritt zurück und schiebt dabei die Tür auf.

»Holla, was für eine Rüstkammer.« Sein Blick wandert über die Regalbretter und Halterungen, in denen Handschellen, Peitschen, Gerten, Fesseln, Seile, Manschetten und Rohrstöcke liegen – meine komplette hart ersparte Sammlung, die niemand anrührt, außer ich – oder eben Kean.

»Jetzt setz dich und warte einfach, bis ich mich umgezogen habe!« Schnell schiebe ich die Tür wieder zu und schließe sie ab, weil ihn der Inhalt des Schrankes nichts angeht.

»Gerne, Kätzchen.« Er wirft sich auf mein Bett, sodass ich kurz lächeln muss, trotzdem wandert sein Blick immer wieder zu meinem Schrank. Neben ihm ziehe ich mich um und frage mich wirklich, weshalb ich mich auf das Spiel eingelassen habe. Ich freue mich – auch wenn ich es ihnen nicht sagen würde –, sie zu sehen, aber dass ich so leicht von ihnen einzunehmen und umzustimmen bin, lässt mich an mir zweifeln. Doch die gesamten nächsten Stunden mit Grübeln zuzubringen – darauf habe ich keine Lust.

»Wie ich deinen Arsch vermisst habe«, höre ich ihn, als ich mir einen BH anziehe, dann zu dem Kleid greife.

»Du hast sicher Ersatz gefunden, der dir über den Verlust hinweggeholfen hat«, ziehe ich ihn auf. Er erhebt sich und zieht mich an der Taille auf seinen Schoß.

»Sicher, nur keiner war so kratzbürstig wie du. Aber ...« Er zieht die Augenbrauen zusammen. »Du wirkst nicht gerade glücklich. Ist etwas passiert?«

»Nein, alles bestens, Schatz«, lüge ich. Und ohne zu überlegen, beuge ich mich zu ihm vor und küsse ihn flüchtig, lege meine Hand auf seinen Hals und ziehe ihn an mich, bevor ich begreife, dass er mich nicht dafür bezahlt hat. In dem Moment will ich mich zurückziehen, als er seinen Griff verstärkt und mich auf sich zieht. Rücklings lässt er sich mit mir auf mein Bett fallen.

Er erwidert den Kuss und wandert mit seinen Händen über meinen Körper. Dicht vor seinen Lippen ziehe ich mich zurück. »Wir haben keine Zeit.« Seine grauen Augen werden weich, als er eine Haarsträhne hinter mein Ohr schiebt und sich kurz räuspert.

»Richtig.« Schnell hilft er mir auf, danach ziehe ich mich weiter um.

»Ist es nach deinen Wünschen?« Er blickt an mir auf und ab und schiebt die Lippen vor, bis er zufrieden nickt. »Passt perfekt zu meiner spießigen Anwalts-Freundin.«

Freundin?

Noch ehe er mir weiter Zeit lässt darüber nachzudenken, scheucht er mich aus dem Schlafzimmer, um mich zu beeilen. Eilig verstaue ich die Kleidung, die ich später für den Kunden brauche, in einer Reisetasche, greife nach meinem Handy,

Portemonnaie und dem Schlüssel auf meinem Flurschrank und wir verlassen die Wohnung. Vor meinem Haus parkt eine Limousine mit einem Fahrer, den ich nicht kenne. Natürlich schauen Nachbarn aus den Fenstern, als würde die Mafia vor unserer Straße auf mich warten.

Im Wagen wollen sie mir weiterhin nicht verraten, wohin wir fahren. Wir fahren eine ganze Weile, sodass ich das ungute Gefühl habe, den Termin mit meinem Kunden nicht zu schaffen. Ich schreibe ihm eine Nachricht, um mich zu entschuldigen und ihn nicht warten zu lassen, und lasse mir eine Panne mit meinem Wagen einfallen. René Verne antwortet, dass es kein Problem sei. *Zum Glück.*

Irgendwann hält der Wagen neben einem grauen Porsche Cayenne und Dorian steigt mit Jane aus. Ich sehe vor mir viele Anwesen, die in weiten Abständen zwischen Bäumen und Sträuchern versteckt liegen, weiter zu einem modernen fünf Stockwerk hohen Anwesen mit dunklen Glasfassaden, einem asymmetrischen Dach und mehreren Balkonen. Es ist groß und sieht sehr modern und zugleich eindrucksvoll aus.

Um das Gebäude liegt ein Garten mit älteren Bäumen, die dunkelrotes Laub tragen. Ich liebe dunkelrote Laubbäume.

»Bist du bereit?«, fragt mich Lawrence und greift nach meiner Hand.

»Ja. Auch wenn ich nicht weiß, wofür.«

»Ganz einfach, das wird das Anwesen sein, das wir beziehen, und ich möchte gerne deine Meinung hören. Vater will es sich ansehen.« Meine Gesichtszüge gefrieren, als ich seine Worte höre.

»Sottise«, stoße ich aus, während mir Lawrence die Hand anbietet, als er aus dem Wagen gestiegen ist. »Es war nur ein Spaß, das kann nicht dein Ernst sein.«

»Ist es. Glaub mir, ich würde lachen, wenn mir Vater nicht auf die Nerven gefallen wäre, dich endlich wiederzusehen. Und er das Haus, für das wir uns entschieden haben, unbedingt sehen möchte.«

»Warum hast du den Schwindel nicht aufgeklärt?«

»Warum?«, wiederholt er und hilft mir aus dem Wagen. »Weil ich mir nicht länger anhören möchte, dass ich nicht würdig wäre, sein Unternehmen später zu übernehmen, weil ich nicht möchte, dass er mich als Verlierer sieht, bloß weil ich nicht ständig eine Frau an meiner Seite habe, wenn wir zu wichtigen Events, Präsentationen und Kongressen gehen. Und weil es mit dir Spaß machen könnte.«

Könnte …

»Also gib als meine Freundin wie immer dein Bestes. Heute darfst du dein architektonisches Wissen unter Beweis stellen. Mein Vater wird es gern hören. Die Leuchte von Verlobte sicher nicht. Aber die möchte ich nicht beeindrucken.«

Also darum geht es. Er möchte weiterhin die Fassade aufrechterhalten, um nicht weiter von seinem Vater zu hören zu bekommen, dass er zu nichts taugt. Nach seiner Erzählung aus seiner Vergangenheit kann ich ihn verstehen.

»Fein, dann beweisen wir, dass wir ein perfektes Paar abgeben, mein Liebling«, antworte ich mit einem Lächeln, ziehe ihn am Kragen zu mir herab und küsse ihn, weil ich nun offiziell einen Auftrag habe. Und es fühlt sich gut an, weil er kein fremder Mann nur für eine Nacht ist.

Über die Einfahrt betreten wir den Garten, in dem ich mich neugierig umsehe. Das moderne Glasgebäude ist unglaublich und ähnelt einem Tempel.

Wir steigen die Stufen hoch, auf denen unter dem ausgedehnten Vordach sein Vater mit Nadine steht und ein älterer

Makler, der ein Klemmbrett in der Hand hält und zu uns blickt.

»Tut mir leid für die Verspätung. Aber sie haben Maron nicht früher aus der Kanzlei gehen lassen.« Ich begrüße alle und schließe mich mit Lawrence' Worten an. »Wir arbeiten gerade an einem Konzept einer Firma, die neue Produkte markengeschützt in wenigen Monaten herausbringen wollen.«

»Etwa eine Firma, die ich kenne?«, erkundigt sich Monsieur Chevalier mit einem interessierten Gesichtsausdruck, sodass ich zart lächele. Wie ich es mag, sein Interesse auf mich zu ziehen. Das Spiel habe ich vermisst, wenn ich ehrlich bin. Lawrence blickt auf mich herab.

»Möglicherweise. Aber ich darf vor Vertragsabschluss nicht darüber reden.«

»Das verstehe ich selbstverständlich.« Mit seiner freundlichen Art, die er anscheinend nur in meiner Anwesenheit zur Schau stellt, bittet er den Makler, uns das Anwesen zu zeigen.

Hat Nadine nicht einen Maniküretermin, eine Freundin, die mit ihr den Kaufrausch zelebriert? Warum ist sie dabei? Damit sein Vater mit einer jungen Frau vor dem älteren Mann in seinem Alter angeben kann?

Womöglich stammt der Makler von einer namhaften Immobiliengesellschaft, von der ich nichts ahne.

Lawrence legt seinen Arm um meine Taille, was mich beruhigt, und betritt mit mir, Dorian und Jane, die sich zuvor im Garten umgesehen haben, das Anwesen.

Das Haus ist wirklich ein Traum. Riesengroß mit einer Wendeltreppe aus weißem Gestein so groß wie mein Wohnzimmer, einem Dachgeschoss, von dem man durch eine breite Fensterfront direkt in den Himmel blicken kann, ausgestattet mit mehreren ausgedehnten Räumen, drei Badezimmern, die selbst größer als die in Dubai sind, und einem Garten mit Obstbäumen und einem Pool, der zwar nicht tropfenförmig ist, dafür nierenförmig. Und soweit ich auf der Dachterrasse erkennen kann, gibt es auch einen integrierten Whirlpool.

Ich halte mich etwas zurück, aber lausche jedem der Worte des Maklers und gebe eine begeisterte Freundin ab, ohne mit einem beeindruckten Nicken und einem »Ah!« wie Nadine darauf zu reagieren, wenn er uns die Bäder zeigt.

Ich würde es nehmen, weil es ein absolut ausgefallenes architektonisches Kunstwerk ist und mehr als alles hat, was man zum Leben braucht. Als wir im hellen, lichtdurchfluteten Foyer stehen und ich die weiße breite Wendeltreppe aus Stein mustere, die mich am meisten beeindruckt, fragt Monsieur Chevalier direkt nach dem Preis. Als er die Summe von über zwei Millionen Euro nennt, krame ich unauffällig in meiner Tasche nach meinem Handy, um mir nicht anmerken zu lassen, dass es um einiges meinen Traum von einem großen Anwesen übersteigt. Aber ich soll es ja nur spielen. Lawrence mischt sich mit ein, will die Nebenkosten, die Grundstücksfläche und viele Dinge mehr wissen.

»Was sagen Sie zu dem Anwesen?«, fragt mich der Makler, als ich zur Decke aufsehe, unter der eine Galerie verläuft.

»Einfach wunderschön, ich bin ehrlich beeindruckt von der Größe, dem Baustil und der Umsetzung von den Glasfassaden, die nicht zu viel Privatsphäre preisgeben.« Weil sie getönt sind und sich die Sonne von außen darauf spiegelt. Mehr bringe ich nicht hervor.

Lawrence' Hand zieht mich näher an ihn, sodass ich sein Aftershave rieche. »Sie ist sprachlos«, stellt er fest – was ich wirklich bin.

»Dann werde ich Ihnen nächste Woche mitteilen, ob wir die

Immobile nehmen«, beschließt er in einer Ruhe, die ich nicht verstehen kann. Wir verlassen das Gebäude und erst jetzt kann ich auf mein Handy blicken. *Verdammt! Ich muss los!*

Unauffällig nicke ich zum Auto, sodass Lawrence sich zügig von seinem Vater verabschiedet und wir auf den Wagen zugehen.

»Wirst du es nehmen?«, fragt Dorian hinter uns, als er mit Jane aufholt.

»Ich denke schon. Aber ich möchte es mir in Ruhe überlegen. Vielleicht ergibt sich ein anderes Angebot.«

»Vater scheint es zu gefallen.« Dorian blickt zu mir, dann dreht er sich zu dem Anwesen um.

»Das ist mir egal, solange es Maron und ihn beeindrucken konnte.« Er öffnet mir die Wagentür und hilft mir Platz zu nehmen. Schnell zieht er die Tür zu, und ich beginne, mich in der Limousine auszuziehen. »Öffne die Tasche und reich mir bitte mein Kleid. Und ja, mir gefällt es. In meinem nächsten Leben, wenn ich genug gespart habe, werde ich mir das Anwesen kaufen.« Ich schmunzle, dann streife ich das Kleid über meine Schultern.

Lawrence zieht den Reißverschluss der Reisetasche auf und reicht mir mein Kleid, während Dorian und Jane mich beobachten.

»Sieht sehr unbequem aus«, stellt Dorian fest, sodass ich die Augen verdrehe.

»Das ist es auch. Aber für euch nehme ich das gerne in Kauf.« Unter mir beginnt sich das Auto in Bewegung zu setzen, während ich die Schuhe ausziehe und mich in hauchdünne dunkle Strumpfhosen zwänge.

»Ich sag es nur ungern, aber gerade hätte ich Lust, dich hier vor den beiden zu vögeln«, raunt mir Lawrence ins Ohr, sodass ich ein Ziehen in meinem Becken spüre und ihm einen verführerischen Augenaufschlag schenke.

»Von dir würde ich gern gevögelt werden, Liebling.« Ich lecke über seine Wange, dann schenke ich ihm einen verdorbenen Blick. »Aber gerade muss ich mich an- und nicht ausziehen.«

»Würdest du einen Termin von mir wahrnehmen?« Die Frage kommt unerwartet, weil ich ihn auch ohne Termin und auch ohne Geld treffen würde. Eilig zupfe ich mir die Strumpfhose zurecht und schlüpfe in meine dunkelblauen Peeptoes.

»Ähm ...«, will ich seiner Frage aus dem Weg gehen. »Wo ist eigentlich ...«

»Gideon?«, fragt er mich. Die ganze Zeit wollte ich sie fragen, aber es gab keinen Moment, der günstig war, sie darauf anzusprechen.

»Er wird heute wieder in Marseille landen. Hoffentlich mit einem vernünftig abgeschlossenen Geschäft und nüchtern«, antwortet mir Dorian. Seine Worte sollen scherzhaft klingen, trotzdem sind seine Gesichtszüge hart, weil ihn etwas beschäftigt. Anscheinend gefällt ihm Gideons ausschweifende Lebensweise nicht, was ich verstehen kann. Mir fällt das Gespräch zwischen Gideon und ihm auf dem Balkon in Dubai wieder ein, in dem er Gideon davor gewarnt hat, nicht in sein altes Schema zu verfallen. Will Gideon sich damit ablenken oder sich etwas beweisen? Ich weiß es nicht ...

»Ich habe ihn in der Zeitung gesehen.« Schnell streife ich das dunkle Kleid über, richte mein Haar und zupfe an meinem Ausschnitt, der verboten viel zeigt. Mit dem Rücken drehe ich mich zu Lawrence und deute auf den Reißverschluss. Seine Hände tasten unter dem dünnen Stoff über meinen Rücken, streicheln mich, dann zieht er den Verschluss langsam zu.

»Das hat die halbe Welt vermutlich auch gesehen«, stimmt mir Dorian zu, macht ein verärgertes Gesicht und widmet sich wieder Jane. »Aber ich habe keine Lust, weiter über Gideons Verhalten zu reden. Er war immer so, wenn ihn etwas in seinem Leben beschäftigt hat. Meistens war wenigstens Law bei ihm, um den Scheiß zu unterstützen.«

»Dieses Mal nicht?«, hake ich nach und drehe mich zu Lawrence um, der unschuldig die Schultern zuckt und dabei mit zusammengekniffenen Augen zu seinem jüngeren Bruder blickt. Es ist etwas vorgefallen, das sehe ich ihnen sofort an.

»Rede, Lawrence!«

»Was gibt es zu bereden, Maron? Ihm hat es nicht gepasst, wie ich dich am Telefon zurückgewiesen habe. Trotzdem war es die Wahrheit. Danach hat er mir eine verpasst und war nicht mehr zu erreichen.«

Autsch – das klingt übel.

»Zum Glück weiß ich, dass du in unpassenden Momenten unüberlegt handelst. Ich habe dir verziehen, obwohl ich dir an dem Abend gerne das Genick gebrochen hätte.«

Jane lacht. »Das kann ich verstehen.«

»Da bist du nicht die Einzige«, antwortet Dorian mit einem Grinsen. »Aber ich lasse dir bei der nächsten Gelegenheit gerne den Vortritt.«

»Ist ja schon gut, ich habe falsch reagiert, ihr habt mir nun gesagt, was für ein Arsch ich bin, jetzt können wir bitte das Thema beenden, weil es mir auf den Sack geht und es nichts damit zu tun hat, was Gideon gerade in Amerika abzieht. Vater weiß es bereits, das habe ich heute gesehen.«

»Er hat sich kein einziges Mal nach ihm erkundigt«, fügt Dorian hinzu und sieht zu mir, als ob ich daran schuld wäre.

»Ganz genau«, stimmt Lawrence zu. »Die Kopfwäsche möchte ich mir an Gideons Stelle nicht antun. Der wird sowas von leiden.« Warum nur glaube ich, freut es Lawrence plötzlich, dass er nicht derjenige ist, der von seinem Vater zurechtgewiesen wird?

Dann sagt keiner etwas und die Stimmung ist verändert. *Aber das darf nicht mein Problem sein* – ermahne ich mich. Weiter schminke ich meine Augen nach, pudere mein Gesicht und lege Lippenstift auf, was sich etwas beschwerlich während der holprigen Autofahrt gestaltet.

»Ihr könnt mich an der Rue de Choiseé rauslassen. Es ist besser, wenn ihr mich nicht bis vor das Lokal fahrt. Mein Kunde soll nicht sehen, dass ich von einer männlichen Begleitung zur nächsten wechsele.« Ich schiebe meinen Stift zu und verstaue ihn in meiner Handtasche, während Dorian dem Fahrer meine Anweisung ausrichtet.

Zehn Minuten später hält der Wagen am Bordstein, und ich werfe einen knappen Blick zu Lawrence, der mich die gesamte Zeit beobachtet hat.

»Es war mir eine Freude, euch zu helfen«, verabschiede ich mich von ihnen mit einem Lächeln, nun meinen Auftrag erfüllt zu haben.

»Du hast meine Frage nicht beantwortet, Maron. Würdest dich mit uns treffen wollen? Ich ... Warte!« Lawrence zieht sein Portemonnaie aus dem Jackett und will mir dreihundert Euro geben.

»Ich nehme dein Geld nicht, Law. Habt einen schönen Abend. Wir sehen uns ... irgendwann. Jane, Dorian, es war schön, euch zu sehen.« Ich drehe mich kurz zu ihnen um und lächele ihnen entgegen, dann öffne ich die Tür, weil ich Lawrence' Frage nicht beantworten kann. Eine Hand legt sich um mein Handgelenk, um mich am Gehen zu hindern.

»Nicht so schnell. Du sollst mir meine Frage beantworten!«

Zischend hole ich zwischen den Zähnen Luft, schließe kurz die Augen und antworte ihm im Anschluss: »Würde ich, ja, aber nicht für Geld«, dann steige ich in Marseilles Altstadt am Hafen auf den Fußgängerweg. Mit einem breiten und zugleich erleichterten Grinsen, wie ich es nie zuvor bei Lawrence gesehen habe, gibt er mich frei.

»Ich melde mich, Kätzchen.«

Ein Lächeln huscht unkontrolliert über meine Lippen, weil ich mich freuen würde, sie mit weniger Zeitdruck im Nacken wiederzusehen. Ich weiß nicht warum, aber ich habe mich an sie gewöhnt, kenne ihre Sorgen, Probleme, Erzählungen aus ihrer Vergangenheit und habe mit ihnen geweint, gelacht und mich mit ihnen gestritten.

Und gerade sollte ich mich auf meinen Kunden vorbereiten, als an die Chevalierbrüder zu denken! – ermahne ich mich, als ich auf das Lokal zulaufe.

19. KAPITEL

In einem schicken neu eröffneten Restaurant namens »Oxymoron« führt mich René Verne zu unserem Tisch und schenkt mir ein Lächeln und einen kurzen Kniff in meinen Po. Er hat hellblondes Haar und ist ein sehr offener Typ Mann, der gerne von sich erzählt. Er ist Mitte dreißig und sieht nicht übel aus. Ihn begleite ich sehr selten, daher kenne ich seine Vorlieben noch nicht alle.

Am Tisch beginnt er mit den Fingern auf der Tischplatte zu trommeln, was bedeutet, dass er entweder nervös ist oder ihn etwas beschäftigt. Ich drücke meinen Rücken durch, wähle mein Gericht aus und beginne ein Gespräch, das ihm helfen soll, sich zu entspannen.

»Was ist für den restlichen Abend geplant?«, möchte ich wissen und blicke mich in dem in einem dunklen grün-blau beleuchteten Restaurant um, das mit einem Club verbunden ist. Zumindest deutete die Fahrstuhlbeschilderung darauf hin.

»Ich habe an etwas Abwechslung gedacht.«

»Abwechslung?«, hake ich nach und nehme einen Schluck von meinem Wasser. Dabei behalte ich ihn im Auge. »Das kann sehr viel bedeuten.«

»Das ist richtig.« Er grinst mir entgegen und senkt seinen Blick auf sein Handy, auf dem er herumtippt, was ich persönlich immer sehr unhöflich finde.

»Ich möchte nur wissen, wann und vor allem wo mich mein Fahrer abholen kann.«

»Möchtest du nicht die gesamte Nacht mit mir verbringen? Es ist Samstagabend, die Clubs haben geöffnet und mir würden ein paar schöne Dinge einfallen, damit keine Langeweile aufkommt.« *Sehr gewagt.*

»Davon gehe ich aus, René.« Er legt sein Handy auf den Tisch, das im nächsten Moment blinkt. *Verflucht!* Kann er das Ding nicht endlich weglegen?

»Und wo hast du nun geplant, den kurzweiligen Abend zu beenden?«, erkundige ich mich, während ich ihn weiter im Auge behalte.

»Das entscheide ich noch.« Wieder blickt er auf sein Smartphone, sodass ich mich räuspere, aber mir im nächsten Moment die Aussicht, die mir halb Marseille bei Nacht zeigt, ansehe. Etwas erinnert mich der Ausblick an Dubai, in der Nacht als ich gefesselt und taub auf der Couch im Hotel lag. *Versuch nicht mehr daran zu denken.* Plötzlich leuchtet mein Handy in der Tasche auf der Sitzbank auf und ich sehe Lawrence' Namen.

Was soll der Scherz? Mit einer so schnellen »*Ich melde mich*«-Nachricht hätte ich nicht gerechnet. René scheint dermaßen auf sein Handy fixiert zu sein, dass ich meines wohl auch benutzen kann, obwohl ich es selten in der Anwesenheit von Kunden nutze.

Dann beiße ich auf meine Unterlippe, als ich Lawrence' Nachricht lese.

Gideon ist heute zeitiger zurückgeflogen und rate, wo er heute Abend hingehen möchte. Nur für den Fall, dass du ihm nicht begegnen möchtest.

Dein Schatz

Hat Gideon das arrangiert? Oder ist es ein Zufall? Unruhig rutsche ich auf meinem Stuhlpolster hin und her, bevor ich Lawrence antworte.

Bring ihn davon ab! Ich kann mir keine Szene erlauben.
M.

Ich würde dir nicht schreiben, wenn ich es nicht schon versucht hätte. Behalt die Nerven oder verzieh dich mit deinem Kunden woanders hin!

Nein! Ich werde sicher nicht flüchten – oder wäre es doch besser? Es gibt unzählig viele Bars, Clubs und Restaurants – gut, nicht so viele für die Reichen und Schönen, aber muss er gerade dieses Restaurant aufsuchen? Sicher, weil es gerade neu eröffnet hat und in allen Medien heiß diskutiert wird. Deswegen wollte mich René mit dem Luxuslokal überraschen, auch wenn er die Überraschung mit seinem Handywahn ruiniert.

»René, wenn du die Nacht mit mir verbringen möchtest, könnten wir uns den Abend in einer anderen, etwas ...« Ich blicke mich unauffällig in dem gut gefüllten Restaurant um. »... lockereren Location oder einem Club verschönern?«

»Warum?« Skeptisch blickt er zu mir auf, als er sich von seinem Spielzeug trennen kann. »Wir haben gerade das Essen bestellt. Ich möchte das ›Oxymoron‹ testen. Weißt du, dass ich zwei Wochen gebraucht habe, um einen Tisch zu bestellen?«, antwortet er mir vorwurfsvoll, als sei es ein Verbrechen, ihn darum zu bitten, das Lokal zu verlassen. *Ah und deswegen spielst du mit deinem Handy herum?* »Gefällt es dir nicht?«

»Doch«, mehr antworte ich nicht, verziehe kurz mein Gesicht und nehme einen Schluck von meinem Wasser, bis mir einfällt: »Können andere Gäste unkomplizierter einen Platz in diesem Restaurant reservieren?« Ich will mich vergewissern, ob Gideon nicht abgewiesen wird, weil das Restaurant erst neu eröffnet hat und sicher bis auf die letzten Plätze reserviert worden ist. Das wäre mein Trumpf und ich könnte aufatmen.

»Welche meinst du?«, fragt er mich und begegnet meinem Blick.

Ich tue so, als würde ich überlegen. »Wie Geschäftsmänner wie Marlow, Picots oder die Chevaliers?« Geschickt verberge ich meine Neugierde hinter einem gelangweilten Ton, als ob es mich nicht wirklich interessieren würde.

»Die Brüder?«, fragt er und ich nicke mit erhobenen Augenbrauen. »Soweit ich weiß, brauchen sie nicht mal eine Reservierung, weil der Vorsitzende mit dem Lokalunternehmer befreundet ist, sie im selben Golfverein sind. So etwas spricht sich herum. Warum fragst du?«

Klasse! Etwas in der Art habe ich erwartet, weil die Chevalierbrüder einflussreich und nicht unbekannt in Marseille sind. Jeder, der etwas in den höheren Kreisen von sich hält, kennt ihren Vater und deren Verbindungen. Ich blicke mich unauffällig um, um die Lage abzuschätzen. Einige Tische sind noch frei, obwohl sie reserviert sind.

»Bloß aus Neugierde«, antworte ich beiläufig und lächle ihm entgegen, obwohl ich seine Frage, weshalb ich mich nach den Brüdern erkundigt habe, auf seinem jungen Gesicht erkennen kann.

»Wenn es dir nicht gefällt, können wir uns etwas beeilen«, versucht er mich umzustimmen, dann schreibt er wieder auf seinem Handy, sodass ich genervt zur Decke aufblicke. Mir fällt es schwer, gute Miene zum bösen Spiel zu machen, weil ich es nicht zu Gideons Spiel machen lassen möchte. Aber warum nicht? So würde sich die Gelegenheit bieten, ihn nach den letzten Wochen, nach den letzten 27 Tagen und 20 Stunden wiederzusehen. Gott, bin ich krank, dass ich bereits die

Stunden nach unserem letzten Treffen – oder eher meiner peinlichen Verfolgungsaktion – zähle? Doch diesen etwas peinlichen Auftritt von mir werde ich nicht so schnell vergessen.

Peinlich hin oder her, das war es mir wert. Allerdings nicht der eiskalte Blick, den er mir geschenkt hat, der in ein arrogantes Grinsen überging, weil er seinen Triumph, dass die große Maron Noir hinter ihm hergerannt ist wie eine billige verknallte Kuh, ausgekostet hat. Er hat es genossen, das war unmissverständlich in seinen Augen abzulesen, und hat mein Herz getroffen. Zu gern hätte ich ihm den Blick aus dem Gesicht getrieben, in dem ich meine Handgelenke um seinen Hals geschlungen hätte, seine Nähe, seinen warmen Duft und seine Haut gespürt hätte. Seine Hände, die meinen Körper entlangwandern, jede Stelle meines Körpers kennen und seine Lippen, die heißen Atem in meinem Nacken wie Balsam hinterlassen hätten.

Schalt es ab! – ermahne ich mich, um meine Fantasien aus meinen Gedanken zu verbannen, als ich spüre, wie sich ein angenehmes Ziehen in meinem Becken ausbreitet. Himmel, was hätte ich dafür gegeben, ihn eine – nur eine Nacht für mich zu haben, in seinen Armen einzuschlafen, stumm in seine grünen Augen von dunklen Wimpern umrahmt zu blicken, die mir Geborgenheit und innere Zufriedenheit schenken. Allerdings hat mir sein Blick verraten, was er von mir hält.

Er muss Kean gesehen haben. Kennt er ihn? Unmöglich. Aber warum dieser Blick, der mir das Fleisch von den Knochen geschält hätte, wenn er gekonnt hätte? Weil ich an der Stange vor anderen Männern getanzt habe? Ihn gekränkt habe? Warum?

»Du wirkst gestresst, irgendwie abgelenkt«, reißt mich René

aus meinen Gedanken, sodass ich mehrfach blinzle, schnell einen Schluck von meinem Wasser nehme, um das Kribbeln in meinem Magen zu besänftigen und das Pochen zwischen meinen Beinen zu verdrängen. Es hilft leider überhaupt nicht.

»Nein«, sage ich und richte meinen Blick auf die edle Tischdekoration aus Glaskugeln und in Wachs überzogenen Rosen. »Kannst du nicht dein Smartphone beiseitelegen und dich mir widmen? Oder wirke ich heute auf dich uninteressant?«, versuche ich ihn und mich abzulenken. Sollte ich über ihn herfallen, um die Hitze, die in mir tobt, abzukühlen?

»Ich lege es gleich weg – tut mir leid. Ich plane nur gerade mit Freunden ein Treffen.«

So, so. Ich ziehe die Augenbrauen zusammen und denke mir meinen Teil. Als ob das nicht später Zeit hätte. Kurz darauf kommt unser Essen und ich zähle innerlich die Sekunden, schaue immer wieder zu der Bedienung, die am Eingang des Restaurants hinter dem Empfangstresen steht und die Kunden empfängt. Und versuche so unauffällig wie möglich, zügig meinen Salat zu essen, von dem ich kaum etwas herunterbekomme. Warum bin ich so nervös? So unkontrolliert?

Anscheinend bemerkt es mein Kunde nicht, was mich beruhigt, aber meinen Gedanken mehr Freiraum lässt, mich unzählige Male in die gleiche Hölle zu schicken.

Er wird dich vergessen haben. Du warst nichts weiter als eine heiße Belustigung, eine Geliebte auf Zeit, die sofort austauschbar ist. Und kämpfen, wie Dorian mich gefragt hat, kann ich nicht. Oder doch? Sollte ich so leicht aufgeben? Der Brief, den ich bei seinem Pförtner abgegeben habe, zeigt doch, dass ich ihn nicht vergessen habe und mit ihm reden möchte. Ob er ihn bereits gelesen hat?

Bei der Nachspeise, als ich glaube, das Schlimmste hinter

mir zu haben, sehe ich Gideon hinter der verglasten Flügeltür, wie er mit zwei Frauen im Arm in einem dunklen Anzug aus einem Lift aussteigt.

Ist das nicht etwas zu auffällig? In diesem Lokal? Hoffentlich weiß er nicht, dass ich hier bin. In seinem schwarzen Hemd, wie ich es an ihm liebe, einer dunklen Hose und das Jackett lässig über die Schulter geworfen, spricht er mit einem charmanten Lächeln mit der Bediensteten am Tresen – mit dem Lächeln, in das ich mich verliebt habe –, während ich schneller meine Crème Parisienne löffele.

Es ist nicht so, dass ich sofort vor ihm flüchten würde – auf keinen Fall! Aber um ihm und mir den peinlichen Moment zu ersparen, würde ich gern mit René zeitiger aufbrechen wollen, bevor Gideons hübsche Frauen wissen, wo sie sitzen möchten. Sie erinnern mich an Stewardessen – wenn es nicht sogar welche sind, weil sie sich nicht billig verhalten, sondern wissen, wo sie sich befinden. *Verdammt!* Der Anblick stört mich und trifft mitten ins Herz, sodass sich mein Magen schmerzhaft verknotet. Ich schaue zu René, der allmählich aufgegessen hat, und drücke meinen Rücken durch, um mir nicht anmerken zu lassen, dass mich Gideons Präsenz mit den bildhübschen Ladys stört.

»Wie wäre es, wenn ich kurz die Toiletten aufsuche und wir uns vor dem Lokal treffen?«, biete ich ihm an, weil ich sehe, wie die Bedienung den dreien einen Tisch rechts hinter mir, hinter Steinsäulen versteckt, anbietet, aber ihnen der Platz anscheinend nicht gefällt. Und der Tisch hinter René wird gerade neu eingedeckt. Bei meinem Glück würden sie direkt an unserem Tisch vorbeigeführt werden und Gideon sähe mich mit dem Kunden.

»Kannst du nicht so lange warten? Die Bedienung kommt

gleich mit der Rechnung. Wie sieht es aus, wenn ich das Restaurant allein verlasse? Ich habe dich gebucht, um den Abend nicht allein zu verbringen. Und nicht, um in der Öffentlichkeit ein Lokal allein zu verlassen.« *Das ist wohl wahr.*

Zustimmend nicke ich, seufze und blicke zur Fensterfront auf das beleuchtete Marseille, um nicht von Gideon gesehen zu werden, der mich jeden Moment sehen dürfte. So hatte ich es mir nicht vorgestellt. Aber warum musst du dich zurückziehen? Ich war zuerst hier, außerdem bin ich sehr gut darin, die Fassung zu wahren.

Renés Hand sucht mein Knie und in seinem Blick ist zu sehen, dass er mich nach dem Sherry, den er getrunken hat, ziemlich schnell vögeln will. Ich kenne ihn. Einmal die Nacht genügt ihm definitiv nicht.

»Ich habe dir heute gar nicht gesagt, wie gut du aussiehst. Das Kleid steht dir ausgezeichnet und betont deine langen Beine und …« Sein Blick wandert zu meinem einladenden Ausschnitt. »… deine Brüste, sodass ich es kaum aushalten kann, dich nicht hier auf dem Tisch zu ficken.«

»Danke, sehr aufmerksam«, antworte ich mit einem Lächeln, als hätte er mir ein höfliches Kompliment gemacht und keinen schmutzigen Sex angekündigt. Neben mir werde ich von einem Räuspern abgelenkt, sodass ich kurz zusammenzucke und René seine Hand von meinem Knie nimmt.

»Chevalier«, höre ich ihn und sofort wende ich mich langsam zu der Person neben unserem Tisch um.

»Madame Noir«, erkenne ich Gideons samtige und zugleich raue Stimme, in der der pure Spott mitschwingt. Er ignoriert Monsieur Vernes Begrüßung, als existiere er nicht. Mein Atem setzt für eine Sekunde aus, sodass ich schlucke und ihn aus den Augenwinkeln umrahmt von den bildhübschen Frauen und der Bedienung erkennen kann.

Augenblicklich schlägt mein Herz schneller und droht unkontrolliert aus meiner Brust zu springen. *Endlich, so lange habe ich seine Stimme nicht mehr gehört. Sie vermisst.*

»Monsieur Chevalier«, begrüße ich ihn, senke meine nackten Schultern zu einer grazilen Haltung und blicke mit meinem unschuldigen Rehblick und einem siegessicheren Lächeln zu ihm auf – das mich viel Anstrengung kostet. »Freut mich, Sie im ›Oxymoron‹ anzutreffen.«

Mein Ton klingt gelassen, distanziert, doch zugleich ist das leichte Zittern am Ende des Satzes kaum zu überhören. Er hat es bemerkt, weil er seine linke Augenbraue hebt und zugleich auf meine Lippen blickt.

Verflucht! Warum muss er so perfekt aussehen? Obwohl auch leicht angetrunken, was ihn verruchter und überheblicher wirken lässt. Sein Blick ist dunkel. Seine sonst so tiefgrünen Augen von einem Schatten durchzogen, während sich ein Mundwinkel verderblich in die Höhe zieht und seinem makellosen Aussehen ausgezeichnet steht, wie ein dunkler Lord, der auf seine Mätresse herabschaut, die ihm nicht gut genug ist. Der Blick ist verboten heiß und zugleich schmerzhaft, weil er mich überlegen lässt, ob ich ihm so wenig bedeute, dass er zu mir herabsieht, als sei ich ein verabscheuenswürdiges Insekt, das er unter seinem Schuh zertreten kann.

Danke auch – und das nach der gesamten Zeit …

Sein dunkelbraunes Haar ist wie immer schräg aus dem Gesicht gestrichen, während auf seinen hohen Wangenknochen, unter denen sich der Schatten eines Drei- bis Fünftagebarts abzeichnet, ein Zucken an seinem Kiefer zu sehen ist.

Freut er sich doch, mich zu sehen, oder ist er wütend? Warum? Ich will zu ihm aufstehen, ihn gegen die nächste Steinsäule pressen und fragen: Warum? Was hat das zwischen uns zerstört? Aber dann müsste ich mir meine Gefühle vor ihm eingestehen und könnte den Schmerz und die Abweisung nicht ertragen, weil ich eine käufliche Frau bin, ihm nicht ebenbürtig bin. Neben ihm – auch wenn ich es ungern zugebe – fühle ich mich angreifbar und zerbrechlich. *Überspiel es!*

»Wenn ich ehrlich sein soll, Kleines«, raunt er neben meinem Ohr, während er mir einen unauffälligen Luftkuss auf jeder Wange zur Begrüßung gibt, »hält sich meine Freude in Grenzen, dich anzutreffen. Ich habe wohl eindeutig das falsche Restaurant gewählt, um die Ladys nach dem aufregenden Flug einzuladen. Du siehst heute nicht einmal ansprechend, sondern unappetitlich und langweilig aus. So gewöhnlich.« Die Worte sind nur für mich bestimmt, sodass sie René und die Tussen nicht verstehen. Aber ich verstehe jedes einzelne Wort, sodass ich meine Finger in das schwarze Kleid kralle, um nicht zur Gabel zu greifen und damit sein Gesicht zu bearbeiten.

Fest presse ich die Lippen zusammen, atme seinen himmlischen Duft ein, um nicht in Versuchung zu kommen, ihn am Hemdkragen zu schnappen, zu mir herabzuziehen und ihn wild, hungrig und hemmungslos zu küssen. Anderseits verpassen mir seine Worte einen Dolchstoß mitten ins Herz. Und als wäre das nicht genug, fühlt es sich an, als würde er die scharfe Klinge mit einem höhnischen Grinsen genüsslich zwischen meinen Rippen drehen, bis die Dolchspitze aus meinem Rücken dringt, damit er sich mit einem finsteren Lachen von mir abwenden kann.

»Wir nehmen den Tisch«, entscheidet sich Gideon, als er sich von mir erhebt, die Damen an den Hüften umfasst und der Kellnerin entgegen nickt. Ein letzter finsterer Blick trifft mich, begleitet von einem angewiderten Lächeln, dann werden sie zu dem Tisch begleitet.

Nein, ich werde nicht tatenlos sitzen bleiben, mich ausgeliefert fühlen, während er dabei ist, mein Herz, meine Gefühle in Stücke zu zerreißen. Die letzten Wochen habe ich genug gelitten, gegrübelt, heimlich in meinem Bad geweint, damit es Kean nicht bemerkt, und meine verdammten Gefühle, die mich angreifbar machen, zur Hölle verflucht.

Gideon nimmt tatsächlich mir gegenüber am Tisch hinter René Platz und blickt mir provokant entgegen, als könnte er mir erneut mit seinen Blicken eines reinwürgen. Mein eiskalter Blick trifft seinen, dann schaue ich zu René und lächele ihm mit dem verführerischsten Lächeln, das ich tausende Male mit Kean einstudiert habe, entgegen.

»Was hältst du von einem kurzen Abstecher auf die Toiletten, bevor wir den nächsten Club aufsuchen? Deine Worte vor wenigen Minuten haben mich angetörnt, sodass ich es nicht länger in diesem spießigen Restaurant aushalten kann, sondern deinen Schwanz zwischen meinen Schenkeln spüren möchte.« Die Worte müssen helfen, um das letzte bisschen Blut in seinem Kopf in seine Härte fließen zu lassen. Er mag es, an unterschiedlichen Orten Sex zu haben, also kann er mir kaum ausweichen. Mein Fuß, den ich aus meinem Schuh befreit habe und der sich seinen Weg zwischen seine Beine bahnt, muss ihm seine Entscheidung erleichtern.

»Klingt aufregend, Madame Noir. Du kannst dir bereits überlegen, wie du *ihn* verwöhnen möchtest, während ich bezahle.«

Ich hebe eine Augenbraue, reibe mit dem Fuß weiter über die Beule in seiner Anzughose. Anschließend blicke ich flüchtig an ihm vorbei zu Gideon, der sich mit der hübschen Frau mit welligem dunklem Haar über der Speisekarte gebeugt unterhält und flüchtig nach ihrer Hand greift. Sie nickt hinter der Karte und klappt sie zu, dann nehmen sie die Bestellung auf. Sie unterhalten sich weiter und scheinen sich zu amüsieren. Dann wirft die andere Frau mit einem blonden Haarknoten einen Blick über ihre Schulter in meine Richtung, als würde sie mich kennen. Will er mich bloßstellen? Denn sie schaut mir, wie die Frau neben ihm, höhnisch entgegen, als sei ich der letzte Abschaum. *Gott, was habe ich verbrochen!* – denke ich und verdrehe kurz meine Augen.

Dann beugt sich Gideon zu der Frau neben sich, umfasst zärtlich ihr Kinn, bewegt seine Lippen, als spräche er einen Liebesschwur, und küsst sie, sodass ich durchatme, weil es mich an Dubai erinnert, wie er mich auf diese Weise geküsst hat. *Er weiß es.* Er weiß, dass er mir mit diesen Gesten schaden wird. Und es gefällt ihm. Was ist aus ihm geworden, seine freundliche Art, seine neugierigen Fragen, seine mitfühlenden Worte? Er sitzt völlig verändert vor mir. An seinem Blick sehe ich, dass er angetrunken ist, was seine Überheblichkeit erklärt, mich aber trotzdem kränkt.

»Dann sollten wir nicht lange warten. Maron.« René nickt der Kellnerin entgegen, die wenige Minuten später mit der Rechnung auf uns zueilt. Ich kann es kaum erwarten, zu gehen, um Gideons Blicken auszuweichen. Plötzlich glüht mein Handy in der Tasche auf. Mein Blick schnellt auf das Display, auf dem ich Gideons Namen erkenne. Was will er?

Dann lese ich:

In deinem Blick sehe ich, dass du reden möchtest, Noir.

Dann lass den Wichser sitzen und geh unauffällig auf die Damentoilette. Verhalte dich dementsprechend und lass dir nichts anmerken. Ich werde dich dort aufsuchen.

Was? Als ich meinen Blick hebe, erkenne ich, wie er sein Smartphone in seine Hosentasche unter den Tisch schiebt. Sein Blick fesselt meinen, fixiert ihn und scheint ihn Stück für Stück zu analysieren, bis sein Grinsen auftaucht. *Sein Grinsen.*

»Ähm, René«, räuspere ich mich. »Ich würde doch gern zuvor die Toiletten allein aufsuchen?«

»Wie soll ich das verstehen? Wollten wir sie nicht gemeinsam aufsuchen?«, hakt er mit einem breiten Lächeln nach, dabei funkeln seine blauen Augen und sein junges Gesicht wirkt gierig, mich endlich flachlegen zu dürfen.

»Ja, das können wir gern nachholen. Aber das Essen ...« Ich fasse an meinen Bauch. »... muss mir nicht bekommen sein. Es muss Soja in dem Salat gewesen sein. Ich vertrage kein Soja.«

»Ist dir übel?« Mit zusammengezogenen Augenbrauen beugt er sich mir auf den Ellenbogen entgegen, dann greift er nach meiner Hand. Gideons Blicke verfinstern sich, was ich aus den Augenwinkeln bemerke.

»Etwas. Ich werde mich beeilen«, versuche ich gepresst, als hätte ich Magenkrämpfe, hervorzubringen. »Für Notfälle führe ich immer eine kleine Apotheke bei mir. Gib mir zehn Minuten und ich erfülle dir deine Wünsche.«

Demonstrativ hebe ich die Hand zu seiner Wange, lächle ihm mit geneigtem Kopf entgegen und beuge mich vor, um ihn zu küssen. *Schachmatt! Gideon Chevalier.*

Meinen Kuss versuche ich in die Länge zu ziehen, damit er mich jede Sekunde in die Hölle schicken kann, wie ich es vor wenigen Minuten getan habe. Er will reden? Das kann er haben! Wenn, dann nach meinen Spielregeln. Mit Sicherheit werde ich mich nicht von seinem protzigen, herrischen Verhalten einschüchtern lassen. Aber klären möchte ich die Missverständnisse dennoch.

Mit der Karte begleicht René die Summe, dann erhebe ich mich und blicke für eine winzige Sekunde in Gideons Richtung, dessen Gesicht angespannt wirkt, als tobe er innerlich. Mir verschafft er die Genugtuung, ihm ebenfalls einen Denkzettel verpasst zu haben.

GIDEON

Sie treibt es auf die Spitze und ahnt nicht, wie verhängnisvoll unsere Diskussion auf der Damentoilette für sie ausfallen wird. Hat sie es anders verdient?

Zuerst küsst sie vor meinen Augen ihren Lehrer, sagt mir nicht, dass er sich die gesamte Zeit in Arabien aufgehalten hat, will sich nicht mehr von uns buchen lassen und nun flirtet sie mit ihrem Kunden wie mit mir! *Das genügt!*

Mit ihren Blicken hat sie ihn vor meinen Augen ausgezogen, obwohl rein gar nichts an dem Welpenverschnitt interessant sein könnte. Er ist nichts im Vergleich zu mir und sie zieht ihn mir vor? Klar ist er ihr Kunde, aber das verführerische Glitzern in ihren Augen hat sie zuvor nur mir geschenkt, nicht einmal Dorian oder Lawrence.

Gierig nehme ich einen Schluck von meinem Lieblings-Scotch und lächle kurz Rebecca entgegen. Die beiden Ladys wären nach der Unterhaltung mit Maron ein Lichtblick für die nächsten Stunden. Sie sind hinreißend, umgarnen mich mit ihren Blicken und Berührungen und später leicht in meinem Bett zu vernaschen, weil sie wissen, von wem sie genommen werden.

Sie haben mich im Flugzeug angesprochen, weil sie genau wissen, wer ich bin, als wir auf dem Flughafen Blicke ausgetauscht haben. Warum die hübschen Ladys, die Models sein könnten, nicht verführen, wenn sie sich mir schon fast aufdrängen? Und für mich sind sie eine willkommene Ablenkung, die mir hilft, mein Hirn nicht länger über die Escortdame zu zermartern.

Ich entschuldige mich bei den Damen am Tisch, nachdem Maron zwei Minuten vor mir, in einem schwarzen enganliegenden, wirklich kurvenbetonten Kleid mit einer heißen Strumpfhose und in atemberaubend hohen Absatzschuhen, das Lokal verlässt. Ihr Hüftschwung ist einmalig und die blanke Aufforderung für meinen Schwanz, dem es in meiner Hose bei dem Anblick zu eng wird, weil er ihre enge Pussy vögeln will. Die Frau treibt mich mit ihrem Anblick, ihren Gesten, dem Lächeln und Augenaufschlag in den Wahnsinn – sie provoziert es förmlich. Natürlich wollte ich sie vor wenigen Minuten kränken, weil sie in dem Kleid einfach nur verboten gut aussieht. Nichts hat sie sich anmerken lassen. Als seien ihr meine Worte gleichgültig, weil sie sich nur auf diesen Milchbubi konzentriert.

Die gesamte Zeit in New York habe ich nach einer angemessenen Abwechslung gesucht – leider erfolglos. Keine ist wie sie, nicht einmal ihre Pussy ist ersetzbar, weil sie einmalig für mich ist, perfekt und mich, egal wann ich sie antreffe, dazu verleitet, mit einem Ständer herumzulaufen. *Gott, ich will sie einfach nur nageln, statt mit ihr zu reden!*

Aber in ihren durchtriebenen blauen Augen, die zugleich besorgt und nachdenklich wirkten, habe ich gesehen, ihr einen Pfeil ins Herz gejagt zu haben, als sie mich mit den Frauen gesehen hat. *Volltreffer!* Denn ich wusste, als ich den Abend plante, sie im »Oxymoron« anzutreffen. Schließlich überlasse ich nichts dem Zufall.

Oliver, ein zuverlässiger Angestellter in meinem Büro, habe ich auf Maron angesetzt. Es mag krank, verrückt, überheblich oder besitzergreifend wirken, aber ich wollte sie weiter im Auge behalten. Und da ich sie nicht persönlich ausspionieren kann, ohne dass sie mich erkennt, habe ich Oliver angesetzt und ihm ein dickes Gehalt geboten, wenn er Tag und Nacht in Marons Viertel zubringt, um sie zu verfolgen. Andere nennen es Stalking, ich nenne es: die Kontrolle über diese Frau haben.

Denn auch Dubois' Drohung in Dubai, uns bluten zu lassen, sobald er in Frankreich sei, ging mir nicht aus dem Kopf. Mag sein, dass er nach Frankreich überführt worden ist, die Polizei ihn vernommen hat und ihm eine einstweilige Verfügung, sich Maron nicht bis auf hundert Meter nähern zu dürfen, erlassen haben. Aber damit gebe ich mich nicht zufrieden. Der Kerl ist krank, potentiell besessen und wird nicht aufgeben. Doch solange Gerand um sie herum getänzelt ist, hat sich ihm keine Möglichkeit geboten, an Maron heranzukommen.

Heute allerdings hat sie sich von Gerand verabschiedet, mit Tränen in den Augen – wie mir Oliver berichtet hat – und einem desolaten Zustand. Ihr Lehrer muss sie wohl wieder zurückgewiesen haben. Allgemein beschrieb Oliver Marons Zustand in den letzten Tagen als erschöpft, niedergeschlagen und deprimiert. Er hat sie kein einziges Mal lächeln gesehen, sooft ich mich auch darüber erkundigt habe.

Ich wollte mir heute Abend einen Überblick über ihre Situation verschaffen, wissen, ob es möglicherweise an mir liegt. Aber dann ... dann sehe ich sie lächelnd, losgelöst und mit ihrer gewohnt selbstsicheren Art vor dem Kunden sitzen und hat nur Augen für ihn. Sie hat mich nicht einmal mit ihren Blicken verfolgt, als ich einen Tisch ausgewählt und absichtlich die Suche verlängert habe, um ihre Aufmerksamkeit auf mich zu lenken. Ich weiß, sie hat mich am Eingang gesehen, das konnte ich an ihren leicht geöffneten vollen Lippen erkennen und ihrem Blick, der mir sagte, wie sie innerlich bereits mehrere Fluchtmöglichkeiten plante.

Es gibt keine Flucht mehr, Kleines. Heute wird gespielt! Und wir werden reden, denn ich will wissen, was sie fühlt, was sie denkt, wie sich die Zeit ohne mich angefühlt hat. Obwohl ... will ich das wirklich noch?

Denn laut Oliver hat sie sich jeden Abend hingebungsvoll mit ihrem Lehrer amüsiert, das durfte ich mir vor wenigen Stunden auf Bildern ansehen. Zwar waren die Aufnahmen von ihrem Fenster unscharf, aber um zu erkennen, wie er sie in allen möglichen Positionen gefickt hat, sie zurechtwies und sie für sich beanspruchte, hat es gereicht. Dieser Scheißkerl! Hätte ich gewusst, wie viel ihr an ihm lag, hätte ich mich mehr über ihn erkundigt, versucht über beide mehr Informationen herauszufinden. Nicht nur über Romana.

Aber gleich habe ich die Möglichkeit, alles herauszufinden. Schnell kippe ich in fünf Zügen den brennenden Alkohol hinunter, der feurig meine Kehle herunterjagt, dann erhebe ich mich mit einem charmanten Lächeln vor den Ladys, die ihre Finger nicht von mir lassen können.

Genug Vorsprung müsste Maron inzwischen haben. Und ihr Kunde dürfte in seinem dusseligen Handywahn nichts bemerken. *Solch ein Armleuchter.* Ihm scheint sein Smartphone wichtiger zu sein als diese scharfe Frau. Ein Narr!

Über den matt beleuchteten Gang suche ich mit dem Schlüssel der Damentoiletten in der Hand Maron auf. Ich plane immer. Und gegen eine bescheidene Geldnote im Tausch gegen den Toilettenschlüssel hat wohl niemand etwas einzuwenden.

Die WC-Türen sind kunstvolle Schiebetüren, auf denen Gemälde in Gold eingefasst abgebildet sind. Eine fast halbnackte Frau – ähnlich einer Nymphe – auf der Damentoilette und ein Tarzanverschnitt auf der Herrentoilette. Wie passend.

Mittlerweile breitet sich berauschend warm der Scotch in

meinem Körper aus, lässt ein Grinsen über meine Lippen wandern, während es in meinem Schwanz bedrohlich pocht. Mit der Hand fahre ich durch mein Haar und kann es kaum erwarten, die Minuten mit ihr allein zu genießen – nur für mich.

Bereits auf mich vorbereitet, lehnt sie in ihrem heißen Outfit mit ihrem runden – perfekt für meine Hände geformten – Arsch an der Kante der Wachbeckenleiste und lächelt zögerlich dem dunklen Fliesenboden entgegen.

Gedämpftes Licht verschafft eine herrliche Stimmung. Gegenüber von ihr befindet sich eine cremefarbene Couch, die passend für unser Gespräch, das wir gleich führen werden, sein wird. Je nachdem, wie tiefgründig es verlaufen wird.

Ihr Blick hebt sich, während sie ihre langen anbetungswürdigen Beine verschränkt und sie mit den Händen neben ihrer schlanken Taille die Steinplatte der Waschleiste umklammert, als könnte sie ansonsten den Halt verlieren. Ihr Blick ist offen, doch zugleich ringt sie innerlich um Fassung. Für mich ist sie leicht zu durchschauen nach den vielen Stunden, die ich mit ihr erlebt habe. Und ich weiß, dass sie es hasst, wenn ich wie in einem Buch ihre Gedanken auf ihrem Gesicht ablesen kann. Ich liebe es jedoch, weil ich die Frau kenne bis in jeden Winkel und den Triumph darüber auf meinem Gesicht erkennen lasse.

Trotzdem überrascht sie mich immer wieder. Denn ich hätte mit einem verärgerten Blick gerechnet, nicht mit einem zurückhaltenden – fast scheuen. Beschäftigt sie etwas? Will sie wirklich freiwillig mit mir reden? Absurd!

Sie reckt ihr Kinn vor, sodass ihre großen schweren Ohrringe mitschwingen, bevor sie ihre sinnlichen Lippen bewegt und ihre blauen großen, von langen Wimpern umrahmten Augen strahlen.

»Es freut mich, dass du mit mir reden möchtest, denn glaub mir, ich habe seit Tagen überlegt, wie wir –«. In wenigen Schritten bin ich bei ihr, erkenne mich verschwommen im Spiegel ihr gegenüber, umgreife ihre Taille und bremse ihre nervigen Erklärungen mit einem Kuss aus.

Sofort schmeichelt mir ihr Duft, vermischt mit einem zarten Parfüm, das ich einatme. Wie die pure Versuchung. Sie hebt ihre Hände, umfasst meinen Hals und zieht mich näher zu sich herunter. Unsere Zungen umkreisen sich gierig, als würden wir jede Sekunde, die uns bleibt, auskosten wollen.

Doch ich dominiere sie mit meiner Zunge, dränge ihre zurück und will gegen sie gewinnen. Ihr weicher Körper schmiegt sich an meinen, sodass mein Schwanz pocht und – Scheiße – ich diese Frau nicht mehr freigeben möchte, obwohl ich etwas anderes plane. So wie sie sich wie eine Katze an mich schmiegt, will sie das Gleiche – Sex. Ist sie sich da völlig sicher?

»Gideon, ich freue mich«, bringt sie mit einem erleichterten nach Luft ringenden Lächeln hervor. Etwas glitzert in ihren Augen, was verrät, dass sie sich wirklich freut. Wie scheinheilig sie ihre Lügen überspielen kann, ist fast lächerlich.

»Freu dich nicht, Noir! Es war ein Fehler, mit mir sprechen zu wollen!« Wieder küsse ich sie hungrig, hebe sie auf die Steinplatte und dränge ihre Knie auseinander, um meinen Schwanz gegen ihre Pussy zu reiben, sodass sie schmunzelt. Wie ich es liebe und jetzt hasse!

Sie spürt sofort mit einem Seufzen meine Erektion, das von meinen Lippen, meiner Zunge erstickt wird, als ich sie wieder mit meiner Zunge in Besitz nehme. *Sie will es! Sie will wirklich gevögelt werden, als hätte sie keinen Kunden, der auf sie war-*

ten würde. Ich löse mich von ihren Lippen mit einem schiefen finsteren Grinsen.

»Ich habe bereits vorgeplant.« Ihr Gesicht wirkt überrascht, als ich mich umdrehe und die Schiebetür mit einem Schlüssel abschließe, damit uns keiner bei unserer »Aussprache« stört.

Das siegessichere Gefühl, sie für mich zu haben, sie zu vögeln, meinen Schwanz in ihr zu versenken, mit ihr machen zu können, was ich will, wird von dem Alkohol noch mehr verstärkt.

Jeden einzelnen Tag in New York wollte ich es tun – meine Härte in ihre Pussy rammen, um ihr zu zeigen, wie sehr ich sie vermisst habe. Wie scheiße schlecht es mir ging und es ihr ebenfalls so gehen sollte.

»Du bist wirklich organisiert. Es scheint fast so, als wusstest du, dass ich heute Abend im ›Oxymoron‹ sein werde.« *Oh, das wusste ich – allerdings.*

Sie zieht niedlich ihre Augenbrauen zusammen, verschränkt die Arme vor der Brust, sodass ihre Brüste ein Stück nach oben geschoben werden. Insgesamt scheint sie sich wirklich zu freuen, mich zu sehen, obwohl etwas Trübes, Trauriges in ihren Augen zu erkennen ist. Sie wirkt gedämpfter, nicht mehr so kampfeslustig wie vor drei Wochen.

»Wusste ich auch, Noir!«, entgegne ich ihr kalt und gehe auf sie zu. Mit einem festen Griff zwischen ihre Beine zerre ich an ihrer Strumpfhose, was sie stocken lässt.

»Du wusstest es? Woher? Von Law?«

»Nein«, antworte ich mit einem Kopfschütteln. »Mit Law habe ich seit mehr als drei Wochen nicht mehr gesprochen.« *So wie mit dir!* »Wollen wir über ihn reden oder besser auf unser eigentliches Gespräch übergehen?«, frage ich fast gelangweilt, wandere mit meinen Augen zwischen ihre Beine und hebe meine Augenbrauen. Dabei betone ich die Worte »eigentliches Gespräch«, weil mir nach ihrem Anblick die Lust vergangen ist, mit ihr reden zu wollen.

»Du willst mich flachlegen, das ist kein Gespräch. Und warum nennst du mich Noir?«, will sie wissen, während sie mich lange im Blick behält.

»Stimmt! Weil Noir passt!« Mit einem Ruck reiße ich die Strumpfhose von ihren Beinen bis zu den Knien herunter, hebe sie von der Steinplatte und drehe sie geschickt um. Im nächsten Moment halte ich sie wie meine Beute zwischen mir und der Steinplatte gefangen.

»Mit dir zu reden würde keinen Sinn ergeben. Das habe ich mehrfach versucht und bin immer wieder daran gescheitert. Du bist eben, wie du bist, eine Raubkatze, die nur von mir gefickt werden will. Eine Schlampe, die es nicht länger wert ist, hofiert zu werden.« Ich erkenne ihren unmissverständlichen Blick im Spiegel, als sie sich zu mir umdrehen will. So schön und so wehrlos.

»Schlampe?«, wiederholt sie bissig und bewegt sich in meinem festen Griff.

»Würdest du dich anders bezeichnen? Willig, versaut, so ergeben und ständig in wechselnder Männerbegleitung.«

Panisch schnappt sie nach Luft.

Mit meinen Lippen streife ich ihren Hals, sauge fest daran, um sie als mein Eigentum zu markieren, erforsche ihre sensiblen Winkel, während mein Penis weiter anschwillt und sich an ihren göttlichen Arschbacken reibt. Mit der einen Hand halte ich ihr rechtes Handgelenk fest auf dem Waschbeckenrand umfasst, damit sie mir nicht entkommen kann, mit der anderen zerre ich ihren Slip herunter.

»Oh, weiße Seide mit Spitze?«, verspotte ich sie und schiebe den Slip bis auf die Knie runter. Ein großes Stück weiter spreize ich ihre Beine, während sie mich fassungslos im Spiegel beobachtet, als könnte sie nicht glauben, was ich mache.

»Gideon ...«, versucht sie mich auszubremsen.

»Wie ich weiß verabscheue, Noir!«, raune ich ihr bedrohlich ins Ohr und beiße in ihr Läppchen, sodass das Metall ihrer Ohrringe unter meinen Zähnen knirscht und sie zischt.

»Ich weiß. Können wir darüber sprechen, warum du dich nicht gemeldet hast? Hast du die Nachricht bei deinem Pförtner gelesen, die ich abgegeben habe?«, fragt sie mich und dreht sich mit dem Kopf zu mir. Mein Schwanz reibt über ihre angeschwollenen Schamlippen, als ich ihn aus der Hose befreie. Sie ist feucht und bereit wie immer. Perfekt, um unser Gespräch zum Höhepunkt zu treiben, ohne ihr einen Orgasmus zu verschaffen.

»Nein, ich war nicht in meinem Penthouse. Hast du mir einen Liebesbrief geschrieben, Schöne? Das hättest du nicht tun müssen.«

Sie keucht, zerrt an ihrem Gelenk. »Gideon, hör mir bitte ... ZU!« Mit einem tiefen Stoß dringe ich in ihre geile, nur für mich geschaffene Pussy ein, ohne sie vorzuwarnen. Sie stöhnt, drückt ihren Rücken instinktiv bei dem festen Stoß durch und will es doch die ganze Zeit. Von mir hart genommen werden.

»Nein! Ich will kein Wort mehr aus deinem verlogenen Mund hören, der in der Zwischenzeit andere Schwänze gelutscht hat.« Die pure Verwirrung, Demütigung und Verzweiflung spiegelt sich auf ihrem Gesicht wider, als sie meine Worte hört.

»Es ist mein Job, das weißt du. Jetzt lass uns reden«, fleht sie mich fast an, als ich wieder tief in sie eindringe, ihr Becken fest umfasse, um sie so tief und hart es geht zu vögeln. Sie zurechtzuweisen, auch wenn ich wenig Zeit habe. Der Rauschzustand verschönert mir das Spiel, lässt mich länger jede Sekunde auskosten, wie ihre feuchte Pussy sich um meinen Schwanz verengt, zuckt und nur darauf wartet, meinen Schwanz massiver zu spüren.

»Nein!«, knurre ich nachdrücklicher. »Ich werde dich jetzt ficken, wie es deine Kunden auch tun. Danach werde ich den anderen Ladys den Abend verschönern, ihnen Drinks ausgeben, ihre Pussys lecken und sie ebenfalls flachlegen. So, wie ich es geplant habe.« Wieder stoße ich zu, ramme ihr meine Härte wie ein Tier zwischen ihre Schamlippen, sodass sie keucht, schluckt und den Kopf schüttelt.

»Gott, verflucht. hör auf mit dem Mist. Ich meine es ernst! Das bist nicht du!«

»Oh doch, das war ich die ganze Zeit. Blind scheinst du auch noch zu sein, Miststück!«

»Wie hast du mich genannt?« Empört dreht sie sich zu mir um, als ich mit der Hand in ihr offenes Haar greife und ihren Kopf zurückreiße, damit sie die Klappe hält.

»Du hast mich gehört. Eine bessere Bezeichnung gibt es für deinen Status nicht, Noir. Du vögelst jeden, weist mich zurück, triffst dich heimlich mit deinem Exstecher und verkaufst mich für dämlich!« Immer schneller werdend treibe ich meine Härte in sie, sodass sie keucht und Tränen über ihre Wange laufen, die ich im Spiegel mit einem zynischen Lächeln besehe.

»Du weißt es.«

»Die ganze Zeit! Und jetzt werde ich meinen Spaß mit dir haben, meine Rechnung begleichen, für das, was du getan hast. Wie fühlt es sich an, benutzt zu werden?«

Die pure Rache schwingt in meiner Stimme mit, und ich

liebe es, die Oberhand zu haben über sie und ihren zerbrechlichen Körper. Sie ist auffallend still, setzt sich nicht wie gewohnt zur Gegenwehr, ruft kein Codewort, sondern ergibt sich mir. So brav und gehorsam habe ich sie noch nie gesehen. Die Worte scheinen ihr zu denken zu geben.

Weiter ziehe ich ihren Kopf zurück und ficke sie hart, ohne ihr die reinste Lust zu verschaffen. »Dann bist du gerade dabei, alles zu zerstören. Ich wollte mit dir reden ... um ... um dir zu sagen, dass ...«

»Ich will es nicht hören!«, brülle ich sie an. »Nur deine Schreie!«

Fester drücke ich ihr Becken an meine Hüfte, bis ich mit schnellen tiefen Stößen in ihr komme, sie schluchzt, aber nichts sagt. Mein Saft ergießt sich in ihrer Pussy, ich spüre, wie er an ihren Oberschenkeln herunterläuft, als ich meinen Schwanz mit dem Genuss, ihr endlich Schmerzen zugefügt zu haben, indem ich sie ohne jede Befriedigung und wie eine gewöhnliche Schlampe gevögelt habe, aus ihr ziehe. Meine Überreste tropfen auf ihre schwarze zerrissene Strumpfhose.

»Warum sagst du das? Warum nennst du mich so? Warum!«, will sie wissen, starrt mir verletzt im Spiegel entgegen und weint über meine Beleidigungen.

Als sie sich zu mir umdreht, geben ihre Knie kurz nach. Ich fange sie auf und lasse sie langsam zu Boden sinken. So herzlos, sie fallen zu lassen, bin ich nicht. Meine Worte scheinen ihr mehr Schmerzen zugefügt zu haben als der rohe Sex. Anscheinend hat sie doch Gefühle, die sie hinter ihrer Betonmauer versteckt gehalten hat. Erst jetzt erkenne ich in ihren verweinten Augen, ihren Stolz gebrochen zu haben – so wie ich es die gesamte Zeit wollte – nur auf eine sanftere Art.

Sie wollte gefickt werden wie eine Schlampe, sie war scharf

darauf wie eine Schlampe und hat meine Bestrafung ertragen wie eine Schlampe. Mir ist es scheißegal, warum. Hätte sie mit mir wirklich reden wollen, dann auf dem Flughafen in Marseille oder sie hätte mich anrufen können. Aber nein, ich habe keine Nachrichten oder Anrufe von ihr erhalten. Das war meine Revanche!

»Es war mir wie immer eine Ehre, Noir. Deine Pussy bleibt die geilste. Zuerst wollte ich dich wirklich buchen, aber nachdem ich weiß, dass ich dich jetzt jederzeit ficken kann, wann ich will – hier!«

Nachdem ich meine Hose verschlossen habe, greife ich in mein Jackett und werfe ihr zweihundert Euro entgegen, die flatternd neben ihr zu Boden fallen. »Spare es, damit du deinem nächsten Kunden eine Rolex schenken kannst!«

Mit Tränen in den Augen streift sie ihre Strumpfhose aus, die endlos hinüber ist, während ich mich umdrehe, die Tür öffne und das letzte Arschloch bin. Aber sie hat es verdient, für all das, was sie mir in den letzten Tagen angetan hat. »Ich an deiner Stelle würde mich beeilen, mich zu säubern, damit dein Kunde nicht erfährt, dass du fremdgevögelt wurdest. Aber vielleicht fällt es ihm nicht mal auf, dass du nach einem fremden Mann riechst. Es sind ja nur Männer, die dich bezahlen, die sich ansonsten nicht für dich interessieren, sondern dich als Fleischware, in der sie einen wegstecken können, betrachten.«

Einen letzten angewiderten Blick werfe ich über die Schulter, um den Moment auszukosten. Auf dem dunklen Fliesenboden kauert sie, schiebt ihre Füße aus der zerrissenen Strumpfhose und weint, bis sie voller Zorn zu mir aufblickt.

»Du bist solch ein Idiot! Solch ein Arschloch, Gideon Chevalier! Von Lawrence hätte ich es erwartet, aber nicht von dir!

Ich habe Kean weggeschickt, weil ... weil ich mehr für dich ...«

»Halt den Mund! Ich will es nicht hören!«, fahre ich sie herrisch an. »Nimm dein Geld und hoffe darauf, dass ich dir nicht mehr in der Öffentlichkeit begegne. Denn ansonsten wird das nächste Treffen übler ausfallen, als du denkst. Das verspreche ich dir! Ich kann dich zum Gespött der Leute machen, wenn ich will!« Verständnislos mit offenem Mund schüttelt sie ihren Kopf.

»Aus dir spricht der Alkohol! Du bist ein Monster geworden, so wie ich es in der Presse verfolgt habe! Ich brauche deine Almosen nicht.« Sie greift nach den Geldscheinen, ballt sie zusammen und wirft sie mir entgegen. »Von dir lasse ich mich nicht als dreckige Nutte behandeln! Denn ...« Sie wimmert. »Wie konnte ich so dumm sein und glauben ... ich würde dir etwas bedeuten wie du mir. Dir die Zeit mit uns etwas bedeuten ...«, wispert sie den letzten Teil, sodass ich abfällig schnaube.

Völlig zerstört heult sie hinter mir neben den Waschbecken, wie ich sie nie zuvor gesehen habe, als hätte ich ihr mit dem Geld den Rest gegeben. Aber das war der Plan. Ich kicke ihr die zerknüllten Geldscheine entgegen, dann schiebe ich die Tür auf und versuche meine Schuldgefühle zu verdrängen. Weil ich ansonsten in Versuchung käme, sie in den Arm zu nehmen, sie zu trösten und wieder der Vollidiot für sie werde, den sie mit einem Fingerschnippen um sich herumtanzen lässt.

Zähneknirschend und mit keinem erleichterten oder triumphierenden Gefühl – so wie ich es mir versprochen habe – verlasse ich die Toiletten. Sie zu brechen war mein Plan. Ihr ebenfalls Schmerzen zuzufügen – auch. Aber nicht von ihr zu hören, dass ich ihr etwas bedeute.

Was, wenn doch?

Absurd!

Im nächsten Moment stürmen zwei amüsierte Frauen um die Ecke und steuern direkt auf die Damentoiletten zu. *Nicht mein Problem, wenn sie Maron finden.*

Mitten im Gang bleibe ich stehen. *Du bist solch ein Arschloch!* Ich ringe mit mir, nicht doch wieder umzudrehen, aber es wäre falsch. Nach einem Drink wäre alles vergessen. Sie muss lernen, die Konsequenzen spüren, wenn sie andere Menschen rücksichtslos verletzt.

Du bist nicht besser!

Ja, verdammt!

Es sind die Menschen, die wir lieben, die uns zerstören ...

Ich fahre mir wirsch durch mein Haar, als ich am Lift den Milchbubi in seinem sportlichen Anzug sehe, der ständig auf seine Uhr starrt und nervös mit den Fingern gegen eine der Lifttüren trommelt. *Du kannst sie haben, sie die halbe Nacht vögeln, benutzen, wie du willst – mit ihr bin ich fertig. Für immer!* – würde ich ihm am liebsten entgegenbrüllen.

Stattdessen laufe ich gelassen an ihm vorbei und verdränge meine Wut, verdränge die Gedanken an *sie*.

Obwohl sie mir viel bedeutet, sehr viel bedeutet *hat* – ansonsten wäre ich nicht so weit gegangen, um meine gekränkte Eitelkeit mit dem Fick zu bekämpfen, um mein Ego wiederherzustellen. Keine andere Frau habe ich aus Rache gevögelt. Nie! Sie waren immer austauschbar, sodass ich nicht einmal zwölf Stunden am Stück an eine Frau denken musste, außer an meine Freundinnen – die es nicht mal eine Sekunde wert waren, überhaupt einen Gedanken an sie verschwendet zu haben.

Bei Maron ist es anders. Ihr schmerzlicher Blick im Spiegel, als ich sie »Noir« nannte, ihre Verzweiflung, sich vor mir zu erklären, ihr tränenüberströmtes Gesicht, wie ich es noch nie bei ihr gesehen habe, und diese traurigen großen blauen Augen. *Alles nur Lügen!*

Ihre Worte wiederholen sich in meinem Kopf.

Was, wenn sie wirklich mit mir reden wollte, sich entschuldigen wollte?

Eine Maron Noir entschuldigt sich nicht! Sie wollte den Sex.

Aber ihre Tränen, ihr Schluchzen, ihr kampfloses Über-sich-ergehen-Lassen, das war nicht sie. Sie würde immer und überall ihre Krallen ausfahren, sich zur Wehr setzen und nicht aufgeben.

Entweder konnte ich für immer einen Schlussstrich zwischen uns – wenn es denn ein *Uns* gab – ziehen, oder ich habe einen schweren Fehler begangen, den ich irgendwann bereuen würde.

Fuck Alkohol!

20. KAPITEL

Völlig am Ende krieche ich unter die Waschbecken, knülle die Strumpfhose zusammen und versenke sie im Mülleimer, um die Blamage zu beseitigen. Niemals hätte ich erwartet, von Gideon rücksichtslos gevögelt zu werden. Es tat nicht körperlich weh, weil ich ihn in mir spüren wollte, sondern in meiner Seele. Seine verletzenden Worte, seine eiskalten herablassenden Blicke, seine groben Griffe und Gesten ... Alles war anders als früher, als ich mit ihm die Nächte in Dubai verbracht habe. *Er behandelt mich wie Müll, Ballast, den er loswerden will. Und sein Scheißgeld …!* Neben mir sammle ich die zerknüllten Euroscheine ein und stopfe sie ebenfalls in den Müll.

Ich lasse mich nicht wie eine gewöhnliche Bordsteinschwalbe für einen Fick von ihm bezahlen. Ich bin keine hässliche Nutte, keine dreckige Schlampe, keine billige Tusse, die man mal eben nageln darf, um seine Bedürfnisse zu befriedigen.

Hinter der Schiebetür höre ich Absätze auf dem Steinboden im Gang klappern. Schnell erhebe ich mich. Mir ist schwindelig, meine Knie fühlen sich wie Wackelpudding an, während mein Herz blutet und ich meine Tränen nicht zurückdrängen kann – nicht aufhalten möchte, sondern ihnen freien Lauf lasse.

Eilig suche ich eine Kabine auf, um mich zu säubern, seine verdammten Überreste von mir zu befreien, damit René nichts merkt. Ich stinke nach Sex und rieche nach ihm! Am liebsten möchte ich den Duft, der mich umwebt, behalten. Weiter an meinem Körper haften lassen. René ist dusselig genug, um nichts zu merken.

Aber verflucht! Ich möchte nur noch in mein Appartement, die Wohnungstür hinter mir schließen, auf meinem Bett zusammengekauert sitzen und weinen – meinetwegen die halbe Nacht, statt mit René durch die Clubs zu ziehen.

Die gackernden Frauen unterhalten sich belustigt über heiße Kerle aus dem Club unter uns, während ich zerstört und gedemütigt auf dem Klodeckel hocke und versuche, meine Tränen auszubremsen, mein Schluchzen zu ersticken. *Das habe ich nicht verdient.* Ich wollte nichts weiter als mit ihm reden, endlich meine Gefühle gestehen und erleichtert in seine Arme fallen.

Jetzt reiß dich zusammen! Zumindest hast du versucht, dich ihm zu öffnen. Und du kennst nun seine Antwort: Zurückweisung, Demütigung, Erniedrigung und Ignoranz. Das war seine Quittung dafür, dass er mich auf dem Flughafen mit Kean gesehen hat. Wenn ich geahnt hätte, dass er uns gesehen hat ... Entweder hat es ihn getroffen und er rächt sich nur, um sich seine Gefühle mir gegenüber nicht eingestehen zu müssen, oder es war wieder eine seiner seltsamen Bestrafungen wegen eines Vertrauenbruchs.

Aber der Urlaub ist seit vier Wochen passé – warum kommt er jetzt an und vögelt mich wund? Entweder verschaffte ihm der New York-Aufenthalt nicht das, was er sich erhofft hat, oder es lag am Alkohol, der ihn unberechenbar macht. Deswegen verabscheue ich Destillate in jeglicher Form. Sie vernebeln deine Sinne, versetzen dich in Wahnzustände, und ehe du dich's versiehst, hast du den Menschen, der dir etwas bedeutet, verletzt. Ja, nur Menschen, die einem etwas bedeuten, können einen dermaßen verletzen.

Eigentlich bin ich nicht besser: Ich habe ihn ebenfalls verletzt, zurückgewiesen und ihm nicht die Wahrheit gesagt.

Deswegen habe ich seine Rammelei über mich ergehen lassen und mich nicht zur Wehr gesetzt.

Die Worte, dass ich immerhin die geilste Pussy hätte und er mich nicht völlig durchgevögelt auf den Boden hat fallen gelassen, sind wenigstens ein Beweis, dass ich ihm nicht komplett egal bin. Es hätte schlimmer enden können ...

Schlimmer als gerade vor wenigen Minuten?

Wohl kaum. Hör auf, dir länger etwas vorzumachen.

Überstehe den Abend mit René und lass dich wegen deiner vorgetäuschten Magen-Darm-Verstimmung von Eduard abholen. – antwortet mir mein Stolz, um den Abend irgendwie zurechtzubiegen. Das wird wohl das Beste sein.

Seufzend wische ich mit Toilettenpapier die Tränen fort, säubere meine Pussy von seinem Saft und steige in meinen weißen Tanga, dann richte ich mein Kleid und wage mich aus der Kabine, als keine Stimmen mehr zu hören sind. Mein Make-up ist endlos ruiniert. Ich sehe wirklich aus wie eine Schlampe aus dem Rotlichtviertel Marseilles, die direkt in das Luxusrestaurant eingeliefert, durchgerammelt und beleidigt worden ist. *Du wurdest gerade so behandelt!* Wie ein »Miststück« – das waren seine Worte.

Um mit der Erniedrigung umzugehen, bräuchte ich einige Zeit. Noch nie hat mich ein Mensch so herablassend behandelt – weil mir noch nie ein Mensch in dem Moment so viel bedeutet hat. Von jemandem, den man kennt und liebt, verletzt zu werden, tut tausendmal mehr weh, als von fremden nichtssagenden Kunden zurückgewiesen zu werden.

Du wirst es überleben – beruhige ich mich, während ich mein Haar durchkämme, danach mühsam mein Make-up erneuere und dann die Toiletten verlasse.

»Ja, nach Monaten, irgendwann ...«

Am Lift wartet mein Kunde bereits ungeduldig auf mich, der einen Knopf drückt und mit seiner Hand in den Lift weist. Ich drehe mich nicht nach Gideons Tisch um, um ihm nicht die Genugtuung zu verschaffen, mich ein letztes Mal von vorn zu Gesicht zu bekommen. Soll er meinen Arsch und meine nackten Beine begaffen! Dieser Esel!

»Wo ist deine Strumpfhose abgeblieben?«, will René wissen und streichelt über meinen nackten Oberschenkel.

»Zerrissen. Tut mir leid. Ich weiß, wie sehr du auf Strümpfe stehst.« Mit einem »Hm« nickt er und führt mich in den Lift. Etwas anderes scheint ihn zu beschäftigen, was wichtiger ist als meine verschwundene Strumpfhose.

»Vorhin hast du mich nicht rein zufällig nach den Chevalierbrüdern gefragt, nicht wahr?«, höre ich plötzlich René neben mir, sodass ich skeptisch aufblicke. Wie kommt er gerade jetzt darauf?

»Ich habe einen Bruder erkannt, als er von den Toiletten zurückkam. Du wusstest, dass er heute Abend das Lokal aufsuchen wird.« Was soll ich darauf antworten, um mir gleich anmerken zu lassen, wie Gideon mein Herz in tausend Stücke zerfetzt hat?

Ich schaue gelassen zu ihm auf, bevor ich über seinen Arm streichle, um ihn von seiner Fragerei abzubringen. Denn die kann ich nach dem Vorfall nicht gebrauchen. Den Namen Gideon Chevalier möchte ich in meinem Leben nicht mehr hören und aus meinem Gedächtnis streichen.

»Sagen wir so, ich habe es vermutet.«

»Kennst du ihn? Ist er ein Kunde von dir?« Seine Augen behalten mich gespannt im Blick, während sich meine Gesichtszüge verfinstern. Neben seinem rechten Auge sehe ich ein verräterisches Zucken, das mir zeigt, dass es nicht nur die Neugierde ist, mehr über meinen Pussyliebhaber zu erfahren.

»Flüchtig. Ich gebe über mein Privatleben sowie geschäftliche Angelegenheiten nichts preis. Das weißt du. Lass uns jetzt den Abend angenehm verbringen und nicht weiter über Kunden sprechen.« Die Fahrstuhltür schließt sich hinter ihm, als er mich gegen die Spiegelwand presst und eine Taste drückt.

»Wir können auch hier drin unseren Spaß haben, Maron.«

»Klingt aufregend«, antworte ich und versuche in den Stand-by-Modus zu schalten, um jegliche Gefühle auszuschalten. Der Fahrstuhl fährt wieder nach oben, während er mein Kleid hochschiebt, meinen Slip, der hoffentlich nicht feucht ist, herunterzerrt und ich seine Hose öffne. Wie im Rausch fallen wir übereinander her – oder eher er über mich –, sodass ich versuche mitzuhalten. Hinter ihm erkenne ich uns im Spiegel. Ich kralle meine Hand in sein Haar und taste gleichzeitig in seinen Shorts nach seinem Schwanz, der bereits halb erigiert ist, sodass ich mich langsam auf die Knie sinken lasse.

»Kontrolliere, dass der Fahrstuhl verschlossen bleibt!«, befehle ich ihm. Er nickt und schaut zur Anzeige hoch, bevor er laut stöhnend zusammenzuckt, als ich seinen Schwanz ohne Vorwarnung in meinen Mund nehme und an ihm sauge.

»Hammer!«, stöhnt er über mir.

Immer wieder denke ich an Gideon. An seinen perfekten Schwanz, der um einiges größer ist, eine schöne Form hat und herrlich nach ihm schmeckt – nicht wie Renés.

Währendessen massiere ich seine Hoden, sehe mich aus den Augenwinkeln im Spiegel neben uns, wandere mit den Händen unter sein Hemd den Bauch aufwärts. Er ist schlank, aber nicht muskulös. An ihm ist nichts interessant, sein Gesicht ist gewöhnlich, fast schon mit etwas runderen Wangen, er ist sehr schlank und er muss an seinen Fingernägeln knabbern. Ätzend. Trotzdem muss ich Kunden immer das Gefühl verleihen, etwas Besonderes, Begehrenswertes zu sein. Ansonsten hätte ich keine Aufträge, könnte keine Miete zahlen und säße Monate später als Hure auf der Straße, so wie Gideon meine Dienste ansieht.

»Du machst das geil, Baby«, höre ich ihn, bis ich meine Fingernägel scharf neben seinen Hoden versenke, sodass er keucht. Seine Hände legt er um meinen Kopf, achtet nicht mehr darauf, ob der Fahrstuhl in Bewegung bleibt, sondern bestimmt den Rhythmus – und das nicht gerade langsam. Fauchend ziehe ich mich zurück.

»Sei nicht so grob«, sage ich ihm und hebe eine Augenbraue, die eine Einladung sein soll, mich endlich zu vögeln, damit die Begattung schnell beendet ist. Mit nur einem Griff ziehe ich ein Kondom aus meiner Tasche, das er sich schnappt.

»Nicht? Denn grob will ich gerade in dem Moment sein.« Ich lächele verboten, um ihn scharfzumachen.

»Das will ich sehen.« Er greift nach meinem Arm und dreht mich mit dem Kopf zum Spiegel um, bevor er mich etwas herunterdrückt und den Rock hochzieht. Ich höre das Knistern der Folie und schon wenige Sekunden später stößt er seinen Schwanz in mich, der mich nicht halb so gut ausfüllt wie Gideons Härte.

Lassen wir ihm kurz die Oberhand – denke ich, drücke meinen Rücken durch, während er mich fickt und dabei fest nach meiner Schulter greift, damit ich ihm nicht entwischen kann. *Beende es endlich!*

Immer wieder rammt er seine Härte in mich, ohne dass ich etwas empfinde, aber den Kopf zurückwerfe.

»Wie ist es für dich, mal nicht das Kommando anzugeben?«, fragt er mich ernsthaft. *Langweilig* – wäre meine Antwort, aber ich blicke zu ihm.

»Interessant.« Das beschreibt in etwa den Zustand, ohne abwertend zu wirken. Aus den Augenwinkeln sehe ich, dass wir im obersten Stockwerk angekommen sind, die Tür aber verschlossen bleibt.

»Schneller, René, sonst muss ich dich nachher länger leiden lassen.«

»Warum sollte das eine Drohung sein, wenn ich mich darauf freue?« Ich blicke gelangweilt zur Decke, bis er weitere Male in mich eindringt, ich ihm mein Becken entgegenschiebe und er mich mit der anderen Hand festhält, als sei ich eine aufblasbare Puppe.

Plötzlich bewegt sich der Lift unter uns. Er fährt wieder runter, ohne eine Taste gedrückt zu haben. Gleich werden Gäste einsteigen.

»Beeil dich!«

»Gleich!« Er beschleunigt seinen Rhythmus, sodass ich mit der Wange gegen den Spiegel gepresst werde, bis er in mir endlich laut stöhnend kommt und ich aufatme. Rasch drehe ich mich um, schiebe mein Kleid runter und rücke meinen Slip zurecht, als René seine Hose schließt. Die Fahrstuhltür öffnet sich und ein älteres Ehepaar steht vor uns und steigt in ein Gespräch über das neue Restaurant vertieft ein. Im Hintergrund sehe ich, dass wir uns in der Etage aufhalten, in der sich das Restaurant befindet. Hinter den geöffneten Glastüren sehe ich, dass der Tisch, an dem zuvor Gideon gesessen hat, leer ist und neu eingedeckt wird.

Sie müssen es ja eilig gehabt haben. Sicher haben sie den zweiten Lift genommen, er verfrachtet die Damen in eine teure

Limousine und leckt sie hingebungsvoll, während er mich wie einen rohen Stein behandelt hat. Der Gedanke, die drei vergnügt im Bett vor meinen Augen zu sehen, lässt mich kurz die Augen schließen, um die Kontrolle zurückzuerlangen. René zieht mich an sich und küsst mich mit einem schmalzigen Grinsen.

»Lust, jetzt in den Club zu gehen? Ich glaube, du hast dir einen Drink verdient.« Ich nicke mit einem bitteren Lächeln zum Boden, weil ich lieber nachhause will, statt in eine ausgelassene Partyhöhle geschleppt zu werden.

Ich muss die Stunden überleben, dann werde ich mich einschließen, ein Bad nehmen, weinen, allein in mein Bett klettern und wieder weinen, bis ich schlafe. Wie Gideon mich mit Worten und seinem Fick in den Ruin getrieben hat, gelang nur Kean mit seiner Zurückweisung. Deswegen halte ich Abstand, deswegen bleibe ich distanziert, deswegen bin ich unnahbar, weil mich Liebe immer zerstört. Liebe mich zu einem Opfer macht, das in schweren Eisenketten liegt, aus denen ich mich nicht befreien kann.

Im Club ist die Stimmung ausgelassen, wir tanzen und mit der Zeit taut mein Kunde immer mehr auf, gibt mir einen alkoholfreien Cocktail nach dem nächsten aus und scheint sich selber Mut anzutrinken. Warum auch immer. Zeitweise ziehe ich es in Erwägung, selbst etwas zu trinken, um den Schmerz abzuschalten. Doch immer wieder rede ich mir ein, dass ich das Zeug nicht brauche. Man sieht ja, was aus Gideon geworden ist.

Warum höre ich nicht auf, an ihn zu denken ...

»Du hast vorhin fremd gewirkt«, beginne ich ein Gespräch in der Lounge mit René. »So als wäre dir das Treffen unangenehm oder als würdest du dich unter Druck gesetzt fühlen.«

»Oh nein«, antwortet er, lacht und trinkt sein Guinness. »Ganz im Gegenteil. Ich hatte nur vorhin eine Terminabsprache zu klären. Möchtest du noch einen?« Er deutet auf das leere Glas vor mir auf dem Tisch in der Lounge.

»Gerne.«

Mit einem breiten Lächeln, das ihn noch jünger wirken lässt, wie ein Sonnyboy am Strand, erhebt er sich und steuert auf die Bar zu. Entspannt lehne ich mich auf der Couch zurück, schließe die Augen und ein Lächeln zieht sich über meine Lippen. Wie schön. Ich fühle mich nach wenigen Minuten seltsam glücklich, losgelöster und kann das Erlebnis auf der Toilette plötzlich verdrängen, weil ich den Drang habe, ausgelassen zu feiern. Ich erhebe mich und will René folgen, um nicht allein auf der Couch warten zu müssen und von fremden Männern angegafft zu werden.

Irgendwie erinnert mich der Zustand, als sei ich angetrunken oder bekifft wie früher auf Studentenpartys im ersten Semester. *Das kann nicht sein* – überlege ich und lächle weiter, verfolge die tanzenden Menschen vor dem DJ-Pult und wippe selbst zum Beat mit den Hüften. Ich trinke nie etwas bei Kunden. Im Club feiern die anderen Gäste ausgelassen, drängen sich an die Bar, während es mir vorkommt, als würden meine Gedanken einschlafen.

Ich suche weiter nach René, den ich sich zwischen vielen Menschen an der Bar mit anderen Männern unterhalten sehe. *Kennt er sie?* Ich stehe viel zu weit weg, um die Männer richtig erkennen zu können. Mein Blick trübt sich, sodass ich blinzle und dann das Profil von Robert Dubois erkenne. *Verfluchter Mist!*

Kurz bin ich wie erstarrt, als ich begreife, was hier läuft. Die Drinks, sein ständiges Auf-das-Handy-Blicken, seine Nervosität. Während Gideons Ablenkung sind mir die ganzen Puzzleteile, die mir über den Abend merkwürdig erschienen sind, nicht aufgefallen. Aufgefallen schon, aber ich hatte keine Zeit, sie aneinander zu setzen.

Ich muss den Club verlassen oder jemanden aufsuchen, der mir hilft. Ich schließe meine Augen kurz und merke, dass mir schwindelig wird. Vermutlich habe ich nicht einmal mehr zehn Minuten, bis das Scheißzeug wirkt, das sie mir verabreicht haben, das mich euphorisch lächeln lässt, als befände ich mich auf einem LSD-Trip. Wie kann ich es stoppen? Ich muss zuerst den Club verlassen!

Panisch wanke ich an den Leuten vorbei zum Ausgang und bete innerlich, von niemandem umgerissen zu werden oder schlimmer noch, von Dubois gesehen zu werden, wie ich aus dem »Helio« flüchte.

Ich angele mein Handy aus der Tasche und sofort springt mir Lawrence' Name ins Gedächtnis. *Ruf ihn an!*

Ich gebe die Nummer mehrmals falsch ein, alles dreht sich, während ich weiterlaufe, laufe und laufe, schwanke und ins Stolpern gerate. Endlich habe ich seine Nummer und hebe das Handy zum Ohr. Es klingelt, klingelt ... klingelt. *Luis?* Fällt mir in meinen wirren Gedanken als Nächster ein, falls ich Law nicht erreiche. Eine Frau in einem glitzernden Top wirft mir einen belustigten Blick zu, ich stoße gegen die Schulter eines Mannes und stütze mich rechtzeitig an der Wand im dunkel beleuchteten Gang ab, um nicht zu stürzen. Meine Beine fühlen sich taub und unendlich schwer an, während meine Gedanken undeutlich werden, als würden sie hinter einem Schleier versteckt werden. *Nein! Geh schon ran, Law!*

»Ich wusste, du würdest nicht widerstehen können, dich bei mir zu melden. Nach heute ...«, höre ich seine belustigte

Stimme und atme hektisch aus und wieder ein, bevor ich das Bewusstsein verliere.

»Hilf mir ... Law«, keuche ich panisch in mein Handy. »Grouille-toi!«

»Was?«, fragt er laut. »Was ist los?«

»Dubois ... im Club ... verdammt ... die haben mir ...«

»Wo bist du! Sag schon.«

»Helio Club ... komm ...«

Hinter mir höre ich Stimmen. »Da ist sie!«, erkenne ich Dubois' Stimme.

»Fuck, renn Maron, versteck dich! Ich komme so schnell ich kann!«

Witzig, nur wie, wenn meine Beine streiken. *Aber er wird kommen und mir helfen* – beruhige ich mich. *Er wird bald bei mir sein und mir helfen.*

Mein Handy rutscht aus meinen Fingern und zerschellt auf dem Boden, als ich mich von der Wand abstoße und nur weg will. Die Männer sind noch wenige Meter von mir entfernt. Bei den Security-Männern kann ich keine Hilfe erwarten, weil sie vermutlich glauben würden, ich gehöre zu Dubois und sei ihre Freundin.

Ich stürze fast aus dem Club, eine Hand greift nach meinem Arm, hilft mir auf.

»War wohl etwas zu viel, Lady?«, höre ich jemanden, aber kann ihn kaum erkennen. Ist es einer von den Kerlen?

Ich schüttele den Kopf und laufe weiter, erkenne den Fußweg vor mir, der bedrohlich schwankt, und suche panisch nach einer Gasse, einem Versteck, Bushaltestelle – irgendwo, wo sie mich nicht finden können. Mit wackeligen Füßen steuere ich auf die nächste Hausecke zu, um abzubiegen.

»Maron, warte! Wir helfen dir!«, höre ich Renés scheinheilige Worte, damit sie kein Aufsehen erregen. Ich atme panisch aus und wieder ein. Eigentlich sollte ich mich beruhigen, klar denken, aber ich kann es einfach nicht. Mit jeder Sekunde wird es vor meinen Augen dunkler, meine Bewegungen verzerrter und ich kann nicht mehr denken oder habe den Willen fortzulaufen. Ich will mich einfach nur hinlegen, die Augen schließen und schlafen.

Beeil dich, Law! Bitte ...

Mit Mühe erreiche ich die Hausecke, halte mich an ihr fest, die wie ein Mast auf einem Hochseeschiff wankt, um mich abzustoßen und weiterzulaufen.

Schneller!

Ich komme nicht weit, als ich über etwas der Länge nach hinstürze, keinen Schmerz spüre, aber mich auch nicht hochziehen kann, sosehr ich es versuche. Unter meinen Fingern spüre ich den feuchten kalten Asphalt. Dann sehe ich, wie sich Schatten hinter mir nähern. *Nein! Verdammt!*

»Du hättest nicht weglaufen sollen, Noir. Dann hättest du dir deine hübschen Knie nicht ruiniert«, erkenne ich Roberts blasierte Stimme vor mir, der in die Knie gegangen sein muss und mir über mein Haar fährt. Nur dunkelbraune teure Lederschuhe kann ich erkennen, als ich meine Wange auf den feuchten Asphalt bette.

»Wir sollten sie wegtragen.«

»Hol den Wagen, Verne!«

»Jetzt wird gespielt, Schöne. Nur leider wirst du dieses Mal wenig davon mitbekommen.« Jemand klopft mir auf die Wange, dann fallen meine Augen schwer wie Blei zu. Weit entfernt höre ich Räder quietschen, spüre, wie ich hochgehoben werde, sich alles um mich herum dreht wie in einem endlosen Karussell, aus dem ich aussteigen möchte, aber ich nichts dagegen machen kann, um es zu stoppen ...

Bitte! Ich will so nicht sterben ... Nicht noch mehr Schmerzen spüren ...

GIDEON

So sollte es nicht laufen! Jetzt ist sie weg. Nur in welche Richtung können sie zusammen hingegangen sein?

»Warum irren wir durch die Gassen? Ich dachte, wir wollen einen Club aufsuchen?«, fragt mich Ann, der ich ein Lächeln schenke, damit sie nicht merkt, wie ich Maron verloren habe und mich nach ihr umsehe.

Sie auf der Toilette aus Rache wie ein Tier zu ficken ist eine Sache, doch sie weiterhin im Blick behalten, eine andere. Sie bedeutet mir einfach zu viel, auch wenn ich ihr den letzten Rest gegeben habe, sie zerstört habe. Der Alkohol lässt nach, und mit jeder Minute bereue ich meinen Rachesex, meine Worte, die ich ihr an den Kopf geworfen habe, und dass ich sie wie eine schäbige Prostituierte behandelt habe.

Liebe ist ein mieser Verräter, der in Hass umschwenkt, sobald etwas nicht nach Plan verläuft, weil sie sehr dicht beieinanderliegen. Und verdammte Scheiße, ich habe mich nicht mehr im Griff gehabt, nur daran gedacht, sie zu zerstören. Was, wenn sie für mich Gefühle hat? Die wären dann wohl von meinem Fick zerstört worden, noch bevor sie sie aussprechen konnte. *Ich Idiot!*

»Werden wir auch. Welcher liegt in der Nähe und würde euch gefallen?«, frage ich sie interessiert, um weiter nach Maron zu suchen.

Rebecca streicht ihr Haar hinter die Schulter. »Das ›Helio‹ oder ›Praisen‹ würden mir einfallen. Sie liegen dicht nebeneinander. Wenn uns der eine Club nicht gefällt, wechseln wir zum anderen«, lacht sie mit ihren perfekt weißen Zähnen und ihrer künstlichen Stupsnase.

Sie schmiegt ihren Kopf an meinen Arm, während ich überlege, ob Maron in einen der Clubs gegangen sein könnte.

Seit ich erfahren habe, dass ihr Lehrer nicht mehr bei ihr ist, war abzusehen, dass Dubois es möglicherweise wagen würde, Maron abzupassen. Oliver hat heute Nachmittag gesehen, wie er zwei Straßen entfernt von Marons Haus geparkt hat – wie ich es geahnt habe.

Leider habe ich die Voicemails nach dem Flug nicht alle abgehört, sondern erst, als wir das »Oxymoron« verlassen haben. Ich hätte wissen müssen, dass Dubois die einstweilige Verfügung bis zur Verhandlung nicht einhalten wird. Er hat getobt, uns den Tod an den Hals gewünscht, als er von der Polizei in Dubai abgeführt wurde. Doch dieser Kean war immer bei Maron mit jedem Schritt und ist seit heute Nachmittag gegangen, was Dubois herausgefunden haben muss. *Passender Zeitpunkt!*

Wann er etwas plant, weiß ich nicht. Aber gerade würde sich ein guter Moment ergeben, obwohl sie mit diesem Milchbubi unterwegs ist. Der würde ihn nicht daran hindern, Maron abzupassen. Seit sie in den Fahrstuhl eingestiegen sind, konnte ich sie nicht mehr finden.

Ich sollte sie anrufen – auch wenn sie mich direkt in die Hölle wünschen wird.

»Ich möchte ins ›Praisen‹ gehen, dort soll es die besten Cocktails geben.« Rebecca beugt sich zu Ann, die ich freigebe, um anzurufen.

»Entschuldigt mich kurz.« Die Mädels diskutieren weiter, als ich Maron anrufe. Entweder ist die Musik in dem Club zu laut, sodass sie ihr Handy nicht hört, oder sie will nicht mit mir reden – was kein Wunder wäre. Sie wird sich mir nie wieder anvertrauen. Die Abrechnung hat sie nicht verkraftet, das konnte ich in ihren Augen lesen. Gott! Es tut mir so leid. Unruhig überlege ich, was ich tun kann. Die Clubs absuchen –

mehr fällt mir nicht ein.

»Gut, lasst uns ins ›Praisen‹ gehen«, beschließe ich, fahre durch mein Haar und halte weiterhin Ausschau, obwohl ich weiß, dass es nichts bringen wird. Hätte ich Oliver nicht geschrieben, heute schon um acht Uhr Feierabend zu machen, sondern sie länger im Auge zu behalten, wüsste ich jetzt, wo sie sich befindet. Aber scheiße, nein! Ich habe bis dahin seine Voicemail nicht abgehört! Zufall oder will mir mein Karma etwas sagen?

Dann vibriert mein Handy. *Law!* Auf ihn habe ich keine Lust. Der Idiot soll mir eine schriftliche Entschuldigung vorlegen, bevor ich mich jemals bei ihm melde.

»Dort drüben ist es gleich!« Ann nickt mit ihrem Engelsgesicht zu einem modernen halbrunden Glasgebäude. Vor uns leuchten die Neonlichter der Nachtclubs und Restaurants des Stadtviertels auf, an deren Eingängen bereits Menschen anstehen.

Wieder vibriert mein Handy.

Und wieder ist es Law.

Ich sollte es abschalten, stattdessen drücke ich ihn weg. Kaum bin ich aus New York zurück, hat er nichts Besseres zu tun, als mich zu nerven.

»Du scheinst sehr wichtig zu sein«, stellt Ann mit einem niedlichen Lächeln fest und nickt zu meiner Hosentasche, in der es wieder vibriert, sodass ich genervt die Stirn krausziehe.

»Nicht so beschäftigt wie später mit euch. Wartet ihr kurz.«

»Klar, geh ruhig ran. Wir studieren schon mal die Karte. Komm, Becca.« Die Mädels drehen sich auf ihren hohen Schuhen um, während ich an mein Smartphone gehe.

»Ich hoffe für dich, es ist wichtig, dass du dreimal anrufst, Law, weil –«.

»Dubois hat Maron, jetzt quatsch nicht und beweg dich zum ›Helio‹, wo auch immer du bist!«

Kurz vergesse ich, zu atmen.

»Woher?« Im Hintergrund höre ich ein Rauschen. Law muss bereits im Auto sein.

»Sie hat mich vor wenigen Minuten angerufen, war panisch, und im Hintergrund habe ich Männerstimmen gehört. Sie müssen ihr was verabreicht haben. Zumindest habe ich ihr gesagt, sie soll den Club sofort verlassen. Such sie! Du bist bereits in der Nähe!«

Ann und Rebecca stehen vor der Karte am Club, als ich ihnen im Rennen zurufe, dass ich wegmüsse. Das »Helio« ist nur eine Seitenstraße von mir entfernt. Wenn sie wirklich dort ist, dann werde ich sie finden.

Dieser Scheißkerl ist wirklich gerissen. Law sprach von mehreren Männern. Was, wenn alles ein Trick war? Und ich Wichser musste sie in die Verzweiflung vögeln, dass sie sich erst recht nicht wehren kann. *Verdammt!* Nun nagt das schlechte Gewissen an mir, einen meiner größten Fehler begangen zu haben. *Das hat Zeit – hilf ihr, statt dich um dein Gewissen zu kümmern!*

Um die nächste Hausecke biege ich ab und erkenne vier dunkel gekleidete Männer, die eine Frau vom Bordstein heben. *Nein! Sie ist bewusstlos.*

Ohne groß zu überlegen, renne ich auf sie zu. Die Gasse ist menschenleer, meine Schritte hallen an den Wänden wie in James-Bond-Filmen wider, sodass sich dieser blonde Typ, ihr Kunde, umdreht und mir überrascht entgegenstarrt.

»Scheiße, Chevalier ist hier!«, ruft er, sodass die anderen zu mir blicken. Dubois nickt den anderen zu, die Maron in den Wagen heben. *Nein!*

»Etwas spät. Haben dich deine anderen Frauen abgelenkt?« Wütend hole ich aus und ramme Dubois' aristokratischer Fresse meine Faust ins Gesicht, die seinen Kiefer streift. Zwei Männer kommen auf mich zu, deren Fäusten ich rechtzeitig ausweichen kann. Doch dann bekommt mich einer zu fassen, zerrt mich von diesem Schwein zurück und mich treffen Dubois' harte Schläge in den Magen, sodass ich Galle schmecke und sie wütend ausspucke. Der Schweiß rinnt trotz kurzer Entfernung meinen Rücken entlang, während ich schnell zum Wagen blicke, in dem meine Kleine von einem Typen hingesetzt wird.

»Erbärmlich!«, verspotte ich ihn und zerre an dem Griff des großen dunkelhaarigen Kerls, der mich weiterhin in die Mangel nimmt. »Mehr hast du nicht zu bieten? Du schlägst wie ein Mädchen zu, Narbengesicht«, versuche ich ihn zu provozieren und die Zeit hinzuhalten, bis Law endlich eintrifft und mir helfen kann.

»Erbärmlich, Chevalier?«, wiederholt Dubois meine Worte. »Das ist wohl dein Verhalten in der Presse.« Er lacht finster, dann folgt ein weiterer Schlag, der mein Gesicht trifft, sodass ich tief Luft hole und ihm entgegenknurre.

Kurz kann ich mich aus dem Griff des Typen neben mir befreien, indem ich ihm einen kräftigen Stoß mit dem Ellenbogen in die rechte Seite verpasse. Im nächsten Moment schlage ich Dubois' beschissenes Grinsen aus seinem Gesicht. Ich schmecke Blut auf der Zunge und schlage weiter auf ihn ein. Dem Scheißkerl, der meinem Mädchen an die Wäsche will. Wozu sollten sie ihr ansonsten Drogen verpasst haben? Wenn sie jemand zerstört, dann ich, aber nicht diese Wichser. Immer noch behindert der Alkohol meine Gedanken, sodass es mir schwerfällt, mich zu konzentrieren.

Dann reiße ich ihn mit einem Tritt in die Kniescheibe um. Er flucht und ruft seine Freunde. Doch nicht lange, als er drei Schläge von mir für seinen dummen Kommentar erhalten hat, werde ich zurückgerissen, etwas Hartes trifft mein Jochbein, bevor ich einen Tritt in die Nieren spüre, sodass ich stöhne. Dann tritt jemand in mein Gesicht und Splitter rammen sich in meine Haut. *Zur Hölle, tut das weh!* Mit einem schmerzverzogenen Gesicht versuche ich mich wegzurollen.

»Lasst uns aufbrechen. Der ist fertig! Ich habe keine Lust, meine Zeit mit ihm zu vergeuden«, höre ich Dubois lachen, der sich über mir über die Lippen wischt, auf den Asphalt spuckt und dann auf den Landrover zugeht. Die beiden Männer nicken, dann spüre ich einen heftigen Tritt, etwas knirscht und ich knurre, weil sie meine Rippen getroffen haben. *Wichser!*

Sie wenden sich von mir ab, ich sehe die Scheinwerfer aufleuchten, dann Türen zuschlagen und der schwarze Wagen setzt aus der Gasse zurück. *Nein! Maron!*

Law, Scheiße, beeil dich endlich!

Mit einem Stöhnen ziehe ich mich auf die Knie an dem Backsteingebäude hoch, höre Räder durchdrehen, bevor der Wagen davonfährt. Meine Nase ist im Arsch, ich ziehe blutüberströmte Finger vor meine Augen, als ich mein Gesicht abgetastet habe, während ich ein permanentes Stechen zwischen den Rippen spüre, sodass ich kaum einatmen kann. *Rippenbruch! Fuck!*

Im nächsten Moment werde ich geblendet und mir wird eine Tür aufgehalten.

»Scheiße, wie siehst du aus. Beweg dich!«, ruft mir Law zu. Ich ziehe mich auf den Ledersitz seines Aston Martin und schließe die Tür. »Heilige Scheiße, die haben dich zugerichtet.«

In dem Sitz lasse ich mich zurücksinken und schließe kurz die Augen. Ich habe es nicht einmal anders verdient, nachdem ich meine Kleine so erniedrigt habe. Die Schmerzen sind mir scheißegal. Sie nehme ich lieber in Kauf, als Maron im Wagen von Dubois unter Drogen gesetzt und entführt zu sehen. Dieses Mal, das weiß ich, wird er sie vergewaltigen, womöglich mit seinen Freunden – dann wäre sie nur noch ein Schatten ihrer selbst ... *Gott, denke nach und hilf ihr!*

»Beeil dich, bevor sie verschwunden sind. Sie planen etwas zu viert, das ist offensichtlich und haben Maron die letzten Tage ausspioniert.«

»Woher weißt du davon?«, will Law wissen und blickt mir grimmig entgegen. Ich erzähle ihm von Oliver, meiner Überwachung und auch dem Fick auf der Toilette.

Ihm bleibt kurz die Sprache weg, dann dreht er sich zu mir, gefolgt von einer Faust, die meinen Kiefer trifft. »Das war noch lange nicht alles. Warte, bis ich die Gelegenheit dazu habe, dir zu zeigen, was für ein Arschloch du bist.« Das weiß ich, aber der Schmerz hilft, um mich von meinem schlechten Gewissen zu lösen. »Du darfst dich gerne, bevor ich ins Krankenhaus gehe, austoben. Denn, Scheiße, ja, ich habe es ruiniert!«

»Die Kleine hat sich uns heute wieder anvertraut, wollte mich wiedersehen und du vögelst sie wie eine Straßennutte!« Das Missverständnis und der Ärger sind in seiner Stimme zu hören. »Wir sehen uns, wenn du dich erholt hast, im Ring ohne Limit, das verspreche ich dir!« Mit zusammengepressten Lippen schaue ich zur Heckscheibe und nicke.

Lawrence mustert mich mit einem abfälligen Schnauben, dann setzt er zurück und gibt Gas. Ich kann den Jeep nirgends entdecken. Mein Blick trübt sich, während mein Schädel pocht und der Schmerz zwischen meinen Rippen mich kaum gerade sitzen lässt.

»Da sind die Schweine!« Vor uns erkenne ich, wie Rücklichter an der Ampel rechts abbiegen. »Du hättest nicht saufen gehen sollen.«

»Es ist Samstag«, antworte ich genervt. »Dafür bist du zum Wochenende nüchtern? Habe ich etwas verpasst?«

»Sei still, sonst verpasse ich dir einen weiteren Schlag, damit du bewusstlos wirst.« Immer risikoreicher holt Law auf, blendet den Wagen, damit sie anhalten sollen, was sie natürlich nicht tun, stattdessen geben sie Gas und rasen in einem mörderischen Tempo durch Marseille, sodass mir der Mund offen stehen bleibt.

»Überhol sie!«

»Was, denkst du, habe ich vor! In deinem Suff solltest du deine Klappe halten und deinen großen Bruder machen lassen. Schließ die Augen, und überleg dir, wie du dich bei ihr entschuldigen wirst!« Lawrence grinst schief, beschleunigt nach der Kreuzung rasant, sodass mir übel wird, und zieht seinen Aston Martin auf die andere Fahrbahn. Wir fahren über 140 Sachen in der Innenstadt, als wir parallel zum Jeep aufholen. Ich sehe Dubois' dämliches Grinsen. Für ihn ist es alles ein Spiel. Plötzlich bremst Law so abrupt ab, dass ich nach vorn gerissen werde und ich wirklich würge, weil sich der Gurt in meine Magengegend einschneidet.

»Scheiße!« Vor uns glühen Scheinwerfer auf, dann ertönt ein ohrenbetäubendes Hupen, bis Law rechtzeitig die Spur wechselt, kurz ins Wanken gerät, aber die Spur korrigiert, sodass ich ausatme.

»Am liebsten würde ich sie rammen!«, knurrt er und schlägt

gegen das Lenkrad ein.

Ich grinse verbissen. »Den Wagen oder Maron?«, stelle ich ihn vor die Wahl, aber lenke ein, bevor er sich entscheidet. »Lass es, wenn Dubois den Wagen um die nächste Laterne wickelt, haben wir auch nichts davon. Versuch ihn irgendwie auszubremsen.«

Ich schließe die Augen, schmecke weiterhin den bitteren Geschmack von Blut auf der Zunge, während Lawrence lässig und zugleich konzentriert erneut überholt – und das so schnell, dass er vor dem Jeep auf die Fahrspur rüberzieht und Dubois ausbremst. Doch anstatt anzuhalten, wendet Dubois in einer unüberlegten Drehung seinen Geländewagen, der gefährlich ins Schleudern gerät.

»Ist der WAHNSINNIG!«, brülle ich und drehe mich zur Heckscheibe um, als der Schmerz heftig durch meinen Körper zuckt, sodass ich knurre. Es ist mir egal! »Wende! SOFORT!« Denn ich sehe, wie der Wagen mit quietschenden Reifen über die Bahn schlittert und direkt über den Bordstein auf den nächsten Baum zurast, und wenn er den nicht erwischt, dann kracht er frontal gegen die Hausfassade dahinter. *GOTT!*

Law bremst rasant ab und wendet, als der Jeep gegen die Fassade prallt, sodass mein Herzschlag aussetzt. Meine Augen weiten sich. »Nein! Nein! Oh Gott! Verflucht! Nein!«

»FUCK!« Kaum hält Law hinter dem demolierten Wagen, beiße ich die Zähne aufeinander und steige aus dem Wagen, obwohl ich eher wanke, stürze und mich wieder auf die Beine ziehe. SCHEISSEGAL! Ich muss zu meiner Kleinen.

Vor mir qualmt der Jeep, Glassplitter liegen auf dem Asphalt zerstreut, Nachbarn eilen aus den Häusern und es liegen Metallstücke auf der Straße. Türen des schwarzen verbeulten Jeeps öffnen sich, aus denen zwei Männer torkelnd aus dem

Auto herausfallen. Lawrence überholt mich und schnappt sich den ersten, den er gegen den Wagen wirft und ihn wütend anblafft.

»Sieh nach der Kleinen!«

Ich reiße die Tür des Jeeps auf und sehe Maron festgeschnallt auf dem Rücksitz, bewusstlos und mit einer blutenden Schläfe.

»Maron!«, rufe ich, schlage nicht zu fest gegen ihre Wange, aber bekomme sie nicht wach. Entweder liegt es an dem Zeug, das sie ihr verabreicht haben, oder ... *Nein, sie kann nicht tot sein!* Schräg neben mir sehe ich Dubois bewusstlos auf dem Fahrersitz. Sein rechter Arm ist verdreht und sein Gesicht blutüberströmt.

Eilig schnalle ich Maron ab, versuche weiter, sie wach zu bekommen, während meine Finger zittern. Aber sie bewegt sich nicht, sagt nichts. Nicht einmal ihre Augenlider flattern. Nichts. Ich greife nach ihrem Arm, will ihren Puls spüren, der ... kaum zu spüren ist. *Verdammt, nein!*

Aus meiner Hose ziehe ich mein Handy, um den Rettungsdienst anzurufen. Es ist schwierig, klare Aussagen zu machen, wenn der Mensch, der vor einem sitzt, fast stirbt.

Als ich mein Handy auf die Rückbank werfe, weiß ich nicht, ob ich sie aus dem Wagen heben soll. Ich käme mit meinem Rippenbruch keine zwei Schritte weit. Ich stehe absolut hilflos neben ihr und weiß nicht – weiß absolut nicht! –, was ich machen soll, um ihr zu helfen! Weil ich weiß, ihr nicht helfen zu können. Kurz verschleiert sich mein Blick, sodass ich blinzele.

»Kleines, bitte wach auf!« Ich streiche über ihre Stirn, beuge mich vor und küsse sie sanft, umfasse ihr Gesicht und spüre, wie ich mit den Kräften am Ende bin.

Sie kann jetzt nicht aufgeben. Vorsichtig ziehe ich sie an mich, ihr Körper fühlt sich so zerbrechlich und kraftlos an. Ich atme ihren warmen Duft ein, als ich Sirenen höre und aufsehe.

Law konnte einen der Männer festhalten, während zwei von den Typen abgehauen sind. Auch der Kerl, mit dem sie sich getroffen hat, konnte fliehen. Mir ist es gerade egal, solange Maron geholfen werden kann.

»Endlich!«, höre ich Lawrence, der sofort den in die Mangel genommenen Mann der Polizei übergibt und dann zu mir kommt.

»Ist sie tot?«, fragt er mich leise. »Was ist mit dem Scheißkerl?« Er nickt zu Dubois vor.

»Ich weiß es ... nicht.« Mit blutverschmierten Händen fahre ich mir über mein Gesicht, als ich von den Sanitätern zur Seite gedrängt werde, sich jemand um mich kümmern will, obwohl ich keine Hilfe brauche.

»Kümmert euch um sie. Lasst sie nicht sterben«, flehe ich sie fast an und behalte sie im Auge, wie sie Maron aus dem Wagen heben, sie beatmen und ihr eine Halskrause anlegen. Die Sanitäter beruhigen mich, obwohl ich weiß, dass sie ihren Zustand noch nicht einschätzen können.

Alles kommt mir wie ein übler Alptraum vor, aus dem ich einfach nur aufwachen möchte. Gerade jetzt fällt mir der letzte Moment mit ihr ein, wie sie mir auf dem Fliesenboden zerstört, gedemütigt und so unendlich verletzt entgegengeblickt hat, mir sagte, was für ein Riesenarschloch ich sei. Ihr Make-up ruiniert, die Strumpfhose zerrissen und von meinen Geldscheinen umgeben. Ich hätte ihr das niemals antun sollen. Wenn sie stirbt, war das mein letzter Moment mit ihr. Immer wieder schüttele ich den Kopf, weil es so nicht enden darf.

Sie sieht so schrecklich auf der Trage aus – blutverschmiert, ihr rechtes Bein seltsam verdreht und blass, wie eine Tote, sodass ich fast wegsehen muss, als Law seine Hand auf meine Schultern legt.

»Sie wird sicher wieder.«

»Wenn nicht?«, frage ich mit kratzigen Stimmbändern. Ich will ihr Lachen sehen. Sehen, wie sie spöttisch ihre Augenbraue anhebt, wenn sie sich im Vorteil fühlt, sie dem Fußboden entgegenschmunzelt, wenn ich ihr ein Kompliment gemacht habe. Ihre weiche zarte Haut unter meinen Fingern spüren, wenn ihr Körper zittert. Meine Lippen über ihre streifen und ihren sinnlichen Duft, den ich einfach – solange ich auch darüber nachgedacht habe – nicht in Worte fassen kann, einatmen. Sie nachts beim Schlafen beobachten, weil sie mich immer an einen Engel erinnert, sie um mich haben ... – nicht, dass sie stirbt.

Nicht so ...

Lawrence antwortet nicht, sondern rauft sich mit gesenktem Gesicht sein dunkelblondes Haar. Unter seinen grauen Augen liegt ein Schatten, sodass sein sonst so überhebliches Gesicht mitfühlende Züge annimmt. Lange habe ich ihn nicht mehr so mitgenommen gesehen. Ich denke nur an mich, obwohl ich weiß, dass ihm ebenfalls etwas an Maron liegt.

»Sie sollten ebenfalls behandelt werden«, spricht mich ein Arzt mit ergrautem Haar an, als Maron auf einer Liege in den Krankenwagen geschoben wird.

»Mach schon. Du siehst übel aus, Gideon.« Lawrence nickt mir entgegen, und ich lasse mich zum Krankenwagen führen, obwohl ich es in dem Moment für unnötig halte.

»Wir sehen uns im Krankenhaus«, verabschiedet er sich und

legt seine Hand auf meine Schulter, bevor er sich umdreht und mit gesenktem Kopf auf seinen Wagen zugeht. In einen zweiten Krankenwagen wird Dubois geschoben, während sich die Polizisten und Feuerwehrmänner den zerschrotteten Wagen und die Hausfassade ansehen.

»Folgen Sie mir.« Der ältere Arzt neben mir stützt mich und geht mit mir auf den Wagen zu.

»Kennen Sie die Dame?«

»Ja«, antworte ich knapp.

»Dann werden wir Sie zusammen transportieren.« Ich hätte auch nicht geduldet, sie ohne mich fahren zu lassen.

Mit einem Nicken steigen wir ein, und sosehr der Arzt darauf beharrt, mich hinzulegen, bleibe ich angeschnallt neben Maron sitzen und greife nach ihrer Hand. Auf ihrem Gesicht liegt eine Sauerstoffmaske, eine Ärztin legt ihr bereits Kanülen. Sie sieht so blass aus, dass es mir wehtut, sie so zu sehen.

Gott, ich würde alles dafür geben, dass sie aufwacht. Alles. Falls sie es überlebt, werde ich nicht mehr zulassen, dass ihr etwas passiert. Mit dem Daumen streichele ich über ihre Fingerknöchel, als der Wagen losfährt.

Plötzlich kommen mir die letzten Tage vor, als hätte ich sie vergeudet – weil ich sie nicht mit ihr verbracht habe …

Weil ich glaubte, ohne sie glücklich zu werden.

Was für ein Trugschluss!

21. KAPITEL

LAWRENCE

Als ich im Krankenhaus eintreffe, befindet sich Maron im OP-Saal wegen Verdachts eines Leberrisses, einer Beinfraktur und einem Schleudertrauma – also eine ganz schöne Liste, die sogar meine schwersten Kampfverletzungen toppt – und Gideon aufgelöst mit verbundenem Oberkörper, gebrochenem Nasenbein und behandelten Platzwunden in einem privaten Krankenzimmer.

Dorian überholt mich und geht auf Gideon zu, weil ich ihn verständigt habe.

»Wie konnte das alles passieren? Wo ist der Typ?«, will er wissen. Gideon verzieht sein Gesicht, das wirklich übel zugerichtet wurde, und schaut von Dorian zu mir.

»Schlimmer als mir. Der hat seine Bestrafung erhalten. Er wird ebenfalls operiert. Mehr durften sie mir nicht verraten. Wir sollten Marons Freund anrufen. Luis.«

»Ich werde mich darum kümmern«, beschließt Dorian, fährt sich durch sein tiefschwarzes Haar, wie er es immer tut, wenn er neben der Spur läuft, dann verlässt er den Raum.

»Wie lange, denkst du, werden sie brauchen?«, frage ich und ziehe mir einen Stuhl an sein Bett. Er sieht aus, als könnte er sich kaum bewegen. So scheußlich zugerichtet habe ich ihn noch nie gesehen. Die Scheißkerle werde ich, falls die Polizei es nicht schafft, sie einzufangen, selber aufsuchen. Dann gnade ihnen Gott, dass sie nicht Opfer eines tragischen Unfalls werden und eines Nachts ohne Eier und mit einem Messer zwischen den Rippen aufwachen.

»Sie haben vier Stunden erwähnt, aber sich nicht festlegen wollen. Reich mir das Wasser.«

Ich greife nach der Wasserflasche, die sie ihm auf den Nachttisch gestellt haben, und öffne sie.

»Hier! Sieht aus, als würdest du neben einer Gehirnerschütterung noch deinen Kater überleben müssen«, stelle ich mit einem leichten Grinsen fest, obwohl mir bei der Vorstellung, sie hätten ihm mehr angetan, das Grinsen vergeht.

Ob es Maron schaffen wird? Die Kleine hätte es nicht verdient, so zu sterben. Diese Ungewissheit macht mich verrückt. Gideon ebenso. Ich sehe, wie er ständig zur Uhr blickt. Als ob sich die Zeiger schneller drehen würden, nur weil er es sich wünscht.

»Das sieht nicht nur so aus, es fühlt sich auch so an.« Mit der Hand fährt er sich über die Wange und zischt, weil er über die behandelte Wunde reibt. Lange Zeit sagt keiner etwas. In schlimmen Momenten schweigen wir, anstatt etwas zu sagen. Es wurde alles gesagt, und indem wir alles versuchen zu beschönigen, würde die Tatsache, dass Maron fast krepiert wäre, nichts ändern.

Weitere Stunden vergehen. Es ist vier Uhr morgens, und immer noch wissen die Ärzte nichts, weil ihr Zustand kritisch sei. Die Substanzen, die ihr verabreicht wurden, scheinen auch zu Komplikationen geführt zu haben. Scheiße!

In der Zwischenzeit ist Gideon wenigstens eingeschlafen. Ich stehe auf, um mir einen Kaffee zu holen, als ich Dorian mit einem Kerl sehe.

»Wo ist sie?«, fragt der Typ mit einer auffälligen Matte auf dem Kopf. Der niedliche Typ Mann eben.

»Nicht so schnell«, bremse ich ihn mit der Hand aus.

»Law!«, ermahnt mich Dorian. »Er kennt Maron länger als

wir, also halt dich zurück.« *Stimmt.* Mürrisch lasse ich meine Hand sinken und mustere diesen Luis.

»Sie wird noch operiert und sollte demnächst aus dem OP kommen. Allerdings ist ›demnächst‹ eine undefinierte Zeitspanne. Wir wissen auch nicht mehr.« Der Typ schaut mir skeptisch entgegen und erinnert mich an meine Studienzeit, wilde Partys, verschlafene Vorlesungen, mieses Mensaessen und jede Menge heiße Studentinnen.

»Danke, dass ihr euch um sie gekümmert habt.« Er bedankt sich wirklich? *Freundliches Kerlchen.*

»Klar.«

Dann schiebt er sich, nachdem er mich länger beobachtet hat, an mir vorbei und sucht eine Schwester auf.

»Gideon schläft und ich wollte mir einen Kaffee holen.«

»Ich begleite dich.« Zusammen sitzen wir auf der Bank und können weder ein Auge zubekommen noch reden.

»Denkst du, er hat es gewusst?«, fragt Dorian mich plötzlich und hebt den Blick.

»Was gewusst?«

»Dubois. Er muss gewusst haben, dass sie heute Abend allein unterwegs ist. Ihr Lehrer hat sie in den letzten Tagen ständig verfolgt. Sie hat selber gesagt, dass er gestern gegangen ist.«

»Er hat es gewusst und alles geplant. Dieses Mal werde ich selber dafür sorgen, dass er sofort in den Bau wandert, und mich mit keiner einstweiligen Verfügung zufriedenstellen.«

»Die wird er nicht bekommen.«

»Die hätte er nie bekommen dürfen. In Arabien hätten sie ihm sofort die Eier abgeschnitten.« Dann erzähle ich ihm von Gideons geheimer Überwachung, von seinem Fehltritt im »Oxymoron«, sodass Dorian seine Augen schließt und den

Kopf schüttelt, und jedes Detail vom Unfall. Mein kleiner Bruder sieht mitgenommen nach den zahlreichen Infos aus, sodass er den Kopf senkt und sich auf den Knien mit den Ellenbogen abstützt.

»Was, wenn sie es nicht schafft?«, sagt er leise, sodass nur ich es hören kann, dann nimmt er einen Schluck aus seinem Pappbecher.

»Sie wird es schaffen müssen, ansonsten stehen wir vor einem Problem. Ich habe Gideon beobachtet, als er ihr helfen wollte. Der Trip nach New York, das ganze Getue ist alles nur eine Show. Ihn hat es richtig erwischt. Wenn sie stirbt, wird er sich ruinieren und es sich niemals verzeihen. Du kennst ihn.«

»Ja, es wird wie früher werden. Sie muss es schaffen.« Vor drei Jahren ist eine Freundin, während sie nachts nachhause gelaufen ist, gestorben. Ein betrunkener Irrer hat sie nicht auf der Straße gesehen, als sie bei Grün die Kreuzung überquert hat. Die Sanitäter konnten nur ihre Leiche bergen. Gideon ist durchgedreht, hat sich die Schuld gegeben, weil er ihr vorgeschlagen hatte, sie nachts abzuholen, und dass sie ihm entgegenlaufen soll. Die Wochen danach haben wir ihn nicht gesehen. Fast ein halbes Jahr ist er durch die Welt gereist, um sich abzulenken, auf andere Ideen zu kommen und den Unfall von Serafin zu vergessen. Als ob seine schwachsinnige Idee geholfen hätte. Das Einzige, was er brauchte, war eine Therapie, ohne sich mit Drogen abzuschießen. Irgendwann hat er die Kurve gekriegt, aber erst nachdem er für wenige Tage im Knast einsitzen durfte wegen Drogenbesitzes. Tat ihm gut, ansonsten wäre er nicht mehr der, der er jetzt ist. Serafin hat er damit nicht helfen können – sich selber am allerwenigsten. Schwachkopf. Sollte das wieder losgehen ... Scheiße, noch mal werde ich es nicht dulden. Auch wenn ich derjenige bin, der ihn in die Clubs mitnimmt, kenne ich die Grenzen – er nicht. Mag beknackt klingen, aber als großer Bruder muss ich nicht zusehen, wie er sich weiter in die Scheiße reitet.

»Das hoffe ich, ansonsten lasse ich mir etwas einfallen. Wenn du nichts dagegen hast, mache ich kurz die Augen zu. Das war alles etwas zu krass für ein paar Stunden. Selbst für mich.« Dorian nickt mit einem nachdenklichen Gesicht, wie er es immer aufsetzt, sobald es Probleme zwischen uns gibt, dann strecke ich mich längs über die Sitzreihe aus und lege den Arm über mein Gesicht, weil das Licht in meine Augen sticht.

GIDEON

Neben mir liegt sie im anderen Bett wie eine Tote, an mehreren Geräten und Schläuchen angeschlossen, weil sie für zwei Tage ins künstliche Koma versetzt wurde. Die Ärzte meinten, die Operation sei ohne Komplikationen verlaufen, aber es müsse nun abgewartet werden, bis sie wieder aufwacht. Darüber – wann sie aufwacht – konnten sie mir keine Auskunft geben. Nur über ihre Verletzungen. Sie hat sich mehr zugezogen, als vermutet worden ist. Schädelhirntrauma, Leberriss, Schleudertrauma und ein Unterschenkelbruch. Nehmen wir die Schnitt- und Schürfwunden mal aus. Eigentlich hätte sie bereits vor einem Tag aufwachen müssen ... Eigentlich ...

Das Warten bringt mich fast um! Und es ist noch schlimmer, als ich mir ihre Nachricht von Lawrence aus meinem Penthouse habe bringen lassen. Sie wollte wirklich mit mir reden ... ihre Entscheidung, mich zu sehen, ändern.

Immer wieder kreisen meine Gedanken darum, sie zu verlieren, wenn nicht an den Verletzungen, so an dem Vorfall im »Oxymoron«. Wäre es ein Wunder? Nein!

Noch am nächsten Morgen – nach ihrer OP – habe ich veranlasst, uns in ein Zimmer zusammen verlegen zu lassen, weil ich sie bei mir haben möchte. Luis hat nach einem skeptischen Blick auf Maron zugestimmt. Warum, weiß ich nicht – weil ich ihn kaum kenne.

Jeden Moment, den er Zeit hat, kommt er sie besuchen, bleibt mehrere Stunden und erzählt mir Dinge von ihr. Auch von ihrer Schwester. Entweder hat er niemanden, mit dem er darüber reden kann, oder er tut es, weil er am Ende ist und jemanden zum Reden braucht. In der Zeit, in der ich mit Maron allein bin – auch nachts –, gehe ich an ihr Bett, auch wenn meine Rippenpartie höllisch schmerzt, und beobachte sie beim Schlafen. Mag lächerlich klingen, aber solange sie mich nicht in die Hölle schicken kann, werde ich jede Sekunde genießen, sie um mich zu haben. Die nächste Zeit wird aufreibend genug – wieso also nicht die kurze Zeit mit ihr auskosten.

Mehr als sechs Wochen werde ich mir wegen des Rippenbruchs eine Auszeit nehmen müssen. Vater wird ausrasten! Ich hoffe, Law bekommt es mit ihm geklärt, damit er von dem Unfall nichts erfährt. Die Geschäfte in New York konnte ich nach hartnäckigen Verhandlungen abschließen, somit wäre meine Aufgabe vorerst erledigt, den Rest kann Law so lange übernehmen. Oft genug bin ich für ihn eingesprungen, also sollte es kein Problem für ihn sein, mir die Wochen freizuhalten.

Es dämmert bereits, als ich auf ihr Bett zugehe und mich auf einen Stuhl neben sie setze. Ich nehme ihre Hand und halte sie an meine Wange, um danach ihren Handrücken zu küssen.

»Ich weiß, du würdest mich auslachen, wenn du mir weiterhin zuhörst, was ich dir in den letzten Tagen erzählt habe, aber ich würde alles tun, um dich wieder lachen zu sehen. Wirklich alles, meine Kleine.« Ich verschränke meine Hand mit ihrer und beuge mich über ihre Stirn, um ihr einen Kuss zu schenken, als ich ein leises Aufatmen höre. Schnell erhebe ich mich. Ihre langen Wimpern zittern kurz, sie rollt ihre Augen unter den Augenlidern.

»Kannst du mich hören? Ich bin bei dir.« Was, wenn sie gar nicht möchte, dass ich bei ihr bin? Wenn sie beginnt zu schreien, sich aufregt oder mich von sich wegstößt? Ich könnte sie verstehen, aber ich will mich wenigstens bei ihr entschuldigen, auch wenn ich ihre Worte auf der Toilette nicht hören wollte. Nun kann ich mich an jeden begonnenen Satz, mir ihre Gefühle mitzuteilen, erinnern. Wie dämlich muss ich sein, sie in dem Moment unterbrochen zu haben? Sie kämpft ständig dagegen an, keine Gefühle zu zeigen, Emotionen zu verbergen und sich keine Gedanken ansehen zu lassen, und ich habe sie angefahren, ihren Mund zu halten, um kein weiteres Wort mehr hören zu müssen. Zu gern würde ich es jetzt von ihr hören wollen, was sie mir sagen wollte – falls sie sich daran erinnert, falls sie erneut den Mut aufbringt und falls ich ihre Gefühle zu mir nicht bis auf die Grundfesten niedergerissen habe.

Blinzelnd öffnet sie die Augen, und ich erkenne das herrliche Blau ihrer Iriden, auch wenn es blasser wirkt als sonst, kränklicher.

»Hey.« Sie ist aufgewacht. Am liebsten würde ich sie in meine Arme ziehen und sie nicht wieder freigeben.

Sie stöhnt, dann bewegt sich ihre Hand in meiner, die andere zieht sie zur Stirn, während sie sich im Raum umsieht und dann auf mich blickt.

»Gideon?«, fragt sie und ich lächele.

»Du bist endlich wach, Kleines.« Sie zieht ihre Augen zusammen und dreht ihren Kopf in der Halskrause, aber nicht ohne ihr Gesicht vor Schmerz zu verziehen.

»Was ...« Sie blickt zu dem Tropf, zu den Kanülen in ihrem Arm, weiter zu den Fenstern im Krankenzimmer und will sich erheben.

»Nein, bleib liegen. Ich werde eine Schwester rufen.«

»Schwester? Wo bin ich? Wie ...«, wispert sie angestrengt. Sie wirkt hilflos und verletzt, was ich tief in ihren Augen erkennen kann.

»Du bist im Krankenhaus und hattest einen Unfall, den du

Gott sei Dank überlebt hast. Dubois liegt noch im Koma. Du hast nach der OP mehr als zwei Tage geschlafen, Kleines. Und endlich bist du wach. Ich kann es kaum glauben.«

In meinen Augenwinkeln zieht es, sodass ich zwinkere, um nicht vor ihr zu weinen.

»Ich kann mich an keinen Unfall erinnern«, flüstert sie leise und zieht ihre Augenbrauen zusammen. Laut der Aussagen der Ärzte wird sie einen Filmriss nach den Substanzen von Dubois haben und sich an die Nacht kaum erinnern können. Vielleicht ist es sogar besser so. Ich werde ihr in einem günstigeren Moment davon erzählen. Zuerst braucht sie Ruhe.

»Sch. Musst du auch nicht, Kleines.«

»Warum siehst du so übel aus?«, fragt sie plötzlich und hebt ihre Hand zu meiner Wange. »Hattest du ebenfalls einen Unfall?«

»Nein. Ich ... Es ist nicht so wichtig. Bleib ruhig liegen, ich hole jemanden.«

Langsam löse ich mich von ihrer Hand, schenke ihr ein Lächeln und streichele über ihren Arm.

Im Gang zerre ich den nächsten Arzt, der mir begegnet, in Begleitung einer Schwester in unser Zimmer. Er begutachtet Marons Zustand und schätzt sie für stabil ein, sodass ich erleichtert durchatme. Als ich ihn allein spreche, meint er, dass sie weitere Wochen stationär in Behandlung bleiben soll, damit Komplikationen mit der OP ausgeschlossen werden können.

Im Zimmer setze ich mich wieder zu ihr.

»Du hast dich geprügelt«, stellt sie leise fest, als ihre Blicke über mein Gesicht wandern.

»Nein, ich bin die Treppe heruntergestürzt«, antworte ich ihr mit einem Grinsen.

Ihre Augen beginnen zu strahlen. »Du warst schon immer ein schlechter Lügner, Gideon Chevalier. Dein Anblick hat etwas Verwegenes.« Sie schmunzelt kurz, was ich so an ihr liebe.

»Ich habe es nur für dich getan, um dir zu imponieren.«

»Ah«, antwortet sie und hebt eine Augenbraue. »Dann ist es dir gelungen.« Sie schluckt hart, das sehe ich, bis sie ihre Augen schließt.

»Du solltest etwas schlafen, Kleines. Ich liege gleich neben dir im anderen Bett.«

»Kannst du nicht zu mir kommen?«, fragt sie leise und blinzelt. *Meint sie das ernst?* Nach all dem, was ich ihr angetan habe? Oder kann sie sich nicht an den Vorfall auf der Toilette erinnern?

»Ich liebe deine Nähe.« Die Worte von ihr zu hören, verschafft mir Gänsehaut.

Ich erhebe mich, als sie meinen verbundenen Oberkörper mustert und die Augenbrauen zusammenzieht. Sie überlegt, was wirklich vorgefallen ist, aber fragt nicht. Sicher, weil sie zu erschöpft ist. Vorsichtig lege ich mich zu ihr ins Bett. Sie schließt ihre Augen und schiebt ihren Kopf an meine Brust, sodass ich mich kurz zusammenreißen muss, nicht zu knurren, als der beißende Schmerz meinen Brustkorb durchzieht. Aber das ist es mir wert. Ich schiebe einen Arm unter ihren Kopf, während sie etwas leise sagt, was ich nicht verstehen kann, und sie im nächsten Moment wieder eingeschlafen ist.

»Wie ich dich liebe, ist kaum in Worte zu fassen. Ich danke Gott, dass du noch bei mir bist«, flüstere ich über ihrem Kopf, dann küsse ich ihr Haar.

Und hoffentlich kannst du mir verzeihen.

22. KAPITEL

Als ich vor einem Tag die Augen aufschlug, konnte ich kaum einen klaren Gedanken fassen, weil sich in meinem Kopf alles dumpf und schwer angefühlt hat, während ich mich kaum bewegen konnte und ein tauber Schmerz in meiner Bauchgegend zu spüren war. Gott, ich verfluche Dubois! Wenn es wirklich stimmt, was mir Gideon erzählt hat, dann hat er es nicht anders verdient, selber Schmerzen zu leiden. Den Tod würde ich ihm nicht wünschen, aber die Schmerzen!

Leider kann ich mich an die Nacht, den Unfall, an Gideon, an all das nicht mehr erinnern. Leider ... oder ist es nicht sogar besser so? Ich kann mich nur an den letzten Augenblick erinnern, als ich in der Gasse gestürzt bin, um vor den Männern wegzulaufen. René Verne und Robert Dubois. Wer die anderen zwei Männer waren, kann ich nicht sagen. Ich habe sie kaum erkannt, weil mein Blick verschwommen war. Ich hasse Drogen!

Soweit ich in Erfahrung bringen konnte, werde ich völlig gesund werden ohne Folgeschäden, sodass ich Gott, falls es einen gibt, dafür danke. Luis kommt mich jeden Vormittag besuchen, und auch Law, Dorian und Jane kommen regelmäßig vorbei, auch als ich nicht wach war.

Heute will Leon vorbeikommen. Als ich ihn vom Krankenhaus anrufen musste – weil mein Handy verloren gegangen ist –, um meine Termine abzusagen, hat er zuerst getobt, weil ich drei Abende nicht bei meinen Kunden aufgetaucht bin. Doch dann tat ihm seine Wuttirade leid. Er ist immer etwas impulsiv, was mich zum Lächeln bringt.

Den Morgen wurde ich von Küssen geweckt. Wieder habe

ich Gideon über mir gesehen, als ich aufgewacht bin. Zeitweise kommt es mir vor wie ein Traum, wenn ich nicht ein eingegipstes Bein und eine Halskrause tragen würde und Schläuche an meinem Arm befestigt wären. Aber die kann ich ignorieren, wenn er bei mir ist. An den Schildern des Personals konnte ich, bevor es mir Gideon bestätigt hatte, feststellen, dass ich mich im selben Krankenhaus befinde wie meine Schwester.

Luis habe ich mitgeteilt, als Gideon uns allein gelassen hat, dass er Chlariss nichts von dem Unfall erzählen soll. Vorerst zumindest nicht. Mehr als sechs Wochen muss ich den Gips tragen. Es wird unvermeidlich sein, es vor ihr geheim zu halten. Aber zuvor muss ich meine Gedanken ordnen, brauche Ruhe und Zeit, dann werde ich es ihr erzählen. Sie braucht nicht geschont zu werden, aber ich fühle mich mit dem Ganzen überfordert. Um ehrlich zu sein auch, dass Gideon mich so fürsorglich behandelt, als wäre ich ein verletztes Rehkitz.

An den rohen Sex auf der Toilette kann ich mich wieder erinnern, deswegen erscheint mir alles paradox. Entweder treiben ihn Schuldgefühle an, mich zu verhätscheln, oder er hatte, wie er selbst sagte, wahnsinnig Panik, dass ich sterben könnte, als er mich aus dem Autowrack gezogen hat. Wäre es mir nicht auch so gegangen? Gott, wenn ich Gideon leblos aus einem Unfallwagen zerren müsste, würde ich ebenfalls Schuldgefühle haben nach dem Desaster ... Sind es wirklich nur Schuldgefühle, weil er mich verletzt und gedemütigt hat?

Ich bräuchte Zeit über alles nachzudenken ... und eine Antwort von ihm ... irgendwann. Er ist zwar ständig um mich herum, aber ich vermeide das Thema und will die Sache auf der Toilette nicht ansprechen – dafür befinde ich mich einfach nicht in der passenden Verfassung.

»Ich hoffe, du hast ihm nichts von Chlariss erzählt?«, frage ich Luis, der am Fenster steht und auf den Park rausschaut. Ich sehe nur die Baumkronen, mehr leider nicht, aber weiß, in welchem Krankenhausflügel wir uns befinden müssen.

»Doch, habe ich. Ich wollte ihn testen, wie er auf all das reagiert.« *Das kann nicht sein Ernst sein!*

»Das ist meine Aufgabe, Luis! Hast du ihm gleich miterzählt, dass sie sich in diesem Krankenhaus befindet?«, möchte ich wissen und ziehe mich an der hochgestellten Matratze ein Stück höher. Luis dreht sich zu mir um und lächelt das Lächeln, das ich seit Jahren kenne, wenn gleich eine unangenehme Antwort kommt.

»Nein, das ist deine Aufgabe. Hör auf, länger aus deinem Leben ein Geheimnis zu machen, Maron. Ich weiß, wir haben viel durchgemacht, aber er ist in Ordnung. Er hat dir das Leben gerettet, sich für dich geprügelt und dich jede Sekunde überwacht. Mehr muss ich nicht wissen. Vertrau ihm.«

Mit wenigen Schritten steht er neben meinem Bett und nimmt auf dem Stuhl Platz. In manchen Angelegenheiten wirkt er erwachsener, reifer als ich. Ich nicke, weil er recht hat.

»In einem günstigen Moment erzähle ich ihm von ihr. Wenn ich laufen kann, werden wir sie besuchen. Wie geht es ihr?«

Luis tätschelt meine Schulter. »Endlich wirst du vernünftig, Maron.« Ein giftiger gespielter Blick trifft ihn, bevor ich lache. »Ihr geht es gut. Sie hat sich ernsthaft verknallt und lässt sich nur noch von dem Pfleger herumführen. Ihr seid wirklich Zwillinge, beide in einen Typen verschossen, trauen sich aber nicht, ihn darauf anzusprechen.« *Verschossen! Ich will nur kein Risiko eingehen. Das nennt man vernünftig.* Sein Lächeln geht in ein Lachen über.

»Chlariss werde ich dazu bringen, es ihm zu sagen, dir werde ich vermutlich noch etwas in deinen Hintern treten müssen.« Er zwinkert mir zu, dann beugt er sich zu mir und küsst meine Wange. »Du hättest es verdient, glücklich zu sein.«

»Ich habe dich.«

Er erhebt sich. »Ja, hast du, aber unsere Beziehung ging mehr als daneben. Mit ihm …« Er nickt zum leeren Bett. »… könntest du neu beginnen.« Ich reibe die Lippen aufeinander und bringe ein gepresstes Lächeln hervor. Er war schon immer ein Romantiker, was typisch für Frauen ist. Doch er muss immer alles beschönigen, als würden gewisse Dinge einfach laufen, bloß weil man sie anspricht. So ist es nicht bei mir. Nach all dem, was vorgefallen ist, kann ich nicht neu beginnen. Und das mit Gideon ... Luis ist ein Träumer, schon immer gewesen.

»Du hörst dich an wie meine Mutter, Luis«, necke ich ihn.

Seine Augen ziehen sich zusammen. »Werd nicht vorlaut. Im Übrigen ...« Er erhebt sich. »… werden morgen Vormittag die Prüfungen bekannt gegeben. Dann werden wir sehen, ob deine Mutter auf dich stolz sein kann.«

Ich fauche. »Ruh dich aus, Maron. Wir sehen uns morgen. Und ... denk nicht zu lange nach.« Er haucht mir zwei Küsse auf die Wange, schnappt sich seine Jacke, die über dem Stuhl liegt, und verlässt das Zimmer.

»Spinner!«, murmele ich, bevor er die Tür zuzieht.

»Das habe ich gehört!« *Mist!*

»Solltest du auch!«

Ich brauche nicht lange zu überlegen, weil ich weiß, was ich möchte. Mehr noch, nachdem ich von Gideon erfahren habe, dass er weiterhin über einen engagierten Mitarbeiter auf mich aufgepasst hat. Ich habe ihm alles von Kean erzählt, was er wissen wollte, während er mir mit angespannten Gesichtsmuskeln zugehört hat. Ob er mir glaubt, weiß ich nicht. Mehr kann ich nicht tun. Aber für mich ist Kean vorerst gegangen, weil ich innerlich mit ihm abgeschlossen habe. Meine Hoffnung, dass sich zwischen uns mehr entwickelt, ist wie weggeblasen, seit ich Gideon kennen gelernt habe ... Kean ist meine Vergangenheit und Gideon die Gegenwart, meine Zukunft.

Doch ich kann nicht lange nachdenken, als Gideon gefolgt von Lawrence, der eine große Papiertüte in der Hand hält, Dorian und Jane das große Privatkrankenhauszimmer betritt.

»Ich habe euch etwas mitgebracht. Dir auch, Schatz.« Gideon läuft an seinem Bruder vorbei und schüttelt den Kopf. Auf seiner Wange erkenne ich die behandelte Platzwunde, das Pflaster über seiner schönen Nase, blaue Flecken, einen Riss in der Lippe. Er sieht wirklich übel aus, dafür sexy.

Neben mir nimmt er auf dem Stuhl Platz.

»Da ihr euch in Anbetracht eurer misslichen Umstände nicht so austoben könnt, wie ihr möchtet, und sechs Wochen nicht übereinander herfallen könnt, obwohl ihr schon in einem Zimmer seid, wo dir ständig die Möglichkeit geboten wird, Maron flachzulegen, sooft du willst ... Das nenne ich Ironie des Schicksals.« Gideon stöhnt und fährt sich durchs Haar.

»Was willst du uns jetzt sagen, Law?«

Lawrence grinst schmalzig, greift in die Tüte und holt Bücher hervor. »Dachte ich mir, ich bringe euch wenigstens die passende Lektüre mit. Ihr könnt euch in eurer Fantasie austoben.«

Ich rümpfe die Nase, als ich seine Lektüre sehe und Gideon sich ein Buch nimmt.

»Du denkst auch an alles«, brummt er gelangweilt, aber

sieht mit einem schwachen Lächeln zu mir.

»Tue ich immer. Und ehrlich, ich beneide euch nicht.« Sein Lachen ist voller Schadenfreude, in das Dorian mit einstimmt, sodass ich ihnen finster entgegenfunkele.

»Aber so haben sie die Möglichkeit sich auszusprechen. Sechs Wochen halte ich für einen angemessenen Zeitraum«, stimmt Dorian Lawrence zu.

Jane stößt Dorian an, der ihr einen finsteren Blick entgegenwirft. »Sie sind wie Kinder«, bemerkt sie und kommt zu mir.

»Schlimmer«, antworte ich. In meiner Verfassung kann ich nicht mal an Sex denken, mich nicht einmal in meinen Gedanken austoben, weil selbst die von dem Schmerz verdrängt werden. Wie soll das mit einer Halskrause und einem eingegipsten Fuß auch gehen? Und Gideon verzieht bei jeder Bewegung, die er macht, sein Gesicht. Der Rippenbruch macht ihm wirklich zu schaffen, auch wenn er es überspielt.

»Danke, Schatz, dass du auch immer an alles denkst. Warum hast du nicht bei der Gelegenheit Pornos mitgebracht? Ich habe gehört, deine Sammlung soll legendär sein.« Ich blicke ihm mit einem süffisanten Lächeln entgegen.

»Du wirst zu schnell gesund, dass du mich provozierst. Ich gebe keine Pornos weiter. Ansonsten sehe ich sie nicht wieder. Außerdem, was sollen die Schwestern davon halten?«

»Darüber machst du dir Gedanken? Aber die Hefte dürfen sie auf dem Nachttisch liegen sehen?«, hakt Gideon nach. »Ich weiß deine Fürsorge zu schätzen, Law, aber über Blumen hätte sich Maron sicher mehr gefreut.«

»Wirklich?« Lawrence stellt seine Tüte beiseite und kommt auf mich zu.

Ich presse die Lippen aufeinander. »Zum Glück habe ich

welche mitgebracht. Du musst Lawrence' Verhalten nachsehen. Er war das erste Kind, an der unser Vater in der Erziehung gescheitert ist. Bei mir haben die Anstandsformen besser gefruchtet. Hier.« Dorian überreicht mir einen großen Strauß mit Callas. Weiße Callas. Wie sie Chlariss liebt. *Er weiß, dass sie hier ist.* Skeptisch blicke ich ihm entgegen.

»Danke, du triffst meinen Geschmack«, antworte ich und erkenne ein Glitzern in seinen Augen, dass seine Botschaft angekommen sei. Dorian ist von den drei Brüdern am aufmerksamsten, ihm kann ich schwer etwas vormachen. Es würde mich nicht wundern, wenn er bereits mit meiner Schwester gesprochen hätte – ganz zufällig im Gang oder im Park. Mein Blick huscht zu Gideon, der sich mit Law über die Heftchen unterhält.

»Dein Geheimnis ist bei mir sicher, Maron. Nimm sie an und lege nicht alles als Provokation aus. Ihr seid Zwillinge, also dachte ich, ihr hättet auch den gleichen Geschmack, was Blumen betrifft«, flüstert er mir leise zu, sodass nur ich es höre. Sein Dreitagebart streift mein Ohr, dass es kitzelt und ich tief Luft hole.

»Merci«, antworte ich mit einem Lächeln über seine ehrlichen Worte.

»Gerne«, antwortet er in einem weichen Ton. »Genieß die Zeit mit Gideon und sprecht euch aus. Hier kannst du ihm nicht weglaufen.« Seine eisblauen Augen treffen meine, als er sich erhebt und sein Kinn mit einem berechnenden Grinsen anhebt. Um seine Augen bilden sich Fältchen, die zeigen, wie sehr er es genießt, dass ich mit Gideon über sechs Wochen in einem Zimmer eingesperrt bin.

»Oh, ich habe dir auch etwas mitgebracht«, unterbricht uns Jane und holt einen Stapel Pralinenschachtel aus der Tasche und breitet sie auf meinem Laken aus, sodass ich die Luft einziehe.

»Gott, willst du mich mästen?«, bringe ich mit einem Lachen hervor.

»Ähm, nein, ich wusste nur nicht, was du gerne isst. Marzipan, Nugat oder Trüffel ... die mit Schnaps, Obstbränden und Likör habe ich natürlich im Regal stehen lassen, aber Dorian war mir auch keine Hilfe. Er isst keine Schokolade. Also habe ich alles genommen, was ich gern esse, und Dorian hat es bezahlt«, erklärt sie, als Dorian schräg hinter ihr den Kopf schüttelt, sein Gesicht senkt und die Arme verschränkt. Er liebt Janes niedliche Art, das ist kaum zu übersehen: wie sie sich erklärt, wie unschuldig und naiv sie wirkt und trotzdem versucht, eigenständige Entscheidungen zu treffen. *Niedlich.*

»Wenn du dick wirst, trainieren wir es ab«, werde ich von Law abgelenkt, der sich über mein Bett beugt und nach einer Schachtel greift.

»Und du weißt sicher schon wie?«, hake ich mit erhobener Augenbraue nach.

»Sicher. Dann werde ich dir meine Pornosammlung zeigen, wenn wir dein Sportprogramm abarbeiten.« Sein Grinsen wird breiter, als er mit seinen grauen Augen meinen Körper unter der Bettdecke mustert.

»Als ob ich keine Ideen hätte und mir Pornos ansehen müsste, um dir zu zeigen, wie gut ich mit meinen eigenen Fantasien trainieren kann.«

»Ich lasse mich gern überzeugen, Kätzchen«, raunt er mir zu, streift mit seinen Fingerspitzen meine Wange, bevor er meine Nase küsst. Ein Räuspern von Gideon lässt ihn auffahren.

»Dein Eigentum, ja, schon kapiert«, murrt er leise und erhebt sich mit einem genervten Blick zur Decke.

Nachdem sie gegangen sind, genieße ich die Ruhe mit Gideon, der im Bett mit seinem Notebook beschäftigt ist und den ich nicht auf die Situation mit Law angesprochen habe. Trotzdem habe ich mir meine Gedanken gemacht. Vermutlich will Gideon nicht, dass mich Law in meinem Zustand überfordert. Niedlich. Als sei ich Gideons Eigentum.

Nicht lange und Leon klopft an die Tür in Begleitung von Julie, die mir verhalten mit ihren blonden Locken, die bei jeder ihrer Bewegungen auf und ab wippen, entgegenlächelt.

Er schenkt mir auch einen großen Blumenstrauß und entschuldigt sich, nachdem er sich erkundigt hat, wie es mir geht, wegen seines Verhaltens. Ich sehe Sorgenfalten auf seiner Stirn und dann seinen Blick zu Gideon wandern. Entweder überlegt er, ob wir freiwillig zusammen in einem Zimmer liegen oder ob ein Geschäft läuft, von dem er nichts ahnt und sich um seine Provision betrogen fühlt. Männer, als ob das in meinem Zustand möglich wäre!

Gerade als er sich mit den Worten »Wir treffen uns in meinem Büro, sobald du gesund bist« verabschieden will, räuspert sich Gideon und legt sein Notebook zur Seite.

»Ich würde gerne etwas mit Ihnen besprechen wollen.« Leon reibt sich über seine Glatze und nickt. Dann erhebt sich Gideon aus dem Bett, und ich frage mich, was das werden soll.

»Gideon, was …«

»Warte kurz, ich möchte nur etwas besprechen.« *Und was?* Geht es um eine Abrechnung, einen Termin oder will er Leon dafür verantwortlich machen, dass er seine Kunden – wie Dubois – nicht strenger kontrolliert hat?

Nach einer gefühlten Ewigkeit kehrt Gideon mit einem zufriedenen Grinsen auf den Lippen ins Krankenzimmer zurück, während ich gar nichts verstehe.

»Was war das gerade?«, will ich wissen.

»Ganz einfach, ich habe mit ihm über deine Kündigung gesprochen.«

»Nein.« Ich schiebe mich mühsam an der Matratze hoch. »Du kannst nicht für mich entscheiden. Du kannst nicht mit ihm über eine Kündigung reden, weil ich nicht kündigen werde.«

»Doch, wirst du«, antwortet er trocken und kommt mit wenigen Schritten zu mir. »Glaubst du, ich will noch einmal miterleben, wie sich Kunden an dir vergehen? Dich verletzen oder Dinge von dir wollen, die du nicht willst? Glaub mir, dir wird es mit mir nicht langweilig werden. Falls du Abwechslung brauchst, kannst du gerne Law oder Dorian fragen, das lasse ich dir offen.« *Er lässt es mir offen?*

Ich brauche einen Moment, um seine Worte zu begreifen, sodass ich mehrfach zur Tür blinzele. Er macht sich tatsächlich Gedanken, dass mir mit ihm langweilig werden würde? Oh, mir fallen viele interessante Spielchen mit ihm ein, damit keine Langeweile aufkommen würde. Aber gerade jetzt ... Die verfluchten Verletzungen machen mir zu schaffen.

»Mit dir soll es nicht langweilig werden?«, wiederhole ich seine Worte.

»Richtig.« Er beugt sich zu mir herab und umfasst mein Gesicht, sodass mein Herz schneller schlägt und das Flattern in meinem Brustkorb den quälenden Schmerz fortspült. Seine Nasenflügel weiten sich ein Stück, so als müsse er sich sammeln, während seine Gesichtszüge angespannt wirken. »Denn ich will nur dich, schon seit ich dich in Dubai von deiner anderen Seite kennengelernt habe, Kleines. Und ich weiß, dass du es auch möchtest, nur es nicht zugeben willst. Oder es laut aussprechen wirst. Ich habe in den letzten Stunden darauf gewartet, ob du es ansprechen wirst ... Aber ich lasse dir einfach keine Wahl mehr«, flüstert er dicht vor meinen Lippen, sodass mein Herz droht, aus meinem Brustkorb zu springen. *Er will mir keine Wahl lassen?* Gott, was wird das?

»Ich ... ähm ... Du willst ...« Ich schlucke, betrachte seine wunderschönen Augen, als ich versuche, die passenden Worte zu finden.

»Sag es, Maron.«

Gott, ich fühle mich gerade wie ein Teenager, der nicht fähig ist, einen vernünftigen Satz vor seinem Schwarm über die Lippen zu bringen – oder besser: den Satz.

»Du möchtest mit mir zusammen sein?« Mir bleibt der Mund offen stehen, während ich von seinen grünen Augen zu seinen Lippen blicke und er nickt.

»Dich so unkonzentriert und aufgelöst zu sehen, gefällt mir.«

Wütend funkele ich ihm entgegen.

»Das liegt an den Medikamenten«, lüge ich. »Und an den Schmerzen, du Idiot!« Gespielt rümpfe ich die Nase.

»Wirklich? Dann hoffe ich, du verstehst in deinem Delirium, was ich dir gleich sage.« *Himmel, was wird er sagen?* Eisern halte ich seinen Blick fest und warte gespannt, was er laut aussprechen wird. »Die ganzen letzten Wochen wollte ich dich sehen, dich bei mir haben ... «, antwortet er dicht vor meinem Gesicht, sodass ich seinen betörenden Duft einatmen kann, der wie eine Droge mein Gehirn vernebelt. »Und ...« Plötzlich ziehen sich seine dunklen Augenbrauen düster zusammen, sodass sich eine tiefe Falte zwischen seinen Brauen bildet. »Ich hoffe, du kannst mir verzeihen.« Hilfe, jetzt trifft mich ein Blick, dem ich nicht widerstehen kann. Um klar denken zu können, senke ich meinen Blick, woraufhin er stöhnt. »Ich weiß, ich habe dich verletzt, dir wirklich unüberlegte Beleidigungen an den Kopf geworfen, dich behandelt wie Dreck.«

»Unüberlegt?«, hake ich nach und hebe tadelnd eine Augenbraue. »Wohl sehr überlegt, dass du sie mir im Rausch sagen konntest. Noch nie habe ich dich so gesehen oder erlebt.« *Und das hat mich sehr verletzt ...* Aber ich kann ihn verstehen. Wenn ich die Möglichkeit gehabt hätte, hätte ich im Vollrausch auch Dinge gesagt, die ich bereut hätte.

»Also wenn du noch Zeit br…«

»Nein!«, unterbreche ich ihn voreilig.

»Nein?«

Ohne zu überlegen, blicke ich zu ihm auf, hebe meine Hände und schlinge meine Handgelenke mit den nervigen Schläuchen um seinen Hals, um ihn zu küssen. Gott, ich kann es kaum glauben. Aber er hat es laut ausgesprochen und ich spüre ihn, atme wieder seinen Duft ein und möchte nichts weiter als pausenlos lächeln. Dabei ist mir der Vorfall im »Oxymoron« egal. Viel zu oft habe ich Gideons andere Seite erlebt, freundlich, ehrlich und mitfühlend. Nicht eiskalt und berechnend.

Nach dem sinnlichen Kuss gibt er mich frei. »Ich habe noch nichts von dir gehört?« Er hebt eine Augenbraue und blickt mir fragend entgegen, weil er mich unbedingt dazu bringen will, dass ich es laut ausspreche.

»Seit der ersten Nacht ... nach deinem Wunsch, so mit dir zu schlafen, als sei ich deine Freundin, habe ich dich nicht mehr aus meinem Kopf bekommen, Gideon. Und glaub mir, ich habe alles versucht.«

Fast hilflos blicke ich ihm entgegen, weil ich mich seiner Nähe nicht entziehen kann. Was hat dieser Mann an sich, dass er mich blind, taub und gefühllos anderen Männern gegenüber macht? Er hat mich in der Hand. Und wenn ich es vor ihm ausspreche, weiß ich nicht, ob er es nicht wieder gegen mich verwenden wird. Ich weiß, dass er der Mann ist, den ich will, ob Schattenseiten oder Makel – ich will ihn, aber ich weiß, dass er mich zerstören kann. Und das macht mir Angst.

»Das habe ich gesehen.« Sein Gesicht lehnt sich mit einem Grinsen – das ich abgöttisch liebe – gegen meine Hand, sodass ich lächele.

»Du warst nicht besser. Was ich in den Zeitungen gelesen und gesehen habe, hat mich kurzzeitig an deinem Verstand zweifeln lassen. Seit wann stehst du auf künstlich aufgeblasene Brüste, operierte Nasen und abgemagerte Stelzen?«, bringe ich mit einem leisen Lachen hervor, weil er mir ertappt entgegenblickt.

Seine Mundwinkel verziehen sich, als er sich näher zu mir beugt. »Du musst mich verwechselt haben, denn ich stehe nur auf deine schönen Brüste, deine kleine Nase und deine anbetungswürdigen Kurven. Und Mann, ich werde wahnsinnig, dich nicht neben mir liegen zu haben«, flucht er plötzlich.

Unter meinen Fingern spüre ich, wie er auf dem Kiefer mahlt, und sehe, dass er am liebsten zu mir ins Bett steigen möchte. Aber so leicht werde ich es ihm nicht machen. Zuerst sollte er es sich verdienen.

»Du willst mich doch nur flachlegen«, ziehe ich ihn mit berechnenden Gesichtszügen auf.

Er räuspert sich und grinst schief. »Wer will das bei dir nicht? Denn glaub mir, ich habe ebenfalls alles versucht, dein hübsches Gesicht aus meinem Kopf zu bekommen, den Sex mit dir, all die Erinnerungen an Dubai ... Aber Sex ist nicht alles. Ich kann warten«, lenkt er plötzlich ein, weil er kurz bedrückt wirkt, als würde er sich daran zurückerinnern, was er alles getan hat, um mich aus seinen Gedanken zu halten.

Irgendwie bedeuten mir diese Worte, sein Eingeständnis mehr, als dass er mich will. Es ist mein persönlicher Triumph, diesen Mann ebenfalls von Gefühlen abhängig gemacht zu haben wie er mich.

Meine Lippen streifen über seine hauchzart, ohne ihn zu küssen. »In sechs Wochen holen wir jede Minute nach, und glaub mir, Darling, dann wirst du dir wünschen, keine schmutzigen Fantasien von mir im Krankenhaus zu haben.«

An seinem Blick habe ich öfter gesehen, dass er mich zu gern geküsst oder berührt hätte. Und ich wünsche mir seine schlanken geschickten Finger auf allen geheimen Stellen meines Körpers, seine Lippen über jeden Zentimeter meiner Haut streifen und seinen warmen Atem in meinem Nacken, während er mir schmutzige Befehle ins Ohr flüstert. Bei der Vorstellung bildet sich Gänsehaut auf meinem Körper, und ich würde ihn am liebsten auf mich ziehen, weil ich ihn in mir spüren möchte.

»Wir werden sehen, meine Kleine. Ich könnte dir auch jetzt eine Klemme anlegen, ohne dass es deinen Zustand beeinträchtigt«, grinst er verboten.

»Das würdest du nicht tun.«

»Wir werden es morgen früh erleben.« Mit der Hand gebe ich ihm einen vorsichtigen Stoß gegen die Schultern.

»Nur ...«, beginne ich, als ich über meine Kündigung grüble. »Ich möchte unter keinen Umständen kündigen, solange ich keinen neuen Job habe – solange ich nicht weiß, ob ich mein Studium bestanden habe.« Unbedingt möchte ich klarstellen, selber für mich zu entscheiden, das war mir bisher immer wichtig. Vielleicht weil ich immer allein klarkommen musste.

»An meiner Seite brauchst du keinen Job. Du kannst tun, was du möchtest, aber musst dich nicht unter Druck setzen, Arbeit zu finden.«

»Du willst mich aushalten?«, hake ich nach und er zuckt belanglos mit den Schultern.

»Warum nicht, besser als dich abends mit anderen Männern in Clubs anzutreffen.«

»Nein, vergiss es, Gideon. Ich lasse mich nicht aushalten und wenn ich als Kassierin im Drogeriemarkt arbeite oder Bücher in der Bibliothek einsortiere.« Seltsam verzieht er sein Gesicht, fast spöttisch, als könne er sich mich in diesen Jobs nicht vorstellen.

»Dafür bist du zu überqualifiziert. Aber wir werden etwas finden, wenn du kein Geld von mir nimmst. Oder …« Er macht eine Pause und ich senke meine Hand, nach der er greift und seine mit meiner verschränkt. Plötzlich ändert sich sein Gesichtsausdruck, der Laws Grinsen sehr ähnelt. »Ich bezahle dich für den Sex.«

Mit einem Kopfschütteln verdrehe ich die Augen. »Wer bezahlt seine Freundin dafür, dass er mit ihr schläft? Das ist doch krank.«

Nein, auf solch ein schwachsinniges Angebot werde ich nicht eingehen, weil ich mit ihm Sex haben will, ohne mich verpflichtet zu fühlen, um mein Monatseinkommen zu sichern. Nein, völlig absurd. Ich möchte mit ihm aus Liebe schlafen, nicht wegen des Geldes.

»Lawrence«, antwortet er und wir müssen lachen. »Wir werden eine Lösung finden, Kleines. Ich lasse dir auch die Wahl, ob du bei mir einziehen möchtest oder dein Appartement behalten willst.« Er scheint sich sehr viele Gedanken gemacht zu haben, fällt mir auf, während ich von dem Ganzen etwas überrollt werde. An seinem Blick sehe ich, wie sehr er möchte, dass ich bei ihm einziehe. Aber das muss ich mir reiflich überlegen. Ich durfte ihn zwei Wochen intensiv erleben, habe etwas aus seiner Vergangenheit erfahren, weiß seine Vorlieben, kenne seine Schwächen – aber reicht das aus, um mich sofort in eine Beziehung zu stürzen? Mit ihm zusammenzuziehen? Alles hinter mir zu lassen? Es wäre ein großer Schritt, den er mir abverlangen würde. An seinem Blick sehe ich, dass ihm der Gedanke ebenfalls gekommen ist.

»Gib mir Zeit, darüber nachzudenken.« Er nickt, dann küsst er mich zärtlich, bis ich spüre, dass mich die Müdigkeit übermannt. Ich überschätze meinen Zustand, was mich am meisten stört. Trotzdem möchte ich jeden wachen Moment mit ihm ausnutzen, weil ich ihn ebenfalls spüren möchte: auf mir, unter mir und in mir – nicht die Schmerzen der Operation.

23. KAPITEL

Die Wochen vergingen zum Ende hin schneller als gedacht. Nachdem mir die Ärzte das Okay gegeben haben, die Klinik nach Gideon zu verlassen, stehe ich mit den Koffern vor dem Krankenhaus und warte auf ihn, bis er vorgefahren ist.

Gleich nach der ersten Woche habe ich mich entschieden, ihm meine Schwester vorzustellen. Chlariss war völlig aufgedreht, als sie erfuhr, dass wir zusammen sind. Gleichzeitig habe ich gesehen, wie sie es sich wünscht, mit dem Pfleger zusammen zu sein. Ich sollte mit dem Mann mal reden.

Ihr geht es gut, besser als mir, wie sie meinte. Chlariss habe ich die Wahrheit über den Unfall erzählt. Dass ich als Escortdame arbeite, habe ich dennoch geheim gehalten. Sie muss es nie erfahren. Als sie fragte, wie ich Gideon kennen gelernt habe, erzählte ich ihr: im Urlaub. Ganz so abwegig ist die Geschichte nicht. Zumindest hat sie sich gefreut.

Kurz davor erhielt ich die Prüfungsergebnisse. Lawrence wollte sich selber überzeugen, ob ich bestanden habe oder nicht, und ist mit Luis in die Uni gegangen. Statt mir ein Foto von dem Aushang zu schicken, hat er gleich den Aushang der Noten vom schwarzen Brett abgerissen und mir ins Krankenhaus gebracht. Nach Luis Aussagen muss die Sekretärin getobt haben. Aber ich hatte schwarz auf weiß, dass ich bestanden habe. Mir fiel ein Stein vom Herzen, und ich habe Gideons Gesichtsausdruck bemerkt, der verriet, dass er stolz auf seine Freundin ist. *Wenn er wüsste, auf welche Dinge er nicht auf mich stolz sein kann* – denke ich und schmunzele dem Asphaltboden unter meinen Füßen entgegen. Ich bin miserabel im

Kochen, hasse Weihnachten, wasche die Wäsche aus Hygienegründen zu heiß, sodass sie verfärbt oder einläuft, verlege manchmal Sachen, sodass ich wütend durch die Wohnung tobe, und so viel mehr. Aber es wird sicher nicht langweilig.

Der Gips wurde mir bereits abgenommen, aber immer noch muss ich auf Krücken gehen und meine Physiotherapiestunden wahrnehmen, um die Muskulatur aufzubauen. Was würde ich tun, um Dubois einen Schlag ins Gesicht zu verpassen, um mich bei ihm zu bedanken. Soweit ich in Erfahrung bringen konnte, verrottet er wegen schwerer Körperverletzung und Entführung in der U-Haft und darf bis zum Prozess nicht entlassen werden. Zumindest scheint diesbezüglich das Glück auf meiner Seite zu sein.

Aber ich lebe, das sollte ich nie vergessen, und ich bin mit dem Mann zusammen, den ich liebe. Gott, hätte mir das jemand vor zwei Monaten gesagt, hätte ich ihn ausgelacht und für ein Drogenopfer gehalten.

Der Maserati fährt vor, Gideon steigt aus, wie immer in seinem Anzug, mit seiner Sonnenbrille und seinem charmanten Lächeln. Er hält mir die Beifahrertür auf und kommt auf mich zu.

»Festhalten.« Im nächsten Moment hebt er mich mit den Krücken unter den Armen hoch und trägt mich zum Wagen. »Geht es?«, fragt er, woraufhin ich nicke. Ich spüre kaum noch ein Ziepen in meiner Bauchgegend. Vorsichtig setzt er mich in den Wagen und küsst mich.

»Ich kann es kaum erwarten, von hier zu verschwinden.« Ich auch nicht. Neben mir steigt Gideon in seinen Wagen, streift mit seinen Fingerknöcheln meinen Kiefer, damit ich zu ihm blicke und meinen Blick von dem Krankenhaus abwende, das ich in den nächsten Tagen wieder aufsuchen werde, um Chlariss zu besuchen.

Lange fixiere ich seine grünen Augen, seine Lippen, die sich zu einem schiefen Grinsen verziehen und die auf eine Antwort warten.

»Zu mir«, antworte ich, bevor er seine Frage aussprechen muss. Knapp nickt er, zieht mich näher an sich und küsst mich. Schnell ziehe ich mich von ihm zurück. »Könntest du einfach ... losfahren, ich ...« Gott, ich kann es keine Sekunde mehr länger aushalten, ihn nicht sofort aus seinem Anzug zu befreien und über ihn herzufallen. Die sechs Wochen waren die Hölle. Jede Stunde durfte ich ihn um mich haben, seine Berührungen spüren und dennoch nicht mit ihm schlafen, weil mein Bein hinderlich gewesen wäre. Mal ganz abgesehen davon, wie unerotisch es ist, mit einem Gipsbein gevögelt zu werden. Nein, wenn ich mit Gideon schlafe, dann ohne Verbände.

Fältchen bilden sich um seine Augen, als er sich von mir zurückzieht.

»Dich scheint der Entzug mehr mitzunehmen als mich«, stellt er trocken fest, sodass ich lachen muss, als er losfährt.

»Sicher nicht. Ich habe dich beobachtet. Sobald unser Kuss stürmischer wurde, hast du einen Rückzieher gemacht. Du hast versucht, gelassen und entspannt zu wirken – und vielleicht unter der Dusche deine Fantasien ausgetobt, als du dir einen runtergeholt hast, aber trotzdem habe ich das Verlangen in deinen Augen gelesen, Darling.«

Ertappt zuckt er kurz die Schultern, als er sich in den Verkehr einfädelt und in Richtung meines Appartements fährt.

»Möglicherweise. Nur eines möchte ich klarstellen, Kleines: Ich habe mir während der verdammten sechs Wochen keinen runtergeholt. Auch wenn es mir unglaublich schwergefallen ist

– und auch jetzt noch schwerfällt«, knurrt er den letzten Teil und schaltet. »Ich habe mir alles für dich aufgehoben.«

Anerkennend lehne ich mich im Sitz zurück, hebe eine Augenbraue und blicke in seine Richtung. »Dir ist hoffentlich klar, dass das nicht im Ansatz als Entschuldigung ausreicht. Die Entschädigung für deine Rammelei auf der Toilette wird um einiges ausgefallener aussehen.«

»Ah, hast du vor, meinen Arsch zu spanken? Ganz ehrlich, Maron, ich würde es gern über mich ergehen lassen, wenn es im Ansatz wiedergutzumachen wäre. Trotzdem muss das warten, bis du ...« Kurz schweift sein Blick zu meinem Bein, dann zum Rückspiegel. Auf der Rückbank liegen die Krücken, ohne die ich mich leider immer noch nicht ganz fortbewegen kann, aber es wird von Tag zu Tag besser.

»Mir geht es gut, Gideon. Ich werde wieder mit etwas Training fit werden. Schneller, als du denkst«, raune ich ihm zu, als ich mich zu ihm rüberbeuge und meine Fingerspitzen in seinem Haaransatz versenken kann. Es fühlt sich wahnsinnig gut an, ihn berühren und anfassen zu dürfen, wo immer ich möchte.

»Das bezweifle ich nicht. Doch zuvor haben wir heute Abend einen Termin mit meinem Bruder.«

»Welchen?«, möchte ich wissen, weil er mir nichts davon erzählt hat.

»Lawrence möchte nicht, dass du es erfährst. Es genügt, wenn du dabei bist.« Tief atmet er durch, bevor er mit seinen Händen über meinen Oberschenkel wandert. Was haben sie geplant?

»An deinem Blick sehe ich, dass du denkst, dass wir wieder etwas mit dir geplant haben. Ich kann dich beruhigen. Die gesamte Aufmerksamkeit wird heute auf mir ruhen.«

Er macht ein Geheimnis daraus, sodass ich, sooft ich auch weiterbohre, keine Antwort erhalte – nur dass wir heute Abend um zehn Uhr in einem bestimmten Gebäude sein müssen, in dem ich Dorian, Jane und Lawrence treffen werde. Ob in einem Club oder Lokal verrät er mir nicht. Ich mag keine Geheimnisse, aber werde mich zurückhalten. Allerdings entgeht mir nicht, dass Gideon angespannt wirkt, wenn er davon erzählt, und zugleich sehe ich ein Glitzern in seinen Augen. Warum mich also nicht überraschen lassen? Nach den sechs Wochen langweiligen Krankenhausaufenthalt kann ich auch bis heute Abend warten.

Vor meinem Appartement hält Gideon, steigt aus und öffnet meine Tür. »Warte.«

Von der Rückbank reicht er mir die Krücken, sodass es unweigerlich jeder in der Nachbarschaft sehen dürfte, wie ich verletzt in mein Wohnhaus humpele. Mit einer Hand um meine Hüfte und meinem Koffer in der anderen begleitet mich Gideon zum Hauseingang, als seien wir ein altes Ehepaar. Genau so fühle ich mich. Aber es tut gut, ihn bei mir zu spüren, obwohl mich die Berührungen in den Wahnsinn treiben. Meine Hände schwitzen und das unaufhaltsame Pochen zwischen meinen Beinen lässt mich kaum noch ruhig durchatmen. Warum muss er in seinem perfekt sitzenden Anzug mit Sonnenbrille und diesem anbetungswürdigen Grinsen neben mir stehen?

Als die Haustür hinter uns zufällt, stellt er den Koffer ab, dann höre ich ein: »Tut mir leid, Kleines.« Und im nächsten Moment werde ich vom Boden gehoben und er küsst mich hungrig, sodass die Krücken klappernd zu Boden fallen. Himmel, ihm geht es nicht anders. Vorsichtig ziehe ich meine Beine um seine Hüften und klammere mich an seinen Schultern fest, während er mit seinen Händen meine Hüfte fester an sich presst. Sofort spüre ich die Beule unter seiner Anzughose. »Wo …«, will er fragen, als ich keuchend Luft hole.

»Geradeaus. Zweite Tür rechts«, antworte ich keuchend und sehe das Funkeln in seinen Augen. »Gott, beeil dich.« Mit einem Grinsen küsst er mich weiter und befolgt meine Anweisung. Keine Minute später schiebt er die Schlafzimmertür auf und legt mich auf mein Bett, das ich so, wie ich es mit Lawrence verlassen habe, vorfinde. Flüchtig sieht er sich kurz um, als ich mit meinen Händen nach seinem Nacken greife und ihn zu mir herabziehe. Mein Puls rast und jede Faser meines Körpers will ihn spüren.

Mit den Fingern wanderc ich über seine Wange, spüre das Kratzen seines Bartes, als er mich sinnlich küsst, meine Unterlippe zwischen seine zieht und ich ihn aus seinem Jackett befreie. Jede Sekunde drohe ich vor Lust zu zergehen. Egal ob ich fit bin oder nicht, ich will mit ihm schlafen.

»Eigentlich sollte ich dich warten lassen, um dich zu schonen«, höre ich, als sich unsere Zungen voneinander lösen.

»Das wagst du nicht.« Gespielt finster funkele ich ihm entgegen.

»Dich so zu sehen, ist …«

»Verdammt, Gideon, fick mich einfach.« Ein selbstzufriedenes Grinsen huscht über seine Lippen. »Danach werde ich mich revanchieren, aber …«

»Sch.« Ein Finger von ihm legt sich auf meine Lippen, während sich Hände unter meinem Hosenbund vortasten, sodass ich den Kopf zurücklege. Mein Zimmer ist hell beleuchtet. Lippen küssen meinen Hals, Hände ziehen meine Hose vorsichtig aus. »Ich würde das zu keiner anderen Frau als zu dir sagen, aber lass mich heute übernehmen. Das Verlangen in deinen Augen nach mir ist unbeschreiblich schön, obwohl ich warten wollte, bis es dir besser geht. Schließlich möchte ich nicht ...«

Mein Kopf schnellt nach oben. »Sei nicht albern, du bist über mich hergefallen, weil du es kaum aushalten kannst. Und ich auch nicht. Mir geht es gut, Gideon. Aber wenn du so weitermachst, dann ...«

»Schon gut«, antwortet er, schiebt mein Shirt höher und küsst meinen Bauch. Meine Haut bebt bei jeder Berührung, während meine Brustwarzen vor Verlangen kribbeln. Sanft zieht er mir das Shirt aus. »Du sagst sofort, wenn du Schmerzen hast.«

»Ja, werde ich. Aber die werde ich bald haben, wenn ich nicht deinen Schwanz in mir spüre. Ich würde dir wahnsinnig gerne beim Ausziehen helfen, aber ich kann mich schlecht hochziehen.«

Vorsichtig befreit er mich von meinem Shirt, während Küsse folgen, bevor er sich über mir erhebt und zu mir herabgrinst.

»Das lässt sich ändern.« Vor mir knöpft er sein Hemd auf, sodass ich mich auf die Ellenbogen hochziehe. Dass mich wieder ein dumpfer Schmerz durchzieht, ignoriere ich. Spätestens aber, als ich seinen nackten Oberkörper sehe, er in einer leichten Bewegung seine Sonnenbrille vom Haar nimmt und das Hemd auf dem Boden fallen lässt.

Meine Blicke haften an jeder nackten Stelle seines Oberkörpers, ich sehe sein Tattoo auf dem muskulösen Oberarm und seine Bauchmuskeln, die bis zu dem ausgeprägten V-Ansatz seiner Hüfte verlaufen, der unter der Anzughose verschwindet.

»Sieht aus, als würde dir gefallen, was du siehst.« Warum muss er mich aufziehen, gerade jetzt, während ich kaum klar denken kann.

»Also ...« Ich schlucke. »Mir gefällt es außerordentlich, aber noch viel mehr, wenn ich dein Prachtstück sehen würde, das die ganze Zeit scharf auf mich ist.« Fordernd blicke ich auf seine Hose. Verflucht! Könnte ich mich besser bewegen, würde ich ihm die Hose von den Hüften reißen, vor ihm knien und seine Härte in meinen Mund nehmen. Erst jetzt ertappe ich mich, auf der Unterlippe zu kauen, während er die Hose öffnet.

»Wirst du. Und dieses Mal werde ich dich so vögeln, wie es eine Lady – meine Lady – verdient.«

Ah, klingt ansprechend, obwohl ich kaum die Gelegenheit hatte, meine Beine zu rasicren, mein Haar perfekt hochzubinden und mir aufreizende Unterwäsche anzuziehen. Verdammt! Das erste Mal nach dem Fauxpas nur mit ihm sollte perfekt ablaufen, so wie ich es mir in den vergangenen Tagen tausende Male vorgestellt habe ... gefesselt an mein Bett, mit Schokolade überzogen, mit aufregenden heißen Stunden, in denen ich auf ihm reite, ihn mir so nehmen kann, wie ich will. Nicht, verdammt noch mal, halb bewegungslos wie ein verklemmtes Mädchen kurz vor der Entjungferung.

Anscheinend fällt ihm mein Blick auf, bevor ich mich mit zusammengezogenen Augenbrauen, weil mein Bauch zieht, erhebe.

»Was soll das werden?«, fragt er, lässt seine Hose sinken, sodass ich nun die Konturen seines perfekten Schwanzes in den Shorts sehen kann. »Hey.« Er beugt sich zu mir herab und umfasst mein Kinn, noch bevor ich aufstehen kann.

»Verflucht! So habe ich es mir nicht vorgestellt, Gideon. Ich wollte, dass du mich, sobald ich dir gehöre, in allen facettenreichen Sexpositionen, die es auf Erden gibt, vögeln kannst.

Ich dich bis zu deinen Lustgrenzen bringe. Und nicht, verdammt noch mal, wie ein Brett unter dir liegen müssen, weil ich mich kaum bewegen kann. Am besten ...«

»Oh nein, Kleines. Du zeigst mir wieder deinen Kampfgeist und lässt dich nicht von deinen Gedanken, dass du mir nicht imponieren kannst, weil du keine Reizwäsche trägst oder dich kaum bewegen kannst, einschüchtern. Außerdem weiß ich, wozu du fähig bist. Das hast du mehr als oft genug unter Beweis gestellt.« Seine Lippen streifen meine, als er bestimmt meine Schultern umfasst und mich langsam zurück auf das Bett sinken lässt.

Seine Küsse wandern über meinen Hals, saugen daran und gleiten zu meinem Schlüsselbein, sodass sich Gänsehaut über meinen Körper zieht. »Lass es mich bei dir gutmachen, so wie es dein Zustand erlaubt. Ich will dich so, wie du bist, und nicht anders«, raunt er mir zu. Seine warmen Hände wandern über meinen Körper, massieren meine Brüste und streicheln meinen Bauch entlang – bedacht, nicht meine Verletzungen zu berühren. »Für mich bist du die Frau, in die ich mich, erst als ich mit dir sinnlichen Sex hatte, verliebt habe. Also genieß es und hör auf, an etwas anderes zu denken, Kleines.«

Noch ehe ich etwas sagen kann, höre ich Schienen und Gideon steht vor meinem Schrank mit den BDSM-Spielzeugen.

»Was soll das werden?«

»Lawrence hat mir von dem Schrank erzählt und ... beeindruckend. Das toppt fast mein Sortiment.« Er mustert die Regalbretter, bevor er in das Fach mit den Fesseln greift. »Um es dir leichter zu machen, werde ich dich festbinden und dir die Augen verbinden, somit musst du nicht länger darüber nachdenken, dich wegen der Verletzungen nicht bewegen zu können. Mit den Fesseln kannst du dich auch ohne Verletzungen nicht bewegen.« *Raffiniert.*

»Fein. Nur die Hände.« Er nimmt sich die weichen Stoffmanschetten mit den schwarzen Seidenbändern, während ich mich im Bett positioniere, damit er mich an der Stange festbinden kann.

Keine Minute später liegt er über mir, küsst mich verführerisch und fesselt meine Handgelenke, was mir das Gefühl gibt, mich nur deswegen nicht bewegen zu können.

»Besser?«, erkundigt er sich, sodass ich lächele.

»Viel besser.« Sein unbeschreibliches Grinsen ist zu sehen, bis sich alles vor meinen Augen verdunkelt und ich nur noch seinen Atem auf meinen Lippen spüre. Nicht zu fest legt er mir die Binde um, dann überlasse ich mich seinen Fingern, seinen Küssen und kann es kaum erwarten, was er als Nächstes von mir berührt. Mein BH mit dem Nackenträger wird ausgezogen, Lippen saugen an meinen Brustwarzen, während sich Finger zu meiner Pussy vorarbeiten, sodass ich keuche, als er die Schamlippen auseinander drängt. Seine Zungenspitze umfährt meine Schamlippen sinnlich, was kitzelt. Gott, ich bin so ausgehungert, dass ich ihm mein Becken entgegenschiebe und drohe, augenblicklich zu kommen.

»Wenn du das noch einmal machst, werde ich auch deine Fußknöchel fixieren. Du bleibst liegen und bewegst dich nicht«, befiehlt er mir streng, sodass ich schmunzeln muss und nicke.

»Werde ich, Master Gideon.« Ein leises Lächeln ist zu hören, als ich von meiner Panty befreit werde, ein Atem meine Beininnenseiten kitzelt und dann …

»Verflucht!«, stoße ich aus, als seine Zunge rau und fest über meinen Kitzler reibt, sodass ich meinen Rücken durchdrücke.

»Da habe ich mich wohl nicht allein in der Enthaltsamkeit

versucht«, höre ich ihn, sodass ich nicke.

»Glaubst du, ich hätte mich anfassen können, während – Ahrr!«, keuche ich laut, als er meinen angeschwollenen Kitzler leckt, Finger sich in meine Pussy schieben, sodass ich meine Hände in die Fesseln kralle. Ein Ziepen ist kurz in meinem Bauch zu spüren, aber es ist auszuhalten. »Ich glaube, das wird der heftigste Orgasmus, den du seit Wochen erlebt hast, Kleines. Du bist dermaßen feucht.«

»Verdammt! Rede nicht!« Wieder ist ein dunkles Lachen zu hören, als sich zwei Finger in meiner Pussy bewegen, ein Daumen fest über meinen Kitzler reibt und ein dritter feuchter Finger – *oh nein!* – in meinen Anus eindringt, sodass ich die Beine weiter spreize. Okay, ich nehme alles von vorhin zurück. Er versteht sich darin, wie er mich vom verletzten Unfallopfer zur Sexsklavin macht.

»Vergiss nicht meinen Namen zu schreien.« In schnellen und festen Bewegungen leckt er mich, sodass ich die Federn in der Dunkelheit vor mir tanzen sehe, mein Körper vor Verlangen zittert, meine Brustwarzen prickeln und ich im nächsten Moment laut stöhne. *Gott, danke, Gideon!*

Auf diesen Moment habe ich gewartet. Die Finger bewegen sich in mir, als ich die Lust nicht mehr zurückdrängen kann, seine Bewegungen schneller werden, ich laut komme und seinen Namen schreie.

»Gott, ich liebe dich!« Mit einem Stoß dringt er unerwartet in mich ein, sodass ein Schauder meinen Rücken herunterjagt. Von der Fülle seines Schwanzes in meiner Pussy und dem überwältigenden Orgasmus kann ich nicht mehr klar denken. Meine Oberschenkel zittern weiter, während ich nach Atem ringe.

»Ich dich auch, meine Kleine«, raunt er mir zu, löst die Binde von meinen Augen und knabbert an meiner Unterlippe. Mit sanften und zugleich festen Stößen dringt er tiefer in mich ein, dehnt meine Pussy, während vor mir alles verschwimmt. Seine grünen Augen treffen meine. Mühsam recke ich mich ihm entgegen, um ihn zu küssen.

»Warte.« Er löst die Karabinerhaken der Fesseln, sodass ich meine Gelenke mit den Manschetten zu mir ziehen kann, um meine Arme um ihn zu schlingen und ihn berühren zu können, ich sein schön geschnittenes Gesicht abtasten und seine Arme entlangfahren kann.

Zufrieden lächelt er, bis er meinen Hals küsst und ich versuche, meine Beine um seine Hüfte zu schlingen, damit er tiefer in mich eindringen kann.

»Kleines, du sollst es langsam angehen lassen«, ermahnt er mich mit einem schiefen Grinsen.

»Ich kann einfach nicht, das steckt in meiner Natur.«

»Dann sollte ich dich wohl zurechtweisen, damit du auf mich hörst und nicht auf deine Instinkte.« Ein überlegener Ausdruck huscht über sein Gesicht, weil er will, dass ich damit aufhören soll, ihm etwas zu beweisen. Aber dagegen kann ich nichts machen. Ich bin sonst diejenige, die den dominanten Part übernimmt. Gideon ausgeschlossen. Ich weiß, dass er nicht grob werden würde, trotzdem bin ich gespannt, was er vorhat. Mit weiteren Stößen, die nicht zu fest sind, dringt er in mich ein, verändert die Position seiner Härte in meiner Pussy. Sofort findet er den empfindlichen Punkt in mir, sodass ich den Kopf schüttle.

»Wenn du nicht auf mich hörst, werde ich dich mehr als nur zwei Mal meinen Namen rufen lassen.« Noch bevor ich etwas antworten kann, überrollt mich die Hitze. Und dann trifft seine Eichel meinen G-Punkt, sodass ich wieder stöhne. Gehorsam löse ich die Beine um sein Becken, während er grinst, als ich ein zweites Mal laut komme. Mein Körper steht seit den letzten Wochen unter Strom, sodass ich mich fallen lasse, mich ihm voll und ganz hingebe – ohne ihn aus den Augen zu verlieren. Unsere Blicke sind wie aneinandergeknüpft, als meine Schreie unter seinen dominanten Stößen in ein Keuchen übergehen.

»Du bist perfekt«, murmele ich, was ich niemandem zuvor gesagt habe, als er mit schneller werdenden Stößen seine Muskeln anspannt, sich zu mir herabbeugt und in meinen Mund stöhnt, als er kommt. Alles in mir zieht sich zusammen, ich spüre seinen pulsierenden Schwanz, als er sich in mir ergießt – *und Gott, ich werde ihn nicht mehr gehen lassen.*

Von einem hauchzarten Schweißfilm überzogen, stützt er sich über mir ab, damit ich sein Gewicht kaum spüre. Dunkle Haarsträhnen fallen in seine Stirn, die ich ihm zurückstreiche. Unser zügelloser Kuss geht in einen sanften über, während meine Hände über seine gewölbten Muskeln wandern, über seinen festen Po und sich darin krallen, sodass er leise lacht.

»Du bist mein Traum, Kleines.«

»Du mein perfekter Alptraum, Gideon. So wie ich ihn mir immer gewünscht habe: düster, verdorben und mit unvorhersehbaren Überraschungen.«

»Dann wirst du dich heute Abend amüsieren können, wenn dich die nächste Überraschung erwartet«, antwortet er schmeichelnd. Wieder spricht er mich darauf an. Vorsichtig zieht er sich aus mir zurück und dreht sich mit mir langsam auf die Seite. Gleich danach wird mein Laken über uns gezogen, sodass ich mich eng an ihn schmiege. Seinen Duft atme ich mit geschlossenen Augen ein, als ich mein Bein zwischen seine schiebe und ich nie glücklicher war.

Ich muss tatsächlich eingedämmert sein, als mich ein ohrenbetäubendes Klingeln hochschreckt, sodass ich vor Schmerz zische.

»Geht es?«, fragt mich Gideon neben mir, komplett angezogen und schaut aus meiner Schlafzimmertür. Hat er mir die gesamte Zeit beim Schlafen zugesehen?

Egal, denn wieder ertönt meine Klingel.

»Ja, alles bestens. Verflucht, wer ist das?« Mein Blick wandert zur Nachttischuhr, die kurz vor acht Uhr abends anzeigt. Ich erwarte keinen Besuch mehr.

»Nein, warum hast du mich nicht geweckt?«

»Mensch, Maron, du brauchst den Schlaf, um gesund zu werden. Ich wollte dich bis halb neun schlafen lassen, bis es nun geklingelt hat.«

Wie auf Kommando klingelt es erneut, sodass ich die Bettdecke zurückschlage.

»Willst du es nicht ignorieren?«, schlägt mir Gideon vor.

»Nein, es kann nur Luis sein, der sich mal wieder nicht gedulden kann.« Langsam wanke ich zur Tür. »Und da ich mir ein neues Handy kaufen muss ... kann es nur er sein.«

Gideon zieht die Augenbrauen zusammen, stützt mich und geht mit mir zur Tür. Als ich den Hörer abnehme und ein genervtes »Salut« hervorbringe, ist ein Knistern zu hören.

»Hallo?«, hake ich nochmal nach, bevor ich auflegen will, als ich ein: »Salut, Madame Noir. Könnte ich meinen Sohn sofort sprechen. Es ist dringend!«, an meinem Ohr höre, sodass mir der Hörer kurzzeitig aus den Fingern rutscht. Heilige Scheiße! Er weiß es.

»Was ist?«, fragt mich Gideon neben mir und kann meine Reaktion nicht verstehen, bis ein wütendes »Augenblicklich!« durch den Hörer dröhnt. Gideon muss die Stimme erkannt haben, denn schließlich nimmt er mir den Hörer ab.

»Ruf mich auf meinem Handy an.« Er muss Gideons Maserati in der Einfahrt erkannt haben. Oder danach gesucht haben? Oder Lawrence hat uns verraten? Oder ...

»Ich bin dein Vater, und du kommst sofort runter, wenn ich etwas mit dir zu bereden habe!«

Ich kann die Worte mitverfolgen, weil Monsieur Chevalier am Eingang toben muss.

Vorsichtig gehe ich auf die Fenster zu und erkenne einen Mercedes auf der Straße. Ist er allein? Oder ist Misses Ich-steige-nicht-aus-weil-mir-das-Stadtviertel-nicht-zusagt ebenfalls im Wagen? Zumindest kann ich keine weiteren Personen erkennen. *Das war es dann wohl* – denke ich, als Gideon mit einem genervten Blick durch sein Haar fährt, »Verdammt!« brüllt und im nächsten Moment meine Tür öffnet. »Warte kurz, Kleines. Ich komme wieder zurück.«

Zusammengefaltet? Halbiert oder gestückelt? Mehr als ein mitfühlendes Nicken kann ich nicht hervorbringen und reiche ihm die Schlüssel. Im nächsten Moment hat er die Schuhe angezogen und die Tür fällt laut ins Schloss.

Wenn sie sich in meiner Einfahrt vor all den Leuten austoben, sollte ich mich doch zeitiger nach einer neuen Wohnung umsehen.

Es ist eindeutig, dass Monsieur Chevalier weiß, wer ich wirklich bin, weiß, wo sein Sohn sich befindet, und weiß, dass wir zusammen Zeit verbringen.

Sofort springt mir der Gedanke durch den Kopf, Lawrence davon zu berichten, falls er es nicht bereits weiß. Also ich habe seine Nummer nur auf meinem Handy gespeichert, und ohne eine wochenlange Audienz zu beantragen, würde ich sicher nicht mit ihm reden dürfen. Versuchen kann ich es trotzdem.

Ich google nach seiner Nummer, aber finde nur das Unternehmen seines Vaters, bis ich auf der Couch fast meinen Mac zusammenklappen will und mir Dorian einfällt.

Ich google nach den Ateliers und finde eine, in der Dorian ausstellt. Ohne lange zu überlegen, rufe ich an und spreche im nächsten Augenblick mit einer Sekretärin, die leider nicht Jane ist und die meint, dass Dorian Chevalier nicht gestört werden will. Klasse!

»Dann richten Sie ihm aus, dass Maron Noir angerufen hat und er mich bitte auf meinem Festnetz zurückrufen soll.«

Mit einem versucht fröhlichen Klang in der Stimme will sie es ihm ausrichten. Zwecklos, das wird sie nicht tun. Nervös, was vor meiner Haustür stattfindet, trommele ich mit den Fingern auf der Tischplatte. Was solls – ich werde runtergehen und Monsieur Chevalier alles erklären. Obwohl ... Das ist nicht meine Aufgabe, aber trotzdem möchte ich wissen, was unten stattfindet. In dem Aufzug? Ich blicke halbnackt an mir herab und gehe humpelnd ins Schlafzimmer, um mir meinen Morgenmantel zu schnappen. In meinen Sneakers und im schwarzen Seidenmantel verlasse ich die Tür, als mein Telefon klingelt. Gerade rechtzeitig drehe ich mich um und nehme ab.

»Ja?«

»Du hast mich versucht anzurufen? Nett von dir«, höre ich Dorians belustigten Unterton.

»Es wäre unter anderen Umständen nett von mir, ja, aber dein Vater steht vor meiner Haustür und ...« Ich schiebe mich unauffällig zu dem Fenster zu. »... will mit Gideon reden. Er weiß es, Dorian. Euer Schwindel ist wie auch immer aufgeflogen, und ich habe keine Ahnung, was nun passieren wird.«

»Du machst dir Sorgen? Du gefällst mir immer mehr, Maron. Ich sage dir, was passieren wird. Gideon und Lawrence werden seit langem wieder zur Verantwortung gezogen. Es war eine Frage der Zeit, bis alles auffliegt. Vermutlich schneller nach den sechs Wochen Krankenhausaufenthalt. Vater hat sich bei mir mehrfach erkundigt, wo Gideon ist. Mehr als ihm sagen, dass er länger in Amerika bleiben wollte, konnte ich nicht. Lawrence sollte sich ebenfalls an den Plan halten.« Warum nur wirkt er nicht einmal überrascht? Ist er solche Lügen von den beiden gewohnt?

»Wenn er es nicht gemacht hat? Wollte dein Vater mich sehen?«, hake ich nach.

»Weißt du, Maron, es ist besser, wenn sie das unter sich ausmachen. Ich für meinen Teil werde dich heute Abend sehen und hoffe, dir geht es besser. Mach dir keine Gedanken, die beiden werden wie immer durchkommen. Obwohl ich zu gern dabei wäre, wenn Vater Gideon zusammenfaltet.« Das leise Lachen ist kaum zu überhören.

»Sadist.«

»Danke für das Kompliment. Aber Maron, sie sind erwachsen. Es ist nicht das erste Mal, dass Vater sich beide vornimmt. Atme tief durch und warte ab.« Ich weiß nicht, was ich von Dorians Worten halten soll, weil mich seine Worte nicht beruhigen. Natürlich kann es mir egal sein, ob sie aufgeflogen sind oder nicht, doch irgendwie habe ich gemerkt, dass nun eine Strafe droht. »Wie war es eigentlich?«, will Dorian plötzlich von mir wissen.

»Was meinst du?«, frage ich unschuldig, obwohl ich weiß, was er meint. Aber der Spinner soll bloß nicht denken, dass ich ihm davon erzähle.

»Ich kann an deinem Tonfall hören, dass du mit meinem Bruder geschlafen hast. Also? Oder muss ich zu dir kommen, um mich zu überzeugen?«

»Gott nein! Was geht es dich an.«

»Garstig wie immer. Also ein voller Erfolg. Wie gesagt, wir sehen uns heute Abend. Ich halte die besten Plätze frei. À plus tard, Liebes.«

Schon hat er aufgelegt. Warum denke ich bloß, das Gespräch hat ihm gerade den Abend verschönert?

Keine Minute später geht die Haustür auf und Gideon betritt mit mahlendem Kiefer und finsterem Blick meine Wohnung.

»Und?«, frage ich ihn vorsichtig.

»Und was? Laws Lügen sind aufgeflogen, er hat sich mal wieder zu weit aus dem Fenster gelehnt und mit dir angegeben. Er hat wirklich behauptet, dass du die Firma eines Bekannten meines Vaters vertrittst. Schwachkopf! Ich habe ihm alles erzählt, auch von dem Unfall, aber das hat ihn kaum interessiert. Die Sache ist gelaufen.«

Was meint er damit? Hat es keine Konsequenzen? Ich meine, woher soll er ansonsten gelernt haben, mich die Konsequenzen spüren zu lassen, sobald ich einen Fehler begangen habe? Sicher hat er dies von seinem Vater gelernt.

»Mehr nicht?«, hake ich nach und will ausatmen, als er abfällig schnaubt und zu mir aufsieht. »Er will dich morgen Abend treffen, allein.« Scharf ziehe ich die Luft ein.

»Warum?«, will ich wissen und mache einen Schritt auf ihn zu.

»Wollte er mir nicht sagen. Das Einzige, was er meinte, war, dass er dich richtig kennen lernen möchte, bevor …«

»Bevor was? Los, sag schon.«

Seine Mundwinkel zucken, was ich nur von ihm kenne, wenn er übel gelaunt ist. »Um dich an meiner Seite zu dulden.«

»Als ob du seine Erlaubnis bräuchtest«, falle ich ihm ins Wort. »Er muss mich nicht dulden, wenn er nicht will.«

»Maron, das ist eine Sache, die du nicht verstehst. Wie sieht es für uns aus, wenn er sagt, wer du wirklich bist? Ich muss ihn auf Geschäftsreisen vertreten, in seinem Büro, muss in der Öffentlichkeit mit einer Frau stehen, die Vater duldet. Wenn nicht, dann wirst du aus sämtlichen Familientreffen und öffentlichen Terminen herausgehalten. Du wirst praktisch nie dabei sein dürfen, weil er es nicht möchte. Es mag für dich nicht schlimm klingen, aber glaub mir, über Monate wirst du es hassen, die Abende nicht an meiner Seite verbringen zu können. Und ich werde es ebenso hassen.«

Ah, jetzt verstehe ich, was er meint. Im Prinzip soll ich in der Öffentlichkeit weiter meinen Job als Escortdame erfüllen, überall präsent sein – aber wenn sein Vater mich nicht duldet, werde ich komplett in den Hintergrund gedrängt. Es ist nicht so, dass ich wert darauf lege, überall mit Gideon gesehen zu werden, aber im verschlossenen Heim auf ihn zu warten, während er sich abends auf Galen oder im Ausland mit anderen Geschäftspartnern trifft, würde mir nicht gefallen. Vielleicht habe ich alles etwas unterschätzt.

Ich ziehe meine Augenbrauen zusammen, recke mein Kinn vor, um zu ihm aufzusehen. »Dann lass mich deinen Vater treffen. Möglicherweise kann ich ihn überzeugen.«

Ein abfälliges Schnauben ist zu hören. »Er war mit keiner zufrieden, weder mit Laws Freundinnen noch mit meinen. Dorians akzeptiert er, weil er sich hinter seinen Bildern verkriecht. Ich möchte meine Arbeit und dich voneinander getrennt halten. Am besten wäre es gewesen, hätte er nicht davon erfahren, dass du nicht Laws Freundin bist. Wir stehen erst am Anfang ...« Mit der Hand fährt er sich durch sein

Haar, bis er auf die Uhr blickt. »Verdammt, wir müssen uns beeilen.«

Schnell greift er nach meiner Hand.

»Stopp mal, du hättest es geduldet, wenn ich weiterhin die Freundin deines Bruders abgegeben hätte?«

»Nein, aber du wärst immer dabei gewesen, vielleicht nicht an meiner Seite, aber du wärst immer da.«

Unmissverständlich schüttele ich den Kopf. Es ist besser so, dass sein Vater die Wahrheit erfahren hat, so habe ich eine reelle Chance, ihn zu überzeugen. Und wenn nicht? Nun ... hat er nicht an meiner natürlichen, höflichen Art Gefallen gefunden? Ich habe immer mich selber abgegeben, war natürlich und freundlich ohne gezwungen zu wirken wie Nadine.

Ich weiß, dass es nicht einfach wird, aber ich werde seinen Vater überzeugen, schließlich ist das mein Job gewesen: Männer um den Finger zu wickeln. Das dürfte für mich kein Problem werden – hoffe ich.

24. KAPITEL

Über einen Kopfsteinpflasterplatz, der nur spärlich beleuchtet ist, werde ich von Gideon zu einem verlassenen Betriebsgebäude geführt. Etwas skeptisch blicke ich mich um, weil ich bisher keinen Fuß in dieses abgelegene Viertel von Marseille gesetzt habe.

Nach Gideons Anweisung trage ich eine dunkle Korsage, schwarze Hotpants und Absatzschuhe, die mir das Laufen erschweren. Keine paar Meter weit erkenne ich vor dem Gebäude mehrere Schatten von Personen, die sich unterhalten.

Nach wenigen Schritten, die ich auf meine Krücken verzichtet habe, spüre ich ein Ziehen in meinem Rücken, auch wenn mich Gideon stützt.

»Wir hätten sie mitnehmen sollen«, höre ich ihn neben mir, bevor er nach meinem Kinn greift und meinen Kopf anhebt, damit ich in seine Augen blicken soll.

»Ich bin keine Heulsuse, mach dir keine Gedanken, ich werde es überleben«, beruhige ich ihn mit einem Lächeln.

»Das weiß ich, trotzdem täte es dir gut, mir zu sagen, wenn es dir schlecht geht. Und du nicht immer die Zähne zusammenbeißen würdest.«

Er mag recht haben, aber daran müsste ich arbeiten. Denn bisher habe ich Herumjammern und Selbstzweifel immer als Schwäche angesehen. Und das werde ich auch jetzt noch. Er hat mir einen spannenden Abend versprochen, also werde ich durchhalten. »Wir sind gleich da, dann kannst du dich setzen. Hast du deine Waffen dabei?«, hakt er nach, sodass ich leise lache, aber nicke.

»Das fragst du mich nun das dritte Mal. Pfefferspray, ein

Messer und Seile habe ich dabei, obwohl ich mich auch ohne das Spielzeug zur Wehr setzen kann. Ich bin kein Kind.«

»Ich möchte nur sichergehen. Dorian wird immer in deiner Nähe bleiben.« Er macht mich immer neugieriger. An der bröckeligen Hausfassade erkenne ich Lawrence, der sein dunkelblondes Haar offen trägt und keinen Anzug oder Poloshirt wie gewohnt, sondern ein Muskelshirt mit schwarzen knielangen Trainingshosen.

»Kätzchen!«, begrüßt er mich und löst sich von Dorian, der mir in seinen gewohnt lässigen Jeans und einem Shirt entgegengrinst. »Ich hoffe, Gideon hat seine Klappe gehalten und dir nichts verraten.«

»Nein, er hat jedem Versuch, mir nicht doch zu verraten, was ihr vorhabt, standgehalten. Leider ...« Aber Dorian werde ich fragen, er hat mir öfter Dinge anvertraut.

»Sehr gut. Du siehst scharf aus.« Lawrence umfasst meine Taille, löst mich aus Gideons Griff und gibt mir einen Kuss auf die Stirn.

Aus den Augenwinkeln sehe ich, wie Dorian eine Augenbraue hebt und zu Gideon blickt, der mich scharf im Blick behält.

»Im Anschluss müssen wir reden, Law«, sagt Gideon.

Lawrence löst sich von mir und grinst Gideon entgegen. »Ich habe davon erfahren. Wir bekommen das schon hingebogen. Doch zuerst sollten wir reingehen, wir werden in fünfzehn Minuten angekündigt.« *Angekündigt? Wofür?* Dorian macht einen Schritt auf mich zu.

»Ab hier übernehme ich, Liebes, komm.« Dorian bietet mir seine Hand an, nach der ich greife, als mir Gideon entgegennickt. Dann umfasst er mein Gesicht und forscht lange in meinen Augen.

»Bleib bei Dorian, er kennt sich aus. Falls etwas ist, rufst du an, aber verlässt auf keinen Fall allein das Gebäude. Bis später, Kleines«, verabschiedet sich Gideon von mir, sodass ich den Mund öffne, um etwas zu sagen. Was soll das werden? Ich wurde zwar von Gideon vorbereitet, mit Waffen ausgestattet und habe ein neues Handy von ihm bekommen, trotzdem kann ich mir nicht vorstellen, was mich Gefährliches im Gebäude erwarten wird.

»Du lässt sie nicht aus den Augen«, befiehlt Gideon seinem jüngeren Bruder, der nickt.

»Werde ich nicht. Bei mir ist sie in sicheren Händen. Dann viel Erfolg. Möge der Bessere gewinnen und wenn es geht ohne Knochenbrüche.«

»Das kann ich dir noch nicht versprechen«, antwortet Lawrence mit einem verschwörerischen Grinsen, boxt Gideon gegen die Schulter, bevor er sich umwendet und er um die Ecke des Gebäudes abbiegt. Ich höre Frauen kreischen und Männer laute Begrüßungsfloskeln sprechen. Gideon wirft mir einen letzten Blick zu, schenkt mir einen besitzergreifenden langen Kuss, von dem ich mich am liebsten nicht mehr lösen möchte, dann folgt er Lawrence.

»So!«, beginne ich und drehe mich zu Dorian um. »Was wird das hier? Wo sind wir?«

»Du weißt wirklich nichts?«, hakt Dorian nach, neigt seinen Kopf und führt mich ebenfalls zu der Hausecke.

»Nein. Es wäre äußerst hilfreich, zu wissen, was los ist.«

»Dann komm, du wirst es in wenigen Minuten selber sehen.« Was sehen? Er führt mich um die Ecke, hinter der ich zwischen zwei Gebäuden Stufen erkenne, die zu einem Treppenaufgang führen, der von zwei bewaffneten Kraftbolzen bewacht wird, die uns sofort mit finsteren Blicken mustern.

Dorian nicken sie entgegen, als wir die Stufen hochsteigen. Mit einem mulmigen Gefühl, dass etwas ganz und gar nicht stimmt, öffnen die Türsteher die Tür und mir flackert rotes Licht entgegen. Ich ziehe die Augenbrauen zusammen, weil ich ahne, dass hier etwas Verbotenes, Illegales stattfindet, als ich von quiekenden Frauen in knappen Röcken, nur mit Bikinioberteilen, langen verruchten Mähnen und hohen Stilettos empfangen werde, die von tätowierten Männern in Lederhosen oder Jeans umgeben sind und ebenfalls enganliegende Shirts mit silbernen breiten Ketten tragen.

»Woah«, mehr bringe ich nicht heraus. Denn nun begreife ich, warum ich dieses tussige Outfit tragen sollte, weil ich mich der netten Gesellschaft anpassen soll.

An den sich laut amüsierenden Menschen führt mich Dorian vorbei und ist mit einem strengen Blicken darauf bedacht, dass mich niemand anrempelt oder mich zu lange anstarrt. Von einigen wird Dorian mit einem Handschlag begrüßt und ich höre Worte. »Ich setze auf Lazaros.«

»Ne, ich auf den Schönling! Yeh!«, mischt sich eine brünette Rockerbraut in tiefsitzenden Lederhosen ein, deren Arme bis auf jeden Quadratzentimeter tätowiert sind. »Er hat bisher jede Runde durchgehalten, auch als Salvador ihn richtig scheiße zugerichtet hat. Der hat Potential und sieht – verfluchte Scheiße – hammer aus.«

»Nein«, murmele ich zu mir, als ich von lauter Musik und der Stimme eines Kommentators, der durch ein Mikrofon brüllt, aus meinen Gedanken gerissen werde. Dorian führt mich weiter auf einen offenen großen Raum zu, in dem ich unzählig viele Sitzreihen, auf denen grölende Proleten zwischen knapp bekleideten Frauen, die zwischen ihnen umherhüpfen, und bissige Tölen erkenne, die nach unten zu einem

Ring führen. Sofort stoppen meine Schritte, was Dorian bemerkt.

»Angst, Liebes?«, fragt er dicht neben meinem Ohr.

»Nein, aber wenn es das ist, was ich denke ...« Sie schleppen mich in einen illegalen Boxschuppen? Das ist sogar für mich neu, weil ich mich bisher aus dieser Szene ferngehalten habe. Deswegen das Messer, das Outfit und auch Dorians Begleitung, damit mich kein angetrunkener Affe anmacht.

»Das ist es. Du darfst dabei sein und zusehen, wie ein Boxkampf stattfindet – ohne Limit«, erklärt er mir mit lauter Stimme, weil der Kommentator wieder in das Mikro plärrt, sodass ich mein Gesicht verziehe.

»Ohne Limit?«, wiederhole ich ihn, weil ich mir nichts darunter vorstellen kann.

»Bis zum Knock-out. Komm!« Dorian umfasst meine Hand fester, führt mich die Stufen bis kurz vor den Ring, der von grellen Scheinwerfern ausgeleuchtet ist, zur ersten Sitzreihe, auf der zwei Plätze von einem großen Glatzkopf mit einer Narbe auf der Wange freigehalten werden. Der sieht aus, als hätte er bereits einige Messerangriffe überstanden. Dann lächelt er uns plötzlich freundlich entgegen, womit ich nicht gerechnet hätte. Dorian löst seine Hand aus meiner und geht auf den großen Mann in Lederweste und tiefsitzenden Jeans zu, um ihn mit einem Handschlag zu begrüßen. Ich verstehe unter dem lauten Rufen nur Wortfetzen wie »Ist das die Kleine?« und »Ich hoffe, sie behält die Nerven«, dann höre ich den Fremden dreckig lachen, sodass ich meine eiskalte Miene aufsetze. Als ob ich ein Mauerblümchen wäre, dass sich in dieses illegale Betriebsgebäude verirrt hätte. Ich trage dunkelgeschminkte Augen, einen Pferdeschwanz und das heiße Outfit, also sollte er sich überlegen, wer wirklich vor ihm steht, bevor er mich auslacht. Mit zwei Schritten dränge ich mich an Dorian vorbei.

»Würdest du uns vorstellen?«, frage ich ihn mit fester Stimme. Der große Muskelprotz wirkt auf den ersten Blick nicht einmal dumm oder überheblich, aber fühlt sich hier zuhause, das ist kaum zu übersehen.

»Maron Noir, die Freundin meines Bruders.«

»Ah! Frederik Goras. Wenn du willst, darfst du mich Freddy nennen oder Gorilla. Im Bett allerdings stehe ich mehr auf den Namen Gorilla«, antwortet er dicht vor mir und grinst schäbig. Dabei zwinkert er mir zu, bevor er mich ohne Vorwarnung an seine feste Brust zieht.

Er riecht wie der Raum muffig, nach Leder und schalem Bier, aber eine herbe Parfümnote dringt an meine Nase. Ich spüre eine Hand auf meiner Schulter.

»Freddy, sie kommt erst aus dem Krankenhaus. Halte dich zurück!«, übertönt Dorian das Raunen der Menschenmenge.

»Schon gut, schon gut. Püppchen, nimm auf dem Sitz neben mir Platz.« Er löst sich von mir und deutet auf einen dunkelblauen Klappstuhl. Dorian nickt mir knapp entgegen. Doch ich lasse das nicht auf mir sitzen. Der große Teddybärverschnitt mag vielleicht freundlich sein, trotzdem werde ich mich nicht Püppchen nennen lassen. Am Ohr bekomme ich ihn zu fassen und zerre ihn auf meine Augenhöhe herab. Mit einem verschreckten Blick starrt er mir mit dunkelbraunen Augen entgegen.

»Nennst du mich ein weiteres Mal Püppchen, werde ich das den gesamten Abend wiederholen!«, warne ich ihn. Neben uns höre ich belustigte Ausrufe, Frauen lachen und Männer grölen.

»Nenn mich Maron oder Noir. Obwohl ich im Bett Madame Noir bevorzuge, laut stöhnend, während des Orgasmus deines Lebens«, stelle ich klar, aber kann mir mein Schmunzeln nicht verkneifen. Dann gebe ich ihn frei, und Freddy reibt sich sein Ohr mit einer fast beleidigten Miene, bevor ich neben ihm Platz nehme.

»Süß, wirklich ... süß!«, sagt er zu Dorian. »Jetzt weiß ich, warum dein Bruder Gefallen an dem Püpp…« In Sekundenschnelle kassiert er einen Tritt in sein Schienbein, sodass er aufjault. »… Maron findet. Fuck!«

Dorian schüttelt wie immer den Kopf, fährt sich durch sein dunkel schimmerndes Haar und nimmt neben mir Platz. »Du hast sehr gut klargestellt, wer du bist, Liebes. Aber jetzt entspann dich. Du solltest dich schonen.« Mit seiner Hand fährt er über meine Stirn, auf der ich erst jetzt Schweiß fühle. Ich nicke bloß, atme durch, verschränke meine Beine und schaue mir erst in dem Augenblick den Ring, der von Netzen umgeben ist, an.

Als auch Freddy sich mit einem gewagten Blick in meinen Ausschnitt gesetzt hat, streiche ich über seinen Arm. »Freut mich auch, dich kennen zu lernen«, raune ich ihm zu, sodass er sich in seiner großen Gestalt zu mir umdreht und die Lippen anerkennend aufeinanderpresst. Fast verlegen reibt er sich über seine Glatze, und ich finde, er sieht nicht mal übel aus. Scharfe Gesichtskonturen, dafür ebenmäßig mit warmen Augen und einem Lächeln, das offen und freundlich wirkt.

Doch ich kann Freddy nicht mustern, als der Kommentator den Ring betritt, der sich zuvor außerhalb des Rings aufgehalten hat, durch die Menschenmenge gelaufen ist oder anderen Angetrunkenen Fragen gestellt hat.

»Ladys und Gentlemen, Schlampen und Hurensöhne!«, begrüßt der untersetzte, aber doch wortgewandte Typ auf der

Bühne mit einem geöffneten roten Hemd und einer nicht vorteilhaft sitzenden Anzughose die Besucher. »Heute wird ein legendärer Kampf stattfinden, auf den wir alle ein halbes Jahr warten mussten.« Halbes Jahr? Also sind sie öfter in dem Gebäude. Ein Raunen ist zu hören, Glas zersplittert irgendwo auf dem Boden. »Aaaaaaaber heute Abend seht ihr einen Kampf – Bruder gegen Bruder, Lazaros gegen Chavel! Jaaaaaa! Ich will eure verdammten Rufe hööööören!«

Ich verdrehe die Augen, während der Typ im Ring sich für Gott hält, weil nun eine tobende Menge losbricht, die brüllen, mit den Füßen stampfen und sich einzeln erheben, um laut irgendwas in die Menge zu schreien, was ich bis auf die Namen der Kämpfer nicht verstehe.

Dorians warme Hand legt sich um meine Hüfte, als ich weiter auf die gegenüberliegende Zuschauerreihen starre. Es sind mehr als drei- oder vierhundert Menschen an diesem Freitagabend hier, um sie kämpfen zu sehen. Verflucht. Ich brauche nicht lange zu überlegen, wer gleich den Ring betritt, sodass ich bereits jetzt Galle auf der Zunge schmecke.

»Warum der Irrsinn?«, frage ich Dorian und schmiege mich an seine Seite. Mit einem spöttischen Grinsen blickt er von mir zu dem Kommentator, der weitere Ansagen macht, die Regeln aufzählt, obwohl es keine wirklichen Regeln sind, und mit Handbewegungen weiter die Massen anheizt.

»Das ist Laws Bestrafung, als er erfahren hat, dass Gideon dich – tut mir leid, aber – wie eine Hure gefickt hat. Lawrence' Ehrgefühl ist sehr ausgeprägt, was du gleich sehen wirst. Und Gideon hat sein Angebot, die Prügelei im Ring auszutragen, angenommen.«

»Nein, sie kämpfen wegen mir?«

»Ganz genau.« Ein Kuss trifft mein Haar. Deswegen meinte

Gideon, ich solle den Abend genießen. Kennt er mich so wenig, dass er nicht weiß, wie ich brutale Kämpfe, Wetten und Machtspielchen in der Öffentlichkeit verabscheue? Einen Rückzieher kann er kaum machen. Nun weiß ich, warum er mir nichts verraten wollte. Er kennt mich zu gut. Ich hätte sofort protestiert.

»Und du unterstützt den Mist?«, hake ich nach und schaue zu Dorian auf, der die Augen zusammenzieht.

»Ich toleriere es. Mehr nicht.« Als ich meinen Blick senke, umfasst er meine Wange, damit ich zu ihm aufblicke. »Sie betreiben dieses Hobby seit Jahren. Lass sie sich austoben, sie kennen ihre Grenzen. Außerdem, so seltsam es klingen mag, brauchen sie das. Für sich und ihr Ego. Also entspann dich.«

Wahnsinn. Ihm scheint es nichts auszumachen, während ich auf dem Sitz hocke, meine Hände zu Fäusten balle und abwarten muss, was nun passiert.

Kur darauf kündigt die Spaßfigur im Ring die Kämpfer an und mein Herzschlag setzt aus, als ich beide – Gideon und Lawrence – lässig und die Ruhe selbst den Ring betreten sehe, wie sie sich unter den Absperrungen bücken. Ihre Oberkörper sind nackt, während Gideon dunkelblaue Trainingshosen trägt und Law seine schwarze, die er zuvor getragen hat. Seine dunklen Tattoos über dem linken Arm glänzen leicht, als sei sein Körper eingeölt. Und er trägt sein Haar offen, wie ich es an ihm mag, trotzdem wirkt er gepflegt im Gegensatz zu anderen Zuschauern. Mit erhobenen Armen begrüßt er die Menge und sagt etwas zu dem Kommentator. Gideon hingegen verschränkt die Arme vor seiner Brust und sucht die Zuschauermenge ab. Nicht lange und unsere Blicke kreuzen sich. In meinem Blick steht unmissverständlich, was ich von der Show halte, sodass er schief grinst. Dann fährt er sich durch sein Haar und ich werde von Lawrence' Worten abgelenkt.

»Ich erhoffe mir einen fairen Kampf, in dem ich meinen Bruder an seine Grenzen bringe. Außerdem soll er damit einen Denkzettel erhalten, sich Damen gegenüber angemessen zu verhalten.« Lawrence schaut zu mir und zwinkert mir entgegen, bevor die Frauen im Zuschauerraum kreischen. Ungelogen heben manche die Tops an, sodass ich die Augen verdrehe.

»Sooooo, also hat sich Cheval gegenüber der Damenwelt unangemessen verhalten?«, fragt der Blödmann von Kommentator. Muss das Thema vor allen ausdiskutiert werden?

»Nun, alles im Leben hat seine Konsequenzen«, antwortet Gideon gelassen, als er seine Arme löst, das Mikro nimmt und zu mir sieht. »Aber ich stehe gerne im Ring, um meinem Bruder zu zeigen, wie sehr ich es bereue«, bringt er mit einem arroganten Gesichtsausdruck hervor. Obwohl es sarkastisch gemeint sein soll, weiß ich, dass seine Worte ernst gemeint sind, und schaue ihm lange entgegen.

»Geil! Die Stimmung ist am Explodieren. Kämpfen sie wirklich um dich, Pü… äh … Maron?«, fragt mich Freddy. Ich wende meinen Blick von Gideon ab, der seine Schultern lockert und nach dem weiteren sinnlosen Gefasel des Kommentators auf den Schiedsrichter zugeht.

»Sieht ganz danach aus«, bringe ich verblüfft hervor.

»Dann muss sich Cheval einiges geleistet haben. Für gewöhnlich kämpfen beide selten gegeneinander, eigentlich gar nicht. Sie passen immer aufeinander auf, wenn sie in den Ring steigen, oder geben sich Tipps. Der eine ist der Trainer des anderen. Bisher gab es drei Kämpfe, ›die Legendären‹, als sie angetreten sind. Seit dem letzten, als beide bis zur letzten Runde durchgehalten haben und die Anzahl der Schläge gleich blieb, musste ein Unentschieden verkündet werden. Jeder Pisser, der was von sich hält, will den Kampf sehen, um zu erfahren, wer von beiden gewinnt. Sie sind gut, gleich gut, sodass es nie zum Knock-out kam.« Freddy scheint von den beiden beeindruckt, wie auch die tosende Menge.

Klingt sehr interessant, als ich seinen Worten angestrengt lausche. Hoffentlich kommt es nicht zum Knock-out, und ich darf Gideon auf der Intensivstation gesund pflegen, wo er sich gerade von dem Rippenbruch erholt hat.

Gespannt sitze ich auf dem Sitz und spüre Dorians Arm weiter um meine Hüfte, als könnte ich weglaufen, bis der Gong ertönt, die Menge kurz leise ist und sich Gideon und Lawrence gegenüberstehen. Ihre Lippen bewegen sich, bis Gideon spöttisch lacht, sein Haar mit den Boxhandschuhen aus der Stirn streicht und in Position geht.

Der Schiedsrichter geht auf beide zu, bevor er den Countdown spricht und sie den Kampf beginnen, sodass mir flau im Magen wird. Es ist zwar interessant, beide gegeneinander kämpfen zu sehen, aber mit ansehen zu müssen, wie sie ihre Körper mit ihren Fäusten bearbeiten, verschafft mir ein ungutes Gefühl.

An Lawrence' schnellen und kräftigen Schlägen erkenne ich, dass er ein Profi ist. Bereits in Dubai habe ich gesehen, was er draufhat. Und ich gebe ihm recht: Ihm möchte ich nachts nicht begegnen und ihn provozieren – obwohl ich weiß, dass er niemals eine Frau angreifen wird. Gideon hingegen ist wendig, trifft Law an den passenden Stellen, die ihn ins Taumeln bringen.

»Ruhig atmen, Maron. Sie wissen, was sie tun«, holt mich Dorian neben mir aus meiner verkrampften Haltung. »Das ist dein erster Kampf, den du live siehst, nicht wahr?«

»Ich hoffe ... auch mein letzter.« Warum müssen Männer alles mit ihren Fäusten austragen, es war nicht in Ordnung, wie mich Gideon behandelt hat, aber sie deswegen gegeneinander kämpfen zu lassen? Das kann nur Laws schwachsinnige Idee gewesen sein. Typisch.

Ein kräftiger Schlag gegen Gideons Kiefer lässt mich scharf die Luft einziehen. Die Zuschauer brüllen, kreischen und mir wird Bier in den Nacken geschüttet. Sofort dreht sich Freddy um und stößt den Typen mit solcher Wucht zurück, dass er über die Rücklehne fällt und die Bierflasche klappernd über den Boden rollt. Himmel, was für ein Schuppen. Ich reibe mir das klebrige Bier aus dem Nacken, als Gideon auf den Boden spuckt. Soweit ich erkenne, tragen sie einen Zahnschutz. Gott sei Dank, auf seine schönen Zähne möchte ich nicht verzichten.

Im nächsten Moment greift Gideon mit einem Dreifachschlag und einem seitlichen Kick an, mit dem Law anscheinend nicht gerechnet hat. Ein kräftiger Stoß gegen seinen Bauch lässt Law nach hinten wanken, der von den Seilen aufgefangen wird. Finster starrt er Gideon entgegen, bevor er angreift. Die Fäuste sausen so schnell auf Gideon nieder, dass ich wegsehen muss.

Dann zeigt die Tafel tatsächlich einen Rückstand von drei Punkten für Gideon an. Die nächste Runde beginnt. Mit jeder Runde, jedem üblen Schlag sehe ich, wie beide unter den Scheinwerfern schwitzen, sehe die blutende Lippe von Gideon und die rote Wange von Law. Verflucht! Am liebsten würde ich in den Ring springen und beide rauszerren.

Irgendwann, als die vorletzte Runde angekündigt wird, sehe ich beide atemringend, total erschöpft im Ring ihre Gesichter mit den Handtüchern abwischen. Danach stürzen sie wieder aufeinander, und Gideon bekommt einen festen Schlag in sein Gesicht ab, sodass er stürzt und ich die Luft anhalte. Doch mühsam mit verschwitzten Haarsträhnen, die in seinem Gesicht kleben, erhebt er sich, schaut kurz in mein entsetztes Gesicht und zieht sich auf die Füße.

Gott! Lass es einfach nur aufhören.

»Du siehst blass aus«, bemerkt Dorian, als eisige Schauder über meinen Rücken wandern und ich die Finger ineinander verkrampfe.

»Ich – verflucht! Kann ich an die frische Luft?« Ich kann diesem Kampf keine Minute länger mehr zusehen. Gideon hat seinen Fehler eingesehen, auch wenn ich öfter an den Abend auf der Toilette denken muss, als mir lieb ist. Trotzdem kann Law ihn nicht zurichten.

Kann er, weil es seine Art ist – sagt mir mein Verstand. Dennoch muss ich nicht anwesend sein, wenn sie ihre Körper lädieren.

»Bist du sicher?«, fragt Dorian. Ich drehe mich zu ihm und nicke. »Es ist fast vorbei.«

»Das ist mir egal. Ich will raus!«, übertöne ich das Grölen. Frauen tanzen bereits mit ihren bemalten Möpsen, auf denen die Namen der Kämpfer zu lesen sind, um den Ring, Männer stehen von ihren Plätzen auf und brüllen »Lazaros!« und »Cheval« im Intervall und mir wird übel.

»Freddy!«, ruft Dorian. Frederick stoppt seine lauten Rufe und starrt zu uns, dann nickt Dorian zum Aufgang über uns. In dem Moment sehe ich, wie Lawrence Gideon einen üblen Tritt in die Flanke verpasst, der mich den Kopf schütteln lässt.

Sofort springe ich auf, streife Laws Blick, der mir wieder blöderweise entgegenzwinkert, dann laufe ich los. Es ist mir egal, ob mir Dorian und Freddy folgen. Aber ich kann das nicht mehr mit ansehen. In dem Moment ziept meine verfluchte Narbe, und mein Bein pocht, als ich die Stufen hochsteige. Als ich am Absatz angerempelt werde und ins Schwanken gerate, saust eine Faust mit den tätowierten Buchstaben L.O.R.D. auf den Fingerknöcheln auf das Gesicht des kräftigen Typen, der mich angestoßen hat, zu, sodass ich nach Luft schnappe und zurückweiche. Arme halten mich auf, um nicht umzustürzen.

»Gern geschehen«, höre ich rechts hinter mir eine dunkle Stimme. Erst dann erkenne ich einen leicht gebräunten gutaussehenden Mann halb hinter mir, der mir gelassen, als hätte er gerade die Tür aufgehalten, entgegenstarrt. Kein Lächeln, kein Blinzeln, keine sonstige Gesichtsregung lässt erkennen, was er denkt.

»Merci«, antworte ich flüchtig und gehe weiter.

»Maron!«, ruft mir Dorian hinterher, aber ich werfe nur einen schnellen Blick zum Ring, in dem beide weiterkämpfen, dann stehe ich im gefüllten Gang und marschiere trotz Schmerzen zum Ausgang, um Luft zu holen. Das ist mir zu viel. Wie kleine Jungs müssen sie sich vor allen prügeln. Ich habe mir die Tage mit Gideon nach dem Krankenhausaufenthalt anders vorgestellt, als ihn pflegen zu müssen. Also, das tue ich wirklich gerne, aber muss er sich wieder krankenhausreif prügeln lassen? Und das von seinem Bruder? Wo steckt die Logik dahinter?

Auf dem Kopfsteinpflaster, nachdem ich die Türsteher hinter mir gelassen habe, schiebe ich mich durch die rauchende Menge. Am liebsten würde ich eine Zigarette schnorren, um abzuschalten, aber darauf, sie anzusprechen und mich von ihnen bequatschen zu lassen, habe ich keine Lust.

»Hier!« Vor mir taucht im Gehen eine Hand mit einer Zigarettenschachtel auf. *Wie freundlich* – denke ich, bis ich zu dem Mann aufblicke und den Latino vor mir wiedererkenne.

»Bist du mir gefolgt?«, frage ich ihn schneidend und mustere seine dunklen zusammengebundenen Haare, sein schmales und zugleich ausgeprägtes Gesicht.

»Nein, wie kommst du darauf?«, fragt er mich sarkastisch. »Jetzt starr die Zigaretten nicht an, sondern nimm eine. Du siehst aus, als würdest du eine wollen.« Hat er es an meinen Blicken gesehen? Mitten auf dem gepflasterten Platz ziehe ich die Augenbrauen zusammen. Ach, was solls.

»Danke!«, raune ich ihm verärgert zu und nehme eine. Ich bin nicht wegen ihm verärgert, eher wegen der Brüder.

Kurz darauf gibt er mir Feuer, und ich inhaliere den Rauch mit geschlossenen Augen ein, der meinen Puls senkt.

»Du bedankst dich auffällig oft. Nette Angewohnheit. Also scheinst du im Gegensatz zu den anderen Besuchern erzogen worden zu sein«, höre ich seine samtige Stimme, die rauchig und zum Teil verwegen klingt. Als ich ihn näher betrachte, sehe ich sein Muskelshirt, obwohl er kein Muskelprotz ist. Er ist schlank, muskulös und dynamisch gebaut. Mit seinem dunklen Blick wirkt er auf mich, als könne er in Sekunden die Frauenherzen höher schlagen lassen. Zum Glück weiß er nicht, wer vor ihm steht.

»Wenn du wüsstest, wie erzogen ich bin«, antworte ich mit einem Schmunzeln, als ich die Augen öffne.

»So siehst du nicht aus, Maron.« Danke, Dorian, nun kennt er meinen Namen.

»Maron!«, ruft Dorian und eilt mit Freddy auf mich zu. Nun kennen ihn auch die Türsteher.

»Chevalier und Goria. Deine Bodyguards?«, fragt mich der Latino. »Dann werde ich gehen. Vielleicht trifft man sich wieder.« *Warum?*

Schon dreht er sich um, aber nicht, ohne mir doch noch ein verboten dunkles Lächeln zu schenken. Ich verfolge seine Statur, die auf die Treppen hochsteigt, bis er mit einem Nicken zu den Türstehern von drei Frauen angesprungen wird. Was war das bitte schön?

Ohne weiter zu überlegen, nehme ich einen zweiten Zug von der Zigarette, als Dorian mit mörderischen Gesichtszügen vor mir steht.

»Was wollte Salvator von dir?«, fragt er mich, als ob ich es wüsste.

»Freundlich sein.«

»Sag schon!«

»Du benimmst dich wie in Dubai, als müsste ich mich für alles rechtfertigen, Dorian.« Nun steht auch Freddy vor mir, aber scheint nichts zu verstehen.

»Leute, eigentlich wollte ich den Kampf sehen«, beschwert er sich. »Geht es dir gut?«, fragt er mich und ich nicke. »Dann verzieh ich mich wieder.«

Kaum ist er drei Schritte von uns entfernt, werde ich an den Schultern zurückgeschoben, bis ich die nächste Fassade kühl auf meinem Rückgrat spüre. Die Türsteher und anderen Raucher werfen mir belustigte Blicke zu, aber ich lasse es mir von Dorian gefallen.

»Lass den Mist, Dorian. Ich wollte einfach nur raus. Ich muss mir den Blödsinn nicht mit ansehen. Und verdammt ja, ich habe Schmerzen und brauche Ruhe.« Sofort lockern sich seine Gesichtszüge und er nimmt die Hände von meinen Schultern.

»Tut mir leid. Und was wollte Salvator von dir?« Mit einem genervten Blick zum Sternenhimmel antworte ich ihm, dass er mir eine Zigarette ausgegeben hat und seine Faust in dem Gesicht eines Typen, der mich umrempeln wollte, geparkt hat.

»Mehr nicht. Also hör auf, dich aufzuspielen. Mir geht es ansonsten gut, ich habe nur frische Luft gebraucht«, versichere ich ihm. Vor mir hebt er sein Kinn, lässt seine Blicke an mir auf und ab wandern, um zu erkennen, ob es mir wirklich gut geht, dann nickt er.

»Frische Luft.« Er starrt auf den kringeligen Rauch, der neben meinem Arm aufsteigt. »Rauch auf, dann warten wir im Auto, bis die anderen kommen.« Dafür dürfte es wohl zu spät sein, denn keine halbe Minute später erscheint Gideon im Ausgang nur ein Handtuch um den Nacken, völlig verschwitzt und mit einem übel zugerichteten Gesicht.

»Was ist los?«, fragt er mich, obwohl er sich das fragen sollte.

»Nichts, außer dass ich nicht länger zusehe, wie ihr euch prügelt«, antworte ich und hole tief Luft. Hinter Gideon erkenne ich Lawrence, der von zwei Frauen betatscht wird. Oh, das sollen sie mit Gideon machen, dann wären sie fällig.

»Sie hat Schmerzen, Salvator hat sie angequatscht und ich denke, wir sollten gehen«, fasst Dorian neben mir alles zusammen, sodass ich ihn anstoße. Das hätte er nicht erzählen sollen. Wütend blicke ich zu ihm auf.

»Salvator?«, fragt Lawrence. »Was wollte er?« Mit dem Handtuch reibt er sich über sein Gesicht und sieht zugleich nicht besser als Gideon aus.

Dorian muss ihnen natürlich erzählen, was ich ihm gesagt habe. Wie diplomatisch er sich verhält, lässt mich gedanklich tausend Dolche in seinen Rücken rammen. Nun stehe ich da, als hätte ich einen Typen aufgerissen, der mich vor einem Typen beschützt hat.

»So«, antwortet Gideon bloß und seine Augen verengen sich. »Wir sollten gehen.«

»Wie ist der Kampf gelaufen?«, will Dorian plötzlich wissen. »Wie ein Knock-out seht ihr nicht aus.«

»Gideon hat verloren, weil er den Ring verlassen hat.« Oh, das klingt nicht gut. Im nächsten Moment sehe ich Lawrence sein Haar zusammenbinden und strahlen, während Gideon ihm einen scharfen Blick zuwirft.

»Es hätte sonst was mit Maron sein können. Sie hat Schmerzen, wie Dorian gesagt hat, also ist mir der fuck Kampf egal. Du hast gewonnen, zufrieden?« In Gideons Stimme schwingt die Wut darüber mit, als Verlierer dazustehen – meinetwegen.

»Das war nie meine Absicht«, bringe ich hervor, als Gideon mir ins Wort fällt.

»Gehen wir einfach. Law hatte seinen Kampf, wir haben die Menge unterhalten, jetzt will ich einfach meine Ruhe.« Mit zwei letzten Zügen von der Zigarette schnipse ich den Stummel von mir, sodass rote Funken sprühen.

»Ich werd mein Geld abholen.« Lawrence verschwindet wieder in dem abgewrackten Gebäude, obwohl er leicht hinkt und selbst sein Rücken dunkle Flecken ziert.

»Komm, Kleines.« Gideon legt seinen Arm um meine Taille und schnauft kurz, bevor er sich den Schweiß aus der Stirn wischt.

»Du siehst aus, als hättest du gekämpft.« Seine Augen wandern kritisch über mein Gesicht, bis sie auf meiner Stirn hängen bleiben. »Seit wann schwitzt sie?«, fragt er Dorian und nicht mich, als sei ich minderbemittelt.

»Seit ihr den Ring betreten habt. In der Höhle ist das kein Wunder.«

Mit einem nachdenklichen »Hm« behält mich Gideon im Blick. »Ich hoffe, ich habe dir nicht zu viel abverlangt, Kleines?« In seinen Augen sehe ich plötzlich die Sorge, mich überanstrengt zu haben.

»Nein, mir geht es so weit gut«, lüge ich. »Du dagegen siehst …« Geräuschvoll ziehe ich die Luft ein. »… mehr danach aus, als müsstest du versorgt werden.«

Spöttisch hebt er eine Braue, was verboten scharf aussieht. »Ich lasse mich gerne von meiner persönlichen Krankenschwester pflegen.«

»Ah – nur deswegen wolltest du kämpfen«, provoziere ich ihn mit einem Schmunzeln. Gelassen zuckt er die Schultern, als ich mich vorsichtig in seinen Arm schmiege, um ihm keine Schmerzen zuzufügen. Als ich für einen winzigen Moment seinen herben Duft einatme, spüre ich, wie erschöpft ich wirklich bin. Der Abend hat mich mehr überanstrengt, als ich dachte …

LAWRENCE

Wie die zwei auf der Rückbank kuscheln, ist schon fast verboten grausam für meine Sehnerven. Ich gönne es Gideon wirklich von Herzen, mit Maron zusammen zu sein, allerdings geht mir das Geschnulze etwas gegen den Strich. Dorian hat beschlossen, uns nach dem Kampf, den wohl eindeutig ich gewonnen habe, als Gideon den Ring verlassen hat, nachhause zu fahren.

Das Traumpaar wird bei Gideon abgesetzt, während ich mich zu meinem neuen Anwesen fahren lasse.

»Du darfst mich gerne gesund pflegen, wenn dir danach ist.« Ich tätschele Dorians Schulter, der meine Hand mit einem Ruck von sich schiebt.

»Dir scheint es nicht zu passen, dass die beiden zusammen sind«, bemerkt er, als er in die Straße zu meinem neuen Anwesen einbiegt, das ich eigentlich wieder verkaufen kann, weil die ganze Investition umsonst war. Aber warum? Vielleicht ziehe ich einen Stripclub darin auf. Das würde mir Abwechslung verschaffen, Geld einbringen und mich würde jeden Abend eine andere hübsche Überraschung erwarten.

»Wer behauptet das? Ich finde nur, die beiden sollten nicht plötzlich umschwenken in verliebtes Paar. Was wir erlebt haben, sollte nicht in einer kitschigen Romanze enden. Das mit dir und Jane ist auch unverbindlich, wieso also darf ich Maron nicht für eine Nacht ausleihen, bevor Gideon droht, mir das Genick zu brechen?«

»Du wirst es nicht verstehen, wenn ich es dir erkläre«, sagt er überheblich. Ja, mein kleiner Bruder, der Denker, hält mich manchmal für einen Rohling, der von Gefühlen keine Ahnung hat.

»Muss ich nicht. Ich bin erst einmal gespannt, was morgen – oder wohl eher heute Abend – passieren wird, wenn Vater unser Kätzchen so richtig kennenlernt.« Mit verschränkten Armen lehne ich mich im Sitz zurück, als Dorian zu mir schaut.

»Dir ist hoffentlich klar, dass die Nummer nur wegen dir aufgeflogen ist. Hättest du nicht großspurig angegeben, dass Marons Scheinkanzlei einen Bekannten vertritt, wäre der Schwindel nicht aufgeflogen.« Will er mir wirklich Vorhaltungen machen?

»Scheiße, mach dir deswegen nicht ins Hemd. Sie wird es überleben.« Mit einem unmissverständlichen Kopfschütteln öffne ich die Tür, als er vor dem Anwesen parkt.

»Wird sie, aber ich habe keine Ahnung wie.« Da gebe ich ihm allerdings recht. Vater kann auf seine Art ziemlich ausfallend werden, wenn er möchte. Vielleicht ist es hilfreich, wenn ich sie begleite. Obwohl Gideon gesagt hat, Vater will sie allein sehen. Habe ich mich jemals an Regeln gehalten?

Nein.

Also werde ich es tun. Denn ob ich möchte oder nicht, aber ich habe keine Lust, dass Vater die Kleine zusammenfaltet. Und bei allem, was ich in dieser beschissenen Welt erlebt habe, weiß ich, dass er dazu fähig ist. Er soll seinen Ärger nicht an ihr auslassen.

Alles erinnert mich irgendwie an Cassy, die meine Mutter fertiggemacht hat. Unsere Eltern sind sehr gut darin, das Leben anderer Menschen zu zerstören, es zu manipulieren – und Scheiße noch mal, das alles, ohne mit der Wimper zu zucken.

»Ich werde sie im Auge behalten. Lass es Gideon nicht wissen, bevor er wieder austickt.«

»Von mir wird er nichts erfahren«, antwortet Dorian. »Allerdings versuch dich zurückzuhalten.«

»Zurückhaltung ist eine meiner leichtesten Übungen.« Nun beginnt Dorian laut zu lachen, in das ich einstimme. »Ich werde mein Möglichstes versuchen. Aber zu uns. In letzter Zeit komme ich besser mit dir aus, du bist wirklich nicht mehr so klein, wie ich dachte.« Oha, der Blick, der folgt, war meine Bemerkung wert.

»Raus!«

»Sei keine Memme, das war ein Kompliment. Wir sehen uns.« Schon werfe ich die Tür hinter mir zu und laufe zu meinem Anwesen. Unter den bescheidenen Verletzungen Auto zu fahren, wäre keine kluge Idee gewesen. Morgen werde ich den Wagen abholen lassen. Aber ein Kätzchen, das sich um mich kümmert, könnte ich gebrauchen.

Mein Entschluss steht fest, als ich im neuen Bad unter der Dusche stehe und meine Prellungen mustere. Ich werde einen Club draus machen. Geld und Zeit wären kein Problem. Mit dem richtigen Personal wäre alles umsetzbar. Und wer weiß, dann angele ich mir mein persönliches Kätzchen. Maron steht leider nicht mehr zur Verfügung. Die Zeit mit ihr fehlt mir. Gott, jammere ich in meinen Gedanken rum wie ein Weichei.

Aber vielleicht bekomme ich sie überzeugt, eine offene Beziehung zu führen. Küssen lassen hat sie sich von mir vor dem Boxkampf und ihr stürmisches Verlangen, als wir uns kurz vor der Hausbesichtigung wiedergesehen haben ... geil. Sie will es auch, also werde ich heute Abend meinen Charme auspacken und ihr gegen meinen Vater zur Seite stehen. Auch wenn sie es nicht bemerken wird. Besser, ich übe mich in der Zurückhaltung.

Kurz vor sieben halte ich eine Seitenstraße entfernt von Vaters Anwesen, das er mit Nadja bewohnt – der Schlunze – die mich immer dämlich angafft. Ich kann die Frau nicht ausstehen.

In meinem grauen Shirt und Jeans steige ich aus meinem Wagen und gehe unauffällig auf Vaters Anwesen zu. Gerade als ich um die Ecke biege, fährt Gideon Maron vor. Warum er das tut, kann ich verstehen. Allerdings schickt er Maron in die Höhle des Löwen. Es ist klar, dass Vater sie nur zu sich eingeladen hat, um mehr über sie zu erfahren. Mit keiner Frau, ob klassische Schönheit oder dummes Blondchen, war er zufrieden. Als ob diese Nadja-Schlampe ein Juwel wäre. Lachhaft. Maron sieht ziemlich wackelig aus, als sie die Einfahrt betritt, deren Tor geöffnet ist. Sie wirkt weder nervös noch aufgeregt, wie ich sie eben kenne, dafür immer noch geschwächt. Gideon fährt mit seinem Maserati davon, während Maron vom Personal hereingebeten wird.

Mit zügigen Schritten gehe ich auf die Einfahrt zu, bevor sich das Tor mechanisch verschließt, und biege, statt den Haupteingang aufzusuchen, um die Hausecke ab und will durch den Hintereingang rein.

Ich öffne die Tür und betrete den hinteren Eingang der Eingangshalle, schon erkenne ich Vaters Stimme, der Maron nach oben in sein Büro bittet. Es sieht ganz danach aus, als wolle er sie nicht zum Essen einladen, sondern direkt die Angelegenheiten klären. Fein! Für mich ist das günstiger, das Gespräch zu belauschen.

Ich höre Schritte, die von dem verdammten Teppichboden erstickt werden, dann tritt Ruhe ein.

»Monsieur Chevalier.« Fuck! Vor mir steht die Haushälterin, die immer abends vorbeikommen muss.

»Gehen Sie Ihrer Arbeit nach«, fahre ich sie unüberlegt an,

bevor mir etwas einfällt, als sie sich von mir abwendet. »Wo befindet sich die Verlobte meines Vaters?«, will ich wissen, damit ich ausschließen kann, dass mir die Tusse nicht in die Quere kommt.

»Sie ist zu Freundinnen gefahren.« Ah – vielleicht hat sie auch ein Alibi, um meinem Vater fremd zu gehen. Mir egal.

»Wann wird sie zurück sein?«

»Sie meinte gegen Mitternacht.«

Ich nicke bloß, dann atme ich auf. Mit wenigen Schritten eile ich die gebogenen Treppen zu Vaters Arbeitszimmer hoch, um das Gespräch mitzuverfolgen. Vor der Tür könnte ich stehen bleiben und sie belauschen, aber mir fällt das Nebenzimmer ein, das direkt an sein Büro anschließt. Falls er mich dort vorfindet, kann ich sein Gesicht kaum erwarten. Falls nicht, hat er mich nicht gesehen. Aber ich will wissen, was er unternimmt, um sie abzuschrecken. Maron ist taff und entschlossen, aber dumm genug, seine Einladung angenommen zu haben.

Neben der Tür von seinem Büro gebe ich den Code ein, weil ich weiß, wie sicher er seinen Tresor, der sich in dem Raum befindet, bewacht. Die Wahrscheinlichkeit, dass er den Raum verlässt, um in diesen zu gehen, ist sehr gering.

Wie immer finde ich alles penibel aufgeräumt vor. Klassische Ledercouchen vor alten hohen Regalen mit Ordnern, Dokumenten und Urkunden an den Wänden. Die schweren Vorhänge verdunkeln den Raum, sodass ich mich auf die Couch gleich neben der Tür fallen lasse und das Gespräch höre – jedes einzelne Wort. Denn Vater beginnt gleich direkt mit seiner Rede. Unverfänglicher Frontalangriff. Arme Kleine.

25. KAPITEL

Ganz ehrlich, ich habe mit vielem gerechnet, aber als ich Monsieur Chevaliers Worte höre, werde sogar ich sprachlos. In seinem teuren Lederstuhl nimmt er hinter dem schweren Nussholzschreibtisch Platz, verschränkt seine Finger vor dem Bauch in seinem perfekt sitzenden Anzug und starrt aus dem Fenster. Als wäre ich Luft, nicht vorhanden, Nada, nicht da.

Sein graues kurzes Haar schimmert wie Silber auf seinem Kopf, während seine Lippen ein leichtes Lächeln annehmen. Nun weiß ich, wie er wirklich ist. Mit geöffnetem Mund dreht er sich zu mir.

»Ich vergaß, Ihnen etwas zu trinken anzubieten.« Tiefschlag. Das fällt ihm zehn Minuten später ein? *Lass dich nicht kränken.*

»Nicht nötig. Sie brauchen sich keine Umstände zu machen.«

»Oh, die mache ich mir auch nicht, Madame Noir. Um an vorhin anzuschließen. Sie wollen mir nun ernsthaft weismachen, dass meine Söhne Sie für Dubai gebucht hätten, um mir zu imponieren, und mein zweitjüngster Sohn mit Ihnen eine Beziehung eingehen möchte?« *Möchte?* Wir sind zusammen oder habe ich etwas verpasst?

»So absurd es klingen mag«, versuche ich ihm zu erklären, obwohl ich ihm nichts erklären muss. »So war es. Da Sie wissen, wer ich bin –«.

»Ich weiß sehr wohl, wer Sie sind«, unterbricht er mich. Plötzlich erhebt er sich hinter der schweren polierten Schreibtischplatte. »Sie arbeiten für eine Agentur, lassen sich für

Abende von Männern buchen, die nicht fähig sind, Frauen auf der Straße anzutreffen. Sie werden für Ihre Dienste bezahlt, und das nicht zu knapp. Verstehen Sie mich nicht falsch, ich schätze Ihre Arbeit, denn es gibt in der Tat Männer, die darauf angewiesen sind, sich eine Hilfestellung oder einen Anreiz zu suchen, Frauen kennen zu lernen, ob aus Zeitgründen, charakterlichen Schwächen oder einfach um ausgefallene Stunden mit Damen wie Ihnen schnell und unkompliziert verbringen können. Aber das interessiert mich nicht, was diese Herren dazu bewegt.« Ein höhnisches Schnauben ist zu hören, bevor er weiterspricht. »Sie verstehen, dass ich Ihnen nicht zustimmen kann, dass meine Söhne, die in der Öffentlichkeit stehen, von einer käuflichen Frau begleitet werden. Sie haben sich einen außerordentlich interessanten Ruf erarbeitet, Madame Noir, Femdom oder Domina – wie man sie auch bezeichnet – der für unsere Branche zu Gerüchten führt, die ich mir nicht leisten kann. Ich habe keine Vorstellungen darüber, mit wie vielen Kunden Sie sich verabreden, mit wie vielen ich persönlich Geschäfte abgewickelt habe und die ich kenne. Es interessiert mich auch nicht, ob Sie im Jahr mit hunderten Männern ihre ...« Kurz überlegt er nach dem treffenden Wort und tigert auf dem teuren handgeknüpften Teppich auf und ab. Am liebsten würde ich ihm Dolche in den Rücken jagen, nach jedem Wort, das seine Lippen verlässt. »Ach, nennen wir es beim Namen, ihre abartigen Fantasien befriedigt haben.«

»Das ist alles privat. Keine Daten werden öffentlich preisgegeben«, falle ich ihm ins Wort, um seine Vermutung, ich sei eine Frau, die über ihre Kunden redet, aus dem Weg zu räumen.

»Das mag wohl sein, Madame Noir. Trotzdem erkennen Sie Ihre Kunden überall auf der Straße. Sie sind nicht unbekannt.

Sie haben alles getan, um als Edelprostituierte in Marseille bekannt zu sein. Wäre ich nicht über meinen Bekannten auf Sie aufmerksam gemacht worden, wäre ich früher oder später von einem anderen Geschäftspartner darauf hingewiesen worden, mit einer Hure am Tisch zu sitzen.« Das ging unter die Gürtellinie. »Und genau das ist meine Sorge.« Plötzlich glätten sich seine Falten, und er macht ein fast väterliches, fürsorgliches Gesicht, als er sich mir bis auf zwei Schritte in seinen teuren Lederschuhen nähert. »Ich kann es mir nicht leisten, zum Gerede der Leute gemacht zu werden, zu hören, mein Sohn, der am meisten Potential hat, sei mit einer Escortdame eine Partnerschaft eingegangen. Das verstehen Sie sicher.« Unweigerlich schüttle ich den Kopf. Also scheinen ihm Gideons Ausfälle in Amerika nichts zu bedeuten und sind bloß kleine Ausrutscher unter Alkoholeinfluss, aber ich bin ihm an Gideons Seite ein Dorn im Auge? Weil ich seine Geschäfte, seinen Ruf ruinieren könnte?

Damit, um ehrlich zu sein, habe ich nicht gerechnet. Ich bin von einem persönlichen Gespräch ausgegangen, einem Gespräch, in dem er sagen wird, dass er sich hinters Licht geführt fühlt, aber dass ...

»Was wollen Sie damit genau sagen?«, frage ich ihn offen mit einer festen Stimme und erhebe mich. Ob reicher Millionär, Milliardär oder Bäckerverkäufer, von ihm lasse ich mir nicht sagen, welche Entscheidung ich zu treffen habe. Allerdings macht mir mein noch verletztes Bein Schwierigkeiten, als ich in den Pumps vor ihm stehe.

»Nun, ich habe mich nach Ihnen erkundigt, herausgefunden, dass Sie am 27. Juni in Pontcharra geboren worden sind, Sie Architektur studieren, Ihre Eltern in Grenoble leben, Sie eine kranke Zwillingsschwester haben, Ihren Schulabschluss mit 13 Punkten abgeschlossen haben, eine ausgeprägte Vorliebe für harten Sex haben, kurz, ich habe viele Informationen eingeholt, die mich dazu veranlassen, zu meinen, dass Sie keine gute Partie für Gideon sind. Selbst wenn Sie nicht in der Escortbranche arbeiten würden ...« Er bewegt seine Hand vor sich in der Luft als Zeichen, seinen Satz zu Ende zu sprechen. *Würde ich ihm nicht passen* – ergänze ich in Gedanken.

Mit einem eiskalten Gesichtsausdruck muss ich den Mann fast bemitleiden, wie er versucht, mich loszuwerden. Im Prinzip könnte ich über andere Kunden seine Schwachstellen herausfinden, so wie er fleißig seine Hausaufgaben gemacht hat.

»Fein, Sie wissen sehr viel über mich. Und worauf möchten Sie hinaus? Dass ich Abstand zu Ihrem Sohn halte, Sie eine Frau auswählen, die besser zu ihm passt, weil sie bessere Qualifikationen vorweist? Nehmen Sie mir es nicht übel, aber ich kenne den Umgang in der höheren Gesellschaft, ich weiß mich angemessen zu verhalten und hätte Ihnen freiwillig von meinen persönlichen Hintergründen erzählt«, versuche ich die Kurve zu kriegen, als er den Kopf mit einem Schnalzen schüttelt.

»Das interessiert mich nicht, Madame Noir. Mich interessieren der Ruf meines Unternehmens, der Ruf meiner Söhne und meiner Geschäfte. Da macht es sich leider nicht gut, wenn eine dahergelaufene Prostituierte glaubt, bloß weil sie meinem Sohn den Kopf verdreht hat, sich in meine Familie einzuschleichen ...«

»Nein!«, protestiere ich. »Das war nie meine Absicht«, bringe ich hervor. »Ich habe weder Interesse an Ihrer Firma noch an Ihrem Geld noch ...«

»Das genügt!«, unterbricht er mich. »Da ich Ihre Situation kenne, würde ich die Angelegenheit friedlich lösen.« Mit vier langen Schritten steht er wieder hinter seinem Schreibtisch, greift nach einem vergoldeten Kugelschreiber und schreibt etwas auf ein Blatt Papier. Skeptisch beobachte ich ihn, aber würde am liebsten Platz nehmen, weil ich nicht mehr lange stehen kann.

»Hier, damit Sie sehen, dass ich Sie nicht einfach bloß loswerden möchte. Nehmen Sie es an und nutzen Sie es für die Behandlung Ihrer Schwester, kaufen Sie sich ein Anwesen, eine Eigentumswohnung, ein Auto, machen Sie eine Weltreise. Sie können damit tun, was Sie wollen. Das wäre mein Handel, den ich bereit bin, Ihnen anzubieten, damit Sie Abstand von meinen Söhnen halten und wir die Sache ohne Komplikationen lösen«, seine Stimme klingt nicht mehr streng, sondern fast schmeichelnd, während mich seine silbergrauen Augen – wie Lawrence sie besitzt – wie ein Luchs im Visier behalten. Er reicht mir einen gefalteten Zettel, den ich zögerlich entgegennehme. Er glaubt, er kann mich mit Geld bestechen?

Nicht ich bin diejenige, die keinen Abstand zu meinen Kunden bewahrt hat, sie haben mich aufgesucht, sie wollten mich sehen ... Aber ich werde mich vor ihm nicht rechtfertigen und ihm meine Gefühle gegenüber Gideon erklären. Ich bin kein Abschaum, nur weil ich kein renommiertes Bankwesen im Rücken stehen habe. Doch als ich den Zettel aufklappe, obwohl ich es nicht wollte, springt mir die Summe von 200.000 Euro entgegen. Gott! Er ist bereit, so viel zu zahlen, um mich loszuwerden? Die Beleidigung trifft meinen Stolz, sodass ich aufstehe und ihm den Zettel zurück auf den Schreibtisch schiebe.

»Ich werde es nicht annehmen.« Mit verdammt weichen Knien gehe ich auf die hohe dunkle Flügeltür zu. »Es war eine

Freude, Sie endlich persönlich kennen gelernt zu haben, nun möchte ich gehen.«

»Überlegen Sie es sich. Sie könnten damit die besten Ärzte aufsuchen, um Ihre Schwester behandeln lassen. Sie könnten davon eine lange Zeit leben, ohne arbeiten zu müssen.«

Will er mich gerade davon überzeugen, wie ich die Summe ausgeben soll? Um mich in Versuchung zu bringen? Was wäre ich charakterschwach, wenn ich darauf einginge.

»Ich bleibe dabei. Ich bin weder käuflich noch bestechlich. Behalten Sie Ihr Geld«, antworte ich mit einem Blick zum Schreibtisch, hinter dem Monsieur Chevalier steht und seine Lippen zu einem festen Strich aufeinanderpresst. Sein Plan scheint wohl nicht aufgegangen zu sein. Bei wie vielen mag er wohl aufgegangen sein?

»Wenn Sie mir keine andere Wahl lassen ...«, höre ich hinter mir, als ich nach dem Chromknauf greife. »Dann werde ich meinen Sohn überzeugen müssen. Er ist nicht so stur wie Sie und wird mir zustimmen, einige Monate ohne Sie im Ausland verbringen zu müssen, um wichtige Geschäfte für unser Unternehmen abzuwickeln. Es war mir ebenfalls eine Freude, Sie kennen gelernt zu haben. Möglicherweise werde ich in Zukunft von Ihnen hören.« Das wird er mit Sicherheit.

Aber ich möchte nicht, dass er Gideon wegen Vorwänden ins Ausland schickt. Wer weiß, was er wirklich plant. Womöglich arrangiert er bereits im Hinterkopf eine neue Beziehung oder will Gideon für immer im Ausland arbeiten lassen. Aber würde Gideon das tun? Würde er sich nicht dagegen auflehnen? Schließlich kann er seine Entscheidungen selber treffen. Nur was, wenn er Lügen über mich verbreitet? Was, wenn er Gideon in seiner Entscheidung, mich an seiner Seite haben zu wollen, ins Wanken bringt? Himmel, ich weiß nicht, was ich tun soll. Ich wusste, es würde nicht einfach werden, aber ich will nicht, dass Gideon Probleme bekommt – meinetwegen.

Denn es ist zu hundert Prozent sicher, dass es unschön enden wird. Sein Vater wird mich niemals dulden, so wie es Gideon vorhergesehen hat. Ich werde die Abende allein zubringen und auf Gideon warten müssen, bis er von Veranstaltungen, Reisen, Events wieder nach Hause käme. Ich würde tagsüber irgendeinen langweiligen Job erledigen, bevor ich mein Studium beendet hätte, um Geld zu erarbeiten – weil ich seines nicht nehmen möchte –, und an seiner Seite verkümmern. Es mag egoistisch klingen, aber das will ich nicht. Ich möchte eine Partnerschaft, in der ich nicht wie ein Schatten hinter ihm stehe, ich ansonsten von den einflussreichen Personen schräg angesehen werde. Das hat mein Job leider mit sich gebracht. Ich bin, was ich bin, obwohl ich niemals geplant habe, einen Mann an meiner Seite zu haben, dem ich mit meinem Ruf schaden könnte. Das möchte ich nicht.

»Sie scheinen zu überlegen«, fällt Gideons Vater hinter mir auf. »Es wäre vernünftig, wenn Sie sich für das Richtige entscheiden würden. Somit ersparen Sie sich und meinem Sohn einige Unannehmlichkeiten.« Bitter schlucke ich das mulmige Gefühl, dass seine Worte stimmen könnten, herunter.

»Fein. Ich werde Abstand zu Ihrem Sohn halten, um ihm nicht zu schaden«, sage ich die letzten Worte leise.

»Vernünftig. Dann schlage ich vor, wir halten es vertraglich fest, nur um sicherzugehen, dass ich mich auf Ihr Versprechen verlassen kann.«

Ein eiskalter Schauder wandert meinen Rücken hinab, während sich meine Nackenhaare sträuben. Aber es ist das Beste. Gott, er wird mich hassen. Trotzdem ist es zu seinem Vorteil.

Ich habe ihm bisher nur Schwierigkeiten bereitet, er hat sich mit Dubois geprügelt, andere Frauen abgeschleppt, fast seinen Ruf ruiniert, nur um mich aus dem Kopf zu bekommen, seine Geschäfte vernachlässigt und sich mit seinem Bruder einen Kampf geliefert. Ich bin viele verrückte Dinge gewohnt, aber ich möchte nicht, dass er alles meinetwegen verliert, was er sich in den letzten Jahren erarbeitet hat.

Warum nur sehe ich, als ich den Vertrag mit dem Kuli unterschreibe, sein Gesicht, als wir uns das erste Mal im »Boosté« trafen, vor mir? Dort fing alles an, dort war er, wer er war, berechnend, distanziert, verdorben und besaß Ansehen und Einfluss. Jetzt würde ich ihn zu einem gewöhnlichen Geschäftsmann machen, der sich nicht in der Öffentlichkeit mit seiner Frau blicken lassen kann. Er würde sich für mich schämen. Als ich den Vertrag unterschrieben habe, erhalte ich eine dämliche Kopie, die ich in meine Tasche stopfe.

»Das Geld werde ich in Kürze überweisen lassen.«

»Nein«, hauche ich dem Fenster entgegen. »Ich verzichte.« Dann wandert mein Blick zu Monsieur Chevalier.

»Es ist Ihre Entscheidung. Um ehrlich zu sein, habe ich Sie in Dubai gemocht, ja wirklich. Und unter anderen Umständen wäre das Gespräch anders verlaufen ... dennoch schätze ich Ihre vernünftige Entscheidung.« Er sollte aufpassen, dass ich ihm nicht gleich ins Gesicht springe, wenn er mein Selbstwertgefühl weiter quält. Mit einem leeren Blick verlasse ich die Hölle und eile die Stufen ohne seine Begleitung herunter. Ohne lange zu überlegen, öffne ich die große Haustür mit dem kostbaren Glasmosaik und laufe halb hinkend, halb wütend über die Einfahrt, bis ich meine Tränen nicht mehr zurückhalten kann.

Tief hole ich Luft und starre die Straße entlang, um die

nächste Bushaltestelle aufzusuchen. Von Gideon möchte ich mich nicht abholen lassen – ihn anrufen und ihm alles berichten, so habe ich es im Vertrag gelesen, ist mir untersagt. Noch innerhalb der nächsten vierundzwanzig Stunden soll ich ihn aus meinem Leben verbannen, jeglichen Kontakt abbrechen, ihn nicht anrufen, aufsuchen, auch mich nicht anderweitig bei ihm melden.

Gott, diese Strafe ist die schlimmste. Schniefend wanke ich die Straße, die von teuren Villen umsäumt ist, entlang, bis ich auf eine Haltestelle stoße und den nächsten Bus nachhause nehme – zu meinem Zuhause.

GIDEON

»Was ist mit ihr los!«, tobe ich durch meine Wohnung, als ich Maron nun schon das verflucht tausendste Mal angerufen habe. Diese Frau meldet sich einfach nicht!

Von meinem Vater habe ich mitgeteilt bekommen, dass Maron von ihm sofort das Geld angenommen habe, um sie zu testen wie jede andere Frau zuvor. Er wusste angeblich von Anfang an, dass sie nur hinter meinem Geld her sei. Nur deswegen sei sie eine Beziehung mit mir eingegangen. Beziehung? So kann man unsere Verbundenheit kaum beschreiben. Wir hatten nie die Möglichkeit, eine Beziehung aufzubauen nach den ganzen Fauxpas der letzten Wochen. Nun hätten wir Zeit, und sie lässt sich mit Vaters Geld abspeisen und meldet sich nicht mehr!

Wütend reiße ich die Bilderrahmen von meiner Anrichte runter und kicke einen Stuhl in meiner Küche um.

Endlich! – dachte ich – endlich hätten wir Zeit und die Gelegenheit, über alles zu sprechen, unser Leben zu planen, obwohl ich immer wieder bemerkt habe, zu voreilig zu sein. Aber ich brauche Gewissheit, damit sie mich nicht einfach im Regen stehen lässt. »So wie jetzt!«, knurre ich. Ich war schon immer ein Mensch, der plant, und mit dieser Frau habe ich mir den Rest meines Lebens vorgestellt. Und nun haut sie ab, nur weil sie mit meinem Vater gesprochen hat? Keine Freundin ist danach geflüchtet, keine hat kampflos aufgegeben und sein Geld genommen.

Ich werde zu ihr gehen, sie selber zur Rede stellen, nur so erfahre ich von ihr, was passiert ist. Genau drei Tage wurde ich von Vater mit Arbeit hingehalten und sollte ihr Zeit geben, alles zu überdenken. Nichts.

Das waren drei Tage zu viel. Warum bin ich auch solch ein Idiot und gebe ihr die Tage Bedenkzeit? Weil ich gehofft habe, sie würde das Geld doch noch ablehnen?

Ich kann sie verstehen, sie braucht es für ihre Schwester, aber sie hätte mit mir darüber reden können. Und ich habe ihren Job gekündigt, sodass sie nun keine Arbeit mehr hat. Hat sie es deswegen genommen? Weil sie glaubte, Vater würde es mir nicht sagen? Weil sie dachte, sie könne ansonsten Chlariss' Therapie nicht weiter bezahlen?

Es wird das Beste sein, sie zu fragen.

Keine Viertelstunde später fahre ich in einem mörderischen Tempo durch Marseille zu ihrem Appartement, um sie zur Rede zu stellen. Als ich den Wagen parke, fällt mir als Erstes auf, dass ihre Wohnung im Dunklen liegt. Es ist kurz vor zehn Uhr abends und kein Licht brennt, außer das ihrer Nachbarn.

Ist sie bei Luis?

Oder ...

Sie wird hoffentlich keine Kunden angenommen haben. Verdammt, ich komme auf die schwachsinnigsten Ideen.

Komm wieder runter, sonst überrollst du sie gleich mit deinen Vorwürfen.

Tief atme ich durch, gehe auf die Wohnungstür zu und öffne sie. Um sicherzugehen, dass sie mir wirklich vertraut, hat sie mir ihren Schlüssel gegeben. Als sie ihn mir gab, konnte ich es zuerst nicht fassen, weil ich diese Geste erst Monate später von ihr erwartet hätte.

Statt den Lift zu nehmen, eile ich die Treppe zu ihrer Dachgeschosswohnung hoch, um meinen Ärger und die aufsteigende Wut, dass an Vaters Worten etwas Wahres dran sein könnte, abzubauen.

Vor ihrer Tür klingele ich, damit ich sie nicht überrasche. Nichts. *Ist sie wirklich nicht da?* Gut, ich gebe ihr eine Minute und klingele erneut, dann reicht es mir. Ungeduldig schließe ich auf, schiebe die Tür auf und betrete ihre dunkle Wohnung. Kurz suche ich nach dem Lichtschalter. »Maron?«, rufe ich, bis ich den Schalter gefunden habe. Doch als das Licht angeht, setzt mein Herzschlag aus. Gott, verfluchter Mist!

Ihre Wohnung ist komplett ausgeräumt und liegt verlassen vor mir, als hätte hier nie eine Maron Noir gewohnt.

»Nein!« Schnell durchlaufe ich Räume, suche nach irgendetwas, das mir verrät, dass alles ein Scherz ist, dass ich in der falschen Wohnung bin, bis mir ein Brief auf dem Boden gleich neben der Appartementtür auffällt. Es steht sogar mein Name darauf.

»Ich hoffe für dich, du hast eine Erklärung«, knurre ich, als ich den Brief öffne und ein gefaltetes Stück Papier daraus hervorziehe.

Darling,

Wenn du das liest, sitze ich vermutlich im nächsten Flieger. Ich weiß, du findest meine Wohnung leer vor, kannst mich nicht erreichen und musst dir sicher Sorgen machen. Aber du brauchst dir keine Sorgen zu machen. Ich habe für mich beschlossen, dass es für uns keine Zukunft gibt – Gott, klinge ich kitschig. Zumindest kann ich es dir nicht persönlich sagen, es hat seine Gründe. Ich möchte nur eins, obwohl ich nicht in der Position bin, etwas von dir zu verlangen, trotzdem möchte ich, wenn du die Wohnungstür hinter dir schließt, dass du mich vergisst.

Such nicht nach mir. Du wirst mich nicht finden, weil du weißt, wie gründlich ich darauf bedacht bin, mein Privatleben geheim zu halten.

Deine Maron

Mit einem verblüfften Gesicht, als sei alles ein Scherz, lasse ich den Brief sinken und fahre mir durch mein Haar. Sie hat das Geld genommen und mich verlassen?

Verdammt, das kann nicht wahr sein! Und ob ich sie suchen werde. Ich will eine Antwort, denn die ist sie mir schuldig! Nach der Zeit, die wir durchgestanden haben, kann sie jetzt nicht gehen!

Ein letztes Mal lasse ich meinen Blick durch ihr Apparte-ment schweifen. Sie hat alles aufgegeben, hinter sich gelassen, aber warum? Als Nächstes fällt mir ihre Schwester ein. Es ist zwar mitten in der Nacht, aber ich werde meine Auskunft erhalten – und wenn ich persönlich zum Krankenhaus fahre.

Als ich anrufe, antwortet mir eine freundliche Schwester: »Madame Noir hat bereits angenommen, dass Sie anrufen werden, und ich soll Ihnen Folgendes ausrichten – warten Sie ...« Papier raschelt im Hintergrund, dann räuspert sie sich, bevor sie vorliest: »Hör auf, weiter nach mir zu suchen, Gideon. Akzeptiere meine Entscheidung.« Genau, das hat sie mir angeordnet Ihnen mitzuteilen, falls Sie vorbeikommen oder anrufen. Und nein, Chlarissa Noir ist nicht mehr in unserer Behandlung.« Mit einem bitteren Lächeln trete ich mit Schwung gegen den Türrahmen und fluche laut.

»In welcher Behandlung ist sie dann?! In welches Krankenhaus wurde sie gebracht?«, frage ich, obwohl es unnötig ist, weil ich genau die Antwort erhalte, die ich bereits erahnt habe.

»Darüber darf ich Ihnen keine Auskünfte geben. Au revoir, Monsieur Chevalier.«

Nein! Wenn sie glaubt, dass ich jetzt aufgebe, hat sie sich getäuscht, ich werde halb Frankreich nach ihr absuchen – darauf kann sie sich verlassen. Und wenn sie nicht mehr in Frankreich ist?

Verdammt!

Ich schließe die Tür hinter mir, aber gnade ihr Gott, wenn ich sie wiedertreffe! Denn ich werde sie mit Sicherheit nicht vergessen.

Nein, Kleines, den Gefallen werde ich dir nicht tun!

Und zum Schluss

Es war nicht von mir geplant, dass es einen fünften Part geben wird. Aber ich konnte die Geschichte von Maron und den Chevalierbrüdern nicht so einfach enden lassen. Ursprünglich sollte es nur drei Parts geben, aber die Geschichte fesselt mich selber sehr, dass ich sie verlängern musste. Also dürft ihr gespannt sein, was euch in Part V erwarten wird.

Wie immer danke ich Sybille, die mir bei Fragen immer zur Seite steht und sich durch meine Texte kämpft. Dieses Mal möchte ich Anne danken, der selbst der kleinste Fehler nicht entgangen ist.

Je vous en remercie!

Wieder einmal bin ich überwältigt, wie viele Leser mir täglich schreiben, wie viele zauberhaft schöne Rezensionen ich erhalten habe und wie viele ich von euch in Frankfurt auf der Buchmesse kennenlernen durfte.

Merci beaucoup!

Ende November / Anfang Dezember wird Part V »Sehnsüchtig Vergangen« erscheinen und somit das Finale der »Sehnsüchtig« Reihe. Doch schon Anfang nächsten Jahres wird es ein neues Projekt von mir geben. Ich hoffe sehr, ihr bleibt meinen Geschichten weiterhin treu.

Alles Liebe,

Eure *D.C. Odesza*

14424851R00236

Printed in Poland
by Amazon Fulfillment
Poland Sp. z o.o., Wrocław